造花の蜜

連城三紀彦

角川春樹事務所

目次

装丁／今西真紀
写真／©Brigitte Wegner/Stockfood

造花の蜜

嘘つきな蜂

スーパーマーケットの自動ドアから中に入ろうとして、圭太は不意に母親の手をふりほどいた。小さな口から声がこぼれた。

「花が落ちてる」

そう聞こえた。

スーパーの前にはちょっとした子供の遊び場があり、植えこみに区切られてライオンや象の乗り物が並んでいる。植えこみにはうるさいほどたくさんの花が咲いているが、真冬のこの時季、赤や黄、色とりどりに咲いている花はもちろん造りものだ。

造花の一つが落ちているのだろう。

そう思い、香奈子は子供がそっちの方向にねじった視線を無視し、その手をつかみなおして強引に店内へと足を踏み入れた。

先週五歳になったばかりの圭太を幼稚園に迎えにいき、帰路にスーパーへ立ち寄ったのだが、この時の香奈子には造花なんかよりもずっと気になることがあったのだ。

店内に入ってすぐ、香奈子は背後をふり返り、ガラスのドアごしに、スーパーの正面に広がった駐車場を見た。

木曜の昼下がりで、駐車場は閑散としている。それなのに、わざわざ店のドアから一番遠い隅っこを選ぶようにして停《と》められた地味な国産車に、香奈子は視線の焦点をしぼった。

さっき、スーパーの二十メートルほど手前で香奈子たちを追いぬいた車にちがいない。

「どうしたの？」

突っ立った母親を黄色い帽子の下から円《まる》い目で見あげながら、圭太が訊《き》いてきた。

「ううん、何でもない」

首をふりながらも、香奈子はその車から目を離せなかった。

十分前、子供の手を引いて幼稚園を出た時から、背後に何度か、尾行でもされているような気配を感じたのだ。その都度、ふり返ってみたが、それらしい人影は歩道には見当たらなかった。

だが、車道だったのなら……。

尾行者が、車道をゆっくりと走る車の中にいたのだとしたら……。

スーパーの手前で、車道と歩道の区別がなくなると同時に、背後から自分たちを追いぬいてスーパーの駐車場に入っていった車が、香奈子にはひどく気になったのだった。

幼稚園の近くにもこれと似た車が停まっていた気がする。スモークの暗い車窓の中に誰かの眼がひそんで、じっと私たち母子を見ている……そんな気もする。

大きく傾きかけた冬の陽が駐車場の金網の影を車に投げかけ、白い車体を丸ごとからめとっている。

それが網にひっかかった白い生物を連想させるからか、香奈子はどうしても犯罪めいたものをその車に感じとってしまう。

もっとも、香奈子はすぐに、

『考えすぎだ』

自分にそう言い聞かせた。

「ね、どうしたの」

　圭太が、その小さな手で香奈子の着たハーフコートの裾《すそ》を引っぱった。『はやく、買物しようよ』と催促しているのだと思い、

「ごめんね、さ、何を買おうか」

　と言ったが、返事はなく、何かにおびえた様子で、母親の体の陰に隠れようとする。

「どうしたの、あの人」

　コートの裾から覗《のぞ》かせた目は、すぐ近くのフルーツ売り場に向けられている。

　そこに中年女性が一人立ち、不機嫌な無表情でじっとこちらを見ている……。

　左手にリンゴが一つ。

　サウスポーの投手が球を投げる直前のように、手首のスナップでリンゴを弾ませている。何かに腹を立て、本当にそのリンゴを自分たち母子に投げつけてくる……。そう感じとって、子供を後ろ手でかばいながら、香奈子は一歩退いた。

　その瞬間女の顔いっぱいに笑みが広がった。

「奇遇ねえ」

　と言いながら、緑のスーツに押しこめた肥《ふと》り気味の体をゆっくりと香奈子に向けて運んでくる。スーツの原色に近い緑のせいで、顔だけでなく体までが厚化粧に見えた。

「山路さん、今、こんなところに?」

　その皮肉な口調とかすれ声で思いだした。香奈子が四年半の悲惨な結婚生活を送った世田谷の家の隣に住んでいた主婦で、確か小塚君江という名だ。

「私は友だちがこの小金井に住んでいて、今日はちょっと用があったから。今、手土産《てみやげ》でも買おうと

思って……そう言えば、山路さん、御実家、このあたりだと言ってたわね。ああ、でももう山路さんじゃなかったんだわ、ごめんなさい」

一方的に喋《しゃべ》る癖は変わっていない。

世田谷区奥沢にいたころも、香奈子を見つけると大げさな笑顔で近づいてきて、レンガ模様のしゃれた外壁に包み隠された歯科医一家の暮らしを覗きこみたがった。香奈子は離婚が成立する前に、周囲の誰にも告げず、二歳だった圭太を連れて嫁ぎ先を出たから、この以前の隣人は離婚の経緯にも今の暮らしぶりにも特別な興味を覚えているはずだ。

香奈子はスーパーに立ち寄ったことを後悔した。偶然とはいえ、困った相手に出会ってしまったものだ……偶然？　本当にただの偶然なのだろうか。

白い車で尾行していたのがこの女で、先回りして店の中で待ち構えていたのだとしたら。

だが、頭のすみに泡のようにぽつんと浮かんだ考えにこだわっている余裕はなかった。

「それにしてもどうして、あんなに突然、あの家を出られたの」

君江がそう訊いてきたのだ。直球だった。

「何か姑さんから聞いてません？」

「少しは聞いたけど……でも、嘘よね、もちろん、あんな話は」

「あんな話って？」

「あなたに結婚前からの男がいて、子供もその男との間に……」

「そんな」

最後まで聞かずに首をふり「あの人、そんなデタラメ……」と声を引きつらせた。

香奈子の険しい表情を、君江は海綿のような笑みで吸いとった。

「わかってるから大丈夫。あんな姑さんとは誰だって巧《うま》くやっていけないから。あなたには同情していたのよ」

姑はよく香奈子の顔を意味もなく盗み見た……なめくじでも這《は》ったような湿りけを、その都度顔に感じとったものだが、君江がそれとそっくりな目で見てくる……。

この女も信じてはいけない。そう思いながらも気がつくと口を開き、怒りと共に離婚の真相を吐きだしていた。以前と同じようにいつの間にかこの女のペースに巻きこまれている……途中でそうと気づいたが、散弾銃が自分の口に移ったように声は勝手に流れだした。

「わかるわ」

と何度も相槌《あいづち》を打った君江は、香奈子が話をため息でしめくくると、自分もため息を返し、

「やっぱりねえ」

と言った。

「二、三カ月経《た》って変に色っぽい女が一緒に住むようになったから、そんなとこだろうって秋本さんとも話してた……だってあなたの方に非があったら、あの姑さん、子供は絶対に自分の方で引き取っただろうし」

山路が問題の女と再婚したことは噂《うわさ》で聞いていたから驚かなかったが、

「でも、罪のないあなたを追い出して自分が後釜《あとがま》につこうなんて、巧くいくはずないのよ。結局、その女とも別れたわけでしょう？」

という言葉にはさすがに顔色を変えた。

「あら、ご存じなかったの。御主人が……ごめんなさい、もとの御主人がバツ二になったこと」

「……いつ？」

「去年の秋ごろかしらねえ、急に見かけなくなったから、遠まわしに姑さんに訊いてみたら、あっさりと『勝手に出てったんですよ、香奈子さんと同じで』って。『若い二人のことにはいっさい口出ししない主義だから、どんな理由があったかは知りませんけどね』ですって。自分が原因なのに……」

言葉を失った香奈子を、腫《は》れぼったいまぶたの下に隠れた細い目で盗み見ながら、「あなたが出ってから、そろそろ三年でしょ、そりゃあの家でもいろいろとあったのよ。圭太クンって名だった？あの子ももうあんなに大きくなったし……さっき一緒だったの、圭太クンでしょ」と言った。

返事も待たず、さらに、

「訊く必要ないわね。大きくなったらずいぶんと山路さんに似てきたわねえ。小さいころはあまり似てなかったから、他の男の子供だという噓にも多少は信憑性《しんぴょうせい》あったけど、あれなら、間違いようがないわ」

と皮肉にしか聞こえないことを言ったが、香奈子の耳には入ってこなかった。

「圭太……」

慌てて周囲を見回したが、子供の姿はない。

まだ何か喋ろうとしている君江の体を、買物籠《かご》で押しのけるようにして香奈子は店の奥にむけて駆けだした。

「圭太……圭ちゃん」

名前を呼びながら店内をまわったが、子供の姿はない。食品の棚が頑丈な壁のように連なり、歩きなれた店内が迷路に変わった。

「圭チャン」とか「圭タン」とか、日ごろいろいろな呼び方をしているが、「圭クン」と呼ぶ時が一番反応がいいことを思いだし、香奈子はそう呼びつづけた。

店員も何人か手伝ってくれたが、見つからない。

また最初の出入り口のところに戻ると、小塚君江はぼんやり突っ立っている。口はあんなに回転するのに、肥り気味の体はいかにも鈍重そうだ。自分に責任があることなのだし、一緒にさがしてくれればいいのに……と腹が立ったが、それに構っている余裕はなかった。

ちょうど駐車場の隅に置かれた車がドアを閉め、ほとんど同時に発進したのだ。ひどく慌てた様子で一度バックした後、タイヤを軋《きし》らせて大きくカーヴを切り、走りだした。

あの白い車だ。ドアの閉まる直前、子供の悲鳴のようなものが聞こえた気がする……いや、たしかに聞こえた。

「あの車……」

一声そう叫んで、自動ドアを自分の手で押し分けるようにして跳びだし、駐車場の出口へと驀進《ばくしん》する車を追いかけた。

店員の何人かが後に続いたが、その一人が、

「あ、お母さん……この子」

と奇妙に間のびした声を出した。同時に子供の笑い声が聞こえ、香奈子は足に急ブレーキをかけた。

ふり返ると、今跳びだしてきたドアのすぐそばに圭太の顔があった。

幼児用の象の形をした乗り物の上に、幼児と変わりない小ささでちょこんと坐っている。

「どうしたの。ダメじゃないの、勝手に外に出てきたら」

思わず大声で叱りながら駆け寄り、子供の頭を帽子ごと自分の手で包みこんだ。いっぺんに緊張がほどけ、涙が出そうになった。

「ハナが落ちてたから」

圭太がつぶやき、香奈子はその手が棒状のものを握りしめていることに気づいた。クラリネットほどの長さで、ひらがなの『し』と似たカーヴをもった棒が象の鼻だとはすぐにわからなかった。改めて見ると、青いペンキを塗った象の乗り物には鼻がない。誰かが折ったのか、鼻のつけ根の部分だけが白く、素材の色をむきだしにしている。

スーパーに入る前、圭太が『落ちてる』と言ったのは造花のハナではなかったのだ。

いつの間にか人垣ができている。おまけに、

「何かありましたか」

警察官まであらわれた。ちょうどすぐ脇の道路をパトカーで巡回中だったらしい。

いかめしい制服姿の登場で、状況はいよいよ『事件』になってしまった。

「何でもないんです。この子が急にいなくなっただけで……すみません。つまらないことで騒いでしまって」

だが、恥ずかしさから香奈子はいっそう取り乱し、圭太まで泣き出しそうになっている。

「しかし……」

と不審をつのらせたらしい巡査に、香奈子は精いっぱい深く頭をさげ、「本当に何でもないんです。最近、家の方に無言電話がかかってきたり、誰かに監視されてるような気がしてたから、この子が誘拐でもされたんじゃないかと心配になって……でも、よかった。誘拐じゃなくて」と言ったが、その言葉は逆に巡査の興味をそそったようだ。

「無言電話と言うと？」

制帽のひさしの下で目がにぶく光った。

「いえ、それもただのまちがい電話かもしれなくて……本当に何でもないんです」

香奈子は何度も頭をさげながら、逃げるように店の中に戻ろうとした。

小塚君江が人垣から数歩離れて立っている。香奈子を待ち構える様子で、何かを話しかけてこようとしたが、香奈子はほとんど無視して店内に駆けこんだ。

「じゃあ、今度また世田谷のほうに来ることがあったら、寄ってちょうだいね」

君江が慌てて外からかけてきた声を、自動ドアが遮断した。

香奈子は抱きかかえていた圭太をおろしてふり返り、ガラスごしに君江にちょっとだけ頭をさげた。ただその一瞬、香奈子の目を引いたのは以前の隣人よりも、その背後からじっと自分を見守っている巡査だった。

中肉中背の平凡な男だった。目鼻だちにも特徴がなく、顔までが制服の一部のように思えた。だが、制帽のひさしに隠れかかったその平凡な目が、なぜか、自分を子供の母親ではなく犯罪者として……子供の誘拐犯として見ているような気がしてならなかった。

その一月二十七日のことで、後に警察が一番興味をもったのは、スーパーを出た後、歩いて家に戻るまでの十分近くのあいだに、母子が交わした会話だった。

スーパーでは空騒ぎのあと二十分ほど買物をしたから、店を出たのは四時近い時刻である。スーパーから駅とは反対方向に流れている道路沿いの道を、三十二歳の母親は買物袋をさげ、もう一方の手でしっかりと子供の手をつかんで歩いていた。

子供の背負ったリュックサックには、その日の買物の中で一番重いものが入っていた。子供の頭とほぼ同じ大きさのメロンである。

騒ぎの後、店内を歩き出してまず目に止まったのが、棚から溢《あふ》れ落ちそうになった特売のメロンだった。

「重くない？　メロン」

イチョウ並木に沿って歩きながら、そのメロンの話になった。リュックがメロンの丸みを浮き彫りにして重そうに震動している。

圭太は首をふり、

「ねえ、今日はどうしてメロン買ったの」

ふしぎそうにそう訊いてきた。

「もちろん、圭クンが食べるためよ」

「どうして、食べていいの？　メロンは小さい子供が食べると病気になるんでしょ」

香奈子は苦笑した。圭太にはメロンを食べさせたくなくて、前にそんな嘘をついた。

「それはねえ……」

とまどいながら、「それは、圭クンも来年は小学校だし、もう小さい子供じゃなくなるからよ」とごまかした。

別れた夫の一番の好物がメロンで、もらい物があるといつも半分以上、一人で食べてしまった。もう三十歳間近だったのに、果汁をヨダレのように口もとにしたたらせて必死に食べる……圭太は二歳までしか父親と一緒にいなかったから、父親のそんな姿を憶《おぼ》えていないはずなのに、三歳の誕生日に初めて大人が食べるのと同じ大きさに切ってメロンを食べさせた時、香奈子がゾッとするほど父親そっくりの食べ方をした。もともと圭太は女の子のように愛らしい真ん丸の目をしているが、メロンに夢中になって目を細めると、父親と瓜二つ《うりふた》になった……メスで細く裂いたような冷たく、乾いた目。

その日以来、香奈子は子供の口には贅沢《ぜいたく》すぎるという口実で、メロンを圭太から遠ざけてしまった。

ただ、さっきスーパーでお買い得のメロンを目にした時、急に気が変わった。圭太が無事だった安心感で気もちのタガがゆるんだのか……。

香奈子は、夫だった男の顔をメロンとともに気もちから追いだしたつもりでいた。だが、それはあくまで『つもり』に過ぎなかった。

今日小塚君江から、夫が再婚にも失敗したと聞かされて、不意に動揺した自分がいる……。騒ぎのあと店内に戻った時、そんな胸のすみに暗くよどんだ以前の夫へのこだわりが、突然、メロンの形をして目の前にさらけ出されたという気がしたのだ。

香奈子は二年ぶりに、メロンに手をのばしてみた。

久しぶりに手にしたメロンは持ち重りがしたが、気もちはかえって軽くなった。

それは圭太も同じらしい。

帰路の並木道を歩きながら、空いた手を背のリュックに回し、子供をあやすような手つきで中のメロンをゆさぶった。

「でも一人じゃなくておばあちゃんやアツシ君や、みんなと分けて食べるのよ」

という母の言葉に、

「わかってる、わかってる」

と祖父の口癖をまねて大人びた返事をしてから、「ねえ、おカアさん」急におさない甘え声に戻った。

「さっき、おまわりさんにナンであんなこと言ったの?」

「あんなことって」

「おカアさん、ユーカイじゃなくてよかったって言ったでしょ……ね、ユーカイって、知らない人に車か何かに乗せられて、どっかへ連れていかれることだよね。いつかテレビ見てて、おカアさん、おしえてくれたでしょ」

「そうだけど……よく憶えてたね」

母親の微笑を円い目で見あげながら、圭太は得意げな顔になり、「だったら、アレもユーカイじゃないの？」と言った。

「アレって？」

「さっきの……スーパーでのこと」

香奈子の足が止まった。

「さっきって、スーパーで圭クンがいなくなったこと？」

得意そうな表情のまま、圭太は大きくうなずいた。

「でも、あれはユーカイなんかじゃなくて、……圭クンがあの象の乗り物の上で遊んでただけでしょう」

圭太は小さく首をふった。

「ちがうよ。外に出たら、知らないおじさんが声かけてきて、ボクを抱っこして車の中に押しこんだんだ」

と言って、不意にまだ淡い、幼さの残った眉にしわを寄せ、険しい顔になった。

香奈子は意味がわからず、そんな圭太の大人びた表情に気をとられた。

「ウソなんでしょ。それとも何かの冗談？」

香奈子は笑おうとしたが、笑みはくちびるの端で何かに引っかかったように止まってしまった。

圭太はこんな嘘をつく子供ではない。本当のことを喋っている……ただ一度去ったはずの一難がまたこんな形で戻ってきたのが、あまりに突然すぎて、香奈子の気もちが子供の言葉に追いつかなかった。

「ウソじゃないよ」

圭太は首をふった。首だけでなく、体ごとイヤイヤをするようにふった……いや、その時の恐怖を思いだし、身ぶるいしたのか。

「でも、それならどうやって車から逃げだしたの」

「おじさんの手に噛《か》みついて飛びおりた」

「でも、どうして？　どうしてお母さんのところへ来ないで象の乗り物なんかで遊んでたのよ」

「遊んでたんじゃないよ。象の鼻が折れてたから、悪いおじさんが追いかけてきたらゲキタイするつもりだったんだ。象の鼻、バットみたいだったから」

そこへ自動ドアが開いて、みんなが走りだしてきたらしい。

香奈子はいつの間にかしゃがみこみ、目線を同じ高さにしてしゃべっていた。母親の、まだ信じきれずにいる不確かな目に、圭太も鏡のように同じ目つきを返してくる。自分で話しながら、本当にそんなことがあったのか信じられずにいるのだ。

「連れこまれたのは駐車場のすみに停まってた白い車？」

香奈子の問いに圭太は首をふった。

わからないという意味らしい。自動ドアの外に出て、大人の男の脚が近づいてきたと思ったら、体が宙に浮いた……抱きあげられ、その男の首すじに顔を押しつけられたので、周囲のことはよくわからなかったという。

男は子供を一度後部座席に押しこんでドアを閉め、しばらく携帯電話で誰かとしゃべっていたが、やがて電話を切ると、子供を助手席に移そうとした。助手席に押しこめられた瞬間、圭太はその男の手に噛みつき、ひるんだ隙に逃げだしたのだ。駐車場のどこに置かれたどんな車かを見てとるような余裕もなかったらしい。

もっとも、そういう詳しい話を聞いたのは、家に戻ってからである。帰路の並木道では、咄嗟《とっさ》にあの怪しげな車にまちがいないと考えただけだった。やはり幼稚園からずっと自分たち母子を尾行していたのだと……。

並木道で最後に訊いたのは、「なぜ、そんな大事な話をスーパーで言わずに今ごろになって言いだしたのか」だけだった。

圭太は、「だって……」と少し口をとがらせて不服そうな顔になった。

「だって、おカアさんがユーカイじゃないと言ったでしょ」

「それは……」言葉につまった。「そんな知らないおじさんのこと何も知らなかったから」

「でも、お母さんは知ってるんじゃない？　ボクが知らなくても」

「知るはずないじゃない。何言ってるの。圭クンはちゃんと顔見たんでしょ」

「ちゃんとじゃないけど……」

男は別に顔を隠してはいなかったらしい。ほんの二、三度、瞬間的にだが、圭太はたしかに男の顔を見たようである。

「それで知らない顔だったんでしょ」

「ウン」

とうなずいたが、自信なさげだった。

「じゃあ、お母さんだって知らないわよ」

と言ってから、気づいた。母親の自分がよく知っているのに、圭太がほとんど知らない男が一人いる……。

　母親の脳裏に浮かんだ男の顔を見てとったかのように圭太はまたうなずいた。

「その人、『お父さんだよ』って言ったんだ……ボクのお父さんだって」

　圭太は「でも」と続けて、ビー玉のような目をきらめかせた。

「ユーカイ犯はウソつきだから、何も信じちゃいけないって、おカアさん言ったよね」

　だから、手に噛みついて逃げたのだが、小さな頭ではわけがわからなくなり、帰り道で思いきってたずねてみたのである。

「ね、おカアさんはあのおじさん、見てないの？　ボクが連れ去られそうになったのも」

「もちろんよ。だから今、びっくりしてるんじゃないの」

　圭太は、「ふーん」とだけ口にし、それ以上何も言わなかった。ただその幼い目が声以上に「あれは本当にお父さんだったの？　お父さんってどういう顔の人？」と訊いてくる。

　香奈子は答えようがなく、子供の顔から目をそらした。

　圭太の背後に、沈む間際の陽が光の洪水となって押し寄せている。並木の枯れ枝が、長く影をのばしている……突然風が吹きぬけ、光がくだけ、ごつごつした枝の影は魔物の手のようにうごめき、今にも圭太の体をつかみとろうとしている。

　あの男の手だ。

　香奈子は胸の中でつぶやいた。

　夫だった男の手。歯科医という職業や白い細面《おそおもて》の顔とはかけ離れた、岩の破片のようなごつごつした手。

　その手を思いだす時だけ、香奈子は離婚の責任が自分にもあったと思う。結婚して三カ月も経つころには、ベッドの上でのその手の粗暴さが我慢できなくなり、まだ漠然とだが、こんな手に自分の一生を託したのは失敗だったかもしれないと考えるようになっていた。

どこか危険な、凶器を連想させる手だった。医師として治療にあたるより、女を抱くより、犯罪をおかすのに似合う手だ……以前にも、そう感じたことがある。

だが、今日圭太を連れ去ろうとしたのが本当に父親の山路将彦だったとして、問題はその将彦の行為を犯罪と呼べるかどうかだ。

香奈子が夫と離婚していることは周囲の誰もが知っているが、圭太が父親の顔を識別できないことまで知っている人物はほとんどいない。

香奈子と圭太本人だけで、身内や当の父親だって知らないだろう。父親の将彦だって、別れた妻が自分の写真くらい子供に見せてくれているだろうと考えているはずだ。

みんな、圭太が父親の顔を知っていると考えている。だから圭太に『お父さんだよ』と言える人物は、唯一、当の父親以外いないことになる……。

やはり、圭太の言う『ユーカイ犯』は、父親の山路将彦だった可能性が大きい。

それなら、今日のスーパーでの出来事は、『事件』でも『犯罪』でもないのではないか。

離婚後、何度も電話で将彦は「圭太に会わせて欲しい」と言ってきている。それを香奈子は拒否し続けてきたのだ……元妻の頑固さをよく知っている将彦は、こういう強引な手段に訴える他なくなったのかもしれない。

そう考えると、香奈子は少しホッとした。それだと警察に届けないでも済む。誘拐未遂事件が起こっていたのだと、当の圭太から聞かされて、香奈子が顔色を曇らせた理由の一つは、警察沙汰《ざた》になると困ることがあったからだ。離婚にまつわるある事情を、香奈子はまだ家族の誰にも話していない。

警察沙汰になれば、それが家族や周囲にバレる心配があるのだ。

圭太は無事だったのだし、できれば警察には連絡せずに済ませたかった。圭太に口止めし、家族にも今日の出来事については話さないでおくつもりでいた。唯一、兄嫁だけは信頼しているので別だが、両親にしろ兄にしろ、今もって香奈子のことを子供扱いしたがるから、あれこれ騒ぎ立て、うるさく口出ししてきそうな気がする。

ただ誘拐犯が将彦ならば、警察や家族に何も話さずに済ませる格好の理由になるのだ。

とは言え、将彦ではない可能性だって充分ありうるのだが、他の可能性がすべて自分にとっては不都合である以上、香奈子は将彦犯人説だけにすがりついていたかった。

結局、圭太には、

「本当にお父さんだったのかもしれない。でも、それだと面倒なことになるから、さっきのことは圭太も、誰にも言わないようにしようね。お父さんのことは、圭太がもう少し大きくなったら教えてあげるし、圭太が会いたければいつでも会わせてあげるから。お母さん、ちゃんと約束するから」

そう言った。圭太は素直にうなずき、だが、すぐにその首を横にふり、

「会いたくなんかない。あんなこわいことするお父さん、きらい」

そんなことを言った。

言いながら、目を伏せて小さな足もとから伸びた自分の影を見ている。お父さんよりメロンの方が大事だと言うように背中のリュックを揺さぶっているが、その顔はやはりさびしそうに見えた。

香奈子の気もちを敏感に読みとって、子供ながら必死にそんな答え方をしたのだろうと思うと愛《いと》おしさが募ってきて、

「おなか減ったでしょ。早く帰ってメロン、食べようね」

そう言い、言葉とは反対にその体を自分に引き寄せてしっかりと両手で抱きしめながら、胸の中で『この子を絶対に離さない。誰にも渡さない。将彦にも、将彦の母親にも』と呟《つぶや》いた。

『それから、もちろん、誘拐犯にも……』


「でも、スーパーでのことが将彦さんの仕業だったとして、将彦さん、もし警察に届けられたらどうするつもりだったのだろう」

その晩、兄が子供たちを風呂に入れてくれている時間をねらって、香奈子は台所でいっしょに片づけものをしていた兄嫁にだけ昼間の出来事を話したが、ごみを分別していた手を止め耳を傾けていた兄嫁の汀子は、話に一区切りつくと、お茶をいれながら、まずそんな疑問を口にした。

「だってそうでしょ。普通なら子供がそんな風に突然いなくなれば、犯罪かと心配して警察に届けるわ。香奈子さんだって今日、もし圭太クンが見つからなかったら、すぐに警察呼んでたでしょ？　それだと面倒なことになるって将彦さん、考えなかったのかしら」

とも言ったが、質問というよりひとり言に近かった。

「ええ、でも……」

香奈子が返事に窮していると、

「あ、そうか」

と義姉は首をふった。お茶をすすりながら、自分の今の疑問に自分で答え始めた。

「圭太クンを車に乗せたら、すぐにもあなたの携帯に電話をかけるつもりだったんじゃない？『何でもないから心配するな。家でちょっと預からせてもらうだけだ』とでも言って。でも圭太クンが逃げだして騒ぎが大きくなってしまったから、慌てて自分も車で逃げた……」

汀子は宙の一点に投げていた目を義妹の顔に戻し、「どう？　それも充分、考えられることでしょ」と言った。

香奈子はうなずき、目尻がピンとはね上がった義姉の聡明そうな顔を見ながら、あらためて、一人悩んでないでこの義姉に思いきって話してみてよかったと思った。

離婚後、印刷工場をやっている武蔵小金井の実家に戻り、香奈子は今、両親や兄夫婦と同居しているが、血縁の三人より、血のつながりのない義姉に一番信頼をおいて、何につけてもまず最初にこの義姉に頼るのが習慣になっている。

新興宗教に夢中になっている母親は、夫の浮気くらい大目に見てやらないという旧弊な考えで、今も香奈子の離婚を快く思っていないし、倒産しかけの印刷工場を経営する父親は、十人近い従業員の生活を支えるのがやっとで、出戻りの娘と孫の面倒まで見る余裕はなく、離婚をただの娘のわがままだと考えているらしかった。兄は兄で、工場の隣に付録のようにくっついた家がいよいよ手狭になるのを恐れて離婚に反対した。嫁の手前もあったからだろうが、意外にも一番香奈子の味方をしてくれたのがその兄嫁である。

離婚して家に戻ってくるのに賛成してくれたのも、兄嫁の汀子だった。

香奈子が戻ってくれば、自分が結婚前にやっていたピアノ教室の仕事に戻れるためでもあったが、同じ嫁の立場で、この義姉だけが、香奈子の嫁ぎ先での苦労を理解してくれたようだ。兄夫婦には圭太より一つ年上の今年から小学生になる男の子がいて、その篤志と圭太が実際の兄弟以上に仲がよかった。

今も二人のはしゃぐ声が、浴室から響いてくる。その方にちらりと視線を投げながら、

「それにしても将彦さんの写真、本当に全部破り捨てたの」

と義姉は訊いてきた。

義姉の汀子は、ほっそりとした繊細な体つきからは想像もつかないさばさばした、昔で言う男っぽい性格なのだが、その義姉でさえ香奈子が離婚の際に見せたきっぱりとした過去の清算のしかたには驚いていた。

「香奈子さん、きっぱりしすぎだわ。結婚したらもうここは私の家じゃないからって、普通なら実家に戻るような時でも戻ってこなかったのに、離婚したら、今度はもうあの家とは何の関係もないからって……。圭太クンがお父さんに会いたがってること、わかっていながら、知らんふりしてるでしょ。圭太クンのためなら何でもする香奈子さんが、将彦さんへの意地だけはわずかかも折ろうとしないんだから」

頭のいいこの人は、やはりあの離婚劇に不自然なものを感じとっているのだ……。

そう疑いながら、香奈子は黙って苦笑しているほかなかった。

「将彦さんも将彦さんだけど。離婚してしばらくは、将彦さん、よく圭太クンに逢わせろって電話かけてきてたわね。それが突然途絶えて……再婚したせいらしいって香奈子さん、言ってたけど、今ごろになってまたこんな真似をするのはどうしてだと思う？」

そう言い、汀子は「今日のことが将彦さんの仕業だとしてだけど」とつけ加えた。

「さっき、私、言わなかった？　それが、どうも再婚相手とも別れたみたいで……それで急にまた圭太に執着しはじめたんだと思うけど」

汀子は「そうかなあ」と目に意味ありげな笑みをふくめたが、その時、隣の居間の電話が鳴った。

もう夜の十時を回っている。

こんな時刻に鳴り響いた電話の音に、二人はハッと顔を見合わせた。香奈子が立ちあがったが、それと同時に母親が苦しそうに咳《せき》をするのが聞こえ、受話器をとる気配がした。

香奈子が出戻ってから、居間は両親の寝室にもなったが、風邪気味だと言って今夜はもう布団に入っていた母親が起きたのである。

電話は父親の飲み友達からだったらしい。

「今夜は残業で、まだ工場の方だからそちらにかけてください」

と言って電話を切ると、また布団に戻ったようである。

隣室が静かになるのを待って、「義姉《ねえ》さん、さっき、何を言おうとしたの」と香奈子は訊いた。隣室を気づかい、声を落とした。

「今日の誘拐未遂事件、犯人が将彦さんだとして、目的は圭太クンじゃなくてあなたの方かもしれないって……」

「どういうこと?」

「将彦さん、意外にあなたへの思いが再燃してるんじゃないの。子供はあなたの気もちに火をつけるマッチか何かで……。ないの? 香奈子さんには?」そうも言った。

「何が?」

「再燃」

香奈子はその言葉を、顔の前で大きくふった手と笑い声で払い飛ばした。「ないわよ、全然。本当に顔も見たくないの。こんなことをされたら、いよいよ気もちが引くわ」

「まあ、今日の男が将彦さんだったと百パーセント決まったわけじゃないから……」

と言って汀子は立ちあがったが、なぜ自分が立ち上がったのかを忘れたように、その場に突っ立ったまま、

「それに私、女が大きくからんでいるような気がしてきた。今の電話で思いだしたんだけど、ほら、先週からかかってきてるいたずら電話。香奈子さん、あれももしかしたら将彦さんじゃないかって言ってたわね」

と言い、思いだしたように冷蔵庫に近づき、パックの牛乳をとりだすと、石油ストーブの近くにおいた。子供たちが風呂からあがってきそうな気配がしたのだ。

「でも、香奈子さんはあの電話に匂《にお》いを嗅《か》ぎとったことない？……女の匂い」

ピアノをやっているせいか、この義姉は耳に五感が集中し、音を色や香りで感じとることがあるという。香奈子とほぼ同じ回数、無言電話に出たことのある義姉は、沈黙の背後にかすかに流れている音楽か何かに、女の匂いを感じとるらしい。

「あれ、クラシックでしょう？　高級レストランとか、そんなところからかけてきてる感じがするけれど」

香奈子の言葉に「ええ、でも……」と義姉はまだ納得のいかない顔をしたまま、

「あの無言電話と今日のことは関係ありそうじゃない？　そのせいかな、私、今日の事件にも『女』の匂いを感じる」

と言った。

香奈子はうなずいた。

小塚君江が着ていたスーツの緑が目に焼きついている。君江があの場にいたのは、ただの偶然とはとても思えない。今日の事件に君江は何らかの関《かか》わりがあるはずだ……。

香奈子がそのことを口に出すと、

「そうね、今日のことは将彦さんとは何の関係もなくて、その君江って女が誰か男と組んでやったと

いう可能性だってあるわね。圭太クンはお金持ちの御曹司でもあるのよ。その女なら山路家の内情にも通じてそうだし」

あんなどぎつい緑色を好む女なら、そんな恐ろしい話もありそうである。香奈子が顔をしかめてうなずくと、

「ただ内情に詳しい女は他にもいるのよね」

と義姉は続けた。

「将彦のお母さん？」と香奈子は訊いた
「ええ、それに将彦さんが再婚して、別れたらしい女。私、無言電話はその女が一番あやしいと思ってるけど……まだもう一人いる」

「誰？」

その声を細めた目で吸いとり、義姉の汀子は手をゆっくりとあげ、香奈子の顔を指さしてきた。顔は微笑しているが、人さし指の尖端《せんたん》には冷たい針がある。

「いやだ、義姉さん。私まで疑ってたの……あの無言電話のことで」

「だって、山路家の内情にある意味一番くわしいのは、香奈子さんじゃない？」

「そんな……」

香奈子が首をふるより前に、汀子が笑い声と共に首をふった。

「もちろん、疑ってなんかないわよ。だって、香奈子さんのいる時に無言電話かかってきたことあるし」と言い、「ただ」と続けた。

「ただ……香奈子さんはもう将彦さんの妻ではなくなったけど、依然……今も将彦さんの共犯者だわ。そう思ってるの、私」

「……どういうこと?」

と訊き返した時、隣室から、

「汀子さん、ちょっと、汀子さん」

と母のいらだったような声が聞こえてきた。

立ちあがり台所から出ていった義姉は、やがて母親に「すみませんでした」と謝罪の声をかけて戻ってくると肩をそびやかした。

「さっきの電話で目をさましたら、私たちの声で寝つかれなくなったんですって」

だが、誰にも聞かれたくない話だから、二人とも充分声を落としてしゃべっていたのだ。

「工場の音がうるさいだけじゃないの? 義姉さん、ちゃんと文句言わないとダメよ。これも嫁いじめなんだから」

と言う小姑を無視し、義姉は窓を見ている。

流し台の上の窓ガラスには、工場の窓の明かりがうっすらとにじんでいる。工場と家は数メートルしか離れておらず、改めて耳を澄ますとこれまで聞き落としていた音が響いてきた。夜風の音や、その音を砕いて工場の輪転機があげるうなり声のような音……。

「ボソボソという話し声の方がお母さんの耳にはうるさいのよ。聞き慣れてる工場の音は、聞こえないも同然なんでしょ、きっと」

と言い、義姉はふり向いて香奈子を見た。

「ね、あの無言電話も同じじゃないのかな。音楽の他に何かの音がしてるのに、私たちが聞き落としてるんじゃないかしらね」

義姉は、その聞き落としている音に『女』を感じとっているのかもしれないと言い、

「今度またかかってきたら、香奈子さんも気をつけてみて」

とも言ったが、それよりも香奈子には『共犯者』という言葉の方が気になっていた。だが、

「あれはどういう意味だったの？」

と訊き直しても、義姉は、

「大したことじゃないから忘れて」

と答え、浴室からの「そろそろあがるぞ」という夫の声や子供たちの笑い声に引っ張られるように、台所を出ていってしまった。

翌日あらためて義姉と相談して、警察には届けずに、しばらく圭太から目をはなさないよう気づかいながら、様子を見ることにした。大げさになることを恐れ、警察だけでなく、家族の誰にも話さず、ただ幼稚園の先生にだけ、『帰り道で圭太に危なそうな男が近づいてきたから、気をつけていてほしい』と頼んだ。

圭太にも口止めしたが、その必要はなかったかもしれない。他の子供より無邪気なところのある圭太は、その晩にはもう昼間の出来事など忘れてしまったようにいつも通りの笑顔にもどっていた。そしてその笑顔が、香奈子にもスーパーでの奇妙な出来事を忘れさせたのだった。

問題の無言電話もかかってこなくなり、むしろ以前より平穏な日々が続いた。あの騒ぎを機に無言電話がとだえたということは、やはり圭太の誘拐未遂と無言の電話に大きな関連があった証拠ではないだろうか。香奈子はいよいよ誘拐未遂犯は以前の夫だったと確信し、世田谷をたずねてそれなりに調べてみた方がいいと一度は意気ごんだものの、二月も中旬になってその気を萎《な》えさせる出来事があった。

偶然見ていたテレビのニュースに、かつての嫁ぎ先が大きく映し出されたのだ。

横断歩道上で老人が車に轢《ひ》かれたというニュースで、現場のついでに奥沢の高級住宅地が映しだされ、ほんの一瞬だが、山路家の玄関が隣の小塚家と共に画面をかすめた。久しぶりに見る豪奢《ごうしゃ》な門がまえやシャレたレンガ塀は、香奈子の視線など簡単にはねのけ、そこがもう自分の手の届かない別世界であることを、香奈子はいやというほど思い知らされた。

一瞬のうちに、もう二度と世田谷へは足を向けないでおこうと決心したものの、同時に圭太にとってはそこが別世界ではないことも認めなければならなかった。香奈子がどう否定しようと、依然、圭太には、その豪華な家に住み、豊かに暮らす権利があるのだ。その権利を母親が自分の都合だけで奪っていいものかどうか。

香奈子は圭太と父親との関係を根本からもう一度考え直さなければならなくなった。

そして、ただそれだけが一月末にスーパーで起こった誘拐騒ぎの後遺症だった。他には何の波紋も残さず、むしろ以前より平穏な日々が続いた。東京は例年にない寒さに見まわれたものの、その極寒は、二月も最後の週になると突然のあたたかさにひるがえった。

春のような陽気が数日続いた。

だが、日中、街なかの気温が二十度を越し、コートを脱いでも汗がにじむほどになると、春めいたなどとのんきなことも言っておられなくなった。テレビのニュースは異常気象という言葉を使うようになり、例年ならまだ寒さがきびしく残ったこの時季、よろこぶべきはずのあたたかさにも、人々はどこか危険なものを感じるようになった。そして、その普通ではないあたたかさが、二月末日に起こった事件の予兆になった。

一月末以来、小動物のように地中深くもぐって冬眠していた事件を、突然迷いこんできた春が叩き起こしたのだった。

二月二十八日。月曜日。

その日、いつも通りの朝を迎えた香奈子は、八時半に従業員の運転する車で圭太を幼稚園に送り届け、家に戻る途中、フロントガラスごしに初夏の朝のような陽ざしを浴び、額のあたりがうっすらと汗ばむのを覚えた。ねっとりとしつこい汗が奇妙に気もちを暗くふさいだが、それでも、まさか数時間後、自分たち母子が大事件に巻き込まれ、それよりもっと暗い汗をかくことになるとは……そうして、その異常気象が犯罪に一役買うことになるとは、想像もできなかった。

帰宅した香奈子は、午前中いっぱい家事をしながら、その合間に印刷工場の事務を手伝った。

工場は十二時半に昼休みに入る。従業員十人のうち、独身の六人には昼ごはんを出さなければいけない。

電話がかかってきたのは、正午をまわり、台所で昼食の準備をしていた香奈子が掛け時計の分針と戦いはじめたころである。

「はい、はい……」

噛みつくようなコールの音に声を返しながら、香奈子は居間に駆けこむと、茶簞笥《ちゃだんす》の横の電話機に手を伸ばした。濡《ぬ》れた手をエプロンでぬぐい、受話器をとった。受話口を耳に当てるより早く、相手の声があふれだした。

「もしもし、こちら大島幼稚園ですが……」

電話の声は「高橋です」と名乗った。

圭太がいるサクラ組の担任で、まだ二十三、四の若い女性である。もともと特徴のない平凡な声だから、香奈子はわずかも疑いをはさまなかった。いや、疑っている余裕などなかつた。

「圭太君のお母さんですか……あのう圭太君がさっき蜂に刺されて」

動転した高橋の声はかすれ、乱れ、香奈子は事態を把握するのに必死になった。最後に、「八王子の市民病院ですね。わかりました。すぐ行きます」と言って叩きおくように電話を切り、だが、すぐには動き出せなかった。

ショックで体が硬直している。息まで止まってしまい、大きく深呼吸して息を体の中に吹きこむと、香奈子は台所の裏口でサンダルをひっかけて家を跳びだし、数メートル離れた印刷工場の事務室に飛びこんだ。

父親は業者と話をしていた。むずかしい話らしく、父親が眉間《みけん》にしわを寄せていたが、構わずに、

「お父さん。今、幼稚園から電話があって、圭太がスズメバチに刺されて危険だから、救急車を呼んだって。八王子の病院に運んでるらしいんだけど、誰かに車で連れてってもらえない?」

早口で一気にそう言った。

「スズメバチ?」

怪訝《けげん》そうにそう聞き返した父親は、娘の顔色が普通でないことに気づくと、慌てて事務室のドアから跳びだそうとした。その背に、

「川田君に頼めないかしら。川田君なら圭太も安心するし」

と声をかけたが、ちょうど、事務室の隣にあるトイレから、その川田が出てきた。三、四年前から勤めている二十代半ばの男である。濡れた手を作業着の腰から吊るしたタオルで拭《ぬぐ》いながら、ドアから出てきた川田は、圭太が危険な状態だと聞くと、

「それは急がないと……」

香奈子以上に心配そうな顔になって、すぐに社長からキーを借りて、事務所の外に止まっていたバンに香奈子を乗せ、自分も運転席に乗りこみ……五分後には八王子に通じる国道を走っていた。

制限速度ギリギリまでスピードをあげてくれたが、それでも信号に引っかかって時間が無駄に過ぎていく。いら立ちを隠せずにいる香奈子の気をまぎらわせるつもりなのか、

「この時季にスズメバチなんて珍しいですね」

と川田は言った。

「あいつら、冬のあいだはおとなしくしていて、活動するのは早くて五月ころだから」

猛毒をもった蜂を『あいつら』と呼ぶのは、いかにも信州出身の川田らしかった。複雑な家庭事情があって、家出同然に東京に出てきたというから、家のことはあまり話したがらなかったが、長野市郊外の田舎びた地で生まれ育ったというのは間違いないらしい。すっきりと痩《や》せていて、背格好は都会の若者と変わりない。ただ、素焼きの土器のような肌の色や埴輪《はにわ》のような顔だちに素朴さが残っていて、以前から香奈子は好感を抱《いだ》いていた。

圭太もよく懐いていて、これまでも何度か幼稚園の送迎をしてくれているし、休みの日に圭太とキャッチボールをしたりして、ちょっとした父親代わりを務めてくれている。

今も、母親の自分以上に圭太のことを心配してくれているようだ。

フロントガラスに光があふれ、車内は温室のように暑く、川田の額には焦燥の汗が噴き出している。

川田は汗を手でぬぐった。「この異常気象で今日なんか五月の陽気だってニュースで言ってた……どっかで桜が芽吹いたと言うし」

「あ、そうか」

窓を開けながら、沈黙している香奈子をしきりに気にしている。

「川田君、蜂のこと詳しい?」

香奈子がやっと口を開いたのは、車がまた走りだしてからだった。

「ええ。郷里の隣の家に蔵があって、その天井に子供の体くらいはあるスズメバチの巣があったから。高校のころに一度、オレも刺されてるし。アレ、ものすごく痛いですよ」

「圭太、我慢できるかしら」

心配そうにため息をついてから、

「それで、あなたも死にかけて救急車で病院に運ばれた?」

「いや、オレは近くの医院にいって薬もらって塗っただけ……刺されたところが腫れあがって二、三日痛くて、その後猛烈なかゆみに襲われて。治るのに一週間はかかったけど」

「じゃあ、スズメバチに刺されてみんな危険な状態になるとはかぎらないわけ」

「ええ。オレはその時一度っきりだったし。最初の一度は大したことないんですよ……二度、三度とやられると、抗体とかいうのが毒に反応して酷《ひど》いアレルギー症状が起こって命とりにもなるって……圭太クンは前にも襲われたことあるんでしょ?」

「いいえ、はじめてだわ」

次の瞬間、二人は視線をぶつけ合った。

川田が目だけで『本当に?』と訊き、香奈子は首をふった。

「スズメバチだけじゃなく、蜂に刺されたことなんて一度もなかったわ、あの子」

「でも、体がふるえだしてかなり危険な状態だから八王子の大きな病院に運んでるって……そう聞いたけど、さっき」

「近くのクリニックでは特別な薬がなかったらしくて、それで……」

「………」

川田は車のスピードを落とした。

「本当に、幼稚園からだったんですか、その電話？　普通、119に電話した直後にお母さんに連絡するはずだけど。お母さん、すぐに幼稚園に駆けつければ救急車に一緒に乗れただろうし」

二人は同時にふり向いて、たがいの顔を見た……共に何か感じとるものがあったのだ。

「たしかにちょっと変だわ」

続けて、「車、止めて」とも言ったが、すでに川田は車を路肩に寄せている。

香奈子はエプロンのポケットから携帯電話をとりだし、幼稚園にかけた。

「あ、私、圭太の母親ですけど、先生……高橋先生いらっしゃいますか」

落ちつかなければと思いながら、早口になった。

「私です、高橋です」

「……そんな」

電話の声に香奈子は首をふることしかできなかった。

今の声がさっき家にかかってきた声と同じかどうかはわからない。だが、高橋が幼稚園にいて、今こうやって電話に出ていること自体、さっきの電話が嘘だった証明だ。

「圭太君のお母さんですよね。それでどうだったんですか？」

「どうだったって、何が……」

「スズメバチに刺されたって話……」

相手もとまどっている。声が途切れた。

「誰が？　スズメバチに刺されたのは圭太でしょう。さっき、そう言って電話かけてきたじゃないですか」

「誰が？」

「先生ですよ。高橋先生、あなたが」

「そんな……」

今度は相手が声を出せなくなったようだ。

心配そうな目で問いかけてくる川田に「やっぱり幼稚園の先生からじゃなかったわ、さっきの電話」かすれ声で、呆然《ぼうぜん》とそう答えた。

「それで圭太君は？　今、幼稚園ですか」

川田のその言葉で我に返り、あわてて同じ質問を携帯電話にぶつけた。

「いいえ。お母さんと一緒なんでしょう？　だってさっきお母さんが車で迎えに来て連れていかれたじゃないですか。お祖母《ばあ》ちゃんが蜂に刺されて危篤状態だからって」

その言葉を最後まで聞けなかった。何かが前方で光った。いや、記憶の中であのバッジが光ったのか……警察官のバッジ。そのバッジが、一カ月前の事件を複写するふしぎなコピー機のボタンだった。スーパーで、圭太がいないと気づいた瞬間に襲いかかってきた恐怖と焦りが、体によみがえってくる。あの時、ぼやけていて読みとれなかったものが、今度ははっきりと読める。

事件という二字。誘拐の二字。

眩《まぶ》しい光の中に意識が溶けこんでいくのをおぼえながら、香奈子は最後に、「白い車でした？　圭太を迎えにきたのは」とだけ訊いた。


その後どうやって幼稚園にたどり着いたのか、香奈子にはわからなかった。

呆然とした香奈子に代わって川田が携帯電話をとり幼稚園の先生としゃべってくれたこと、すぐに車をUターンさせ、小金井へと引き返しながら幼稚園の先生の言葉を何度もくり返し伝えてくれたことはわかっていた。ただ、車窓をすさまじい勢いで流れ去る風景は、目に入ってきても意識まで届かず、川田の話も耳に入ると同時に何かに消されてしまう。

頭が何とか回転し始めたのは、幼稚園の玄関先で、跳びだしてきた園長や先生たちと立ち話を始めたころからだった。

「門のすぐ外に白い車が停まって……」

まだ若い高橋の泣き出しそうな声に、「やっぱり白かったの、車は」と香奈子は反応した。

その車の運転席から男が一人降りてきた。圭太のいる教室から、遊び場になる広めの庭のむこうに正面の門が見える。その男が庭を横切ってテラスに面した窓に近づくのを見て、高橋は自分から窓を開けた。男は、早口で「小川圭太の家の者ですが」と名乗り、祖母がスズメバチに刺され重体なので、一緒に病院へ連れていきたいからと言った。高橋は他の先生にも手伝ってもらって、圭太に急いで帰り支度をさせ、その手を引いて早足で玄関から外へ出た。男はもう運転席に乗りこんでいて、別に女が一人、車のドアを開けて待機していた。

「早く……急いで」

と言い、抱きかかえるようにして圭太を後ろの席に押しこむと、自分も続いて乗りこみ、ほとんど同時に車はスタートした。

正午少し前の、ほんの二、三分の出来事だったという。

「俺たちが工場を出たのが十二時十分ごろだから、正午少し前というと……圭太クンを乗せてここを離れた直後に、そいつら、お母さんに電話をかけたんだ」

川田のつぶやきと同時に、これまで香奈子の体のどこかに滞っていた血が、一気に堰《せき》を切って頭へと流れこんだ。

「変な男が近づくかもしれないから気をつけてくださいと頼んであったじゃないですか。私以外には圭太を渡さないでと」

突然のヒステリックな声に、若い担任はビクッとし、おろおろとした女の園長は「すぐに警察を呼びましょう」と言った。

香奈子は「でも……」と首をふった。

その香奈子の声を、輪唱でもするように高橋が、「でも」と追いかけた。だが、二人の「でも」はまったく意味がちがっていた。

香奈子が警察への連絡をためらったのは、これが一カ月前の騒動のコピーに過ぎず、圭太を連れ去ったのが父親だという可能性があったからだ。いや、父親がここまで大げさなことをするだろうか……。これは本当の誘拐事件だ。一カ月前に失敗した犯人は、入念に計画を練りなおし、今度こそ成功した……。

そう感じとりながらも、香奈子は警察に連絡する前に圭太の父親に電話をして、彼が犯人でないことを確認しておきたかった。ただ、それを説明する前に、担任の高橋が、

「でも……事件じゃないんでしょ、これ」

不意に声を大きくしてそう言ったのだった。

香奈子はこの時、襟《えり》がリボンになったピンクのセーターを着ていたが、そのリボンが胸の鼓動に合わせ波打つのを高橋は見ていた。

「何を言ってるの、誘拐事件よ、これは」

園長がそうたしなめた。高橋が責任逃れをしようとしていると考えたらしい。続けて、「言いわけなんかやめてちょうだい、こんな時に。あなた、お母さんにしか圭太クンを渡さないって約束したんでしょ」と言うと、高橋は大きくうなずいた。

「私、約束ちゃんと守りました。だから事件じゃないんです、これは」

その目はまだ香奈子の胸のリボンに釘づけになっている。

「何をわけのわからないこと……」

園長の言葉に激しく首をふり、「わけがわからないのは私の方です」と高橋は言った。そして背すじをピンと伸ばし、目をあげて真正面から香奈子を見すえた。

その二月末日に発生した誘拐事件で、香奈子が一番大きな恐怖に駆られたのは、それより数十分前、八王子に向かう車の中で事件を察知した瞬間でもなければ、二時間後犯人からの最初の連絡を家の電話で受けとった時でもなく、幼稚園の玄関前で担任の高橋がこう言いだした瞬間だった。

高橋は開き直ったような落ち着いた声で、

「だって、私、お母さんに……あなたにちゃんと圭太クン渡したじゃないですか」

と言った。

「正午前に車で迎えに来たのもこの男の人とあなたじゃないですか。二人の顔も服装もよく憶えてるし、まちがえるはずないから……お母さん、その時もこのセーター着てて、私、すごく可愛《かわい》いから、今度どこで買ったのか聞いてみようと思って……なのに、どうして、車だけ変えて二人でまたやって来て、こんなわけのわからないことを言いだすんですか」

香奈子はあきれて、すぐには何の言葉も返せなかった。代わりに園長が顔色を変えて、

「高橋先生。自分のミスを、そんなデタラメでごまかすつもりなの」

厳しい声でそうたしなめた。続いて香奈子も喉《のど》につかえていた言葉を吐きだした。

「そうですよ。どうして私が圭太を誘拐するんですか。私は母親なんですよ」
一、二歩足を踏みだし、高橋に詰め寄り、「本当に、こんな時になんてひどい嘘を……」怒声を浴びせた。
「嘘じゃありません」

高橋は真顔で首をふった。

「絶対にあなたでした……お母さんでした。他にも証人がいるわ。もっと確かな……」

「誰？　他の先生？」

園長はその場に集まっている数人の先生の顔にさっと視線を流した。

「いいえ。先生たちの中でその女《ひと》を見たのは、たぶん、私だけですけど……」

「だったら誰のこと？」

高橋は伏せていた目をあげ、真正面から園長を見た。

「圭太クンです」

声をふるわせながらも、はっきりとした声で言った。「だって圭太クン以上に確かな証人はいないでしょう？」

「圭太は証人にはなれませんよ。まだ子供だし、連れ去られた当人だし」と言う母親に、

「子供だからこそ、お母さんを間違えるはずないんじゃないですか」

今度は高橋の方から怒りの声を投げつけた。「迎えにきたのが本当のお母さんじゃなければ、車から跳びおりて逃げてきたはずです。一カ月前にスーパーで似たことがあった時も、圭太クン、逃げたんでしょう？　お母さんもそう言ってましたよね。『そんなしっかりした子だから大丈夫でしょうけ

ど、念のために気をつけていてください』と電話でそう……」

突然の反撃に面食らい、また言葉を失った香奈子に代わって、川田が、「でも圭太クンはよくその女の顔を見なかったのでは？　車はすぐに走りだしたんじゃあ……」と言った。

「いいえ」高橋は川田をにらみつけた。「ほんの数秒でしたが、圭太クン、その女性や運転席の男性とも視線や言葉を交わしてます。はっきりと私、見たし、聞いたし……」

「運転席の男というのは、つまり……」

川田は人さし指を自分に向けて『この俺？』と訊いた。


川田はバカバカしいと笑おうとしたようだが、高橋のかたくなな目に出会って、かすかに頰《ほお》の筋肉をひきつらせただけだった。

一分一秒を争う事態である。園長は警察に連絡するために中へ戻ろうとした。その園長を、

「ちょっと待ってください」

香奈子はとめた。園長の小肥りの体へと伸ばした手に焦りが出た。

圭太を連れ去ったのは以前の夫ではないか。香奈子はまだその疑いを払拭《ふっしょく》できずにいたのだ。将彦がこんな馬鹿な真似をしたのなら、警察に届けても将彦以上にこの私が困ったことになる……そう考えていたが、

「いいえ、何でもありません」

香奈子はすぐに首をふった。先月のスーパーでの事件を警察に届けなかったために、こんな事件が起こってしまったのだ。その遅れを一秒も早くとり戻さなければならない……。

「警察への電話はお願いします。私は家にかけてみます。何か連絡が入ってるかも……」

香奈子の言葉を最後まで聞かず、園長は乱暴な足音をたてて奥へと走っていった。他の先生たちもその後を追いかけ、玄関には高橋一人が残った。まだ何か言いたげにしているが、香奈子は無視した。その女より、頭に浮かんでいる犯人の影の方が身近に感じとれる……影の手が首へと伸びてくる。ざらざらした感触が幻覚とは思えない生々しさで感じとれ、香奈子は携帯から自宅に電話をかけながら、身震いした。とんでもない事件が起こった上に、今のところ唯一の目撃者である一人の女がわけのわからないことを喋りだした……わずか数十分のうちに、普通の一日から足を踏みはずし、悪夢としか思えない迷路に踏みこんでしまった……。

印刷工場の事務室にかけた電話には誰も出ない。母親の寝ている自宅の方にかけてみたが、やはり応答がない。

香奈子が困っているのを見て、

「社長の携帯にかけてみたら？　社長、携帯の扱いにも慣れて最近は、忘れずに身につけているみたいだから」

川田が声をかけてきた。香奈子はその言葉が終わらないうちに携帯のボタンに指を走らせていた。

コールが始まり、すぐに相手が出た。だが、

「もしもし……」

という香奈子の声を無視して、次の瞬間、電話は切れてしまった。父親はまだ携帯電話を持ち始めて日が浅いから操作をしくじったのか。確かに誰かが電話に出て、ほんの一言だが、声を発した……。

『おかあさん』

子供の声がそうつぶやいたような気がするが、もちろんそれは幻聴だろう。車で幼稚園に向かったときから、圭太の声が体中にひびいている……『おかあさん、おかあさん』という声が体の奥底から

絶え間なくわきあがってくる……。

「どうかしたんですか」

「うまくつながらなかったみたい」

「俺の携帯からかけてみましょうか」

携帯をとりだそうとした川田に首をふり、「それより、世田谷の歯科医に電話をかけてくれない？」

と言った。

「シカイ？」

「歯医者さん。私の元の夫が歯科医をしているの、知ってるでしょう？」

川田は埴輪の目で数秒、香奈子の顔色をうかがってから、

「そのセンセイは子供に会うのに、こんな犯罪まがいの強引な手を使うような男なんですか」

と訊いた。

「………」

「疑ってるんでしょ、香奈子さん、圭太クンを連れ去ったのが元のダンナじゃないかと」

香奈子は川田のカンの良さに驚きながら、うなずいた。そう言えば、川田は圭太と似た境遇だと聞いたことがある……詳しくは教えてくれなかったが、確か父親に昔からの愛人がいて、実の母親が若くして病死した後、後妻となったその愛人が彼の義母として家に入ってきたという話だ……家出の原因はそのあたりにあったのだろうが、素朴そうに見えながら、人間関係、特に男女関係については長《た》けているのかもしれない。

「でも」と香奈子はすぐに首をふった。「本当にあの人の仕業かどうかはわからない。私だって何も知らないのよ、あの人がどんな人なのか」

ため息をついた香奈子から、川田は歯科医院の電話番号と医師の名を聞きだした。

「患者のふりをして、その先生がいるかどうか聞き出せばいいんでしょう？」

と言いながら、番号を押して耳にあて、すぐに、「もしもし、あのう、夕方予約を入れてある者ですけど……」と芝居を開始した。

「今日はそちらお休みなんでしょうか。いや一時間ほど前に駅前で山路先生を見かけたものだから、もしかして今日は休みかもしれないと心配になってきて……えっ、違う？　でもあれは絶対先生でしたよ。白い車から子供や奥さんらしい女の人と降りてきて……本当に？　そうか、じゃあ見間違いなのかなあ。背格好までそっくりだったんだけど……」

そこで相手から名前を訊かれたらしい、

「いや、夕方行きますから」

という言葉で慌てて電話を切ると、香奈子に向けて「先生は昼休みになる十二時半まで、一歩も医院から外に出てないらしい」と言った。

香奈子の顔に落胆の色が出たようだ。

「ただこれで先生がシロと決まったわけじゃない。先生のような立場の人間なら、自分が動かずに誰か人をやとってやらせたろうし」

慰めるようにそう言った時、慌しい足音と共に園長が戻ってきた。

「すぐに警察が来ます」

と園長は背すじを伸ばし、陣頭指揮をとるような厳格な声を放った。

「それでこの幼稚園だけじゃなく、お家の方にも警察の人が行くから、お母さんはすぐに家に戻って待機してほしいと……誘拐、それも金銭目的の計画的な誘拐事件だという可能性が高いらしくて、おそらく犯人は家の方に連絡を入れるだろうからって」

一分後にはふたたび川田の運転する車で、香奈子は自宅に向かった。途中、窓を流れる並木道に母子連れを見つけると、どうしても一カ月前の自分たちと重なってしまった。メロンの入ったリュックを弾ませながら、楽しそうに歩いていた圭太は、突然『誘拐』という言葉を口にして母親を驚かせた……あの時の一言にもっと真剣に立ち向かうべきだった……そうすればこんな事態はおこらなかっただろう。後悔と共に最悪の想像ばかりが頭に押し寄せてくる……それなのに同時によみがえってくる圭太の顔は笑顔ばかりだ。メロンをリュックに入れてやった時のはしゃいだ顔、ブランコから落ちて痛みを我慢するために無理に笑おうとした小さな顔、初めてジェットコースターに乗った時、自分のあげた悲鳴にびっくりしてひきつるように笑いだした顔。

次々に浮かんでくる笑顔がつらくなって、追い払おうと頭をふった時、香奈子の携帯に印刷工場の事務室から電話が入った。

「香奈子か……圭太はどうなんだ?」

父親である。

「大丈夫なのか。何も連絡してくれないから心配になってな」

「連絡したわ、でも携帯にも出ないから」

「携帯は失《な》くしたみたいだ……さっきからずっと探してるんだが」

「でも、さっき……十五分くらい前、一度携帯に出たじゃない。すぐに切れたけど」

「それは私じゃない。そうか、じゃあやっぱり、どっかに落としてそれを誰かが拾ってくれたんだろう……そんなことより、大丈夫なのか、圭太は」

短い沈黙のあと、「それが全然、大丈夫じゃないの」と言い、抑えた声で普通に喋っていた香奈子は、そこでワッと泣きだした。塊《かたまり》のようなものが胸を突きあげてきて、泣き声と涙が一気に口と目からほとばしり出た。運転していた川田が思わずブレーキを踏みかけるほどの突然の泣き出し方だった。固く握りしめた携帯からは「どうしたんだ」と「大丈夫か」をくり返す父親の声が流れだしている。

「しっかりしないと……まだ誘拐と百パーセント決まったわけじゃないから」

そう慰めながら、川田は携帯を香奈子の手からもぎとり、これまでの経緯を社長に報《しら》せた。かいつまんで話したが、それでも話が終わらないうちに印刷工場のトタン塀とコンクリートの門が迫ってきた。

父親が従業員二人と事務室から跳びだしてきた。車に駆け寄り、まだ泣いている香奈子の肩を包みこむようにして降ろし、家に連れていった。兄夫婦が心配そうな顔で玄関先に出てきている。この冬三度目の風邪をひいて寝こんでいた母親も、カーディガンを羽織り、框《かまち》から身をのりだして待っていた。

今にも泣きくずれそうな香奈子を、

「あんたがしっかりしていないでどうするの。親のあんたがそんなだから、圭太は誘拐されたのよ。不幸は弱い人間につけこむからね」

語気を荒げて、叱り飛ばした。

足のふらついている香奈子の体を父親といっしょに支えていた川田が「いや、香奈子さんの責任じゃないし、さっきまではちゃんと……」とかばおうとしたが、叱責《しっせき》の方が功を奏したようだ。

香奈子は父親の手を払いのけ、背すじをピンとのばし、

「大丈夫。すぐに警察が来てくれるし、必ず圭太は元気なまま戻ってくる」

と言った。その言葉どおり、十五分後にはやってきた警察官にも落ち着いた態度で応対した。

警視庁が被害者宅にまず送りこんできたのは、所轄署の六人である。ただちに居間と事務室の電話に逆探知機がとりつけられ、圭太のリュックに母親の携帯番号のメモが入っているとわかると、その携帯にも録音機らしきものをつなげた。

その間に剣崎という五十過ぎの警部補が、犯人から電話が入った場合に備えて香奈子にさまざまな指示をし、香奈子だけでなく川田からもこれまでの経過を聞きだした。

頭の回転が速そうな警部補は、不安を与えないよう穏やかな表情を保って、実に要領よく二人から話をひきだしていたが、

「ピンクのセーター?」

と聞き返した時だけ一瞬鋭く目を光らせた。

「圭太クンを連れ去った二人のうちの女の方が、今のお母さんと同じセーターを着ていたと言うんですか。幼稚園の先生がそう言ってると……」

そう訊き返した直後、香奈子の返答の代わりに居間の電話が鳴り響いた。

場の空気が大きく緊張をはらんだが、電話番の刑事は顔色一つ変えず、ナンバーディスプレイをのぞきこみながら、「局番は世田谷方面ですね」と言い、録音機のスイッチを入れた。それまで誰より静かだった香奈子の顔が、音をたてるように大きく崩れた。

「３４１２、０３……」

刑事が読みあげる電話番号を最後まで訊く必要はなかった。香奈子は部屋の隅にいる川田へと視線を投げ、小さくうなずくと、

「山路という男性です。私が結婚していた……」

中腰で電話機を覗きこんでいた剣崎警部補に告げた。

「三年前に離婚したんです……つまり」

「圭太君の父親？」

警部補の目が光った。

「ええ……でも変だわ。こんな時に突然電話をかけてくるなんて。もう一年以上、電話をかけてきていないんです」

「事件と関係のある電話かもしれない」

コールの音に急《せ》かされるのか、口の動きが慌《あわただ》しくなった。

「犯人が家庭の事情に詳しくて、お父さんの方に身代金を要求していった可能性も……」

「あのう……それより私、疑ってるんですけど。この人が誰かに頼んで、圭太を誘拐させたんじゃないかって」

剣崎は「ともかく出てください」と目で電話機を示した。

「どう返答したらいいかわからなければ、私が教えますから」

と言いながら、すでに準備されていたペンと用紙をとって振って見せた。

香奈子は思いきり息を吐きだし、その勢いで手を受話器へと伸ばした。

「もしもし、小川です」

みじかい沈黙のあと、男の声が、

「君か」

と言った。たったそれだけの言葉だったが、香奈子はすぐに思いだした。素っ気ない訊き方に似合った無個性な声。強《し》いて言うなら、横顔で喋っているような、よそよそしさだけが個性の声。

だが、香奈子の声はそれ以上に冷淡だった。

「何の用でしょう、突然」

「いや、ちょっと確かめたいことがあって……何か、そちらで事件が起こっていないか。そのう、圭太のことで……」

とまどい気味の喋り方が、活字のような声と似合わなかった。香奈子は剣崎に、

『本当のことを答えていいか』

と目だけで訊いた。

剣崎はうなずき、GOサインを出した。

「どうして知ってるんですか、圭太のこと」

沈黙。香奈子の不安は黒く煮詰まった。

「さっき、クリニックの方にシバキと名乗る男から電話があって……圭太が誘拐されたって言うんだ」

そう答えてから、将彦は「今の君の言い方だと、やっぱり本当なのか、誘拐されたというのは」と続けた。

「ええ」

受話器の底に舌打ちが聞こえ、「いったい何をしてたんだ、君は」不意に怒声に変わった。

「君は僕には父親の資格がないと言って、子供を自分のものにした。僕のもとに置いておいたら危険だと言って……君が育て方には自信があると言いきるから、仕方がないと諦《あきら》めて圭太を手放したんだ」

とり乱し、怒り、焦っているのはわかる。だが、相変わらず抑揚のない、活字の羅列のような声に

はどんな感情も読みとれなかった……コンピューターが作った怒りの声。香奈子はいら立ち、

『こんな時にそんなことの言える人だから別れたのよ』

と言いたいのを我慢して「どんな電話だったのか、もっと詳しく説明して。それ以外のことを喋ってる時間はないわ」とだけ言った。

将彦の声の勢いからすると、香奈子が一番怖れている『あの事』だって喋りかねない。それを香奈子は何より怖れた。必死に冷静さを保とうとする香奈子の声に感化されたのか、将彦の声もいくらか落ち着いた。

「それより、警察にはもう連絡したのか」

香奈子は目だけで、剣崎に返事の指示を求めた。

剣崎はうなずき、自分を指さして受話器を握るジェスチャーをした。『直接、話させてくれ』という意味だ。

「もちろん呼んだわ。今すぐそばにいて、直接話したいって」

「ということは、僕の声は警察の人にも聞こえてたのか」

その言葉を最後まで聞かず、香奈子は受話器を剣崎に渡した。

剣崎は電話に向けて簡単に自己紹介し、「一旦電話を切ってください。この電話には犯人から連絡が入るかもしれないので、こちらの携帯からかけ直します」と言った。

受話器を置き、携帯電話をポケットからとり出しながら、廊下に出た。

「ああ、もしもし。どうも……息子さんが誘拐された可能性があるので、目下、犯人から連絡が入るのを待ちながら、一つでも多くの情報を集めているところです。それでそちらにかかってきた電話というのは」

居間に緊張がみなぎった。刑事たちも家族も、廊下から響いてくる剣崎の押し殺した声に聞き耳を立てている……。

「では後ほど連絡させてもらいます」

五分後、携帯電話を切った剣崎は、居間に戻ってくると、「ご主人……いや、元のご主人のもとに見知らぬ男が電話をしてきて、『圭太君が誘拐されて、元の奥さんの家では大騒ぎになっている。嘘だと思うなら電話して訊いてみたらいい』というようなことを言ったらしいです」と報告した。

「シバキと名乗ったそうです。シバの字は、たぶん、たきぎの柴か芝生の芝のどちらかでしょうが、どなたか心当たりは？」

香奈子をはじめ、居間にいた家族は次々に首をふった。

「元のご主人の……ええと、山路さんは、その電話を受けて、半信半疑のまますぐにこっちに電話をかけたようですよ」

剣崎は壁の時計を見て腕を組み、「一時間ほど前にも男の声でおかしな電話があったと言うんですが……」

「どういう？」と別の刑事が訊いた。

「今日はクリニックが休みかどうか尋ねてきた男がいると……駅前で先生が奥さんや子供と車から降りてくるのを見たという根も葉もない嘘を言って……」

香奈子は目で川田を探した。さっきまで一緒だった川田は工場にでも戻ったのか、姿が見えない。『それなら幼稚園から私がこの川田君にかけさせた電話です』香奈子はそう説明しようとしたが、すぐに思い直した。それより少しでも早く訊きたいことがあった。

「そのシバキと名乗った男が犯人なんでしょうか」

「おそらくそうでしょう。十秒足らず喋っただけだと言いますが、これで犯人について重要なことがわかりました」

ちょうどそこへ兄嫁が台所からお茶をはこんできた。兄の史郎はお茶を配るのを手伝い、茶碗の一つを剣崎の手に渡しながら、

「というと?」

と訊いた。

「この家の内情に相当詳しいということですよ。圭太君のご両親が離婚したことを知っているし」と居間の汚れた砂壁やしみの浮き出た天井をざっと見回し、「身代金をどちらに要求した方がいいかも、わかっているようだし」と言った。

言ってから、『しまった』と言うようにわざとらしく頭をかいた。

「いや、失礼なことを言いました。まだ金銭目的の誘拐かどうかもわからないうちから……しかし、身代金が要求された場合、ちゃんとお金が揃うかどうかは、犯人だけでなく、我々刑事にとっても重要な問題ですから」

「刑事さんは、私の家にお金がないと言いたいわけですか」

香奈子のすぐ後ろにいた父親が身を乗り出すようにして、そう言った。怒りでこめかみがピクピクしている。

「いや、だから失礼なことを言ってしまったとお詫びしたんです」

警部補がもう一度頭をさげたのを無視し、「そりゃあ、バブルの頃に較《くら》べたら工場もさびしくなってはいるが、最近はまた家庭用のプリンターじゃあやっぱり物足りないからという客も増えてきて……」と続けた声を、兄の史郎が遮った。

「親父、そんなことを言ってる場合じゃないだろ。工場が倒産寸前なのは、警察がちょっと調べればわかってしまうことだし」

「別に私は隠そうとしてるわけじゃない……刑事さんがあんまりひどい言い方をするので、ウチはそれほどお金に困っているわけじゃないと……」

「その強がりが、工場をここまで追いつめてしまったことに、親父、まだ気づいてないのか。今朝だって坂田さんが怒鳴りこんできてたじゃないか。これ以上支払いが滞ったら紙を卸せないと……紙を断たれたら、工場は干上がってしまう。それなのにまた強気なことを言って、坂田さんを追い返して……その強がりが逆に自分の首を絞める結果になってることにいったい、いつになったら気づくんだ」

激昂《げっこう》に近いほどの大声になった兄を、

「兄さんこそ、そんなことを言ってる場合？」

と香奈子はたしなめた。「圭太の命のことを一番に考えてちょうだい」

「考えてるよ。だから、刑事さんの言うとおり、家には高額の身代金を用意する余裕などないことを認めるべきだ。香奈子、お前、いざという場合、将彦君に頼めるんだろうな。山路家なら、億単位の身代金でも支払えるだろうし」

「それは……」

兄の目を避けて、香奈子は下を向いた。

「頼めないわけないだろう。圭太は将彦君の子供でもあるんだし、だいたいお前、別れたい一心で、今日まで慰謝料もほとんど要求せずに来たじゃないか」

「それは……」

香奈子は返答に詰まった。これまでも同じことで兄からは咎《とが》められている。その都度、適当に言い訳を考えて、反発してきた。

「慰謝料のことなんて関係ないでしょ。お金のことで何か兄さんに迷惑かけた？　私は工場の仕事も家事もちゃんと手伝ってるじゃないの」

身代金の一語が火種となって突然勃発した家庭争議を、刑事たちはなす術《すべ》もなく無言で見守っているだけだったが、廊下にいた兄嫁の汀子が、

「やめて、こんな時に喧嘩《けんか》は」

と声を投げこんで、止めに入った。汀子は、咳の始まった義母を奥の部屋へ寝かせにいき、もどってきたところだった。

「身代金のことは、私の実家の方でも用意できるでしょうし……香奈子さん、そんな心配は後回しにして、今は本当に圭太君のことだけを心配しましょ」

と言い、香奈子も「ええ」とうなずいたのだが、父親が香奈子の肩を背後から押しのけるようにして顔をのぞかせ、

「汀子さん、私が去年家を訪ねた時は、お宅のお父さんがウチには貸せるようなまとまった金はないとはっきり……」

と言った。それに答えたのは、兄の史郎だった。

「親父、汀子のお父さんに借金に行ったのか？　俺に黙って……いつ……」

「いや、借金なんて大げさなことじゃなく、他の話のついでに、ちらりと訊いてみただけだ」

父親の言いわけを最後まで聞かず、

「いったいいくら借りに行ったんだ、俺の立場も考えずによくそんな恥知らずな真似を」

と怒鳴りつけた。兄妹の喧嘩が父子喧嘩に発展したのに、汀子はあくまで冷静な顔を保ち、「実家の父は、まだ切羽詰まっていないと判断したから借金を断っただけだと言ってました。本当に困ってまた訪ねてこられたら、今度は貸すと……。だから、今度のような緊急の場合は出してくれるでしょうから」と言い、香奈子にむけて、

「大丈夫よ」

と微笑した。

「それに香奈子さんが頼まなくても山路家の方から身代金はウチが出すと言ってくるわ、きっと」

「私がさっき言いたかったのはそのことです」

黙っていた剣崎警部補がそう声を放った。汀子に同調して、大きくうなずいている。

「犯人は最初から身代金を山路さんの家の方に要求するつもりでいるんだと思います。そのためには早いうちに山路さんに事件のことを知らせておかないとね……クリニックに電話をかけたのはそのためだと考えたんです」

その言葉よりも、父親はまだ嫁の一言の方が気になっているらしい。

「汀子さん、本当に実家にはお金があるのか」と言うのを、史郎は舌打ちとため息ではね返した。

「そういう性格だから、親父はバブルの頃の夢をいつまでもひきずって逆に工場をダメにしてるんだよ。そんなに金の欲しそうなことばっかり言ってると、刑事さんに、この事件は山路の家や汀子の実家のお金を狙った我が家の狂言だと疑われるぞ」

父親は意外にも素直に、「そう、そのことだった」とうなずいた。

「刑事さんは最初からそう疑っていた。さっき、この家が貧しいようなことを言った時に、『だから、これは自作自演なんだろ』と本当はそう言いたいのが見え見えだったから、私は腹を立てたんだ」

怒りの矛先がまた自分に戻ったので、剣崎は苦笑いをし、頭をかいた。

「いや、そんな疑いは毛頭……。ただ、さっきの支払いが遅れているという話で気になったことが一つあるんですが、ええと、今朝こちらを訪れて、口論になった坂田という人ですが……その人のことをもう少し詳しく説明してもらえませんか」

「製紙会社のただの営業マンですよ」と史郎が代わりに答えた。「そりゃあ、支払いが滞ってるのは自分の責任になるからと相当な剣幕でおこってはいたけれど……刑事さんはまさか彼が犯人だと」

「いや、ただ念のために訊いておきたいんですが、その営業マンは圭太君のお父さんが金持ちだということを……」

「知ってたと思いますけど」と今度は父親が答えた。「まだほんの一年前まで、『香奈子さんに再婚する気があるなら、ゼヒ僕も候補の一人に』などと愛想笑いを浮かべて言ってたぐらいだから」

その直後、思いだしたことがあるらしく「ああ、そうだ」と声を口からはじきだした。

「坂田がいた時に確か……」

作業着のポケットに手を突っこみ、父親は、

「一度、坂田の会社に電話をかけようとして携帯を手にした……」

携帯をとりだす手つきをして、空っぽの手をじっと見つめた。眉間に寄せた皺《しわ》で、その時のことを必死に思いだそうとしているのがわかる。

「坂田ではラチがあかないから上司と直接しゃべろうとしたんだが、それもムダだろうと思い直して……確か、事務室のテーブルの上においたのだが」

それ以上は思いだせないと首をふった。意味がわからないのか、ふしぎそうな顔をしている警部補に、香奈子は、

「父は今朝から携帯電話をさがしてるんです」

と説明した。

「それであのう、刑事さんは坂田さんのことも疑ってるんでしょうか」

「いや、ちょっと訊いてみただけで、大した意味は……」

剣崎警部補は、香奈子がさらにまだ何か言いたげに口を開けていることに気づき、

「何か?」

と訊いた。

父親の携帯電話のことで香奈子には一つ気になることがあったのだが、二、三秒迷った末に、「いいえ」と首をふった。

ちょうどその時、剣崎の携帯に連絡が入ったようである。署から何か指示があったらしい、廊下に出て喋っていた剣崎は、最後に謎《なぞ》の男から圭太の父親山路将彦にかかってきた電話について報告し、居間に戻ると、

「署に特別捜査本部を設けて、まもなく本庁からこの種の事件の捜査に熟達した者たちが到着します。どんな状況にも対応できるようたくさんの警察官が投入されますから、安心してください」

と言った。既に三十人近い刑事が、幼稚園近辺の聞き込みを開始し、白い車の行方を追っているという。

「警察がそんなに動き回っているのを犯人が知ったら、危なくないですかね」

と史郎がつぶやいた。「たいていの誘拐犯は、『警察に連絡しないように。連絡したら子供の命はない』と脅迫するじゃないですか」

剣崎はうなずいた。

「ただ今度の場合、犯人は白昼堂々と事件を起こしている。お父さんに誘拐の事実を知らせるような真似もしているし、家族がすぐに警察に連絡することは見越してるでしょう」

「それにしても大胆すぎませんか、この誘拐犯たちは」

汀子が、廊下からそう声をかけてきた。八畳の居間は、中央のテーブルを囲んで刑事と家族ら七人、それにテーブルに乗らなかった機械類でほぼ満杯になっているから、汀子はさっきからずっと裏庭に面したガラス戸に背をもたせかけて立ったままである。

「香奈子さんを装って幼稚園に行くなんて……幼稚園の先生か圭太クンが、『ニセモノだ』って言い出したら、どうするつもりだったのかしら」

「大胆というか、ズサンというか。もしかしたら行き当たりばったりでやってみたら、偶然よく似たセーターを着ていたおかげで、幼稚園の先生が騙《だま》されてくれた……という程度のことかもしれないが」

剣崎は腕を組み、『いや、やっぱりそんな簡単なことじゃないな』と言うように首をふり、それから香奈子がまだ何か言いたそうな口の開け方をしているのに気づいて、もう一度、

「何か？」

と訊いた。香奈子は警部補がまだ手にしたままの携帯電話に目をやって、「ええ」とうなずいた。

今度こそ言おうと思ったが、

「ただの偶然ということは絶対にないと思いますけど」

と義姉の声が割りこんできた。

「犯人たちはもっと綿密に計画してるんです、きっと。香奈子さん、刑事さんに一カ月前のスーパーでのこと、話した？……あの誘拐未遂のこと」

「いいえまだ」と香奈子が首をふるのと同時に、

「誘拐未遂？」

と剣崎が顔色を変えた。それから十分近くかけて、香奈子は一カ月前のスーパーでの事件を刑事たちに話した。

「なぜ、もっと早く言ってくれなかったんですか、そんな重要なことを」

長いため息とともに苦々しそうに言葉を吐きだした剣崎は、ただちに部下の若い刑事にその件を本部へ知らせるように命じ、「白い車というのも同じだし、おそらく犯人は同一人物でしょうな。ひと月のうちに計画を練り直して、再度挑戦してきた……」そうつぶやいた。

剣崎は続けて、

「ただ、スーパーでのやり口も恐ろしく大胆だ。お母さんの目がなくなる短い時間をねらってすぐそばで犯行に踏み切ったんだから」

「圭太クンがお父さんの顔を知らないというのは間違いないですね。これまで……ええと、山路将彦さんが、こっそり圭太クンに会って『お母さんには内緒だぞ』と口止めしていたような可能性は？」

と訊いた。

香奈子は二度しっかりと首をふった。

「絶対にありえません、そんなこと」

剣崎は舌打ちし、うなり声をあげた。

重苦しい沈黙がのしかかり、居間の空気が暗く固まった。ただ全員が気にしているのは、警部補の沈黙よりも、テーブルの上に置かれた電話機の沈黙だった。

居間の電話機は、録音機をつなげる際、刑事たちの手で部屋のすみからテーブルの上に移動され、ずっと部屋のど真ん中に主役のように居座っている。

事実、いつその口から犯人の声を流しだすかもしれない電話機は、刑事や被害者の母親以上にこの場の主役だった。平凡な、ただ白いだけの電話機が、沈黙をはらんで一秒ごとに大きく重くなっていくのを、みんな、なす術もなく見守っている……。

最初にその沈黙に負けたのは香奈子だった。

「お父さん、さっきの携帯電話のことだけど、なくなってるのに気づいたのは、坂田さんが帰ってから?」

気になっていたことを思いきって訊いた。

「ああ。それがどうかしたのか」

「坂田さんが帰ってどれくらい経ってから」

「すぐだったと思うが……何だお前、私の携帯を坂田が持っていったと疑ってるのか?」

「そうじゃないけど、ただ……」

ふくみのある物言いに、居間にいた者たちは視線を香奈子に集めた。

「ただ、私、さっきからずっとお父さんの携帯を持ち去ったのは、犯人じゃないかって気がしてるから」

「どうして」

父親の声と剣崎の「なぜ?」が重なった。

「この家に戻る途中、お父さんの携帯に電話したら誰かが出たわ。私、そう言ったわよね。憶えてるでしょ……ほんの一瞬だったけど、『おかあさん』と叫ぶ声が聞こえた気がしたの。圭太の声だったような気が……携帯電話のすぐ近くにいて、私の声の気配でも感じとったみたいに」

刑事たちは、その言葉に重要な意味があると直感したのだろう、息をのんで次の言葉を待っている。

香奈子の言葉に、「お、おい、じゃあ、今からもう一度かけてみろ」と父親が喉から声をしぼりだした。

「ええ」

香奈子が携帯をとりだし、登録してある父親の番号にかけようとするのを、

「ちょっと待ってください」

と剣崎が腕を伸ばして止めた。

「お父さんの携帯を誰かが事務室から持ち去ったのだとして、その人物が誘拐犯だという可能性が本当にあるかどうか……少し落ち着いて考えてみた方がいい。それだと犯人はかなり身近な人物ということになりますよ。お父さん、今朝、坂田という男のほかに事務室に出入りした人物は？」

「ええと、坂田が帰って二時間ほどして、十二時近くなってマスムラという客が来て、ちょうどそのマスムラと話している最中に、香奈子がとびこんできたんです。圭太が蜂に刺されたと言って……ただ、二時間のうちに私は何度か事務室を離れたから、そのあいだに工場の連中や関係者や誰だって出入りできましたよ。金目のものや貴重品のたぐいはいっさい事務室にはないので、誰もいないからといって施錠したりしませんから」

「外部の者も自由に？」

「ええ、門も一日中開いてますからね」

剣崎はまた腕を組んで、

「今日、従業員の人たちは？」

工場の方向に視線を流して訊いた。

「全員、いつもと変わりなく働いてます」

社長の声になってそう答え、剣崎が次の質問を口にする前に、「いいえ」と首をふった。

「ウチの従業員に、誘拐などという恐ろしい真似をする者はいません、一人だって」

と言い、同意を求めて川田をふり向いた。

少し前から汀子と代わって廊下に立っていた川田は社長の目に向けてうなずき、

「あのう、犯人の車が白かったと聞いた時から、ずっと気になってたんですが」

遠慮がちな小声を居間に投げこんだ。

「今朝、たしか十時ごろだったと思うんですが、門のすぐ外に見慣れない車が止まってました。白い車が……」

その声にかぶせて、汀子が部屋のすみから、「その車なら私も見たわ」と声を放った。中に人が乗っていたかどうか、その車はひっそりとした気配で、門の陰に半ば隠れるようにして止まっていたという。

「香奈子さんと一緒に八王子に向かった時には、もういなかったけど」

と川田が言い、

「あの車はたしかに怪しかったわね」

と汀子はひとり言のように宙をにらみつけてつぶやき、その目を香奈子の着ているピンクのセーターへと流した。

「犯人はきっと、この家を監視してたのよ。それで香奈子さんのセーターの色を知って、幼稚園へ向かう前にどこかで似たものを買ったんじゃないかと思う」

香奈子が、「似たものじゃなくて、同じものだって高橋先生は言ったわ。これは渋谷のデパートで

買ったもので、どこででも売ってるものじゃないはずだけど」と異議を申し立てたが、義姉はそれを無視し、

「ともかくすぐに電話をかけた方がいいわ」

半立ちになって、警部補に訴えた。

「わかってます。ただ皆さんが興奮してたから、少し冷静になってもらおうと思って」

剣崎はそう言いながら、自分も頭に血がのぼっているらしく、額を手でこすり、「その車の中から犯人がこの家を見張っていたとして、どうして事務室の中にしのび込むような危険をおかしたんだ」と言った。

「この犯人にとっては危険じゃなかったんではないかしら」

と答えたのは汀子である。

「スーパーでの誘拐未遂と言い、幼稚園に現れたことと言い、犯人たちは見られることを怖がっていないみたい……」

「どういうことです？　何か根拠でも？」

迷惑そうな顔で警部補は言った。やたら口出しをしてくるこの家の嫁に不快感をおぼえているらしい。

「根拠なんてありません。ただのカンですから。そんな真面目《まじめ》な顔をしないでください」

「だったら黙ってるんだな」

と、警部補の気もちを代弁するように声を荒げたのは夫の史郎である。「素人《しろうと》の口出しは捜査妨害だぞ。一秒の無駄が命とりになるかもしれないじゃないか」

「だから、私は一秒でも早く消えた携帯に電話してみたらと言ってるのよ。私のカンなんて信用でき

ないかもしれないけど、香奈子さんのカンは信じてあげて……香奈子さんは圭太クンのお母さんなんだから」

その言葉を最後まで言わせずに、

「わかりましたっ」

と警部補は怒鳴り、「お父さんの携帯に電話をかけてみてください」と香奈子に向けて言い、だが、すぐに、

「いや、まず私の携帯からかけてみます」

と訂正した。「仕事の関係者でも装って、相手の出方を見たほうがいい……ええと、お父さん、携帯の番号は？」

父親は自分の電話番号がわからないのか、力なく首をふり、代わりに香奈子が、

「０９０８５４……」

と自分の携帯に登録してある番号を読みあげた。

剣崎警部補は指を動かしつづけ、最後の数字を押すと、携帯を耳へと運んだ。緊張した面持《おもも》ちで香奈子の顔を見つめ、すぐに顔をしかめて、

「話し中だ」

と言った。いや、言おうとしただけだ。口を開いた瞬間、部屋中に張りつめていた静寂を突き破って電話が鳴ったのだ。

部屋の中心におかれたこの家の電話である。その音に咬《か》みつかれでもしたように香奈子は小さく悲鳴をあげた。剣崎は、間違えてこの家に電話してしまったのではないかと考え、自分の手の携帯を確認しようとした。

だが、その前に、電話機の前に坐っていた刑事が、ナンバーディスプレイをのぞきこみ、

「今、剣崎さんがかけてる電話番号からです。お父さんの携帯から……」

と言った。上ずった声が事態の急を告げ、部屋中に緊張がみなぎった。

剣崎は、コールの音に急かされて立ち上がった。両手で全員の動きを制して、

「香奈子さん、出てください」

と言った。香奈子は反射的にうなずいたが、硬直したように指一本動かせずにいる。

その手を剣崎は自分の右手でとって、電話の受話器へと導きながら、もう一方の手で録音機につながったレシーバーをとり、耳にあてた。

「できるだけ話を長引かせてください」

剣崎は声をひそめて言った。逆探知の必要はないが、犯人には一言でも多く喋らせたい。

香奈子は自分を叱咤《しった》するように頰を叩き、深呼吸をして受話器をとった。

沈黙。

「もしもし……」

と香奈子の方から声をかけた。だが、何の返事もない。

「もしもし……もしもし……」香奈子は続けざまに声をかけた。

「小川さんのお宅だね」

何度目かに、やっと男の声が聞こえた。普通の声だが、受話器の底からにじみだしてくるような暗いものを香奈子の耳は感じとった。それでもまだ、父親の携帯電話を拾ってくれた人物からの電話だという可能性が皆無になったわけではない。

香奈子は一縷《いちる》の望みを抱いて「はい」と答えたが、次の瞬間にはそれも打ち砕かれた。

「圭太君のお母さんを出してほしいんだが」

と相手が言ったのだ。

ただの一言だが、これで誘拐事件であることが確定した……だが、絶望している余裕もなかった。

「はい、私です」

と答え、「圭太は今、どこにいるんですか」と訊いた。唇がふるえたが、自分でも驚くほどはっきりとした声だった。

「すぐ近くにいる……今出すが、その前に訊きたいことがある」

「はい」

「警察には連絡したね」

どう答えればいいのか、香奈子は慌ててすぐそばの警部補の目をさぐり、警部補がうなずくのを待って、「はい」と答えた。

「じゃあ、『警察に連絡するな』と脅迫しても無駄なわけだ」

軽い冗談のような言い方である。苦笑したように歪《ゆが》んだ男の唇が、香奈子の脳裏をかすめた。想像できたのは唇だけで、依然、その声には顔がなかった。

男の声は無個性で、若いか老けているかもわからない。いや、よく聞けば特徴もつかめただろうが、香奈子の混乱した頭では『意外に普通の、日常的な話し方だ』というくらいのことしか把握できなかった。

「じゃあ、そばにいるね、誰か刑事」

今度も警部補の目に『イエス』の返事を読みとって、

「はい」

と答えた。

「代わってくれる？　その方が話が早い」

受話器の声はそう言い、だが、すぐに「いや、どうせこの声も聞いてるんだろうから代わらなくていい」と言い直した。

誘拐という重大犯罪をおかしている男とは思えない軽いしゃべり方に、香奈子は逆にテレビドラマとは違うリアリティーを感じて、不安をつのらせた。

「あのう、圭太は？　今にも泣き崩れそうだった。

と訴えた声は、今にも泣き崩れそうだった。

「わかった。今、代わる。ただし、お母さんがそんなに取り乱してると子供はいっそう不安になるから、落ち着いていた方がいいと思うよ」

「……はい」

足音と何かの物音が響き、「ほら、お母さんだ」という男の声に続いて、
悲鳴のような声が耳に飛びこんできた。圭太にまちがいない。

「おかあさん」

「圭太、大丈夫？」

反射的にそう声をかけた。だが返事はない。

「大丈夫？……大丈夫」

何度もそう訊いた。さっきから、圭太が電話に出たらああ言おう、こう言おうといろいろな言葉を考えていたのに、出てくるのはその一言だけだった。圭太は喉をつまらせているらしい、苦しそうな息づかいばかりがいたずらに香奈子の耳を打ってくる。

「だいじょうぶ……おかあさん、シンパイない」

何度目かに、やっとそう答えた。圭太の声にまちがいないが、ひどく幼く聞こえた。まだこんなに可愛い声をしていたのだろうか……数時間会わずにいただけなのに、何年ぶりかのような懐かしい声として母親の耳には響いてくる。

「寒くない？」「お腹、へってない？」

誘拐事件とは無関係な言葉しか浮かんでこない。香奈子は全身の力で受話器をにぎりしめ、もう一方の手でセーターの胸もとをしっかりとつかんで、こみあげてくるものに耐えた。

受話器から流れてくるのは、

「だいじょうぶ」

という言葉と「おかあさん」と小さく、叫ぶように呼びかけてくる声だけである。

くり返されるたびに、圭太の声は弱まり、遠ざかっていく。母親の耳にはそう聞こえる。

逆に香奈子の声は大きくなった。

「すぐに帰れるから心配しないで。おとなしくしていれば、本当にすぐだから」

と言い、

「大丈夫だから。そばにおじさんがいるでしょ、そのおじさんの言うこと、よく聞いてれば、すぐに帰してもらえるから」

とも言った。そこで我慢も限界になり、「ウッ」と嗚咽《おえつ》が口からもれた。ほとんど同時に圭太が何か言おうとした。

「あのね、おかあさん……」

だが、次の瞬間、

「もういいだろう」

と男の声になってしまった。続いて「じゃあ」と、すぐにも電話を切りそうな気配である。男が圭太を連れて遠ざかっていく……そう思った。

「待ってください」

受話器にまだ残っている男の気配に、香奈子はしがみついた。

「どうすれば圭太を返してもらえるんですか。何でもしますから。だから、どうか圭太にひどいことをしないでください……あの子、怖がりですから」

動物が吠《ほ》えるような声だったが、犯人の気もちまでは届かなかったらしい。

「俺たちは何もあの子に、ひどいことはしていないよ」

そう答えた声は、歌うように軽やかで、香奈子や刑事たちを馬鹿にしているとしか思えなかった。

「今、元気な声を聞かせただろ。電話をかけたのは、元気にしてることを知らせたかったからだよ」

「そんな……おびえて泣きだしそうな声だったじゃないですか」

その言葉に男が、

「それは……」

と答え始めたが、突然おかしな音が響きわたって電話口をふさぎ、男の声が聞きとれなくなった。

そして数秒続いたその音が終わると同時に、電話は切れた。

「もしもし……もしもし……圭太、圭クン」

それでも受話器にむけて必死に呼びかけ続けるのを、警部補が止めた。警部補に受話器を渡すと、香奈子はすがりつくものを失い、支えをなくしたようにその場に泣きくずれた。

義姉が跳びかかるようにして香奈子の肩を抱き、「泣いてる場合じゃないわ。香奈子さんがしっかりしないと……」とはげました。

香奈子は肩を波うたせたまま体を起こし、何とか「ええ」とうなずいた。

「こちらからかけてみます、電話……」

すぐにまた電話機へと伸ばそうとした手を、

「ちょっと待って」

他の刑事と慌しく喋っていた剣崎が止めた。

「最後に犯人が何と言ったか、香奈子さんは聞きとれましたか。何か高圧線がうなるような音に邪魔されてよく聞こえなかったが」

香奈子は首をふった。

「もう一度聞いてみましょう。次にどう連絡をとるか、指示したような気がする……」

警部補の言葉が終わらないうちに再生が始まり、

『もしもし……もしもし』

香奈子の声が録音機から流れだした。肉声よりもリアルな声で、部屋は一瞬のうちに数分前へとタイムスリップした。

ふたたび緊張がみなぎった中、犯人と香奈子のやりとりが続いた。

『おかあさん』

圭太の声に、今度も香奈子は腕が痙攣《けいれん》するほどしっかりと自分の手をにぎりしめた。

やがて、電話を切ろうとした犯人に香奈子が『圭太は怖がりだからひどいことはしないで』と涙ながらに訴え、残酷な寸劇がクライマックスを迎えると、警部補は一語も聞きもらすまいと、スピーカーに寄せた耳を手で囲った。

『俺たちは何もあの子に、ひどいことをしていないよ。今、元気な声を聞かせただろ』

『そんな……おびえて泣きだしそうな声だったじゃないですか』

『それは……』

犯人のその声と同時に『ブーン』とモーターのうなるような音がわきあがり、声がかき消される。

「もう一度、最後の部分だけ聞かせてくれないか。もっと音量をあげて」

と剣崎が命じた。

ふたたび犯人の声、続いてうなるような何かの音。くりかえされるたびにその音は、得体の知れない危険をはらみ、聞く者の胸に不安の影を広げた。

電話が切れ、再生が止まると同時に、

「こう言ってるんじゃないかしら」

身を乗り出して聞いていた汀子が言った。

「『それは、この子がお母さんのことを怖がってるんだ』って」

全員が怪訝そうな顔を汀子に向けた。張りつめた静寂を香奈子の声が破った。

「私のことを怖がってる？　圭太が母親の私を？」

驚きすぎたのか、泣いていたことなど忘れたような乾いた無表情になっている。

「まちがいないです」

電話番の刑事が再生中にとったメモを見せ、『この子が怖がっているのはお母さんだ』と読みあげた。

「確かにそう言ってます。その後、『一時間ほどしたら電話するから』と言って電話を切ってますね」

「『電話するから』じゃなくて『電話してくれ』と言ったんじゃないですか。私にはそう聞こえたけど」

汀子の言葉に、電話番の刑事は慌てて最後の部分だけを再生した。二度、三度……。

「たしかに『電話してくれ』と言ってる」

感嘆の目で汀子を見、剣崎も、

「お義姉さんは耳がいいんですね」

と言ったが、大げさな声にはただの感嘆ではない皮肉なひびきが混じっていた。口出ししすぎる素人をどこか疎《うと》んじているのだ。

そうと感じとったのか、夫の史郎が、

「音大の出で耳だけが自慢なんですよ」

と言い、目で『少し黙ってろ』と妻をたしなめた。汀子はそれを無視し、

「それに私、今の電話に記憶がある」

すぐにまた口を出した。

「犯人の声に?」

「いいえ、犯人の声じゃなくて……」

汀子は香奈子を見て声を途切れさせた。香奈子がひどく冷たい目を畳に落として、何か考えごとをしている。汀子もそのまま考えこむように黙りこみ、夫は安堵《あんど》したのか、小さくため息をついた。

「ほかの方は?……誰か今の犯人の声に心当たりがないですか」

剣崎の質問に、部屋の中にいた者はみな一様に「さあ」と首をふった。腕時計を見て、「一時間後と言うと、四時近くだな……ともかく急いで本部に報告してくれ」と刑事の一人に命じた。

その言葉がまだ終わらないうちに、

「あのう」

廊下から声が投げこまれた。廊下の隅で小さくなっていた川田が、恐る恐る「あのう、電話の最後の音……あれ、ハオトじゃないですか」と言った。川田はさっきから、工場の方に行っては、また暇を見つけて母屋の方に戻ってきている。

「ハオト？」

「はい。虫が飛び交う時の音ですけど」

「ああ、羽の音か」と警部補。

「そうです。蚊、いや、もっと大きい、蜂か何か……そう蜂。蜂の羽音ですよ、あれは」

剣崎は『まさか』と言うように首をひねり、自分の手で録音機の再生ボタンを押した。今度は、これまで邪魔だった音の方に、全員が耳の神経を集中させた。

「たしかに虫の羽音に似てますね」

若い刑事の言葉に剣崎はうなずいた。

「そうでしょう？」

自信がついたのか、川田の声の勢いがよくなった。「昔、スズメバチに刺されたことがあるんです。ものすごい痛みで……刺される直前に聞いた羽の音もいつまでも忘れられなくて。今も姿の見えない蜂に音だけで威嚇《いかく》される夢を見て、うなされることがあるから」

そこで、川田は香奈子の顔色が変わっているのに気づき口をつぐんだ。ほとんど同時に、

「やめて」

と香奈子は小さく叫んだ。

「犯人が蜂を使って圭太をおどしているんだとしたら……それで圭太がおびえた声を出していたのだ

としたら考えると、私……」

　川田は慌てて「すみません、つまらんことを言って」と謝った。

「犯人がこの家や幼稚園への電話でスズメバチを口実にしていたのが変に気になっていたんで、そう聞こえただけです。この時季に蜂が飛んでるなんてまずありえないし」

　廊下の隅で、さらに肩をすぼめて体を小さくした。

「問題はその点だな」と剣崎。「この季節にスズメバチは不自然だ。バレる確率が高いのに、犯人がなぜそんな嘘をついたか……私もずっと気になっていた」

「もしかしたらスズメバチに異常に執着しているのかも……」

　そう答えたのは、汀子である。剣崎の『またか……』と言いたげな目にかまわず、

「今の話で思いだしたのだけれど」

　と続けた。

「犯人と香奈子さんの電話になぜ記憶があったのか、わかったわ。一月によくかかってきた無言電話でも一度だけ同じ音を聞いたことがあって、私も蜂が飛んでるのかと考えて……でもこの真冬にまさかって考え直したけど、やっぱり蜂の羽音だったんじゃないかしら。さっきの電話の音も……」

　何かが憑《つ》いたように、宙をにらんで呟きつづけるこの家の嫁を、刑事たちは気味悪そうに少し視線をひいて見守っている。それを無視し、汀子はさらにこう続けた。

「犯人の周りを蜂が一匹飛びかかってるんじゃないかしら……犯人の体に隠れてる蜜《みつ》を必死にさがすみたいに」

赤い身代金

小川香奈子が誘拐犯と二度目のコンタクトをとったのは、午後四時ちょうどである。一回目の電話の後に警視庁からやってきた橋場有一という警部が、剣崎に代わって指揮をとり、四時一分前に香奈子を電話機の前にスタンバイさせた。

四十五の若さで捜査一課課長の座を摑《つか》んだ男は、きっちりと七三に髪を分け、一センチのゆるみもないスーツを着こみ、その外観どおりちょっとした行動も定規で測ったように正確で、特に時間に対しては異常な潔癖さを見せた。右のカフスに一目で高級ブランドとわかる腕時計をしていたが、それは自分のエリートぶりを誇示するためではなく、彼はただ一秒の半永久的な正確さを、何十万もの金で買ったのである。その白金色の腕時計を見て、橋場は四時十五秒前に、香奈子に受話器をにぎらせた。

相手は携帯電話だから番号は十一桁である。腕時計の秒針に合わせてカウントダウンでもするように、自分の指でプッシュホンのボタンを一つずつ押していき……コールが始まってすぐ相手が出ると、香奈子にむけて目でゴーサインを出した。

それがきっかり四時だった。

「もしもし」

と声をかけると、今度はすぐに男の声が聞こえた。

「正確なんだな」

そう聞こえた。何のことだろうと考えるより、前の電話と同じ声かどうかが気になった。

一時間前に聞いた声より低い気がし、別人ではないのかと考えた。だが、

「子供を電話に出そうか？　今、となりの部屋で眠ってるんだが、どうする？」

という軽い口調はまちがいなく前の電話の男だった。

「元気なんですか、圭太は」

「今起こすから、自分の耳で確かめたらいい……いや、今寝たばかりだから、起こすのは可哀相《かわいそう》だ。さっきまでテレビゲームに夢中になっててね……ああ、そうだ。目で確かめたらいい。この携帯で写真を撮って送る……ええと、これにアンタの携帯番号が登録してあったから、この電話の後で送っておく」

「はい……どうかお願いします」

犯人に向けるべき言葉ではなかったが、それをおかしいと感じる余裕もない。

「それで、どうすればいいんですか」

「どうって……何をどう？」

「要求を言ってください。どうすれば、圭太を返してもらえるのか」

香奈子の声は沈黙にぶつかった。電話が切れたような静寂が数秒続き、香奈子の方からストレートに、「いくら払えばいいんですか」と訊いた。

「いくらって身代金のこと？」

男はそう訊き返してきた。香奈子がなぜそんなことを訊くのか、ふしぎがっているように聞こえたが、それを気にしている余裕もない……前の電話の後に一泣きしたので気もちは落ち着いたはずだっ

たが、この電話しだいで圭太の命が危険にさらされるかもしれないと思うと、やはり動揺と焦りが生じてくる。

「もちろんです。いくら用意すれば……」

その声を、男の声が遮った。

「俺は、お金なんて要求していないよ」

とぼけた声には、香奈子や刑事達を馬鹿にしたような乾いた笑い声が混じっている。

香奈子は何も答えられなかった。

意外な方向から飛んできた球には、空振りするほかなかった。

「お金を要求するなら、とっくに最初の電話で要求してたよ。お金だけじゃない、こっちからは何一つ要求するつもりはないね」

「じゃあ……それなら、どうすれば圭太を返してもらえるんですか」

「あの子が帰りたいと言えば、いつでも帰らせる。だいたいあの子、ここへは自分の意思で来たんだからね」

「そんな……」

香奈子の真剣な声を鼻で笑い飛ばし、犯人は「ただ」と言った。

「ただ、そちらがお金を払いたいと言うなら別だよ。いや、払いたいんじゃなくて……こう、言い直そう。そちらがお金をくれると言うなら別だ」

香奈子は橋場警部と顔を見合わせた。冗談めかした軽い声だが、これが犯人の言いたい核心なのだと香奈子にもわかった。警部がメモ用紙に『いくら』と走り書きをして香奈子に見せた。香奈子はうなずいた。男の言葉に翻弄《ほんろう》され、改めて怒りが胸にわきあがると、かえって気もちが据わった。

「だから、いくら払えばいいのか、訊いてるでしょう」

と言い、すぐに「いいえ、いくらさしあげればいいんですか」と言い直した。

男はクックと笑い、

「それはこっちの台詞《せりふ》だよ。さしあげるのを決めたのはそちらなんだから、金額もそちらで決めたらいい……いったい、いくらさしあげてくださるのかな」

一瞬、冷たいものが背すじに走った。軽口めいた声の裏に隠されていた危険な刃物が、不意に刃先をのぞかせ、暗い光を放って背をかすめた。

犯人との話し合いが始まって、すでに五分が経過している。

いいや、話し合いと言えるかどうか。犯人は被害者の家族や警察をからかっているとしか思えなかった。手玉にとり、もてあそんでいる……そうでなければ異常者だ。金銭目的ではなく、家族や警察が慌てふためき、おろおろする様を想像して楽しんでいるのかもしれない。受話器をにぎりしめながら、頭のすみで、その方が怖いと香奈子は考えた。もっともゆっくりと恐怖を感じとっている余裕はなかった。犯人との電話はさらに十分続き、それまで以上の謎めいた言葉で香奈子を翻弄したのである。

電話は、ほぼ四時十五分、「じゃあ、次は三時間後、七時ちょうどにまた連絡をくれ」という言葉と共に切られた。

「理解しがたい犯人だ」

橋場警部は腕時計から目をあげ、電話の感想と犯人への憤《いきどお》りをそんな最少の言葉でかたづけ、一つでも多くの手がかりを、一秒も早く見つけ出したかったのだろう、受話器をおいて十数秒後には、犯人の声を再生していた。

特に、後半の十分をくり返し聞いた。聞き返すごとに、一つまた一つと謎がふえていったのだ。

「そちらで決めてください。身代金の額をこちらで決めるなんてこと……」

香奈子がそう言うと、

「だから、身代金じゃないと言ってるだろう。子供の命と引き換えにお金を払えなんて脅迫はしていないんだから」

男の声はいらだっている。言葉とは裏腹に、思わず犯罪者らしい声を出してしまったことに気づいたようだ、次の瞬間にはまた軽い、からかいの口調に戻っていた。

「本当にいくらだっていいんだよ。もし一円も出したくないのなら、それでもかまわない。まあ、そちらにも事情があるだろうから、いくらたくさんさしあげたくてもできないかもしれないし……次の電話までに、みんなでよく相談して金額を決めてくれたらいい。いいか、『みんなで』だよ。自分ひとりで決めず、みんなで相談したらいい」

「………」

「あ、そうだ。そこに警視庁の橋場って警部がいないか」

香奈子はとまどって、数秒間の沈黙。その間に、すぐそばの橋場が指でマルを作り、『イエス』と答えるよう伝えてきた。

「……いますけど。でも、どうして、橋場警部がここにいるとわかったんですか」

「ククッ」

と、しのび笑いが聞こえ、続いて、

「この電話に出た瞬間に、ラジオの時報が聞こえた。俺が『正確だな』と言ったのをおぼえてないか。前の電話では一時間後と言っただけなのに四時、それも一秒の狂いもなく時報みたいに四時きっかりにかけてくるなんて、よほど時間にうるさいヤツの指示が出てるなと考えてね……そう言えば噂で、そんな男が一人警視庁にいると聞いたのを思いだした。その警部の体には時計が埋めこまれていて、その時計の精度と言ったら、腕にしているスイスの時計以上だって噂でね。……あ、と言っても警部と代わらないでくれ。俺が用があるのは圭太クンのお母さんだ……あの子が勝手についてきたんでちょっと預かってるだけ、いつ帰らせたらいいのか、お母さんに訊きたいだけだ。それに警察としゃべったりしたら、俺が誘拐犯みたいだろ」

「………」

「ただ……俺がこんなに言っても、まだ誘拐事件の凶悪犯と疑うなら、その警部さんの言うとおりにしていればいい。誘拐事件では今の日本で一番頼りになる警察官だから……この何年間かに、二度も大きな誘拐事件を解決してる。ほら、五、六年前、ヤクザの大物の御曹司がさらわれた事件があったろう。意外にも犯人がただの素人さんだったという事件。みんなが内部抗争説をとったのに、たった一人最初から素人のやり口と見抜いて事件を解決に導いたのもその警部さんだし……。もう一つは、おととし、東京タワーが身代金の受け渡しに使われて話題になった事件だ。子供が通ってる学校の担任教師が犯人だったというドラマみたいな事件……あれを解決したのもそこにいる警部さんでね。東京タワーの事件なんか、殺される寸前に警察が踏みこんで子供は一命をとりとめたわけだし……。異例のスピード昇進もナットクのスゴ腕だよ。特に、お宅のような複雑な事情をかかえた家庭で、もし誘拐事件が起こったりしたら、それ以上頼りになるヤツはいない。身代金のことでも、相談にのってくれるだろうし。と言っても、俺は身代金なんか要求していないから、せっかくの警視庁一の頭脳も、今度の件には無意味だがね」

男は一方的にしゃべり続けた。

「本当に誘拐でも何でもないから、橋場警部が出る幕はないんだよ。税金の無駄づかいだから、そっちの方がよっぽど、犯罪やってるわけだ」

警部が聴いていることは百も承知で、そううそぶく犯人に、

「誘拐だわ、れっきとした」

香奈子はやっと口を開いた。かん高い声である。我慢も限界を超え、それまでの不安が怒りに転じたのだ。

「どうごまかそうとしても、お祖母ちゃんが蜂に刺されたなんて嘘を言って、無理やり圭太を連れ去ったんだから、誘拐以外の何物でもないわ……それなのに、メチャメチャな事ばかり言って」

一気に言葉を吐きだした香奈子は、次の瞬間、我に返って警部の顔を見た。犯人を刺激してしまったのだから、警部は困っているだろうと心配したが、意外にも『大丈夫』と言うように、穏やかな笑みさえ浮かべてうなずいた。それでもレシーバーを握る手に必死さがのぞき、犯人が香奈子の怒りにどう応えるか、心配しながら待っているのがわかった。

ただし、録音では香奈子や警部の顔色は、わからない。香奈子の言葉のあと、四秒の沈黙があるだけだ。

四秒後に再び犯人の声になる。

「メチャを言っているのはそっちだ。無理やり連れ去ったって？　幼稚園に子供を迎えにいったのはアンタ自身だろ？」

「私じゃありません。誰かが私の真似をして、先生をだましたのよ……たぶん、あなたの仲間の人だわ」

「へえ……幼稚園の先生はそんな簡単にだませるものなの。それとも先生はお母さんの顔をよく知らなかったのかな。一日二度は会ってると聞いたが」

「………」

「母親に化けて子供を迎えにいくようなマヌケた誘拐犯はいやしないよ。アンタが自分で迎えにいって、その後俺のところへ預けに来たんじゃないか」

「預けにいった？　誰かもわからない男の人に預けにいくわけがないでしょう」

「誰かもわからないって……俺はあの子の父さんだよ。聞いてないのか、先月、スーパーで俺があの子と会ったこと」

ふたたび沈黙。

絶句した香奈子は、五秒後、「いい加減な嘘で、からかわないで」と言った。

「圭太のお父さんと言えるのは、山路将彦だけでしょう。でもあなたは将彦じゃない。声が違うわ」

「そうかな」

男はまた、ククッと笑った。

「あんたは山路将彦を父親と認めてないんだろ。だったら、あの子に新しい父親が必要なわけで……先月から俺がその役を買って出てるんだ。ともかく早いこと俺にくれる金額を決めて……そうだな、じゃあ次は三時間後、七時ちょうどに電話をもらおうか」

その言葉とともに、携帯電話が切られる小さな、間の抜けた音。

精密な機械が最後についたため息。

四度目の再生が、そのメタリックなため息で終わると、橋場警部はしばらく腕時計を見つめたまま、考え事でもしている様子だったが、やがて顔を上げ、香奈子に向き直った。

「何度も犯人の言葉を聞いて、どうしても気になることがあるので、思いきって訊くのですが」

そう言いながら、まだためらいが残っているらしく、逆に口を硬く閉じてしまった。一時間前、最初に顔をあわせた時、『自分はどこへ行くにも最短距離をとろうとする性格だから、急ぎすぎのように感じられるだろうが、何とか頑張って私のスピードについてきてください。こういう事件では一秒のムダも許されませんから』そう自己紹介した男にしては、回り道をしすぎている。

ただ香奈子へと向けた視線は、わずかなためらいもなく、まっすぐピンと張って最短距離をとっている。

何を訊きたいのか想像がついたので、香奈子は覚悟を決め、

「何でも訊いてください」

落ち着いた声で言った。警部はうなずいた。

「今のは絶対に圭太クンのお父さんの声ではないんですね」

「ええ、絶対に……山路の声ではありません……私と山路の離婚の事情は、もうご存知でしたね」

「さっき聞きました。ただ結婚の方の事情はまだ知らないので」

香奈子は警部の顔を見つめ、「私、山路の歯科医院で看護師をしていたんです」と答えてから目をそらした。

視線をはずしてはいけないと思ったが、警部の正確すぎる視線が怖かった

「腕はこう見えても確かでしたから、山路としては、有能な看護師をただで雇えるというくらいの意味しかなかったんですよ。現に離婚問題が起こった時、姑さんにはっきりそう言われ……」

そこで香奈子は声をとぎれさせた。橋場警部が訊きたいのはそんなことではない……それはわかっているのだ。

「警部さんが知りたいのは、結婚じゃなく出産の事情じゃないんですか。圭太の父親が本当に山路なのかというような……本当の父親は別にいるんじゃないかという……」

警部は一瞬ためらい、だがすぐにうなずいて、

「可能性として考えてみただけです。今の電話で犯人が圭太クンの『お父さん』だと言ったのは、そういう意味にとれないこともないと……」

とこの男らしくない、曲がりくねった答え方になった。

「それは絶対にありません。DNAより確かな証拠があります」

香奈子は携帯電話の画面に圭太の写真をとりだした。

電話を切って五分後に、犯人が約束どおり送信してきた写真だ。圭太はソファのひじ掛けらしき部分を枕がわりにして眠っている……いや、本当にただ眠っているだけなのか。

この一時間のうちに、香奈子は何度も圭太の寝顔を見て、そのたびに、何か薬物でも注射されてぐったりとしているだけなのではと疑い、胸を痛めた。いつもは一直線のくちびるが不自然な、ゆがんだようなカーヴを描いている……それが、楽しい夢を見てほほえんでいるだけとはとても思えなかった。

「山路に似てるんです。特に寝顔なんかそっくりだから、血液型とかDNAとか調べなくても山路の子供だとわかるはずです」

香奈子は携帯を警部に渡し、その直後、急に別の不安が胸にわき起こった。警部ににじり寄り、手の中の携帯をのぞきこんで、

「その圭太、もしかしてもう死んでるんでは……だいたい寝顔の写真を送ってきたのが変だわ。死んでるので、声を聞かせられないし、寝ているとごまかすしかなかったんじゃないのかしら」

言ってから、自分の口にした言葉におびえたように身震いした。

「大丈夫です。この右腕を見てください」

　圭太は握りしめた右手を、ちょうど心臓のあたりにおいている。右腕が確かなラインで描くVの字に、警部は自分の指を走らせた。

「死んでるなら、こんなに強く手を握りしめるのは無理です。腕の曲げ方にも力が感じられるし……生きてますよ、絶対に」

　警部の静かに張りつめた声にいくらかホッとしたのか、香奈子は少し落ち着き、

「本当に……何か握ってるみたい。でも何だろう」

　とひとり言をつぶやいた。

「それより山路さんの写真はありませんか」

　警部が言った。山路将彦が本当に圭太の父親かどうかという話にもどしたいらしい。

「いいえ……」

「一枚も？」

「ええ。すべて破り捨てました」

「結婚式の写真も残してないですか」

　香奈子は首をふり、ため息のような笑い声を唇の端からもらした。

「警部さんでもムダなことおっしゃるのね。離婚したら一番意味がなくなる写真ですよ」

「いや……ご家族の中に持ってる方がいるかもしれないと思って」

　香奈子はもう一度力なく首をふって、部屋を見回した。橋場警部はこの家に到着すると同時に、事件の最前線とも言える居間から香奈子と警察関係者以外の全員を追い払った。父親は『気がまぎれるし、急ぎの仕事も入っているから』と言って工場に戻り、橋場の補佐役となった剣崎は従業員たちに話を聞きにいった。義姉は台所で晩御飯の準備を始め、兄は母に付き添いながら、邪魔にならない程

度に居間に出入りし、事件の動きを見守っている。

「圭太君はお父さんに一度も会っていないということでしたね。写真もないのなら、お父さんの顔も知らないということですか」

「ええ」

と短く答え、香奈子は警部の冷たい目を逃れ、廊下を見た。その目が『圭太君に山路氏の顔も教えてないのは、山路氏が本当のお父さんではないからでしょう?』と言っているように思える……。

庭にはもう冬の夜が迫っている。いつの間にか灯がともり、廊下のガラス戸に居間が映しだされている。灯は夜の闇《やみ》をぬぐいきれず、ガラス上にコピーされた部屋は、印刷ミスのように不鮮明だった。香奈子や三人の刑事の姿は影のように薄く、殺風景な部屋は人けのない空室に似ていた。

いや、四人ではなくもう一人いる……。

最小限という語を人生と捜査のモットーにしていると言う橋場警部は、一時間前までそこに蚊か蜂のように群がっていた邪魔者たちを追い払い、今度の事件の裏に隠れていた一人の男の影を白日の下に、いや、この部屋の電灯の下に、ひきずりだしてしまったのだ。香奈子の体の奥底に眠っていた男の影を……。

警部が何か言おうとしたが、一瞬早く廊下から「あのう、写真を探す必要はないですけれど」と義姉の声がかかった。

「山路さんなら、工場の事務室で会えますが」

山路将彦が十分ほど前にやって来て、今事務室の方で父親や剣崎警部補から事件の経過を聞きだしていると、義姉の汀子は説明した。

「どう？　こっちに来てもらっていい？」

汀子は香奈子にそう訊き、その後、目だけで同じ質問を橋場にむけた。

「お母さんさえよければ。いろいろと尋ねたいこともあるし」

その橋場の声をさえぎって、

「いやだわ、絶対いや」

香奈子は激しく頭をふった。

「でも香奈子さん、こんな場合だし、刑事さんもああ言ってらっしゃるし。身代金の問題だってあるでしょう」

「お金はいざとなれば、私が知り合い全員に頭をさげてでも作るわ。あの人はもう何の関係もないのよ。家に帰ってもらって」

犯人との電話の余波がやっとしずまったばかりなのに、香奈子の胸がふたたび波打ち始めている。

「そうは言っても……」

義姉の声を微塵《みじん》にくだいて、

「こんな時に何を言ってるんだ」

怒声が居間を襲った。汀子の肩を押しのけて、白いコートを着た男が姿を見せた。三年前より一回り肥《ふと》り、目鼻立ちにも力がこもって貫禄さえ感じさせる男が以前の夫だとはすぐにわからなかった。

「何の関係もないことはない。俺は圭太の父親だ。お前こそこんな不始末をしでかして、母親としての資格があるのか」

声と共に体をうねらせて居間の中に跳びこんでくると、その体で荒波のように香奈子の体を呑《の》みこみ、手を大きくふりあげた。警部が背後から将彦に跳びかかり、その手をつかみとって止めた。

「警部さん、止めないで」

香奈子はそう叫び、警部に押さえつけられてもがいている将彦に向き直った。「殴るといいわ。そうすれば、あなたがいかに恐ろしい男か警察の人にもわかってもらえる……私に母親の資格がないって、皆にそう思わせれば、圭太を自分のものにできるから。そのために圭太を誘拐したんでしょう……大金を使って誰かに圭太を誘拐させたのよ。あなたがどう言おうと、私は母親よ。私だけよ、親の資格があるのは」

声を一気に爆発させた。目をつりあげ、凄《すさ》まじい形相《ぎょうそう》へと変貌《へんぼう》した以前の妻に、度肝を抜かれたらしく、

「俺が誘拐?」

将彦は、紙風船の破れ目から空気がもれるような間の抜けた声になった。

「あなたたちは、圭太君の両親ではないのですか」

警部は、山路将彦の体を離しながら、静かな、ドスのきいた声で言った。橋場警部らしい簡潔な叱責の効果は、まず将彦の方に出た。

畳へと体をくずし、

「僕は仕事も放り出して、ここへ来たんです。別れたとは言え、父親と母親とで力を合わせて犯人と戦えば、圭太は必ず生きて戻ってくる、そう思って……」

自分に言い聞かせるような真剣な声で言った。

「力を合わせてなんて、今ごろになってよく言えるわ。私が勝手にあの子を連れて家を出たみたいに思ってるようだけど、そこまで私を追いつめたのは、あなたじゃないの」

香奈子の反駁《はんばく》は続いたが、声は弱くなっている。

怒りの火が鎮まる気配を見てとり、警部は、

「ちょうどお父さんにも訊きたいことがありました。まず、この録音を……」

と言って、犯人との電話を再生した。石膏のように固まって、最後まで顔色をいっさい変えずに聞いていた将彦は、警部の、

「犯人の声に心当たりは？」

という質問にゆっくりと首をふった。犯人の声より言葉に引っかかるものがあるのだろう、眉間にしわを寄せ、耳の奥に残った犯人の声を何度もくり返し聴いている様子だった。

警部がまた口を開いたが、次の質問が発せられる前に、香奈子は、

「これ、犯人が送ってきた写真」

と言って自分の携帯をさしだした。

将彦はそれを香奈子の手から奪いとり、小さな子供の寝顔を食い入るように見つめ、

「こんなに大きくなっていたのか、三年のうちに」

感慨ぶかげな声でそう言った。

香奈子がまた口を開きかけたが、一瞬早く、

「それより身代金ですが、犯人は本気なんでしょうか。いくらでもいいなんてこと……」

将彦が警部にそう訊いた。

「本気ではないでしょう。おそらく犯人は、いっさい脅迫をしなければ犯罪は成立しないと考えているようです。もちろん今度のケースでもリッパに誘拐罪は成立しているから、逮捕できますが、万が一逮捕された時にも、その点での情状酌量があるだろうと高をくくっているんでしょう」

「でもそんな馬鹿な話」居間のすみから汀子が口をはさんだ。「脅迫じゃないという言葉の裏で、も

っと恐ろしい脅迫をしてるじゃないですか」

「そうです。何よりそれが犯人の大きな狙いです。だから『いくらでもいい』というのは、『普通の額じゃダメだ』と言っているのだと解釈した方がいいでしょう……七時の電話でこちらから提示する額が犯人の予想より少なければ、きっとまた脅迫めいた言葉は一切使わないで、たくみに金額をつりあげてくるでしょうね。それでこれはあくまで念のためですが、どれくらいの額なら支払ってもいいとお考えですか」

突然の質問にとまどい、将彦はまず以前の妻の顔を見た。凍りついたような無表情に身代金の額が書かれてでもいるように……次に視線は刑事たちの顔を一巡りし、最後に汀子の顔で止まり、同時に将彦は困り果てたように頭をふり、

「一千万……いや、二千万くらいなら……」

と言い、言い終えた直後にため息をついた。

そのため息を暗い笑い声がはじき飛ばした。将彦は声の方へと視線をねじった……以前の妻が唇の端を引きつらせて笑っている方へと。

「二千万？　圭太の命の値段はたったそれだけ？」

香奈子は激しく頭をふった。髪が額へと乱れ落ちてゆれたが、将彦をにらみつける目だけは動かなかった。

「圭太を愛してるなんて嘘ばっかり。あなたは自分しか愛してない。いっそ犯人もあなたを誘拐すればよかったのよ。そうしてあなた自身に身代金を支払わせれば、もっと大金をつかめたはずだわ」

香奈子の皮肉な言い方に、将彦もふたたび感情を波立たせた。「じゃあ、いくら払えばいいんだ」

そう怒鳴るように言った。

「全財産。預金から株券、家から土地まで全部……そうすればあなたが圭太を愛してると認める」

将彦は小さく首をふり、「馬鹿なことを……」と吐き捨てるように言った、
三年前まで夫婦だった男女は、焼け焦げた小石のような目でにらみあっている。汀子が、

「香奈子さん、そんな言い方をしたら、あなたが……いいえ、私たち一家が、将彦さんの財産を狙ってこの誘拐劇を自作自演したと思われかねないわよ。圭太クンが無事に帰ってくるまででいいから、休戦して」

とたしなめた。

将彦は、先に自分の方から視線をはずし、

「そうだよ」

と子供がすねたような答え方をした。

「まず警部さんの考えを聞こう。警部さんがそうした方がいいと言うなら、圭太の生命のために全財産を投げ出す」

将彦の目に向けて、

「いや」

警部はきっぱりと言った。「その必要はないでしょう。全財産というのがどれだけの額なのか知りませんが……山路さん、それで二千万なら、さほど無理なく用意してもらえるのですか?」

「はい」

「それなら次の電話でその額を提示してみましょう。後は犯人の返答しだいにして……」

「そのことですが」

将彦は先刻の怒りで体が熱くなったのか、着たままだったコートをその場で脱ぎ捨て、警部と向か

い合った。

「七時の電話では僕が犯人と話したいのですが……電話でのやりとりを聞くかぎり、犯人は香奈子のことを馬鹿にしているとしか思えないですよ」

警部は一度うなずき、だが、すぐに首を横にふった。

「いや、やはり香奈子さんに任せましょう。犯人はどうも香奈子さん相手の方が気楽なようだから、その油断からボロを出す可能性もある」

警部は将彦の不満げな顔を無視し、腕時計を見て、「あと二時間十一分か……」とつぶやいた。

そのつぶやきに応えるように風が裏庭でうなり声をあげた。ガラス戸が神経質そうな音をたて、夜の闇にひびを走らせる……だが、それがその夜の最後の風だった。昼間の暖かさが嘘だったような寒気が突然のように襲いかかってきて、風までが凍りつき、それからの二時間十一分、小川家では重苦しい無風の凍結状態が続いた。

警部は香奈子や以前の夫から話を聞きだし、何度も捜査本部と連絡をとりあったが、捜査にはまだ何の進展もみられなかった。

事件発生後間もなく、謎の男が山路クリニックに電話をして看護師に誘拐の事実を伝えている。その看護師が録音された犯人の声を聞いて、謎の男の声にまちがいないと証言したが、なぜ犯人が山路将彦のもとへそんな電話をかけてきたのかとなると、確かな理由はわからなかった。

香奈子は「気がまぎれるから」と言って台所に立ち晩御飯の支度を手伝い、居間のすみに坐った将彦は、不機嫌な顔で禁煙パイプを口にくわえ、二、三分おきに意味もなく腕時計で時刻を確認しつづけた。

「煙草をすいたければどうぞ。こんな時ですから」

警部がそう言ったが、「いや」と一言答えると、いらだたしそうに禁煙パイプを噛みつづけた。

唯一、風穴となったのは、兄夫婦の一人息子の篤志である。いとこの圭太が誘拐されたと聞いて、さすがにいつもほどの騒ぎ方はしなかったが、それでも誘拐の恐ろしさがまだよくわからないのだろう、最近買ってもらったおもちゃのパトカーを廊下に走らせながら、一人はしゃいでいた。母親の汀子が「こんな時に、少しおとなしくしてなさい」と叱ったが、香奈子は、

「騒がしい方が、いつものように圭太も一緒のような気がして、何だかホッとするから」

と言って篤志を自由に動き回らせた。

その篤志が居間をのぞきこみ、将彦と目が合うと、ふしぎそうに首をかしげた。

橋場警部の目が、獲物を見つけた鷹《たか》のように素早く動いた。

鋭い目つきをやわらかな笑みに包みこんで、警部は篤志に近づいた。

「何かふしぎなことが、この部屋の中にあるのかな」

中腰で目線を同じ高さにして、そう訊いた。

「……あの人が圭太クンのおとうさん？」

警部の顔と山路将彦の顔のあいだで、篤志はまだ幼さの残った視線を振り子のようにゆらした。

「そうだよ、どうして？」

と答えたのは、将彦自身である。篤志の何か言いたそうな様子に興味を覚えたらしい。だが、将彦が近寄ろうとすると、篤志はおびえるように警部の体の陰に隠れようとした。

「このお父さんのことで何かあるの？」

警部が訊くと、「ううん……」と首をふった。だが、その小さな頭の中に『ふしぎ』がうずまいているのは、将彦をチラチラと盗み見る目で簡単にわかった。

「圭太クンが何かお父さんのことを話したのかな、君に。ええと篤志クンだったね……篤志クンに」

この質問は的を射ていたようだ。篤志は大きくうなずいた。

「どんな話か教えてくれる？」

「…………」

「圭太クンが今、危ないところにいることは知ってるね。おじさんたちは圭太クンを救い出すために、圭太クンが最近何をしゃべっていたか、何をしていたか、知りたいんだ。もしかしたら君が聞いたことが、圭太クンを助ける役に立つかもしれないから、教えてくれないかな」

しばらく迷った末に「あのね」と篤志は言った。「あのう……お父さんが会いにきてくれたって……」

警部は視線を将彦へと流しながら、

「お父さんが圭太クンに会いにきたんだね」と質問は篤志にむけた。

「うん、はじめてお父さんに会ったってよろこんでた。夢の中で会った人とはちがうけど、やさしいいい人だったって」

その答えに将彦は首をふり、小声で、

「会ってないですよ、一度も」

と警部に言った。

将彦の目から逃れるように、篤志は警部の体の背後に回りこみ、「だって、この人、お父さんとちがうもん」と言った。

「圭太クンの教えてくれたお父さんとちがうよ……ゼンゼンちがう人だよ」

篤志の円い、子供っぽい目が将彦の顔ばかり気にしていたことに気づき、警部は、

「顔がちがうのかな、圭太クンが教えてくれた『お父さん』とこの人とでは」

と訊いた。

「うん」と篤志は素直にうなずく。

「圭太クンから、『お父さん』はどんな人だと聞いたの」

今度は、その質問を拒むように首をふった。

「怖がらなくてもいいよ。別にこのおじさんはお父さんじゃないと言われて怒ってるわけじゃ……」

警部の言葉を首をふってさえぎり、

「聞いたんじゃないもん。見たんだもん」

と篤志は言った。

「見たって、その『お父さん』の顔を?」

「うん」

「どこで」

篤志の指は、子供部屋のある二階をさした。

「二階で会ったの、その人に?」

警部も人さし指を立てた。二本の指が天井に向かって親子のように並んだ。警部は苦笑した。すぐにミスに気づいたのだ。

「写真かな? 『お父さん』の顔の……」

その質問に答えたのは、廊下からの声だった。

「絵だわ」

お盆をもった香奈子が、いつの間にか敷居ぎわに立っている。少し前にお茶を運んできて、警部と篤志のやりとりを聞いていたらしい。居間の全員が視線を香奈子に集め……次の瞬間、小さな悲鳴と共に、凄まじい音が響きわたった。

香奈子がお盆を落としたのだ。五つの茶碗は割れなかったが、熱いお茶が周辺に飛び散った。茶碗の一つは、将彦のひざを狙うように、まっすぐ畳の上をころがった。

「危ないじゃないかっ」

将彦のカン高い声を無視し、香奈子は廊下を駆けだした。「お義姉さん、片づけて」という声に続いて階段を駆けあがる足音……すぐにそれは階段を駆け下りてくる足音に変わった。

濡れた畳をタオルで拭っている義姉を押しのけるようにして居間にとびこむと、香奈子は手にした一枚の画用紙を篤志につきつけた。

「篤ちゃん、この絵じゃない？　圭太が『お父さん』と言ったのは」

篤志がうなずくのを待って、警部に、

「圭太が自分で描いて、ベッドの枕もとの壁に飾ってたんです。一カ月前から」

と説明し、「私、圭太が好きなテレビのヒーロー物の男優さんだとばっかり」と呟いた。

クレパスで描かれた男の顔は、輪郭が楕円、鼻が二等辺三角形、唇が三日月という、子供らしく単純化されたものである。

目は柿の種のような形で、黒目と白目の区別がなく、グレー一色にぬりつぶされている。全体に青色系の寒色が勝って、さびしそうな印象だが、顔の斜め上方に太陽が描かれているからか、三日月の口が優しくほほえんでいるからか、人肌のあたたかみが感じとれる。

確か、一カ月前香奈子が絵に気づいて『この絵、圭太の好きな仮面ライダーの俳優さん？』と訊くと、

「ちがうよ」

と首をふって黙りこみ、ずいぶん経って、

「仮面ライダーじゃなくてジェットライダー」

唇をとがらせて言った。

あの時、少し変だなと思いながら無視してしまった長い沈黙の意味や仏頂面の理由が、篤志の言葉を聞いて、やっとわかった……。

圭太は父親のつもりで、この絵を描いたのだ。

「ねえ、篤ちゃん。圭太がこの絵を描いて、『お父さんに会った』って言ったのは一カ月前じゃない？……みんなでメロン食べた晩か、その前後だと思うけど」

香奈子の言葉に、篤志は少し考えてから、「うん」とうなずいた。

香奈子は橋場警部を見て、一月末にも圭太が誘拐されかかった話をした。

「圭太、私には黙ってたけど、その男のことを本当に父親だったかもしれないと考えてたんだわ」

と言う香奈子に、

「いや、父親だったらいいのにと考えたんだ。お前のせいで父親に飢えすぎてたんだよ。誘拐犯まで父親であってほしいと願うほど……」

将彦が視線を斜めにして、そんな皮肉を言った。

また口論になると察して、

「それだとこの絵の男が犯人というわけか」

と警部は口をはさみ、改めて絵を手にとると、男の顔の輪郭をデリケートな視線でなぞった。

「つまり、これで僕がシロと判明したわけですよ」と将彦。「この絵の男はメガネをかけてないし、髪の毛も僕よりずっと短いじゃないですか」

絵の男の髪は、昔で言う『三分刈り』程度だろうか、短くチクチクと頭から突き出して、針山のように描かれている。

警部はうなずき、「あくまで念のためですが、山路さん、その一月二十七日の午後、何をしていたか憶えていませんか」と訊いた。

「アリバイですか」

苦笑いをして、将彦はそばに丸めてあったコートをとり、内ポケットから手帳をとりだし、ざっとそのページを繰った。

「ああ、その日なら、一時までクリニックで診療をして、二時から三時半過ぎまで日比谷のホテルで開かれた歯科医の会合に出てます。その後急いでクリニックに戻って四時からまた診療を開始してるから、とてもこのあたりまで来てる時間はなかった……証人はいくらでもいるから、何なら訊いてみてください」

「いや、念のために訊いただけですから」

と警部が素直に引き下がったところへ、汀子が新しいお茶を運んできて、

「ね、その絵は私も前に見たけど」

と香奈子に声をかけた。

「私は、川田君の顔だとばっかり思ってた。川田君にそっくりじゃない？」

「そうかなあ……そう言われれば、ひと月前は川田君の髪、これくらい短かったけど」

「圭太クンは川田君になついてたじゃない？　私、何となく、お父さん代わりなのかなって思ってたけど」

「川田君というのは……」女二人の会話に警部が入りこんだ。「今日、香奈子さんを車に乗せて八王子の病院へ向かおうとした？」

「ええ」

「ちょうど彼には訊きたいことがあったから……今、まだ工場ですか」

と訊きながら立ち上がろうとしたのを、

「私が今、呼んできます」

と汀子は止め、居間を出ていき……一分も経たないうちに戻ってくると、

「川田君、ちょうど今駅前に出かけたって。何か急な買物があるからって」

と言った。

「川田って、事務室にいた男か？　地方から出てきたばかりって感じの……」

将彦の馬鹿にしたような言い方に、香奈子は、「そうよ。だから優しくて、圭太は大好きみたい」

ともっと意地悪な声を返した。

「圭太じゃなくて、お前じゃないのか、そいつのこと大好きなのは」

眼鏡のレンズごしに以前の妻の顔をとらえた目は、冷ややかでありながら妙にねっとりとしている。

その目を無視してそっぽを向くと、

「川田君、早く帰ってきてくれないかしら。大好きかどうかはわからないけれど、川田君がいてくれた方が心強いのは確かだから」

香奈子はわざとらしく首をのばして、玄関の方を見た。

その川田が買物から戻ってきたのは、七時も近づき、警部が三時間前と同じように、腕時計の秒針に合わせて香奈子を電話の前にスタンバイさせた時である。

「川田君が今、戻ってきて、このフィギュアを圭太君のためにって」

握り飯を中心にした簡単な晩御飯を運んできた義姉が、トレイの端におかれた人形を香奈子に渡した。ヒーロー物のプラスチック製の人形である。篤志の言っていた『ジェットライダー』らしい。

義姉の背後から、川田が恐る恐る顔を覗かせ、「おととい、圭太クンがそれを欲しいと言うから、今度給料もらったら買ってやると約束して……。圭太、いや、圭太クン、すごい嬉《うれ》しそうな顔したから、写メールで向こうの携帯に送ってやれないかと思って……」と遠慮がちな声で言った。

神経をすり減らしていた香奈子は、従業員が見せた小さな親切にも涙ぐみそうになったが、将彦の冷たい目に出会うと、すぐにそれも乾いてしまった。

警部はいら立っていた。自分の立てたスケジュールが、川田の善意によって何十秒も狂わされてしまったのだ。

「じゃあ、電話の最後で、犯人にそう言ってください。川田さんが買ってきてくれたフィギュアと共に、みんなで無事な帰りを待っていると圭太君に伝えてくれるよう……」

一秒でも遅れをとり戻そうとするように早口で言うと、香奈子に電話の受話器をにぎらせ、自分の指で犯人のもっている携帯電話の番号を押し……今度も七時ちょうどに相手が出ると、目で香奈子にしゃべり始めるよう合図した。

「もしもし、圭太の母ですが、あのう……圭太、元気にしてるでしょうか」

犯人の無言に向けて、そう言葉をかけ……こうして始まった犯人との三回目の接触は五分後、正確には五分四十秒後に今度も犯人によって切られ、さらに一分後には警部の手で録音された会話が再生され、ふたたび香奈子の声が静寂のみなぎった部屋に響きわたった。

「もしもし、圭太の母ですが、あのう、圭太、元気にしてるでしょうか」

「もちろん。後で元気にしてるところを写メールで送らせてもらうよ……それで？」

「はい、あのう、身代金のことですが」

「何、それ……何のこと」

「お金のことです、さしあげると言った」

「ああ、そのこと。それでいくらに決めたの」

「……二千万円なら用意できると、圭太のお父さんが……」

「圭太のお父さんって……誰のことを言ってるのかな。圭太のお父さんは僕でしょう」

香奈子がとまどって沈黙し、犯人の笑い声が響く。香奈子をからかって楽しんでいるような笑い声だ。

「まあ、お父さんは誰でもいい……大事なのは誰が金を出すかだからな」

と再生された声は続く。

「ええと、それで今二千万と言ったけれど、すぐに現金で揃うの？」

「ちょっと待ってください。今、訊いてみます」

「……そうか、山路先生、今そばにいるんだね」

「はい。……あのう、山路は一千万ならすぐに用意できると言ってます。残りの一千万は明日の朝、九時以降なら大丈夫だと」

「九時というのは銀行の開く時刻？」

「はい。でも明日まで待てないというのなら、残りの一千万も何とか一、二時間のうちに作ると言ってますから……今日中にお渡しすれば、今日中に圭太を返してもらえるんですよね」

「待ってくれ。この子もさっき晩メシ食ってもう眠そうにしてるから今夜はこちらに泊める。だから明日まで待つのは構わないけれど……俺はまだその金額でOKだとは言ってないよ」

「………………」

「二千万というのはちょっとなあ……」

「じゃあ、あといくら払えばいいんですか」

「あといくらって……それじゃあ、俺が脅迫でもしてるようじゃないか。俺は二千万というのは多すぎると言ってるんだよ。そうだな、一千万にしよう、その方が何かすっきりとした金額だし……」

「………………」

「もっともそっちがどうしても二千万と言うのなら、そうしてくれればいいんだが。俺が不満を言ったわけじゃない……それはちゃんと憶えててくれよ。俺が一千万にしようと言ったことも……ちゃんとな」

「……はい。それで、どうしても今日圭太を返してもらうわけにはいかないんですか」

「それはダメだ。この子の眠そうな顔を後でまたメールで送るから、見てみれば、今から帰らせるのはさすがにちょっと可哀相だと思うはずだ」

「わかりました……じゃあ明日の朝は何時に？」

「朝じゃなく正午すぎにしようか。そうすればちょうど二十四時間となって、何だかすっきりする……いいね、それで」

「は、はい。……それで場所は？」

「それはそちらで決めてくれよ。そちらが一番都合のいい場所でいいから」

「そんな……」

香奈子が絶句し、再生がとぎれでもしたような沈黙がしばらく続く……正確には九秒間。

「どうしたんだ。何か困ったことでも？」

首でもかしげているようなふしぎそうな犯人の声である。それが演技なのか、本当に香奈子が沈黙した意味がわからずにいるのかは、はっきりしない。

「あのう、場所はそちらで決めてください」

「どうして？」

「だって誘拐事件で、被害者側が身代金の受け渡し場所を決めるなんてこと……」

「だから何度言わせるんだよ、これは誘拐事件なんかじゃなくて、そちらが勝手に金を出したがってるだけの話じゃないか。当然、そちらで金をどこで渡すかも決めてもらわないと」

香奈子はふたたび言葉を失い、七秒間の沈黙……その間に橋場警部がメモ用紙に走り書きをし、香奈子はその用紙の字を読みあげるように、

「それは警察と相談して決めてもいいということなんでしょうか」

と訊いた。

「ああ、警部さんたちに早いとこ決めてもらってくれ。そちらと同じように、こちらもいろいろと準備しなければならないことがたくさんある」

「本気で言ってるんですか、それ……」

「当たり前だろ。わかってるんだ、どうやら誘拐犯とまちがえられそうな状況になってきてることくらいは……。逮捕されて裁判にかけられたら死刑の可能性だってあるし。命がけのわけだから冗談言ってる余裕はないよ」

「でも……」

「『でも』なんて言ってる間に決めてくれ。子供も待ちくたびれたみたいにまぶたが重くなってきてる……『母さん、早くして』と頼んでるぞ」

「……でも」

犯人は舌打ちし、突然「わかった、もういい」と、いら立ちをあらわにした。

「だったらこちらで決めよう。ええと、にぎやかな場所の方が警察は人ごみにまぎれて見張りやすいだろうから……そうだな、渋谷あたりがベストか。じゃ、渋谷駅前のスクランブル交差点。横断歩道が交わるところにでもお金をおいてもらおうか。鞄《かばん》でも買物バッグでも紙袋でもいいから、一千万を入れて」

五秒の沈黙の後、「圭太は……圭太はどうやって返してもらえるんですか」と香奈子は訊いた。

「そうだな……受け渡しは昼の十二時半ということにしよう。橋場警部の腕時計に合わせて、きっかり十二時三十分に渋谷駅前スクランブル交差点の真ん中に来てくれればいい。そこに圭太を立たせておく。いや、俺が無理やり立たせるわけじゃなくて、圭太が自分の意思で立つんだが……お母さん、つまりアンタは、圭太を連れ帰る代わりに一千万円をそこに置いてきてくれ。忘れずにな」

「………」

香奈子の沈黙は十一秒続き、「どうしたんだ？　警部と何か相談でもしているのか」と犯人の声はいらだちをむきだしにした。

「ええ……いいえ……あのう、一つだけ確認したいんですが、圭太が私の腕の中に戻ったあと、その場にお金を置いてくるんでしょうか」

「そうだよ、それがどうかしたのか」

「……いいえ、あのう……ただ……」

「しつこいな。余計なことは考えないで、今言ったとおりにしてくれればいい。ええと、もう一度言おうか……いや、録音してあるはずだからくり返す必要はないか。じゃあ、明日よろしく。これでもうこの携帯の電源を切るから、いくらかけてもムダだよ」

「待ってください。圭太の声を聞かせて……それがダメなら必ず写メールを……」

香奈子の声を断って、相手が携帯を切る小さな音が響く。それが三度目の電話のピリオドとなった。

再生を止め、橋場警部はテーブルを囲んだ三人の刑事に、

「誰か、犯人がなぜこんな馬鹿げた受け渡し方法を指示してきたか、わかる者はいるか」

と訊いた。

「馬鹿げたと言うのは?」

部屋のすみにいた香奈子の兄がそう訊いた。

「電話の最後で香奈子さんに確認させたことです。犯人は香奈子さんが圭太君を保護した後、身代金を置けと言ってるでしょう?　つまり子供を受けとった後にお金を渡せと……しかし、それでは身代金の意味がなくなる。ほんの二、三秒の違いでしかないだろうが、お金を渡すのが子供を受けとる前になるか、後になるかは極めて重要だ。子供が助かった後に、身代金を渡すような人のいい被害者などいない、たとえ直後でもね。それなのにこの犯人はその馬鹿げたことをしろと言ってきたんですよ。それだと、もともと子供を連れ去る必要は……誘拐事件を起こす必要はないはずなのに」

警部の言葉に、刑事の一人が、

「馬鹿げたことをしているのは、あまり頭がよくないからではないですかね。受け渡し場所の決め方なんか、いかにもただの思いつきという感じだったじゃないですか……大した考えもない犯人の行き当たりばったりの言動を、深読みしすぎて捜査陣がしくじることも往々にしてありますからねえ」

と言った。所轄署の中年刑事の言葉は、警視庁エリート警部への嫌味ととられても仕方のないものだったが、警部はそのすべてを、

「いや」

という軽い声で一蹴《いっしゅう》した。「それはありえない。犯人は相当な知能犯の上に緻密《ちみつ》に計画を立てている。その証拠を私が今から改めて一つ一つ復唱する必要はないでしょう」

嫌味の応酬をして、

「受け渡し場所を渋谷駅前の交差点にすることも、その場の思いつきではなく、あらかじめ決めてあったことだと思います。しかし、白昼の渋谷のど真ん中で、犯人はいったいどうやって……」

と言いながら、警部はすぐそばにいる香奈子を見た。香奈子はさっきから、両手に大事そうに包みこんだ携帯電話を見守っている。電話が切られてから、すでに十分以上が経つのに、犯人はまだ圭太の写真を送ってきていない……香奈子の両手や目に焦りが出ている。

「お母さん、圭太君のことで一つ訊きたいことがあるんですが、圭太君は誰かに『一人でこの先にある交差点の真ん中までいって、しばらくそこに立っていなさい』と命令されたら、そのとおりにやれる子ですか」

と警部は訊いた。

「ええ、去年、一度駅前まで一人で行かせたことが……」

その声を突然の金属音が断った。

両手の中で携帯が生き物のようにうごめき、悲鳴をあげたのだ。香奈子は一瞬、身震いして携帯を手放そうとし、次の瞬間には逆にそれをしっかりと握りしめた。

「犯人から」

香奈子は緊張した声でつぶやき、すぐに写メールの画面を開いた。警部と中年刑事が両脇から覗きこみ、中年刑事の方が、

「これは最初の写真でしょう。今届いた写真は?」

と言った。

「ちがう、これが新しい写真だ。確かに最初の写真とそっくりだが」

警部の言葉が終わらないうちに、

「いやっ」

香奈子の叫びに似た声が部屋の夜気を裂いた。

「……やっぱりもう死んでるのよ、この子」

香奈子はもう一度「死んでるわ、圭太」と絶望的な声を喉の奥底からしぼりだしながら、自分のその言葉を否定しようと激しく頭をふった。

「前の写真を見せてください」

警部の声も無視し、ただ頭をふり続けた。橋場警部は、その手から携帯をもぎとり、素早く指を動かし、最初に届いた写真を画面にとりだした。だが、切り替わったことが信じられないほど、二枚の写真はよく似ている……いや、似ているどころではない。

二枚とも圭太は同じソファのひじ当てを枕がわりにして、同じ顔と姿勢で眠っている……。警部は何度も画面を切り替えて、二枚の写真を見くらべた。首の曲げ具合や唇のカーヴ、肩の傾き、右腕の描くVの字や何かを握りしめているような右手の位置まで、新しく届いた写真はすべて前に届いた写真のままである。

たった一点をのぞいて……。

新しい写真では、圭太の右膝の上にオモチャのようなものが乗っているが、それが前の写真にはない。

圭太の体に関しては、ちょっとした体の線や服のしわまで同じだ。眠っているだけなのに、三時間のあいだ、わずかも動かなかったということはまず考えられない。薬や麻酔が使われたのだとしても、多少の動きはあったはずだ……。

二枚の写真に変化がないために、圭太の体は石膏のように固まって見え、それが見る者に『死後硬直』という言葉を連想させる……。

「この二枚の写真を本部に転送して、圭太君の体が本当に一ミリも動いていないか、調べてもらってくれ」

警部は若い刑事にそう命じ、香奈子に向けて「大丈夫です。犯人は知能犯だ。そう簡単に子供の命を奪ったりしませんよ」と言った。

「それに香奈子さん」と汀子が口をはさんだ。「もし圭太クンが本当に死んでるのなら、犯人は明日までそのことを隠そうとするはずよ。こんな、すぐにバレてしまうような写真を送ってくるはずないわ」

「じゃあなぜ、こんな写真を……死んでると間違えそうな写真を、わざわざ送ってきたんですか」

録音担当の鍋谷という刑事が珍しく意見を言った。

「わからない」と警部。「ただ、この二枚の写真は四時の電話の直後に、続けざまに写されたもので、一枚をすぐに送り、もう一枚を三時間が経ってまた送ってきたのだと思う」

「だから、なぜ、新しい写真を撮らずに三時間前の写真を送ってきたかですよ」

「だから、わからないと言った……」警部は冷ややかな視線を所轄の刑事に投げ、「おかしなことを詮索《せんさく》して変に家族の方たちに不安を与えてもね。圭太君は絶対生きてるし、明日の午後零時半に渋谷の交差点に立つ……その際、身代金を受け取るために犯人がどんな方法をとるかを考えて、対策を立てた方がいいだろう」

そんな警部の言葉が耳に入らないのか、香奈子は疲れ果てたような目でテーブルの上の人形をぼんやり眺めている。

「そのフィギュアのこと、電話で伝える余裕はなかったですね。こちらからも写メールで犯人に送ってみましょうか。電源は切られているでしょうが、万が一にも届いて、圭太君に見せてくれるかもしれない」

警部の声に力なくうなずき、香奈子は「そうね、せっかく川田君が買ってきてくれたんだから」と言った。

警部は、しかし、フィギュアへと伸ばした手をふと宙で止めた。

「いや、送る必要はないかもしれない」

と言い、その手で香奈子の携帯電話をとって開いた。「圭太君のひざに乗っているオモチャらしきものは、このフィギュアじゃないのかな」ひとり言のようにそうつぶやいた。

「おそらく間違いない。写真は本部に送ってあるから、おい、誰か、本部に連絡して、その部分だけ拡大したものをこっちに送ってもらうよう頼んでくれ」

「いや、香奈子、ちょっとその携帯を貸してくれ」

と言って、兄の史郎が立ちあがった。刑事たちのきょとんとした目に、「ウチは印刷工場ですよ。それくらい簡単にやれます」と携帯をもって部屋を出ていき、十分後には『オモチャらしき物』を拡大した写真を持ってもどってきた。

二十数倍に拡大されたそれは、輪郭がぼやけているが、それでも色と形、さまざまな線から川田の買ってきたフィギュアと同じものだとわかる……。ただちに川田が呼ばれた。工場の仕事に戻っていた川田は、インクで汚れた手をタオルでぬぐいながら現れ、警部から話を聞くと、顔色を変えた。血の気が引き、はっきりと青ざめるのがわかった。

どうやら、自分が疑われていると誤解したらしい。

「心配しなくてもいいです。ただオモチャ屋の場所を訊きたいだけだから。犯人が圭太君を車に乗せた後、手なずけるために『何か欲しいものを言ってごらん』と言って、その店に立ち寄った可能性がある」

警部の言葉にホッとして、川田は駅前商店街にある店の名前と正確な位置を教えた。すぐに刑事の一人を調べに行かせようとしたが、他の刑事が、

「しかし、このテの人形は大概のオモチャ屋で売っていると思いますが……その店とはかぎらないでしょう」

と異議をとなえた。それにまた、

「いいえ、あのう、同じ店だと思います」

と川田が異議をとなえた。「おととい、圭太と一緒に見た時は二つあったのに、さっき買いに行った時は一つしかなかったから……」

警部がうなずき、刑事の一人が部屋を出ていった。コートを着ながら、廊下を走り去る刑事を、川田が呼び止めた。

「あの……もしかして犯人が買ったのは今日じゃないかも……」

「どうして？」

とたずねる警部とふり返った刑事の間で川田は視線をゆらした。

「圭太と二人でショーウィンドウを見てた時、すぐ隣に男が立ったんです。同じものを見ている風だったけれど、こちらの肩にくっつくほど近づいてきたので、何か盗み聞きでもされてる気がして……さっき、これを買う時に思いだしたんですが、あれが、もしかしたら犯人だったのかもしれないと……あのう、犯人は以前から圭太のことを尾行していたんですよね」

警部はうなずいた。

「それで、どんな男でした?」

「……憶えてないですね。中年サラリーマン風というぐらいしか……。変だとは思ったけれど、さっきまで忘れてたくらいだから」

「あなたと似た短い髪ではなかったですか。圭太君の『お父さん』の絵のような」

川田は額に手をおいて必死に思いだそうとしている風だったが、「ダメですね、思いだせない」と首をふった。

「気味悪かったから、よく見なかったし。ただ……店を離れてふり返ったら、その男が店の中に入っていくところだった。そのことは憶えてるんですが……」

警部はうなずくと、廊下の刑事に「店の人が憶えているかもしれないから、ともかく行ってみてくれ」と言い、川田には、

「また何か思いだしたら教えてください。その男が犯人だという可能性は充分ある」

と言った。

オモチャ屋に行った刑事が帰ってきたのは、八時過ぎである。「やはりおととい一つ売れたそうです」と言い、ほかの収穫はなかったらしく、渋い顔で首をふった。

一応、圭太の『お父さん』の絵の特徴を言ってみたが、店の主人はかなり高齢で、男だったということくらいしか憶えていないという。

「悪いが、圭太君の絵のコピーをとって、もう一度オモチャ屋に行ってくれ。ムダだろうが、今のところその男の目撃者は二人だけだから……いや、もう一人。幼稚園の先生が犯人を見ていて、今、署の方で似顔絵を作成しているようだ。絵のコピーをそっちにも送っておいてくれ、念のために」

警部の命令に答えたのは、台所の裏口のドアが乱暴に開けられる音だった。

「刑事さん」

香奈子の兄の声と共に、廊下に荒々しい足音がひびいた。

「今、事務室にいたら、犯人から電話がかかってきて」息を切らして、史郎はそう報告した。

「事務室の電話に?」

「いいえ、私の携帯に。刑事さんを呼んでる時間もなくて……短い電話だったから」

敷居際に立ったまま、史郎は「七時の電話では言い忘れたと言って、あのう、香奈子に明日は赤い服を着るように伝えてくれと……それからお金を赤いものに入れてこいと」と続けた。

「赤いもの?」

「そうです。赤ければ鞄でも、紙袋でも何でもいいと……それで、これが最後の電話だから、刑事さんたちには、明日に備えて、もう帰ってゆっくり休んでもらえと……」

「マスコミを通して、事件を公表した方がいいのではないですか」

若い刑事からそんな意見が出たのは、捜査本部でこの日三度目の会議が始まってちょうど三十分が経過する時刻だった。

九時十三分。

八時半に始める予定だった捜査会議は、記者会見が長びいたために十三分遅れたのだった。報道関係者との間には、すでに報道と取材の自粛に関する協定が結ばれてはいたが、犯人が警察の介入を承知している以上、事件の報道を許可した方がいい、むしろ報道すべきだという意見は、夕方開かれた二度目の会議から出ていたのだった。

犯人には警察の介入を楽しんでいるような様子が見られる。金銭を目的とした普通の誘拐事件の犯人とはちがい、もっとテレビや新聞で事件が騒がれるのを望んでいるのかもしれない……。

ただこの署に勤務し始めて二年目の新米刑事が事件の公表を提案したのには、それとはまた別の理由があった。彼は十数名の署員と共に、白い車の行方を追って、幼稚園から半径十キロ範囲と被害者宅の近隣に聞き込みを続けたが、一人の目撃者も見つけることはできなかったのだ。

携帯電話は、送受信地をある程度しぼりこめるという点で、この種の事件では大きな手がかりになりうるものだが、今度の事件では役に立たなかった。最初に犯人が携帯を使って連絡してきたのは、横浜市内と判明したが、次に被害者サイドからかけた電話を犯人が受信したのは千葉の船橋近辺であり、七時の電話でしぼりこめた犯人の居場所は都内豊島区であった。

どうやら、犯人は車で子供を連れまわしているらしい。送られてきた写メールで、子供が横たわっているソファらしきものも、車の座席である可能性が出てきた。

最初に犯人からかかってきた電話では、犯人の足音と思われる音が聞こえたが、反響の仕方からビルの地下駐車場のような場所が想像される。印刷工場の従業員が『蜂の羽音』と表現した音、つまり最初の電話が切られる直前の音は、単純にそばを他の車が通過する音ではないかと考えられた。車で動き回れば、居場所の特定は難しいが、そのぶん人目につく。夜のニュースで事件を流せば、必ずたくさんの目撃情報が寄せられるはずだ——。

その意見を、橋場警部は一笑に付した。警部は若い刑事が発言する直前に、被害者宅から駆けつけたのだった。

「情報が集まりすぎたら捜査は混乱する。多すぎる情報は犯人の絶好の隠れみのになる」

明日の午後、小さな被害者小川圭太が無事に保護されるまで、メディアに報道をひかえてもらうことには、他の捜査官のほぼ全員が賛同した。

犯人は、命令や脅迫はいっさいせず、身代金を自分の方から減額したりもしている。普通の誘拐犯とは違う人の好さを見せているが、時々のぞかせるいら立ちから見て、それはただの仮面であり、その裏に、普通ではない残忍さをもった犯罪者の顔が見えてくる……一見マスコミが騒ぐのを喜びそうな犯人像だが、事前に被害者の家の状況をくわしく調べあげたり、細心の用心で自分の足どりを消したり、犯人は緻密な犯行計画を立て、冷徹にその計画を実行しているのだ。

別の会議室でひそかに二回開かれた記者会見では、事件の経過と共にこういった犯人の奇妙な言動も記者たちに報告してある。公開すれば、今夜から明朝いっぱい、テレビが面白おかしく騒ぐのは目に見えているし、それがおかしな刺激となって犯人の計画に狂いが生じるのを、警察では恐れていた……特に、身代金の受け渡し場所が東京でも最も人の集まる渋谷駅前だということが洩《も》れれば、たくさんの野次馬が押し寄せて身代金の受け渡しに支障が生じる。

　今の段階では、困ったことに、犯人が無事に身代金を手にし、この犯罪が成功することを、警察も家族も望むほかはなかった。明日の午後零時半まで、捜査の目的は、犯人の逮捕でも一千万円を守ることでもなく、唯一小川圭太の生命である。

　犯人の計画に狂いが生じれば、警察の捜査にも狂いが生じ、結果、小さな被害者の生命に大きな狂いが生じることになる。ここはマスコミにおとなしくしてもらって、犯人に計画どおりに動いてもらうのが一番である……と言っても、その犯人の計画がどんなものか、まだよくわからないのだから、警察までがおとなしくしているわけにはいかなかった。

　この数時間のうちに少しでも犯人の正体に近づき、その居場所に今より一メートルでも接近しておきたかった。

「犯人が車で動いているのは、『四時の時報を聞いた』という言葉で想像していたんだが……今は、ラジオを聴く場所と言えば、まず車の中を思い浮かべるから。ええと、都内要所の検問はもう始まっているね」

　と言い、橋場警部は、

「それで似顔絵は完成しているのか」

　と自分を囲むように坐った二十人近い捜査官の顔を見回して訊いた。その一人が渡してきたコピー紙を見て、警部は眉間に細いしわを走らせた。

「困ったな、この絵では役に立たない」

橋場の指が、絵の女の顔を弾《はじ》いた。もう一枚、男の似顔絵があり、橋場はその顔にはため息を吹きかけた。

「男の方はまだしも……女の顔はまるっきり、被害者の母親じゃないか」

ただのデッサンとは思えない細密な絵で、小川香奈子の写真と見まちがえそうである。

なぜこんなことになったか。

橋場には簡単に想像がついた。幼稚園の高橋先生は、二人組の犯人の特に女の方の顔は、よく見ていないのだ。車から降りたって挨拶したという女のピンクのセーターだけを鮮やかに記憶に残し、そのセーターの上に日ごろ見慣れた圭太の母親の顔をぼんやりと置いた……そして、やがて駆けつけた本物の母親をしっかりと見た彼女は、記憶の中のぼんやりとした顔を確かな線で描き直してしまった。

そうにちがいない。

「母親のアリバイは確かめてあるね」

「ええ」と署の幹部の一人が答えた。「犯人が幼稚園に現れる五分ほど前に、小川香奈子は隣の主婦と喋っています。家から幼稚園まで車でも五分では無理ですから……これは、剣崎警部補からの報告ですが」

剣崎はまだ被害者宅にいる。犯人はもう連絡しないと言ったが、警察の油断したスキを狙う可能性はあるので、今夜は部下三名と共に泊まりこみである。

剣崎の名が出ると、本庁から来た警部は顔に透明な膜をかぶったような無表情になった。

「急げば五分で充分な距離だと思うが」

剣崎の報告にケチをつけるような言い方をして、

「だが、まあ、セーターが同じだけで別の女だったのだろう。そのセーターの謎も残るし……小川香奈子には愛人がいて、その男がこの似顔絵の男と似ているらしいということも非常に気になってはいるんだが」

男の方の似顔絵をみんなに見せた。

顔のパーツは違うが、髪型や輪郭などどこか川田と似ている。ただその絵は川田以上に圭太が描いた『おとうさん』に似たものを持っている。

橋場は、小川家からは報告できなかった香奈子と元夫の喧嘩について簡潔に話した後、

「ただ香奈子に愛人がいたとして、圭太がその愛人の子供である可能性となると、はなはだ疑問だ。圭太は山路将彦の血を濃厚に継いでいるとしか思えない顔だちだし」

と言ってから、「それに……」とつけ加えた。「それに私には、香奈子より気になっている女が三人いるんだ」


同じころ、橋場と一緒に被害者の家を出た一人の刑事が、世田谷区奥沢にある山路家の門前に立ち、チャイムを鳴らした。

刑事の名は沢野泰久。穏やかな風貌に助けられ、聞きこみの際、抜群の能力を発揮するこの腹心の部下に、橋場は自分が気にしている三人の女の調査を頼んだのだった。

調査といっても、それとなく様子をさぐるという非公式のもので、沢野は夜も遅いこんな時刻にいったいどんな口実で相手に会えばいいのか困っていたが、インターホンに出た女は、

「ああ、警察の方？　今開けますから」

と突然の訪問を当然のことのように受け入れ、すぐに門を開けてくれた。

山路礼子。圭太の祖母であり、小川香奈子の以前の姑でもあった女は、息子が最初に事件のことを報せてきてから数時間、ずっと警察が訪ねてくるのを待っていたという。

息子の将彦からは六時過ぎに一度電話が入り、『大変な状況だから電話をかけてきたりしないように』と言われたきりで、その後どうなっているかもわからず、一人で気を揉《も》んでいたという。

「上がってください」

と言われたが、沢野は玄関の立ち話で済ませることにした。橋場が三人の女のうちで一番気にしているのは、この山路家の女主人ではなく、隣の住人である。

山路礼子のことで橋場が知りたがっているのは、二つだけだった。『この被害者の祖母が事件にかかわりあっていないか』と『彼女が事件をどう見ているか』……。

一つ目の疑問にはすぐに答えが出せた。

沢野が家の中に上がるのを断ると、

「でも、家の中を調べた方がいいんじゃありません？　どうせ香奈子さん、私が孫可愛さから事件を起こしたとでも言ってるんでしょうから」

と言ったし、事件がどうなっているのかわからずヤキモキしている様子に嘘は感じとれなかった。

『事件をどう見ているか』という疑問にも、沢野が何も訊かないうちに、自分から答えてくれた。息子とそっくりの、病院の壁を連想させる肌の白さは、ある意味、高級住宅地の住人にふさわしい洗練と上品さをもっていたが、その品のよさを尖《とが》らせた唇でぶちこわしにしながら、山路礼子は、

「香奈子さんの狂言ですよ、これは。あの人、前にも圭太を誘拐してますからね」

と言った。

以前の嫁への憎悪から大げさに『誘拐』と言っただけだと思ったのだが、山路礼子は真剣だった。

「だって犯罪ですよ。子供はもともと将彦や私のものなのに……いいえ、将彦や私のものでもあるのに、私たちには内緒で連れ去ったんですからね。裁判所の決定も守らず一度も私たちには会わせようとしないし。タチの悪さは誘拐犯以上だわ」

と言ってから、刑事の温厚そうな顔が少し険しくなっているのに気づき、「それで？　圭太は無事なんですか」と訊いてきた。

やっとである。誘拐された孫より、以前の嫁の話を優先させたことに、この上品そうな中年女性の本性が見えた気がして、沢野もそう優しい顔ばかりしていられなかったのだ。

「ええ……犯人が心地よさそうに眠っている圭太クンの写真を送ってきました」

「身代金なんかはどうなってるのかしら。あちらの家では大金を用意できないと思うけれど……お可哀相に」

話題と共に声まで上流階級のものに変わっている。

「息子さんが銀行に行ってるはずですが……お金の用意ができたら一段落つくでしょうから、こちらへ連絡してもらいますので、息子さんからくわしく聞いてください。事件の経過は、私より詳しいはずですから」

「ええ。でも身代金の額ぐらいはご存じでしょ？」

「確か一千万とか」

「一千万？　そう……意外と少ないのね」

ふしぎそうにしながら、ぼんやりと目は靴箱の上におかれた豪華な花に向けられている。花に関心のない沢野でも、その花の名前くらいは知っている。

「見事な胡蝶蘭《こちょうらん》ですね」

と言い、すぐにまた山路礼子に視線を戻し、「実は二つお尋ねしたいことがあって……一つは、そのう……息子さんの再婚相手の」と言って、沢野はハッと花の方をふり向いた。数秒前、無意識のうちに目がとらえていたものが、やっと意識に届いたのだった。

「蜂じゃないですか、あれ」

薄桃色の花が細い枝に密集して咲いているが、その一つに確かに蜂が止まっている……だが、真冬のこの時季に、しかも夜のこんな時刻になぜ？　目を凝らしながら、自分の見ているものが信じられずに沢野は首をふった。

「あの花、作り物なんですよ。本物のように見えるけど」

山路礼子の言葉に、いよいよ沢野は混乱した……造花に蜂？

紙幣でできたような高級感を漂わせた造花はよく見ると、どこか人工的に乾いている。小さな扇をいっぱい集めて、全体がまた一つの扇になっているような造りだが、その真ん中あたりに一匹、蜂が止まっているのだ。ただし、沢野が近づいても動こうとしない。

「その蜂もニセモノですよ、もちろん」

沢野の視線に気づいて、山路礼子は言った。「ご丁寧でしょ、蜂まで用意するなんて」

「ええ。剝製か何かですか、こんなに近づいても本物にしか見えない」

「花と一緒に、布と紙で作ったんだと思いますけど……さっき、お隣からいただいたんですよ。お隣の奥さん、そういう教室に通ってらして」

と、沢野がどう切り出していいかわからずに困っていた女のことを、自分から口にしてくれた。

「あのう、隣の奥さんに圭太クンが誘拐された話はなさいましたか」

「ええ。先月、小金井のスーパーで偶然圭太に会ったと話しに来てくれて。あの子が将彦と瓜二つになっていたって……それから会うたびに圭太の話をするようになったものだから。いけませんでした？」

「いや……」

沢野は一カ月前の誘拐未遂について話し、その際現場にいた隣の『小塚さん』にも話を聞きに来たのだと言った。

「まあ、そんなことが。あの奥さん、誘拐未遂なんて話は全然……それにしても香奈子さん、誘拐未遂のこと、どうして警察に届けなかったのかしら」

香奈子の以前の姑は、意味ありげな笑みを口もとににじませた。「ねえ、刑事さん。今度の事件は全部香奈子さんが仕組んだんじゃない？　圭太のこと、自分が引き取ったのはいいけれど、将彦に似た子供なんて邪魔になって誘拐と見せかけて始末してしまおうなんて考えたんじゃないかしら。大金が手に入るし、一石二鳥でしょう……いいえ、自分が仕組んだんじゃなくても、誘拐未遂犯に、今度はもっといい機会を作るから必ず成功させてとでも頼んだんじゃないの。それくらいのことしかねない人だから」とまたも以前の嫁の悪口を始めた。

「すみません。香奈子さんより、今のお嫁さんの話を聞きたいんですが。息子さんからは再婚したということしか聞いてないので」

「ミズエさんのこと？」

と訊き返され、沢野は「ええ、まあ……」と曖昧《あいまい》にうなずいた。

「今、ご在宅ですか」

奥の方をうかがうようにして、訊いた。人の気配はいっさい感じられないが、これだけの広さなら、二、三人の気配などのみこんでしまうだろう。

「あの人なら今、アメリカですよ」

と答え、山路礼子は顔を強《こわ》ばらせた。なぜ、新しい嫁のことなど知りたいのかと訊かれると思い、沢野は身構えたが、この姑はそれには触れず、後は沢野が口をはさむ余裕もなく、一気にしゃべった。

ミズエは夫の将彦とは同業で医大時代からの知り合いだという。結婚後はしばらく仕事から遠のいていたのだが、来年、将彦がクリニックを今の倍に拡張する。そうなれば医師が二人必要になるので、最新技術を学ぶために今年一年、ロスアンジェルスの病院で働くことにした……と言っても、この女が口にする言葉はすべて嘘っぽく聞こえるので、沢野は百パーセント鵜《う》呑《の》みにしたわけではないのだが。

「それで……ええと日本でこんな事件が起こっていることを、ミズエさんはまだご存知ないでしょうね」

「ええ……将彦がね、そのう……連絡しなくてもいいみたいなことを言うから」

歯切れが急に悪くなったことが気になったが、その時奥で電話が鳴った。

「将彦からだわ、きっと」

奥へと飛んでいった礼子は、夏物のような薄いブラウスを着た背をドアの内側へと消し、すぐに「それでどうなったの? 今、ウチにも刑事さんがいらしてるけど」という声が聞こえてきた。二、三分で電話を切り、磨きぬかれた廊下をすべるような足取りで戻ってくると、沢野にこう言った。

「何とか一千万そろえて、あちらの家に戻ったようですよ、将彦。今夜は、工場の事務室に泊まるって……泊まる必要もないんでしょうけど、香奈子さんの様子を探りたいんじゃないかしら。将彦も最初に誘拐と聞いた時から香奈子さんの狂言だと疑っていたから」

山路家を出た沢野は、長いため息をつくと、それだけを休息にして、すぐに隣の小塚家を訪ねた。山路家の洋館風の重々しい外観にくらべ、小塚家の方はまず和風の黒塀と夜目にもあざやかなオレンジ色の屋根瓦とのアンバランスが目立つ安手な造りだった。部屋の灯が窓ガラスにカーテンの花模様を浮かびあがらせていたが、ピンクと紫のまじりあった悪趣味な色である……。

沢野は表札の『小塚』という名を確かめ、その下のチャイムを鳴らした。

すぐに女の声が応え、

「夜分、突然で申し訳ないのですが、警察の者です。お隣のことでちょっとうかがいたいんですが……」

沢野がそう言っただけで、十秒後には門の鉄柵が開けられた。この家でも待ち構えていた女主人に刑事は歓迎されたのだった。

二十分後。

女主人の愛想いい笑顔に見送られて門を出た沢野は、携帯電話で本部の橋場に連絡を入れた。まず山路家での一部始終を報告した後、

「小塚君江とも玄関での立ち話でしたが」

と小塚家での二十分間について語った。

「ともかく好奇心旺盛の女でとまどいましたが、それだけに隣の家のことでも細かいところまでよく見ていて、面白いことがわかりました。……ええとまず一カ月前の誘拐未遂ですが、君江は、圭太君が突然いなくなって大騒ぎしたことは憶えていたけれど、それが誘拐未遂だったなどとはまったく知らなかったそうです。香奈子母子と出会ったのはあくまで偶然で、あの時は武蔵小金井の友人を訪ねる途中だった、その友人に『相談事がある』と呼び出されたからで、自分の意思で行ったわけではな

いから本当にただの偶然だ、それは友人に確かめてもらえればわかると言って、その電話番号まで教えてくれたから、まあ信じてもいいと思うんですが……問題は山路将彦の再婚相手ですよ。ミズエ……ウォーターの水にピクチャーの絵と書くんですが、その山路水絵の姿を去年の末あたりからまったく見かけなくなった、その頃、夜遅くに隣から男女が言い争うような声やガラスか陶器が割れるような危なっかしい音が聞こえたので、水絵が家を出たのではないかと思って、それとなく隣に訊いてみたけれど、山路礼子は適当に答えを逃げてばかりではっきりとしなかった……それなのに先月末になって、突然、礼子はちょうどさっき私に言ったのと同じことを君江にも言うようになったらしいんですね。つまり、アメリカへ歯科医の新技術を学びに行っていると……。でもそれはおかしいと君江は言うんです」

沢野は、山路家から二キロほど離れたコンビニの駐車場に車を止めて喋っていた。夜と共に寒気が押し寄せてきて、昼間の暖かさが嘘だったように東京は真冬の真っ只中に戻っていた。

「それで山路水絵が渡米した話の何が変なんだ」

と警部が訊いてきた。

「小塚君江は水絵の渡米の話を聞いた二日後に、その水絵を見かけてるんですよ。すれ違っただけだが、水絵にまちがいなかったと……。ごく普通に買物をしている風で、そんな、外国帰りとかこれから外国へ旅立とうとしている風には見えなかったそうです。……それがどこだと思います？　渋谷ですよ、渋谷駅前のスクランブル交差点のちょうど真ん中だと言うんです。ええ、今度の誘拐犯が身代金の受け渡しに指定してきた……。ただの偶然でしょうか……まあ、それはただの偶然として、もう一つ、ちょっと気になる偶然があるんです。山路家と小塚家の玄関に同じ造花の胡蝶蘭が飾ってあるんです。小塚君江が二つとも作って、その一つを隣に贈ったみたいで……それはいいんですが、二つとも、花に一匹、作り物の蜂が止まってるんです。警部はどう思われますか……今度の誘拐犯は妙に蜂にこだわってるでしょう?」

警部は「それより、小塚家の家族構成はどうなってる?」と訊いてきた。

「はい、静岡の大学に通っている息子が一人……その息子が帰省する時以外は夫と二人きりの暮らしですね、夫の両親がまだ健在なんですが、父親の方が認知症で施設に入っていて、母親も昼中はその世話に出かけているので、今はほとんど夫と二人の生活のようです。夫は一昨年勤務先の貿易会社をやめて……と言うかリストラ同然にやめさせられたみたいですが、もともと親の残した財産があって悠々自適の暮らしのようです。君江より少し年上で……四十代半ばってところでしょうかね。いや、若々しく見えるんですが、変に貫禄もあって、頭も相当に切れるようです」

「声は? 犯人の声と似てなかったか」

「全然。風邪をひいているとかで、かなりのしゃがれ声でしたし」

警部は「他には?」と訊いた。

「ええと……小川香奈子は結婚して間もなく一度流産してますね。まだ安定期に入る前にデパートのエスカレーターで転んだとかで……それだけに二度目の妊娠で無事に生まれてきた子供をとても可愛がっていたから、こんなことになってさぞつらい思いをしてるでしょうね……と言ったりして、小塚君江はひどく隣の家のことに詳しいです。香奈子はそれほど親しくしていたわけではないと言ってましたから、君江の方が一方的に隣家に深入りしてるんだと思いますが」

「小川香奈子のことは直接当人に訊くから、もう戻ってくれ。私も今から小川家に戻る」

警部は電話を切り、沢野はすぐに車をスタートさせた。

前を走る車の尾灯の赤がフロントガラスの曇りににじみ、手で曇りをぬぐった跡がちょうど花に似た形になって、沢野に小塚家でも見た胡蝶蘭を思いださせた。

花の色が、山路家の玄関にあったものより赤みが強く、激しささえ感じさせ、止まっている蜂が今にも炎にのみこまれそうに見えた。

沢野が君江に向けて、お世辞半分に、

「それにしても本物そっくりですね。造花に本物の蜂が寄りつくはずはないのに、隣でもギョッとしましたよ」

と言った時、

「造花でも本物の蜂を呼び寄せることはできる」

という言葉と共に、奥から中年の男が現れたのだった。しゃがれ声で聞き取りづらかったが、確かにそう言った。

君江が「ご主人さま」と冗談めかして紹介した。カシミアらしい見るからに柔らかそうな灰褐色のカーディガンをゆったりと着ていたが、顔も上背のある体軀《たいく》も直線的で、どことなくジュラルミン製のロボットと似ている。きわめて精度の高い、性能のいいロボット……。シャープなその印象が、全身中年のおばさんと化している君江とは不釣合いで、並んでいても巧く夫婦という単位にまとまろうとしない。

本当に夫婦なのだろうか、と奇妙に違和感をおぼえながら、

「ほう。いったいどうやれば、造花で蜂を？」

沢野が興味をもったように装って訊くと、

「それくらい自分で考えたらどうですか。警察の方でしょう？」

皮肉な言い方をした。声はかすれていたが、その一瞬、妻の肩陰から投げてきた視線は、奇妙に鋭

く研ぎ澄まされていて、沢野はその視線の針に、自分が思いっきり釣り上げられたような気がした。

凍《い》てついた夜の道路に車を走らせながら、沢野がしきりに思いだしていたのは、二軒の女主人たちよりも、小塚家の『ご主人さま』が見せた一瞬の目と、その直後につぶやいた言葉だった。

「でも教えますよ、簡単なことだから。……造花に本物の花の蜜を塗っておけばいい」

沢野に教えるというより、自分で自分に言い聞かせるようなひとり言に似た声……その声と毒々しいほどの花の色が重なって、血のように脳裏ににじんでいる。

それにしても、橋場警部はなぜ、作り物の蜂の話に興味をもたなかったのだろう。

今度の事件の序章で、蜂は重要な役割を果たしている。その蜂が、警部がとくべつな興味をもっている事件の関係者の家にいたのである……それも二軒の家に。

日ごろから警部は『信じられない偶然はしばしば起こるから』と、偶然が捜査をまちがった方向に導く怖さを警告している。蜂の話も、ただの偶然として無視したのだろうか。

だが、この真冬に誘拐犯が『蜂』を口実にするというのはめったにないことだろうし、造花に蜂を止まらせて飾ることも普通ではない。普通でないことが二つも重なったのだ。そう簡単に無視していいのだろうか……そこまで考えて、だが、沢野は首をふった。

こんな風に考えることをこそ、警部は戒めているのだ。白い胡蝶蘭を見慣れた目には、あの濃密に彩色された造花の刺激は強すぎ、意味もない偶然に犯罪めいたものを感じてしまっているのだろう。

そう考え直し、沢野は気になっていた小塚君江の夫の言葉も、わざわざ警部に報告する必要はないだろうと考えたのだった。

沢野が小川家に戻ったのは、十一時に近い時刻だった。工場の裏手に車を止め、ペンキの剝《は》げかかった薄っぺらなトタン塀にそって歩いていると、改めて今度の事件は、顔見知り、それもこの家の内情に詳しい者のしわざだという思いが、実感となって迫ってくる。トタン塀の一部がはずれかかって寒風にふるえ、中の工場が覗ける。倒産を前に、建物自体が傾いている……夜目にもあちこちの古傷がわかり、工場の経営がいかに苦しいかが一目で読みとれる。

この工場から大金をとろうという誘拐犯はまずいないだろう。この家と山路将彦との関係を知っている人物、それも将彦が子供のためなら必ず大金を出すことまで知っている人物でなければならないはずだ……。近親者をもっと徹底的に調べあげた方がいい。あらためてそう思うのだが、山路家や小塚家では大したことも聞けずに終わった。

その点を後悔しながら、沢野は門を通りぬけた。九時に門を出た時は、まだ工場は動いていたが、その時刻はさすがに機械も止まり、灯も落ち、深夜の闇と静寂が周囲一帯をおおっていた。

事務所の窓にだけ灯があった。窓ガラスの結露のせいか、小雨でも降っているように灯はうっすらと湿りけを帯びている……。

中では、山路将彦が刑事たちに囲まれ、ソファの真ん中に坐っていた。いや、刑事たちが囲んでいるのは、将彦ではなく、その膝の上におかれた赤い鞄の方だ。たしか、沢野の妻も欲しがっていた有名ブランドの金色のチェーンがついたバッグである。

沢野がドアを開けて入っていった時は、ちょうどそのバッグの中の札束を、ビニール製の赤い手さげバッグに移しているところだった。将彦が膝のバッグから一束ずつとりだすのを、刑事が受けとってはビニールのバッグに詰めかえていく……。

将彦の隣に坐っていた橋場が、目で沢野に『ご苦労さん』と伝え、

「やはりバッグはこっちのビニールの方で正解だ」

刑事たちに向けてそう言った。手さげバッグは縦が七、八十センチある。

「この大きさだから、中に何も入っていないように見える。交差点の真ん中に置いても、そう簡単には誰も拾わないだろう。ブランド物の方は、通行人がすぐに拾いあげそうだ」

「うーん」

と刑事の一人がうなった。

「むずかしいところですね。真っ赤でこの大きさだと目立つから、どちらにしろ、通行人がすぐに拾いあげるでしょう。……それにしても犯人は、自分がバッグに近づく前に通行人が拾いあげたらどうするつもりなんでしょうね」

「逆に言うと、犯人が拾いあげても、警察はただの通行人かもしれないと考えることになるでしょう？　その場でつかまっても、自分はただの通行人で女の人が落とした物を拾ってやっただけだと言い逃れができます」

もう一人の刑事がそう言い、

「それだと、しかし、犯人はそれを警察に渡さなければならなくなって、お金はつかめない。やはり、身代金の受け渡し方法としては不自然だ。受け渡し場所もね……。犯人の意図がわからんな。なぜ、赤いバッグを指定してきたか、その理由も……。頭が痛いよ」

と橋場は冷静な顔のままで言った。

「赤は目立つから、目印になるでしょうね。その程度の理由じゃないですか」

「しかし、東京で一番人口密度の高い交差点だ。赤いバッグをもっている女性も相当数いるんじゃないか」

「いや、赤のバッグは珍しいですよ。それに遠目でも識別しやすい色だし」

「本当に珍しいか？　この家には二つもあったぞ」

「それはたまたまでしょう。赤のバッグはやはり少ないです。服に合わせづらいし」

「そんなに珍しいものなら、いよいよ犯人がそれを指定してきた理由がわからなくなる。この家で用意できなかったら、困るだろう……運よく、あったからいいようなものの」

「それほど珍しくはないでしょう。紙袋でもいいと言うんだし……駅前に行けばどこかの店で売ってるだろうし」

　中年刑事の言葉を無視し、橋場は、

「『運よく』か……」

　と自分の口にした言葉をくり返し、かすかだが、顔をこわばらせた。

「どうかしたんですか」

　と訊かれ、

「何でもない」

　と答えながら、その目を山路将彦が大切そうに抱えたビニールのバッグに注いでいる。将彦は、百万円の束を一つとりだすと、『これでお別れか』と惜しむように見つめ、またバッグの中に戻した。警部は将彦には何の関心も示さず、目が赤く染まるのではと心配になるほどバッグを凝視している。

「これだけ大きいと、一億円は入るな」

　とつぶやき、「女性二人に訊きたいことが出てきた」と言って、香奈子と義姉のいる家の台所に向かった。バッグの話はそれきりになったが、一時間後、沢野が運転する車で署にもどる途中、警部は、

「朝になったら犯人は身代金の額をつりあげてくるんじゃないかな、突然……。さっきバッグを見ていて気になったんだが」

と言った。

橋場は、ビニールの手さげバッグがなぜこの家にあったのか、香奈子にたずねてみたのだと言う。ブランド物の方は、義姉の汀子が結婚の際、両親からプレゼントされたものだから問題ないが、ビニールのバッグの方は問題だらけだった。

「意外な答えが返ってきたよ。今年の正月、あの赤いビニールバッグが玄関先に置いてあったらしい。駅前の商店街に開店したという寝具店の挨拶状と一緒に枕が入っていたそうだ。商店街にそれらしい店が見つからないので、変だと思いながら、今流行の低反発枕だから便利に使わせてもらっていると言うんだ。バッグもシャレたものだから捨てずに残しておいたと……」

警部が何を言いたいか、沢野には簡単に察しがついた。

「犯人が偽の挨拶状と共に置いていったんでしょうか……だから、赤いバッグが小川家にあることを犯人は知っていたと?」

「おそらくそうだろう。用意周到な犯人だ、身代金を入れるバッグまで用意しておいたことは充分考えられる……それで問題になるのが、バッグの大きさだ」

「つまり、犯人は一千万どころじゃない、もっと高額の身代金を出させる予定をしていたというわけですか」

ちょうど信号待ちになった。沢野はルームミラーで後席に坐る警部の反応を見た。

警部はうなずき、「そうだ。もっと、もっと大金を狙ってるはずだ」と言った。

「一億……」

「あの袋の大きさからして、それぐらいの額まで考えておいた方がいい」

信号が青に切り替わった。信号を越すと、すぐに署の建物がフロントガラスに迫ってきた。いつもより多くの窓に灯がともっているが、玄関はもう閉まっていて暗い。沢野は建物の裏手にまわった。駐車場から建物の中に入る裏口がある……。

「犯人が一千万でいいような言い方をしたのは、捜査陣を安心させて、少しでもその動きを鈍くしておきたかったんでしょうか」

沢野は車を止めながら最後の質問をし、警部は「だろうな」とだけ答えて車を降り、その後、開いたドアから頭を入れて、

「風邪気味なのか？　小川家に戻ったら早いとこ寝させてもらえ……たぶん今夜いっぱいは大丈夫だ。電話がかかってくるとしたら明日だ……おそらく九時。それ以前だと銀行がまだ開いていないし、それ以後だとお金を揃える時間がなくなる」白い息を吐きながらそう言った。

この警部の予想は翌朝的中した。几帳面《きちょうめん》な警部の予想らしく、一秒の狂いもなく九時ちょうどに……。もっとも、警部が小金井署の建物の中に姿を消した深夜のその段階では、疲れ果てた頭が絞りだした予想など、当たろうが当たるまいが、警部自身にとってどうでもいいことだったのだが。

汀子と香奈子が枕を並べて床に就いたのは、午前一時過ぎだった。

だが、布団の中に入っただけで、二人ともそう簡単には寝つかれなかった。

いろいろな思い出とともに圭太の泣き顔や笑い顔が想像とは思えないあざやかさで、つぎつぎに脳裏に映しだされていく……寝つかれないまま、少しは気がまぎれるので思い出話を義姉に語って聞かせたが、その途中でどうしても涙声になる。義姉の汀子は慰めの言葉もつきて、

「香奈子さん、こんなこと言えば怒るかもしれないけど……いいえ、怒った方が気がまぎれるわね。だから怒ることを承知で言うんだけど、圭ちゃんのことそんなにも愛してるってことは、将彦さんにも本当はまだ愛情みたいなものが残ってるんじゃない？　だって、久しぶりにまた将彦さんを見て思

ったんだけど、圭ちゃんは将彦さんのミニチュアよ」

と言ってみたが、香奈子は怒る気力もないのか、「そんな……」と力なく言っただけだった。

「私の言ったことが少しでも当たってるなら、将彦さんとやり直すこと、考えてみない？　だって、離婚の原因は将彦さんよりお姑さんなんでしょう？　私、さっき、事務室の外で警部と将彦さんの話を立ち聞きしたんだけど、再婚相手が家を出た一番の理由も、やっぱりお姑さんだって……今度結婚する時はもう絶対に母親とは別居だって、将彦さん……」

汀子が、事務室で泊まる将彦のために、毛布を運んでいくと、いつ署から戻ってきたのか、橋場警部が将彦と話しこんでいた。悪気はなかったが、窓の外でつい立ち聞きをした。

将彦は再婚相手とすでに離婚しているのだが、母親にはおかしな心配をさせないために、ロスへ留学したと嘘をついた。もとはと言えば、離婚の原因もその母親である。母親は香奈子の時と同様、新しい嫁とも折り合いが悪く、結局、彼女は結婚前につき合っていた男とヨリをもどして、出て行ったのだ……。

香奈子がその話にどんな反応を示したかはわからなかった。闇はただ静かだった。

「ミズエとかいう名前だけど、香奈子さんは会ったことある？」

と汀子が訊くと、やっと闇に溶けこみそうな小声で、

「二、三度は……」

とだけ答えた。

「彼女のことはあまり話したくない？」

「ええ。考えてみれば、あの女だって可哀相なものだし……」

「そうね」と汀子はため息をついた。「医師の資格も持っていて、本当ならエリートの人生だったん

でしょう?」

　それが、同業の一人の男を愛したばっかりに、その人生を狂わせてしまったのだ。将彦が香奈子と結婚すると、しばらくは自分も新しい男を作って将彦のことを忘れようとしたのだろう。だが、結局忘れきれず、将彦とヨリを戻し、香奈子が山路家を出るとその後釜に座ったが、結局自分もその座を捨てることになり、前に捨てた若い男とヨリを戻した……。

　一度別れた男とヨリを戻し、その男と別れ、別の男とヨリを戻す。もちろん自身の責任でもあるのだが、落ち着くことなく揺らぎ続けるその人生は、香奈子の人生よりもっと不幸なものなのかもしれないのである。

「でも、どうして……。義姉さんは何か聞かなかった?　どうして警部さんは、あの女のことなんかを知りたがったんだろう」

　義姉への質問というより、自分に向けて訊いたひとり言のようだった。

「将彦さんがそのことで何か隠し事をしてるように見えたんじゃない?　私にもそう見えたし」

「だったら……」

　香奈子の少し尖った声が、闇を小さく破った。

「だったら、私の隠し事も見抜いてるのかしら、あの警部さん」

「どういうこと?　何か見抜かれて困るような隠し事があるの、香奈子さんにも」

「………」

「もしかして圭太君のお父さんのこと?」

　闇は沈黙したままである。ただ気もちの動揺は、息づかいの乱れでわかる。

「今度こそ本当に怒らせるかもしれないけど、思いきって訊くわ。香奈子さん、圭太君は、本当にあなたと将彦さんの子ね」

闇は何も答えない。ただ香奈子の息が止まり、闇が一瞬のうちに黒く固まるのがわかった。

「ちがうわ」

何秒も経ってから、やっと一言だけそう言った。一言とはいえ、重要すぎる返答である。

その一言が今度は汀子を動揺させた。

「でも、じゃあ、どうして圭太君はあんなに将彦さんに似ているの……将彦さんは自分の子供でもない圭太君のためになぜ大金を出すの？」

そう訊き、訊いている間に自分でその答えを見つけていた。汀子はこう訊いた。

「香奈子さん、あなたが結婚した時、舅さん……将彦さんのお父さんは、まだ元気だったはずよね、確か……」

言ってから、一瞬、心臓が縮むほど『しまった』と後悔した。

「ごめんなさい。ありえないことを言って……」

慌てて謝罪したが、返って来たのは、「わからないわ」という暗い声だった。

「わからないのよ、義姉さん、私には」

「それは……圭ちゃんの本当のお父さんが誰かわからないって意味？」

「そうじゃないわ。圭太が誰の子かぐらいはっきりわかってる……ただ、どうしたらいいのかわからないのよ。私、さっき初めて、気づいたんだけど、あの人の他にもう一人、いるわ。圭太に自分のことを『お父さん』と言える立場の人が……もう一人だけ……」

「どういうこと？　誰なの、それは」

だが、香奈子はまた「わからない」という言葉をくり返すばかりだった。

それにこの時、突然、深夜の闇と静寂を大きく裂いて、かん高い、奇妙に細い叫び声が聞こえてきたのだった……汀子はハッと起きあがり、廊下に跳びだした。汀子と香奈子は階段に近い二階の部屋で寝ていたのだが、隣の部屋で今夜は一人きりの篤志が怖い夢でも見たのかと思ったのだ……だが、とぎれとぎれに、いつまでも続くその声は、階下からわきあがってくる……。階段の上から一階を覗きこむと、廊下にも居間にも灯があり、服を着たまま交代で寝ていた刑事たちも、ふすまから顔を出している。

廊下の奥、汀子の夫が病床の母と一緒に寝ている部屋から、それは聞こえてくるのだ。

「母さん……母さん」

と呼びかける夫の声。やがて夫の史郎は廊下に出てきて、刑事たちに「母親が変な夢を見たみたいで……何でもありませんので」と断り、ほとんど同時に声はやんだ。

家全体に静寂が戻ったが、布団の中に戻った後も、汀子の耳には姑の声が暗く余韻を引きずらせた……。

義母の久乃は、体を悪くしているだけでなく、まだ六十代半ばなのに、去年の末あたりから、アルツハイマーの徴候としか思えないおかしなことを口走ったりする。今度の事件が衝撃を与えて、いっそう症状が進行しないだろうか……。

汀子はその不安や香奈子の言葉が引き起こした混乱のせいで寝つかれず、やっと少しまどろんだと思ったら、もう朝になっていた。

午前六時。

いつもより三十分以上早く床を離れ、香奈子は兄嫁と二人、台所に立った。

まだ真夜中と変わりなく暗い台所に灯《とも》し、朝食の支度を始めるために水道の蛇口をひねった。勢いよく飛びだした水が、小川家のいちばん長かった夜を流し去った。

ただ、その水音は、いちばん長い一日が新たに始まる合図でもあった。

朝食の準備と言っても、香奈子は台所を意味もなくうろつくだけで、家事はいっさい手につかない様子だった。陶器のように乾いた白眼が赤くひび割れている。

汀子は改めてもう一度圭太の父親の問題を訊いてみようかと思ったが、それより早く、台所の物音を聞きつけて、義父と夫が姿を見せた。

男たちも一睡もできなかったようである。赤く腫れた目の下にクマを作り、疲れ果てた顔で「今日は休もうか」と言う父親に香奈子は、

「いつもどおりにして。みんなが普通にしていれば、あの子にだけ変わったことが起こる心配もない気がする」

そう言った。

父はうなずき、八時前に二人の従業員が来るとすぐに工場に行き、機械のスイッチを入れた。

交代で眠った刑事たちは、早くも全身に緊張をみなぎらせていたが、三つのものを待つ以外することがなく、録音された犯人の声を聞きなおしたり、渋谷までの道路状況を調べたりしている。待っているものは、犯人からの電話と本部からの連絡、それに橋場警部の到着である。

その警部が到着したのは、工場の従業員が全員そろい、機械がフル回転を始め、この家の鼓動が周囲に響きわたるころだった。

八時半きっかりに警部は小川家の裏口から入ってきたが、その直前、警察の車から降り立った橋場は、吸っていた煙草を地面にポイと投げ捨て、靴のかかとで乱暴に踏み消したのだった。

汀子が、ちょうど裏口からゴミを捨てに行こうとした時だった。

ほんの数秒のことだが、警部の意外な面を覗き見た気がして、汀子は眉をひそめた。

天気予報は午後から首都圏のあちこちに雪が舞うと言っていたが、ガラスのように冷たく光っている空にその気配は微塵もなく、偶然にも警部の立っていた場所を狙うように朝の光が射しこんでいた……潔癖な朝の光の中で、踏みにじられた煙草は、最期の息のような細い煙をあげている……。

その仕草が、ひどく乱暴で横着に見えたのだが、一歩家の中に足を踏み入れると、昨日と変わりない、いや、昨日以上にシャープな警部に変身していた。すぐにテキパキと身代金受け渡しの準備を始めた。万が一にも自分のカンが当たった場合にそなえて、居間に将彦を呼び、『犯人が身代金の増額を要求してきた場合、いくらまでなら用意できるか』と訊いた。

「現金だと五千万が限界で、あとは……」

「それで充分です。香奈子さん、相手がそれ以上の金額を要求してきても……そう、あと四千万しか出せないと言ってください。総額は五千万になる。それで不満なら一日待ってほしいと言ってみてください……それから、場所の方も変更してくるかもしれないが、その場合はわかりましたと答えてください。渋谷の交差点には相当人数の私服警察官が配備されますが、どんな変更にもすぐに対応できるようになっていますから」

以前の夫と距離をおいて坐っていた香奈子は、「あのう、場所の変更はないと思うんですが」と警部に言った。

そしてその視線を将彦に移し、「あなたもそう思わない?」と訊いた。

将彦はかすかに首を横にふった。香奈子の言葉を否定したのか、わからないという意味なのか。

ただ、その二、三秒間の無言のうちに、以前夫婦だった者同士にしかわからない何かの言葉が行き交ったのはまちがいない。

「渋谷の交差点に何か？」

と警部が訊くと、二人はそれぞれ『何でもない』と首をふった。気になりながらも、警部はそれ以上その問題には触れず、「いや、増額も場所の変更もないかもしれないし、念のためです」と言ったのだが、十分後にはその準備が役立つことになった……。

居間では、音量をゼロにしたテレビがつけっぱなしになっていたが、画面の時刻表示が9：00に切り替わった瞬間、電話が鳴った。

「犯人からです」

と電話番の刑事が緊張した声を放ち、橋場警部は一瞬だが、驚いたような顔をした。自分のカンが的中したことに驚いたのだろう。その目をちらりと沢野に投げた。目にかすかだが笑みに似た得意げな色があるのを、沢野だけが見てとった。

その間、わずか二秒。

橋場の合図で、香奈子は受話器をとった。

「はい、もしもし……」

一秒の沈黙のあと、

「俺だよ」

声が受話器の底からわきあがった。

「昨夜の電話を最後にするつもりだったんだが、一晩考えて、ちょっと気もちが変わってね……面倒だから、誘拐ということにしてもらっていいよ、今度のことは」

「はあ……」

と間のぬけた相槌を打つほかなかった。そんなことは最初からわかりきったことである。この犯人の馬鹿げた論理が、いったい次にどんな言葉をはじきだすのか、香奈子は犯人の息づかいまでも聞き逃さないようにと、受話器をしっかり耳に押し当てた。

「いくらそちらが金をくれると言ったって、子供を一千万円と引き換えにするような嫌な気分がつきまとうからな……よく考えてみると一千万という金額がいけないんだよ。子供一人はそんなに安くないだろ。あの子が無事に生き続けたとして、その長ぁーい人生は……そうだな、億単位の金に相当するんじゃないか。最低一億。そうでないとカワイソウだ。自分の人生が一千万なんて安く見積もられたら、堪《たま》らないよな」

「……………」

「それで、一億円……用意できる？」

香奈子の緊張をあざわらうような軽い訊き方だった。香奈子は自分をとり囲んだ男たちの顔を見回した。刑事たちの顔を、そして誰より夫だった男の顔を……。山路将彦は蒼白《そうはく》になり、しきりにまばたきをくり返し、香奈子以上にハラハラしているのがわかる。

「どう？　一億円、用意できる？」

犯人にもう一度訊かれ、

「はい」

香奈子ははっきりとそう答えた。橋場警部が反射的に会話を止めようとでもしたのか、手を受話器の方へとさしだした。だが、香奈子はそれを無視し、ただ将彦の顔を見つめた。

将彦は、目を伏せ、すぐにまた上目づかいで以前の妻の顔を盗み見た。眼鏡のレンズの奥に閉じこめられた、小動物の目……。

やはり全財産を投げだすというのは口先だけで、本当はそんな気など毛頭ないのだ。

香奈子は唇の端をねじり、さげすむような微笑を将彦に投げた。それから口を開きかけた警部に何も言わないようにと首をふり、受話器に向けて、

「ただ、そのためには一日待ってもらわないと……半分の五千万を私がこれから何とか作らないといけないので。山路は、五千万までしか出せないと言ってますから」

と言った。声の冷たさは、犯人よりそばの将彦に向けたものだ。将彦が、

「何も俺はそんなこと……」

思わず反駁しようとしたのを、警部が手で止めた。

「山路というのは前のダンナだね。すぐ現金で用意できるのなら、それでいいよ。身代金は五千万で……」

「…………」

「何だか、子供の命まで半額になったみたいでカワイソウだが、明日まで待つわけにはいかないからな。こちらはもう全部用意ができてるんだし……じゃあ、昼の十二時半に五千万円、赤い鞄に入れて昨日指定したところに置いてくれ。いいね、これが本当に最後の連絡だから」

電話が切られそうな気配に香奈子は慌てた。

「あのう、場所のことですが……」

「なに？」迷惑そうな声が返ってきた。「身代金を置く場所なら渋谷駅前だよ。ハチ公側のスクランブル交差点」

「ええ、でもその真ん中と言っても、あの交差点は大変な人で……どこが真ん中かわかりにくいんじゃないですか」

「だから、子供がいるところだよ。そこに置けばいい。昨日、言わなかったか？」

「でも……」

「あ、そうだった、赤い目印をつけておくから、そこに置いてくれればいい」

「赤い目印？」

「ああ。テレビを見てるんだな。ワイドショーかニュースで一時間もすればやると思うよ。いや、三十分もかからないかな、最近のメディアの対応は恐ろしく早いから……『血の交差点』とか、大げさな言葉で騒ぐだろうから、すぐにわかる。その『血の交差点』に人質がいる」

人質という言葉を犯人が使うのは初めてである。血、人質……。それまで香奈子をしっかりと支えていたものが、不意に崩れだした。

「血って、まさか圭太の血じゃないでしょうね」

香奈子は悲鳴に似た絶望的な声になった。

受話器からは、何の言葉も返ってこない。電話はすでに切られていた。

「もしもし……もしもし……」

それでも意味もなく呼びかけ、あきらめて受話器を戻そうとした時、突然笑い声が耳を打った。犯人の声だ……とっさにそう考え、受話器をまた耳にあてたが、無駄だった。

笑い声は廊下の奥から聞こえてくる。本当に楽しそうな笑い声は、子供が発したものとしか思えない。だが、篤志は今日もいつも通り登校したので、この家に今、子供はいない。

廊下をパタパタと走ってくる足音と共に、

「母さん、ダメだよ、そっちに行ったら」

と、その足音を止めようとする史郎の声が聞こえた。笑い声は母親だったのだ。

母は寝巻き姿のまま、居間をのぞきこみ、「ほーら、圭太なんてどこにもいないじゃないか」と得意げな声で言った。青ざめた暗い顔色なのに、頬のあたりだけが奇妙に紅潮している。寝乱れた髪は白髪《しらが》が目立って、この一日のうちにひどく老けこんでしまったように見えた……。

「どうしたのよ、お母さん」

と呆然としている香奈子をにらみつけ、

「誰だ、お前は……他人の家へ勝手にあがりこんで何をしている」

と怒鳴った。目鼻立ちの小作りな、品のいい顔にはあまりに似合わない形相である。

「母さん、こっちは今大変なんだから、布団に戻っておとなしくしていてくれよ」

追いかけてきた史郎がそんな言葉でなだめ、周囲に、「誘拐のことがよほどショックだったようで、そんなことが起こったと認めたくないのか、圭太なんて子はウチにはいないと言い出して……」と顔をしかめて謝罪した。

病気で細くなっていた神経が、電気がショートでもしたようにプツンと切れてしまったのか。

だが、突然のこの騒動に構っている余裕は、橋場にはなかった。廊下のすみで沢野に、

「犯人は今から渋谷駅前の交差点で何か起こす気だ……テレビのニュースで報道すると言っていたから、事件かもしれない。あそこの交差点にはもう何人か『私服』が行ってると思うから、至急交差点を監視するよう頼んでくれ」

小声でそう命令した。そしてすぐさま携帯をスーツのポケットからとりだし玄関へと走りだした沢野を、「待て」と呼びとめた。

「犯人は血がどうのこうのと言ってるが、たとえ大事件でも所轄に任せて、私服のまま変に騒いで刑事だとばれないようにしてくれと……」

沢野は、「はいっ」と張りつめた声で答え、玄関から跳びだしていった。

その時刻、渋谷駅前ではまだ警察の準備態勢が整ってはいなかった。数人の捜査員を乗せたマイクロバスが、交差点に面したビルの裏手にやっと駐車場所を見つけたところだった。警察では十二時半の身代金受け渡しの監視と警護のために、交差点だけでも三十人の私服と十台の車を用意する……マイクロバスはその司令部の一つになる予定で、交差点から近くて自然に駐車できる場所を探していたのだった。

そうして、警察の車がまだ舞台裏をうろついている間に、表舞台で『事』は起こってしまった。

犯人が電話を切って一分後。

午前九時十三分。

渋谷駅から歩いて五分ほどの老舗《しにせ》デパートに勤めるＯＬが、駅の改札口を飛びだすように通りぬけ、ハチ公前の人だかりをかきわけ、駆け足のままで問題の交差点を渡ろうとしていた。

笠井理美、二十四歳。

彼女がその時刻を正確に記憶に残したのは、その朝寝過ごして始業時刻に遅れそうになり、電車を降りた瞬間から時計を気にしていたせいだ。ちょうど青信号が点滅を始め、交差点の人の流れが少なくなりかけたところだった。

あきらめようと一旦は足をゆるめたものの、時計でその時刻を確かめると、思いきって交差点へと跳びだした。理美は、スクランブル交差点をセンター街の方へと斜めに渡ろうとしたのだが、ちょうどそのセンター街の方からも人が跳びだしてきた。理美と同じように走り方に焦りがある……その男と、交差点のほぼ真ん中ですれ違い、その瞬間たがいの肩がぶつかった。

小さな衝撃が肩から全身に走ったが、それは相手も同じだったようだ。

細身の男の方が衝撃は大きかったのか、手にしていたものを落としたように見えた。理美は足を止めず、上半身をねじってふり向いた。確かに何かが道路上に落ちている……黒いビニール袋のようだ……いや、風船だ。風船に半分ほど水を入れると、そんないびつな球形になる。

大きさはラグビーボールくらいだろうか。だが、もちろんその黒い風船を確かめている余裕などなかった。歩行者用信号が赤に変わり、車が何台もカーヴを切って迫ってきている。

理美は、交差点を対角線に切った横断歩道を渡り終え、一度背後をふり返った。

交差点のほぼ真ん中に、その風船は落ちたままになっている。それを持っていた男も、向こう側へと渡り終えたところである。白いトレンチコートを着た背中は、ハチ公像前の人だかりに紛れこみ、すぐに消えた。

風船を拾う余裕がなかったのだろうか。いや、そんなはずはない。わざとそこに落としたのだ……落としたというより、そこに置いたのだ。何のために？ 風船の中身は液体らしく、落ちた衝撃でぶるぶるとふるえ、波うっている。都会の最先端の空は、この朝、暗い雲に覆われていたが、それでも雲を割って光がちょうど交差点を狙うようにこぼれ落ち、黒い小動物が毛並みをてらてら光らせながら、のたうちまわっているように見えた。

一体何だろう、風船の中身は？

頭に疑問符がうずまいたが、それはほんの一瞬のことで、次の瞬間、風船は大きくカーヴを切って走ってきた白い車のタイヤの下敷きになり……さらに次の一瞬、何かが噴水のようにしずくを周囲いっぱいにまき散らした。

信号待ちをしていた人たちの何人かが悲鳴に似た声をあげた。血のような水滴？ それとも水滴のような血？

風船を轢いた車は何事もなかったように走り去ったが、次に走ってきた車が道路上の異変に気づき、大きくそれを迂回《うかい》した。タイヤが軋《きし》んだのが、やはり悲鳴に似ていて、道路や風船の痛みを必死に伝えてきた。

車は次々とその地点を避けて通り、交差点の中心に台風の目がのぞいた。

その瞳は異様に赤い。

「ペンキだよ、きっと。このあたりはペンキの落書きにいつも悩まされてるって……」

信号待ちの若者が連れの娘にそう言い、「いや」とすぐに言い直した。

「血じゃないのか。近くで献血でもしてるんだろうか」

かすかに訛りがある。地方から大学受験のために上京してきた、といった感じの二人連れで、娘の方は何も答えず、ただ気味悪そうに顔をしかめ、その口もとをマフラーで覆った。

娘の代わりに理美が胸の中で『いいえ、ただのペンキよ』と答えた。

血があんなにも赤いはずがない……。

そう考え、ほんの数秒でもムダにしたことを後悔して走りだした理美は、夜になるまで、それが本物の、生々しい人血だったことを知らずにいた。その交差点がある誘拐事件の重要な舞台になったことや、自分が犯人らしき人物を見た唯一の目撃者であることも、テレビのニュースで見るまで知らなかった……。

問題の交差点に大量の血らしきものが落とされたことは、十分後には橋場の耳に届いていた。

さらに二十分後には、渋谷警察署の鑑識がまちがいなく人の血と断定、その連絡を受けた橋場は、誘拐事件との関連をメディアには知らせないよう要請した。野次馬が集まれば、捜査の大きな邪魔になる。犯人がそれを狙っている可能性もある以上、テレビのニュースで大げさに騒がれることも困る。

ただし、マスコミ以上に橋場が恐れたのは、被害者の家族、とりわけ母親の香奈子の反応だった。交差点の血はA型と判明しているが、それは被害者小川圭太の血液型でもある。風船に入れて落とされた血の量はほぼ２００ccにのぼると想像されているから、それがもし圭太の血であれば、生きている可能性はなくなってしまう。

香奈子がとり乱すことは確実であり、警部は何より、そのために身代金の受け渡しに支障が生じることを心配した。

圭太が生きていても死んでいても、警察には犯人を逮捕するという重大任務がある。身代金の受け渡しは、犯人とじかに接触しうる唯一のチャンスなのだ。たとえ誰かが犯人に頼まれて赤いバッグをとりにくるとしても、その誰かはその後かならず犯人と接触するはずなのだ……。

そのために橋場警部は適当な嘘をつくつもりでいたが、居間でいっしょにテレビを見ていた香奈子は警部が想像していた以上に大きな衝撃を受けたようだった。テレビ画面には横断歩道の白いラインが三、四本ぶん映しだされているが、方々にまだ生々しく血の跡があった……固まりきらないまま、べっとりとアスファルトや白いラインに貼りついている。

「血ではあるらしいが、A型ではないそうだから、安心してください」警部はそう嘘をついた。

「じゃあ、何型の血なんですか」

血の気のひいた蒼《あお》い顔のまま、唇をゆがめるほど震わせて訊いた。

「AB型と聞きましたが」

適当に答えたが、香奈子は信用できないと言うように首をふった。

「血が何型だろうと関係ありません。圭太君は絶対に生きていますから。それより……」

と話題を変えようとしたところへ、銀行に出かけていた山路将彦が戻ってきた。

スーツケースにつめられた四千万円ぶんの札束は、おおむね通し番号になっていて、銀行にその番号が控えてあるという。

すぐさま、札束をすべて赤いビニールバッグに移し、それを持ちあげながら、警部は「この重さなら香奈子さん一人でも何とか運べそうだが、誰かが手伝った方がいいかもしれない」と言った。

「大丈夫です、一人でも」

香奈子は自分の手で確かめ、そう言ったが、

「いや、僕がいっしょに」

将彦が横から手をのばして赤いバッグの一端をつかもうとした。それを、

「山路さんじゃない方がいいでしょう」

と警部が止めた。

「どうしてです？　これは僕のお金ですよ」

将彦は自分の申し出が断られたことに不快感をあらわにしたが、

「いや、警察の者の方がいいと思っただけです。犯人に近づけるチャンスですからね。ええと、沢野でも……」

警部はそう言いかけて、沢野が自分の頼んだ用で台所に行っていることを思いだし、「誰がいいかな」と刑事たちの顔を見回した。

「あのう、警部さんはダメですか」

と言ったのは香奈子である。警部はかすかに「えっ？」とおどろいて、ふり向いた。まさか自分が指名を受けるとは思ってもいなかったのだ。

しかも香奈子は今にも警部にすがりついてきそうな必死の目である。

「私はダメです」と警部は言った。「もちろんすぐ近くにはいますが、犯人の出方によっていろいろな決定をして、皆に指示を与えないと……」

橋場は現場の指揮官を務める。交差点のすぐそばに一時駐車した車に隠れ、犯人が身代金を置くよう指定した地点を見張りながら、通行人を装った刑事たちの半数近くに無線で指令を発することになっている……。

「警部さんが隠れる必要はないのじゃないですか。だって、犯人は私のすぐそばに警部さんがいることは承知してるんだから……それなら交差点でも私といっしょにいて構わないんじゃないですか」

確かに、身代金を自分の手で運べば、車の中から見張るより、ずっと正確に現場の状況が把握できるし、犯人がどんな行動に出ようが、即座に対応できる……。

漠然とだが、今度の事件に、橋場は犯人の警察への挑戦のようなものを感じている。

犯人は身代金受け渡しの現場に警察官が来ることを、むしろ望んでいるのではないか。それは、つまり、たとえ警察官がすぐそばにいても決して捕まることなく、身代金をつかみとる自信があるからではないのか。

しかし、いったいどんな方法があると言うのか。昨夜から橋場はそれを考えているのだが、答えらしいものが見つからないまま、そのたびに顔のない犯人の目と笑い声に悩まされた……無能な警察をさげすむ目と馬鹿にした笑い声。

十二時半のその瞬間まで、犯人のとる方法はわからないかもしれない。だが、その方法がわかった瞬間、即座に対応策を考え、犯人を追いつめられれば、警察の威信を保つことはできる……そのためには確かに、自分が現場に立った方がいいのではないか。

「ともかく、車の中で話しましょう。準備をしてください。十分後には出かけたい」

警部はそう言い、香奈子が準備のために二階にあがると、車が手配通りになっているか確かめるために玄関に向かった。ちょうど沢野が香奈子の義姉から話を聞き終えて廊下に出てきたところだった。

玄関から外に出て、並んだ三台の車を確認しながら、橋場は沢野の話を聞いた。

やがてコートを着て現れた香奈子を先頭の車の後席に乗せ、「山路さんは次の車に乗ってください」と言いながら、自身は香奈子と同じ車に乗りこもうとしたが、その時、「あ、忘れ物」と言って、香奈子は慌てて車から降りた。

家の中に駆けこんだ香奈子は、三十秒もして車に戻ってきた。ちょうど工場の中から父親が見送りに出てきたところだったが、その心配そうな顔の後ろに川田の顔を見つけ、

「川田君、あのフィギュア、どこにいったか知らない?」

と訊いた。

「さあ……」

「せっかくあなたが買ってきてくれたのだから圭太に持っていってやろうと思ったのだけど、探しても見つからないのよ」

と答え、川田は「圭太君が今一番、欲しがってるのはお母さんですよ。フィギュアは無事にこの家に帰ってきてからでいいじゃないですか」と言った。

家から出てきていた義姉の汀子も、「そうよ。すぐに帰ってこられるだろうし。私がその間に探しておくわ」と言い、香奈子は、

「ええ、お願いします」

と小さく頭をさげて、車に乗りこんだ。その背を軽く押しながら警部も乗りこもうとして、山路将

彦がすぐ後ろの車の助手席に坐っているのを見て、その方に近づいた。

「そのバッグを香奈子さんに持たせたいんですが」

と言うと、将彦は意外なほど素直に、「僕もその方がいいと思ってましたよ」と言って、大事そうに抱えていたバッグを助手席の窓を開けて警部に渡してきた。

警部は受けとったバッグを香奈子に渡しながら、先頭車の後席に乗りこみ、腕時計を見て、運転席の沢野に、

「すぐに出してくれ」

と言った。

十時三十一分十九秒。

数秒後、刑事たちを乗せた三台目の車が出発すると同時に、それを追いかけるように家の中に足音がわきあがった。足音は二人ぶんだ。「母さん、落ち着いて……ダメだよ、そんなに興奮しては」と足音と共に史郎の声が響いてきた。

母親が玄関から跳びだしてくると、靴下のまま車を追いかけ、手にしていた白いものを思いきり車めがけて投げつけた。

砂のような白い粒子が、空中に舞った。

「出て行け。赤の他人はこの家に二度と来ないでくれ。今度また来たら、塩じゃ済まないからね」

凄まじい形相で荒い息を吐いている。後でわかったのだが、居間で探し物をしていた香奈子を、泥棒猫が家捜しでもしていると誤解したようだ。台所に行って塩を一つかみして、その泥棒猫を追いかけたのだった。

史郎が母親を何とかなだめて、家の中に連れ戻った。事件のショックで母親の何かが大きく壊れた

としか思えなかったが、それでも息子夫婦のことは認知できるらしい。

玄関の敷居をまたぐ直前、心配そうに自分を見守る嫁の顔を見つけ、

「汀子さんも気をつけてちょうだい。ああいう困った連中が勝手に入りこんできて、そのうち家の物を根こそぎ奪いとっていくから」

としっかりした声で言った。汀子が何か言おうとするのを、史郎が母親の陰から首をふって止めた。汀子は、

「ええ。気をつけますから、お義母さんは安心して休んでいてください」

と言い、母親はホッとしたらしく表情をやわらげた。少し離れて、なすすべもなく見守っていた父親は、「こんな時にどうして……」と自分とこの家の不運をなげき、首をふりながら工場に戻っていった。

一人残った川田が汀子に「お義母さん、どうして香奈子さんにあんなひどいことを……。ただの病気なんですか、本当に」と訊いた。

「さっき沢野という刑事さんにも同じことを訊かれたけど……」

汀子はため息になった。二十分ほど前、台所へ沢野がやってきて、『お義母さんの言葉はただの病気のせいなのか。それとも多少でも何か根拠があるのか』と訊いてきたのである。

「香奈子さんはまちがいなく、あのお母さんの子供なんでしょうね」

と川田が訊いた。それは沢野刑事にも訊かれたことだ。

「もちろんだわ。香奈子さんはまちがいなくお義母さんの子よ。どうして、そんなことを……」

汀子の声の詰《なじ》るような響きに、川田はたじろいだ様子で「いや、俺が……僕が血のつながりのない女の人に育てられてるので……何となく」と、しどろもどろになった。

「そうだったわね」

ごめんなさい、それに気づかなくて……と謝ろうとしたが、その前に、

「じゃあ、まだ仕事があるから」

川田はひょいと頭をさげ、工場に足を向けた。

「いつも通り昼ごはんの支度をしておくから、時間になったら、食べに来て。みんなにもそう伝えて」

川田の背中に汀子は優しい声をかけて、家の中に戻ろうとした。だが、次の瞬間、玄関のガラス戸にかけようとした手を止めた。

今見た物は何だったのか。

汀子は改めて、工場の中に入ろうとしている川田のうしろ姿に目をやった。川田は作業着の上に茶色のダウンジャケットを着こんでいたが、上背があるせいか、ズボンの後ろポケットに突っこまれたものが、ジャケットのすそからチラチラと覗くのだ。

あのフィギュアだ……圭太が大好きだという何とかライダーのフィギュア。

さっき香奈子が探していたフィギュアだ……だが、それをどうして川田が持っていたのか。しかも持っていないような嘘の返事をし、背中に隠していた。なぜ?……。


一方、香奈子が乗った車は、調布インターから高速で渋谷に向かおうとしていた。

午前十時四十三分。中央道を走りだした直後、橋場警部は横に坐った香奈子に、

「そのコートは、ブランド物か何かですか」

と訊いた。赤いビニール地は、近くで見ると透明だが、下に着ているセーターの色と重なって、赤

というより濃密なピンクといった刺激的な色になっている。かなりの高級品に見えたのだが、

「いいえ、突然雨に降られた時にスーパーで買った安物です」

と香奈子は言った。

そして橋場の目を避けるように、すぐに視線をそらし、黙ってしまった。

その頃から空はいっそう暗くなった。都心に近づくほど雲が重苦しくなり、車が夜に向けて疾走していくような錯覚がある……雲は手が届きそうなところまで低く下がり、その影に閉ざされて、車窓を眺めている香奈子の横顔はひどくくすんで見えた。いや、眺めてなどいない。暗い風景の流れは、濁流のように香奈子の視線をのみこみ、一瞬のうちに遠くまで押し流してしまう……昔のことでも思いだすように、その視線は遠い彼方《かなた》へと投げられている。事実、香奈子はこの時、一つの過去を思いだしていたのだった。

「天気予報は午後から雪がぱらつきそうだと言っていたが、これだと的中だな。犯人がせっかく交差点につけたマークが、雪で消えなければいいが」

警部がそうつぶやいた時、

「赤じゃなければいけなかったんです。血の色でなければ……」

香奈子の横顔から声がこぼれた。警部はゆっくりとふり向き、「どうして……」と訊いた。

「だって、あの交差点で圭太は生まれたから……」

答えるというより、うつろな横顔は独り言をつぶやいただけのように見える。

「だから血の色でなければいけなかったんです。それも圭太の血でなければ……」

橋場警部の顔が驚愕《きようがく》の表情へと大きく崩れた。どんな事態も無表情で対処できる橋場には、めずらしいことで、今の香奈子の言葉はそれほどの威力をもった爆弾だったのだ。

橋場は混乱した。香奈子が何を言いたいのかも、よくわからない。

「圭太君は、病院で生まれたんでしょう？　さっきこの沢野がそんな話をお義姉さんとしたと……」

運転中の沢野に、警部は同意を求めた。

「ええ、さっきお義姉さんと、そのう、他の話をしていた時に、偶然そんな話が出て……そのう、圭太君が生まれた時、お義姉さんだけは病院に見舞いにいったというような話が出て」

「でも、見舞いに来たのは何日も過ぎてからで、義姉さんは圭太が生まれた時そばにいたわけではないから、何も知らないんです」

しかし……。警部は胸の中だけでそう呟いた。あの交差点で誰かが出産したという話は、一度も聞いたことがない。

本当に交差点の真ん中で子供を産み落としたのなら、もっとマスコミが騒いで記憶にもしっかりと残っているはずだ……それとも道路で産み落とされたというのは、その子の人権問題にもなるので、マスコミが報道を控えたのか。

いや……警部はその考えを頭から追い払った。本当に重要なのは、そんなことではない。

「圭太君が渋谷の交差点の真ん中で生まれたのだとしてですよ、今度の事件の犯人は、なぜそこを身代金の受け渡し場所に指定したんですか」

だが、香奈子は何も答えず、冷たい横顔で宙の一点に視線を凍りつかせている。

「まだ何か隠していることがありますね」

その顔を自分の方に向けさせようと、警部は声に熱をこめた。

「もしかしたら、犯人が誰か、心あたりがあるんじゃないですか。犯人の本当の目的にも……。さっき私にそばについていてくれと言ったのは、私にだけは本当のことを言ってもいいと考えてくれたからではないのですか。それなら言ってください。事件が解決しても、口外も公表もしないと約束します」

香奈子の横顔は微動だにしない。

車窓には、まだ朝であることなど忘れそうな暗い空がある。その鉄のような頑丈な空に、横顔は鋲《びょう》を打たれてしっかりと固定されている。そう見えた。対向車の中には、ライトをつけているものもあり、光が入り乱れ、横顔を浮かびあがらせては消した。

「あなたの隠している話が、解決の大きなヒントになって、十二時半になる前に、圭太君を無事に保護できるかもしれないんです。圭太君の生命にかかわることです。だから思いきって話してみてください」

警部の言葉に動かされたのか、香奈子はやっと口を開いた。

「今、何時ですか」

警部は素早く腕時計を見た。十時五十五分。その時刻を教え、「あと一時間三十五分です」と言った。

香奈子は横顔のまま、

「もしかしたらと疑っている人はいます」

と言った。

「最初に幼稚園で、犯人が男女の二人組らしいと聞いた時からうっすらと……。でも確信はもてません。だって警部さん、私たち母子とは無関係な連中が、本当にただの金銭目的で起こした事件だという可能性もあるわけでしょう？　その場合は、秘密を暴露したら私が損するだけだから。どちらにしろ、警察の人には犯人を捕まえて圭太を救いだすことだけを考えてもらえばいいんですから」

「しかし……」

警部の反論を、香奈子は横を向いたまま首をふって止めた。

「十二時半ぎりぎりまで待ってください。渋谷に着いて、犯人に確信がもてるような事があったら、その時は全部話しますから」

香奈子は警部の方を向き、あとは無言の目で訴えつづけた。すでに車は首都高速に入っている。前の車を追い越そうとしてスピードを上げ、沢野は後ろを走る二台と距離が開きすぎることに気づき、追い越しをあきらめた。急な失速で車が大きく揺れ、警部は肩を香奈子の体にぶつけ、謝る代わりに、

「わかりました」と言った。

香奈子は赤いバッグを力いっぱい抱きかかえることで、倒れそうな体を必死に支えている。その姿に、警部は五年前の香奈子の姿を連想したのだった。誕生したばかりの血まみれの赤ん坊を、夢中で抱きしめている若い母親の姿を……。

東京の空が黒いしみを広げるにつれ、警部の頭の中に赤い血のイメージが広がっていく……すでに車は首都高速の環状線を走っている。林立するビル群は暗雲に閉ざされ、鉄のふたでもかぶせられたかのようで、東京の街が巨大な箱庭に見えた。

正午前なのに暮色がおとずれ、ビルの窓に点々と灯がともっている。警部は、渋谷に配備された捜査員と電話で話し、そのあいだ、香奈子はぼんやりと、流れ去っていく灯を見送り続けた。

横目でチラッととらえたその姿が、警部には、ひどく哀れなものに思えた。嫁ぎ先で姑に嫌われ、戻ってきた実家でも本当の母親にうとまれ、昨日から子供まで奪われている……空模様そっくりの暗いものに閉ざされた姿が、東京一孤独なものに見えたのだった。後ろの車に乗っている以前の夫にさえ、本当に愛されたことは一度もなかったのだろう。

電話を切り、何かなぐさめの言葉でもかけようかと考えた時、その横顔が、

「昨日の暖かさが嘘みたい」

とつぶやいた。車の中はヒーターで暖かいが、街並の寒々しさは、目から体の中にまでしみこんでくる。

「本当に。でも、あと少しで無事に圭太君が帰ってくるから、寒さなんて忘れますよ」

と言い、さりげなく、「そのことでさっきから一つ、気になってるんですが」と警部は続けた。

「昨日の朝、圭太君を幼稚園まで送っていった時、香奈子さんはコートか上着を着てなかったんですか」

香奈子は、しばらくして、やっとその言葉が意識に届いたというようにふり向いた。

「ええ……でも、どうして……」

「いや、幼稚園の先生が香奈子さんのセーターをはっきり記憶に残してますよね。コートを着ていたのなら、たとえ前を開けていたとしても、セーターはそれほど強く印象に残らなかったでしょうし
……先生と長い時間話していたわけでもないでしょう?」

「いつものように圭太を預ける時、ちょっと挨拶した程度です」

「それだと、香奈子さんはコート類を着てはいなかったと考えた方が自然です。でも、昨日も、朝のその時刻ごろは、まだ上着のいる寒さでした」

香奈子の無表情が一点だけ壊れた。

「さっき、女性の服装には疎いと言いませんでした?」と唇の端だけで薄く笑った。

「ええ。だからさっきまで気づかなかったんです。それで、昨日の朝はなぜコートを着ていなかったんですか」

「私が昨日、コートを着ていたかどうかなんて、どうでもいいことじゃないですか……それとも、こんな時にわざわざ訊かなければならないほど重要なことなんですか」

車は渋谷の近くまで来ている。緊張と焦りから香奈子の声には、いら立ちが出ていた。

「わかりません。でも……」

警部は腕時計を見た。「あと一時間七分ある。その間に事件が解決する可能性を、私はまだ捨ててはいない。そのためには、この事件にあるいくつかの謎の一つだけでもいいから、はっきりさせたいんです。一つを崩せば、またたく間にすべてが崩れるかもしれない……香奈子さんが昨日から着ているそのピンクのセーターは、もしかしたらそんな重要な意味をもつ、この事件の最大の謎かもしれないんです」

「…………」

「幼稚園の高橋先生は今日になっても、自分の記憶にまちがいはないと言い張っているそうです。圭太君を連れ去った二人連れの女の方は、お母さんと同じセーターを着ていたと……。香奈子さんが昨日の朝着たセーターを犯人はどうやって知り、朝から昼までの数時間のあいだにどうやって手に入れたか。しかもそう簡単には手に入らないセーターです。そこまで完璧に香奈子さんを真似るなど、およそ不可能としか思えなかったんですが……さっき、少し別の考え方をしてみました」

いつの間にか立場が逆転し、香奈子が食い入るように橋場警部の横顔を見つめている。

「別の考え方ってどんな……」

と香奈子は訊いた。

「逆に考えてみたんです。犯人の女が香奈子さんを真似たのではなくて、香奈子さんが犯人の女を真似たのだと……」

警部はそう言い、ゆっくりとふり向いて香奈子の反応を見ようとした。

香奈子はすぐには何も言わず、警部の目をただ見つめ返していたが、やがて、「どういうことですか、それ」と訊いた。

「香奈子さん、あなたが犯人と疑っている二人のうちの一人は女ですよね？　あなたがその女の真似をしたんじゃないですか」

「………」

「そのことについても、今の段階ではまだ何も言いたくないですか」

香奈子は首をふるように横を向いた。今の質問には答えないという意思表示だったのか。

「私が昨日の朝、コートを着ていなかった理由は簡単です」と唐突に話題を変えた。「私と圭太は車で幼稚園に送ってもらったんです」

「車で？……それを聞くのは初めてですが」

警部は香奈子の言葉が信じられないのか、かすかに首をふった。

「だって今初めてですから、訊かれたのは」

「しかし、幼稚園にはいつものように圭太君を送っていったと、確か、そう聞いた記憶が……。いつもは歩くんでしょう？　香奈子さんは運転ができないので」

「ええ。でも義姉さんが出かけるついでによく送ってくれるし、工場で働いてる人も時間がある時なんかに時々。だから車で送ってもらうのも『いつも通り』なんです。別に嘘を言ったわけじゃありません」

「それで……昨日の朝は誰の車に？」

「ウチの従業員の中で一番古い岡部さんです……家に忘れ物をしてきたから取りに戻るついでにと言

ってくれて」

「川田さんではなかったんですか」

「……ええ。川田君も見かけたので、頼もうかと思ったんです。川田君の方が頼みやすいから。でも、その前に岡部さんが……」

香奈子は自分の言葉をため息で中断し、「でも、そんなことどうでもいいじゃありませんか。もう渋谷ですよ」と言った。

すでにフロントガラスには渋谷の料金所が迫っている。

「そうですね。あと一時間七分ですし」

と警部もため息を返し、背後をふり返った。追突してきそうなほどすぐ後ろについた車には、刑事と山路将彦の顔がある。将彦は緊張のせいか、白紙のような乾いた無表情である。橋場が『いよいよです』と目だけで合図すると、将彦は奇妙なほど素直にうなずいた。

錘《おも》りのような黒い雲に圧迫されながら、渋谷の街は、いつもと変わりなくにぎやかだった。街の心臓部とも言えるその交差点は、静脈のような道路から車や人々が流れこみ、動脈のような道路へと流れだしている。話し声や笑い声、車のクラクションやタイヤの摩擦音、さまざまな音楽……騒音は街の脈拍となり、鼓動となっている。

交差点がよく見える場所に駐車することは不可能だった。信号が変わると、人の洪水が車の洪水に切り替わるが、渋滞でもなければ車が長い時間交差点近くに停まっていることはムリである。強引に駐車すれば、その不自然さで、犯人たちの目に止まり、すぐに警察の車と気づかれてしまうだろう。

だが、その心配なら犯人サイドにも同じことが言える。犯人たちはどうやって、警察の目に止まることなく自然に、交差点に近づくつもりなのか。

駅ビルと陸橋でつながったビルの裏手に回って、車は停まった。

ハチ公広場に近く、問題の交差点までは急げば女の足でも一分程度だという。ただ交差点の様子はまったくわからない。こんなところで車に乗ったまま四十分近くも待っていなければならないと思うと、香奈子は窒息しそうで早くも胸が苦しくなってきた。

「あのう、交差点のそばで待っていた方がいいんじゃないですか。交差点の動きもわかるし」

「いや……私と一緒に前の車へ」

警部はそう言うと、同じ路地に少し離れて駐車しているマイクロバスに香奈子を連れていった。洋菓子の絵がペイントされた広告塔のような車だが、警部の後に続いて乗りこむと、内部はテレビでよく見る中継車に似ていた。二、三人の捜査官らしい男が乗っていて、モニターを見ていた。

「まだ動きはないようです」

一人がそう答え、後の二人が警部と香奈子に席をゆずって後席に移った。二台のモニターには、交差点らしい場所が映しだされている。

交差点に面した二つのビルの窓からカメラで人や車の動きを追っているという。

「すでに犯人は交差点に来ているかもしれない。犯人は犯人で、人ごみに混じって警察の動きをチェックしているのかもしれない……画面を見ていて、もし知った顔があれば教えてください。一、二度会った程度だとはっきりとは思いだせないでしょうから、記憶にひっかかってくる顔はすべて教えてください。山路さんもお願いします」

乗りこんできた将彦に席をゆずりながら、警部は言った。

「しかし、犯人は警察が張り込んでることを知ってるはずです。事前にそんな場所をうろついたりするかな」

緊張からか、将彦の声はいら立っている。

「これだけの人数の中にまぎれこんでいるんです。警察に気づかれる心配はないと、高をくっているかもしれない。カメラに撮られているとまでは想像していないかもしれないし……万が一のためです」

警部はそう言ったが、その期待も空《むな》しく、モニター画面に映しだされる顔が香奈子や将彦の記憶に引っかかることはなかった。

一度だけ、香奈子が「あっ」と小さく叫び、車内の空気が緊迫した瞬間があったが、すぐに香奈子は首をふり、

「昨日、家に来ていた刑事さんです」

と言った。

正午を過ぎると、時間に加速度がついた。

歩行者の流れが、砂時計の砂のようにどんどん時間を無意味な過去へと運び去ってしまう……いや、砂というより、群集は小動物か虫に似ている。カメラの一台が時々、ビルに囲まれた交差点を俯瞰《ふかん》でとらえるが、実際、人の群れは檻《おり》やかごに閉じこめられ、右往左往しているねずみや毛虫を想像させた。

その中に一ぴき、丸々とふとった真っ赤なねずみがいる。香奈子の目にそう見えたものがある。

「何ですか、あれは」

香奈子の声と、「何だろう、あれは」という警部の声がダブった。

「シブヤのサンタですよ」

と背後からのぞきこんでいた捜査官の一人が言い、無線で「シブヤのサンタに寄ってくれ」と指示

を出した。

カメラは横断歩道の真ん中へとズームし、二台のモニターには、立ち止まってきょろきょろしているサンタクロースが大きく映しだされた。

「一年中、あの格好で渋谷の街をうろついている、この街の名物男ですよ。いつもは道玄坂周辺にいて、こんな風に駅前まで出てくるのを見るのは初めてですが……」

刑事の一人が説明した。五十過ぎのホームレスで、いつも腰にぶらさげたカセットデッキからクリスマスソングを大音量で流している。今もそうだ……カメラのマイクが騒音にまじった『赤鼻のトナカイ』を拾っている。その曲に合わせて、力士なみの図体をしたサンタは、道化師のようにコミカルな動きで踊っている。ちょうど犯人が三時間前につけた血のマークの上で——。

いや、踊ってなどいない。体が弱ってでもいるかのように、足がふらついているのだ。顔の下半分は付けひげに覆われ、目のあたりしかわからないが、目尻が極端にさがっている。笑っているのか、泣いているのかもわからない……。単に、かついだ大きなふくろが重すぎて動きづらいだけなのか。

カメラの一台はハチ公広場の側から、もう一台はその反対側から撮っているので、モニターの一台にサンタの正面が映ると、もう一台の方は背中になる。ただし背中は、純白のふくろに隠れてしまっている。ふくろの中には大きな四角い箱が一つ入っているらしい。くっきりと箱の線が出ているので、それがわかる。

「いったい何が入ってるんだ、あの袋には」

警部はそうつぶやき、一瞬顔を険しくして、「まさか……」と続けた。

香奈子も同じことを想像したらしい。警部と目が合うと、三度、続けざまに首をふった。

「子供一人なら充分入る大きさだ」

香奈子や警部が避けた言葉を、将彦が口にした。将彦の無神経さを香奈子は目でなじった。警部は、

「まさかと思うが、可能性がないわけではない。すぐに誰か張りつくよう連絡してくれ」

と言い、刑事の一人が無線を使って、交差点で張り込んでいる刑事たちに連絡した。

「あの男が犯人とは考えにくいが、犯人に頼まれて何かの役割を演じている可能性はある……何かを運ぶ役割かもしれない。一つ気になることがある。赤い服は古着のように汚れているが、ふくろは純白の新品に見えるんだが……」

香奈子は何か言おうとしたが、口を開ききらないままうつむいてしまった。モニター画面では、歩行者用の信号が点滅を始めている。サンタクロースは人の流れの最後について、ドタドタと歩きだした。何とか交差点を渡り終えたところで、やたら横幅の広いその巨体はハチ公広場の群集に呑みこまれて消えた。ただ、すぐに尾行している刑事から『サンタは駅ビルの中を意味もなく歩いてます』という連絡が入った。

「また交差点に戻るような動きを見せたら、すぐに連絡を頼む」

早口でそう命令し、警部は腕時計を見た。

十二時十分……いや、もう十一分になる。秒針の動きがあわただしくなっている。香奈子は胸が波打っているのを隠すために、ビニールのバッグをしっかりと抱きしめた。

目は画面に流れ続ける人の顔を意味もなく追いつづけた。それは将彦や刑事たちも同じで、狭い車内の空気が一秒ごとに緊張をはらんで重くなっていくのがわかる……あっという間に五分が過ぎ、すぐにまた次の一分が過ぎ……さらに一分が流れ去った。

香奈子の口から「あっ」という声が漏れたのと、無線の連絡が入ったのが同時だった。

十二時十八分。

連絡は、ハチ公広場側のビルでカメラを回している刑事からで、『五分ほど前から同じ男が何度か交差点をこちらに向けて渡ってきます。センターまで来てはまた戻っていって、次の信号になるとまたセンターまで歩いてきて……この男です。これで三度目です』と言った。

モニターの一台に一人の男が映しだされた。香奈子は口もとを片手で覆い、目を大きく見開いている。

男は細身で背が高く、頬がナイフで肉を削《そ》がれでもしたようにこけ、目は鋭く切れている。さっきサンタクロースが立っていたのと同じ場所に立ち止まり、ちょうど死臭に気づいて目をぎらつかせる鷹のように、すれちがう通行人の顔を見回している……。顔にも黒いコートにも犯罪者特有の影がある。一瞬のうちにそう感じとり、警部は、

「誰なんですか、この男は」

と訊いた。

香奈子は警部には無言の目を返し、救いを求めるように将彦を見た。モニター画面から香奈子の顔へと目を移し、将彦はかすかに首をふった。周囲にはわからない秘密の言葉が、瞬時に二人の目のあいだで交わされたのだ。

「時間がない。知っている人物なら隠さずに教えてください」

初めてとも言える警部の、焦燥をあらわにした声に、香奈子は黒目を小刻みにふるわせ、まだ迷い続けながらも、

「犯人です」

と言った。喉につかえていた一言がポロリとこぼれだしたのだ。「やっぱりこの男だったんだわ」とつぶやき、まだ信じられないと言うように首をふった。山路将彦は舌打ちをし、頭を抱えこんだ。

「誰なんです」と警部は声を荒げた。「今『犯人』と言ったのは、この男が圭太君の本当のお父さんだからですか」

「ちがいます」

と答えたのは将彦で、香奈子はただ首をふり続けている……。

「本当の父親は僕だけだ」

「ええ、でも、この男が父親だという可能性もあると……そういう意味ですよね」

将彦が顔をゆがめ、「どういうことですか」と怒声を発した。警部は構っていられなかった。

「つまり、圭太君が香奈子さんとこの男との間にできた子供だという……」

「ちがう」

将彦の声が警部の言葉をはじき飛ばした。

「だったら誰なんですか、この……」

警部の声を、今度は突然の音楽がさえぎった。

香奈子はすぐに自分のハンドバッグから携帯電話をとりだし、騒がしい着メロの中で、

「お父さんの携帯から」

と、うめくような声で言った。

「犯人から?」

と訊き返し、警部は反射的に腕時計を見た。

十二時二十二分十八秒。

次の三秒間で、警部は電話の声が全員に聞こえるように操作し、無線を使って交差点にいる刑事たちに『モニター画面の男を数人でマークしてくれ』と指示した。

「もしもし」

香奈子が電話に出ると、

「圭太君を預かっている者だけれど」

意外にも女の声が響きわたった。しかもわざとらしくあどけない子供の声を装っている。

「もう渋谷の交差点にいる？」

と女の声は訊いてきた。

「いいえ、まだ。でもすぐ行けます」

「すぐってどれくらい？」

「……急げば一分くらいで」

「じゃあ、十二時三十分ちょうどにハチ公広場側から交差点の真ん中まで行って。もしその時歩行者用の信号が赤だったら、最初に青になるまで待って。……真ん中がどこか、わかりやすくするためにマークをつけておいたけど、それは今朝のニュースでわかってるわね」

「はい……それでどうすれば」

「もう教えたでしょ。子供が現れたら、赤いバッグをそこに置いて。それで終わり。ただ……五千万は女ひとりで運ぶには重いかもしれないから……そうねえ、二千万抜いていいわ。その残りを交差点の真ん中に置いて」

「そんな……」

女の声はククッと笑った。昨日、何度も聞いた男の笑い声に似て、香奈子の驚きを楽しんでいる。

「値引きしてあげるのに文句があるの？　かならず二千万をバッグから抜いて。その残りが身代金だから」

「でも、どうして……突然」

「そうねえ。脅しとる金額が少なければ、万が一、捕まった時、刑期も短くなるかと思ってね。その程度の理由よ。じゃあ……もう二十五分だから、急いだ方がいいわ」

電話は切れた。

「どうして」

香奈子は呆然と、そうつぶやいた。警部の頭にも『なぜ』という言葉が渦まいている。犯人が身代金の額を減らしたのには重要な理由があるはずだ……しかも、こんなギリギリになって言ってきたというのは、刑事たちにその理由を考える余裕を与えたくなかったからではないのか。……そう、考えている余裕などない。

警部が『犯人の言うとおりにするよう』指示する前に、将彦が香奈子の膝の上のバッグをつかみとり、自分の手ですぐに百万円の束をとりだした。

「三百万……五百万……」

と数えながら、将彦の手はビニールバッグから札束を鷲《わし》づかみにしてとりだしていく。二千万をとりだすのに五秒かからなかった。

自分のところに戻ってきた二十の札束を大事そうに両腕に抱きかかえて、もう一度数えなおしている……。指には、一万でも余分に取り返したいという必死さが出ている。

そんな以前の夫を、香奈子は凍りつくような目で見ていた。だが、それも数秒のことだ。

残りの札束が入ったバッグをつかみとり、香奈子は、

「もう行かないと……」

警部にそう声をかけ、自分から車を降りた。警部が後に続いて路地に足をおろした瞬間、ふたたび

無線の連絡が入った。

『サンタが今交差点の方へ走り出しました』

声は慌しくそう告げた。

「われわれも今から向かう」

と言って、警部はマイクを握ったまま香奈子のあとを追った。香奈子はもうビルの角を曲がろうとしている。警部はコートの裾をひるがえして、一気に路地を駆けぬけた。

角を曲がった瞬間、警部は一瞬だが、足をひるませた。街が巨大な生き物となって、突然襲いかかってきた気がしたのだ。十数秒前までモニター画面に小さく押しこめられていた渋谷駅前が、ナマの迫力で眼前に広がった。

雪雲は限界まで重くなり、今にも交差点に崩れおちてきそうに見える。その下で街は灯やネオンをいっせいにともし、奇妙に明るく光っていた。『奇妙に』というのは、雪雲の黒さが夜空の暗さとは違っていて、真昼のネオンにどこか嘘を感じとるからだろう。本物の渋谷ではなく、映画のオープンセットとして再現されたニセの渋谷のように見えた……だが、もちろん、それは小走りの香奈子について交差点に向かう途中、警部の頭をほんの一瞬かすめた印象だった。

二人がたどり着いた時、歩行者用の信号は赤で、ハチ公像側の歩道のふちには信号待ちの人だかりができていた。香奈子は少しはずれて立ち、警部はさりげなくその背に近づき、

「二十七分です。今度の青信号ではなくて、その次でしょうね」

と声をかけた。

ビジネスマンを装った若い刑事が二人の横に立ち、信号待ちのふりで、「サンタはついさっき向こうに渡りました。見えませんか。向こうの信号待ちの中にいるんですが」と耳打ちしてきた。

交差点には車が流れている。そのむこうに信号待ちしている人の群れがあり、確かにサンタクロースの衣装の断片らしい赤いものが見え隠れしている。だが、香奈子と警部はサンタよりも、その中に問題の男がいるかどうかを気にした。

むこうまでは遠すぎるし、信号待ちの男のほとんどが黒っぽいコートなので、区別がつかない。

やっと信号が青に変わった。こちらの歩行者たちがどっと流れだしていき、香奈子もつられて交差点に足を一歩踏み入れたが、

「まだです。次の青まで待って」

警部にそう制された。

向こうからも、どっと人波が押し寄せてくる。二方向の波はセンターあたりでぶつかり、それぞれの波に逆らって突き進んでいく。血のマークは無数の靴に踏みつけられながら、まだかすかに残っているらしい。警部たちの立った位置からはよく見えないが、ニュースを見たのだろう、若い連中が通り過ぎる際、わざとセンターを避《よ》けたり、指さして気味悪がったり笑ったりしている……だが、足を止める者は一人もいない。

雲がどんどん黒くなっていくのに不吉なものを感じとるのか、みんな急ぎ足でたがいの波のすきまを縫って流れていく。だからセンターまで来て立ち止まった男は、すぐに警部の目を引いた。

あの男だ。

香奈子もすぐに気づいたようである。

「あの人……」

とつぶやきながらふり向き、救いを求めるように警部を見た。男はモニター画面で見た時と同じように突っ立って、行き過ぎる人たちの顔を見回している。誰かを探しているのだ。だが、誰を？

答えは簡単だ。その男が犯人なら、自分がその場へと呼んだ香奈子を探しているのだ……だが、本当にそうだろうか。

「本当に犯人なんですか、あの男が」

警部は一歩前に出て香奈子と肩をならべた。

「だって、そうとしか思えないわ」

自分の疑っていた人物が、犯人の指定場所に現れたのだ……香奈子がそう考えるのも無理はない。

だが、違う……。

「しかし、さっき犯人の一人が指定してきた時刻にまだなっていない。犯人が指定時刻より何分も早く、指定場所にのこのこと現れるなんて考えられない」

そう、警察が無数の目を光らせている場に犯人があああも無防備な格好で現れるだろうか。

「だったら、誰なんです、犯人は」

ふり向いた香奈子の声と、「誰なんです、あの男は」と訊く警部の声がぶつかった。

早くも青信号は点滅を始め、すぐに赤に変わった。それでも香奈子たちのそばから、何人もの歩行者が交差点へと飛びだしていった。二方向の人波はそれぞれの岸へと打ち寄せていき……交差点はセンターあたりから人がまばらになった。

問題の男は、それでもまだセンターに残ってきょろきょろしている……それまではラッシュアワー並みの混雑にまぎれてよくわからなかったが、全身像になると、男の体軀は直線的で異様に細い。

もっとも、ほんの何秒かの事で、その姿を細かく把握している余裕はなかった。

車がゆっくりと交差点に流れこんできた。男は来た方向へと戻るために背をむけようとして、その瞬間、全身をこおりつかせた。

視線も一瞬のうちに凍結した。赤いコートを着た香奈子をとらえたのだ。

香奈子と男は、十メートル近い距離をへだてて見つめ合った。男はそのままこちらへ近づこうと一歩足を踏みだした。だが、車にぶつかりそうになり、いっせいにクラクションの銃弾を浴び、改めて背をむけると、反対方向へと走り去った。

「誰なんですか、あの男は」

警部はもう一度訊いたが、香奈子の横顔は男の去った方を凝視しているだけだ。すでにまた信号待ちの人だかりができていて、周囲は騒音のるつぼと化している。

「誰なんですか。圭太君はあの男の子供ではないんですか、本当に」

威嚇するような声になった。香奈子はかすかに首をふり、

「圭太は山路の子供です」

と答えた。小声だが、騒音に負けないふしぎな強靭《きょうじん》さをもった声だった。

「でも、あなたは前に違うと言った。圭太君は山路さんの子供じゃないと……」

警部の焦燥の声に、香奈子は激しく首をふった。

「そんなことは言ってません。『圭太は山路と私の子供ではない』と私は言ったんです」

いったい何を言いたいんだ。

口から飛びだそうとしたその言葉を、だが、橋場警部はもう少しのところで口の奥へと押し戻した。やっと香奈子が言いたい意味がわかったのだ。

信号の光が入り乱れ、騒音はピークに達し、めまいが起こり、耳の鼓膜が破れそうになった。橋場は反射的に腕時計を見た。十二時二十九分十七秒……十八秒……十九秒。

警部が口を開く前に、近くで、誰かが、

「あ、雪」

と叫んだ。同時に白いものが点々と肩に降りかかってきた。かすかに風が流れ、ほの白いヴェールが、ゆれながら香奈子の横顔にまとわりついた。周囲から歓声のようなものがわきあがったが、警部はそのすべてを無視し、ただ香奈子の横顔をにらみつけた。

「つまり、圭太君は」

あと三十秒。それなのに自分でも信じられないほどゆっくりと警部は言った。

「圭太君はあなたの子供ではないと言うんですか。山路さんと他の女のあいだにできた子供だと……」

そう、香奈子はそう言いたかったのだ。言いたくて、ぎりぎりのこの時刻まで言えなかったのだ。それにしても、こんな当たり前のことに気づくまでに、警視庁一の頭脳とまで賞賛されたことのある自分が、いったい何時間何分何秒を無駄にしてしまったのか。

香奈子は直接には何も答えず、「私はそこで流産したんです。この交差点を車で通る時に夫と……山路と、愛人の妊娠のことで口論になって交差点の真ん中なのに車から降りて……」と言った。

それ以上説明している時間はなかった。あと十秒。車道の信号が点滅を開始し、その時、

「あぶないっ」

という悲鳴があちこちで起こった。同時に急ブレーキの音が交差点を大きく引き裂いた。香奈子も顔色を変えた。

赤い巨体が、向こう側の歩道から、まだ車の流れている交差点に飛び出してきたのだ。

あのサンタクロースだ。

交差点周辺は渋滞気味で車はスピードを落としていたから、何とか衝突は避けられたようだ。巨体

のサンタは車との接触など物ともせず、降りだした雪をはね飛ばすような勢いで、一目散にこちらに向かって駆けてくる……重そうにかついでいた袋を横断歩道の真ん中で道路の上に落とし、そのまま足を止めずに一気に渡り終え、あっという間にハチ公広場の人ごみの中に消えた。刑事らしい何人かの男がその後を追うのがわかったが、警部はサンタ本人には構っていられなかった。

サンタが交差点の真ん中に落としたものに神経を集中させた。

袋の口から、何かの液体が流れだしている。血?……いや、透明な液体だ。灯に乱反射しながら、それは巨大なアメーバのように道路に広がっていく。

ガソリン? 一瞬、そう思った。火事でも起こすつもりなのか……いや、油ではない。

信号が青に変わった。

歩行者が双方から交差点へと流れこんだが、センターの少し向こうに、まだ車が一台止まったままである。数秒前サンタとぶつかりそうになって急停車した緑色の国産車だ。

急ブレーキをかけた瞬間、エンストでも起こしたのか。

人の流れは、その車を迂回してこちらに向かってくる。さらにセンターにはサンタが落とした袋があり、人の流れはそれも避けなければならない。交差点内の流れはその二カ所でゆがみ、とどこおり、混乱した。

雪は、幻影にすぎなかったように数秒舞っただけでやみ、風も止まっている。

すでに警部も、香奈子と共に交差点を渡り始めていた。六歩、七歩……十歩、十一歩。

白線で描かれた歩道のほぼ真ん中に、直径一メートルほどの水溜りができている……そう見えた。

だが水ではない。そばに落ちた袋からプラスチックのケースが覗き、その口からそれはねっとりと重そうに流れだしている……血のマークとかさなるように。

「何なの、これ……気味悪い」

「やだ、わたし、踏んづけたみたい」

女の子たちが騒ぎながら、急ぎ足で通りすぎた。

「何だか、ケーキのような匂いがしない？」

と言う者もいる。

警部はしゃがんで、指先にそれをつけてみた。通行人の脚が肩にぶつかり、鋭い痛みが走ったが、構ってなどいられなかった。

指にねばりついたそれは、たしかに濃密な甘い匂いを放っている……蜜のような……花の蜜のような……。

警部がハッとした瞬間、そばの香奈子が、

「警部さん」

と叫んだ。切羽つまった声に、警部は慌てて立ちあがった。

二メートルほど離れて、あの男が立っていた。緊張からか硬い無表情の男は、落ちくぼんだ目を異様にぎらつかせ、香奈子の顔を見ている。いや、見ているのは、香奈子が両腕にしっかりと抱えた赤いバッグだ。通行人に肩をぶつけられ、押し出されるように男は一歩足を踏みだし、手を香奈子のほうへさしだしてきた。男の目にしばりつけられたまま、香奈子は、「警部さん！」ともう一度救いを求めた。ただ、香奈子の手は勝手に動いたようだ……反射的に赤いバッグを男に渡そうとしていた。

その間、ほんの三秒。

だが、それは警部がこれまでの刑事生活で一番長く迷った時間である。

『渡してはいけない』

やっとそう口にしようとした時、突然、男の背後で悲鳴があがった。

正確に言えば、緑色の車近辺を歩いていた人たちの間から、その悲鳴は起こった。

一人だけではない。悲鳴は次々にわきあがった。車の周囲で何か危険事態が発生したのだ。何かから逃げようとして数人が走りだし、すぐに人とぶつかり、あちこちで小さな雪崩《なだれ》が起こった。こちらへと逃げてきた者も多く、警部たちも雪崩に巻きこまれそうになった。香奈子は若者に肩をぶつけられ、転倒しそうになるのを警部に助けられた。それでも香奈子は赤いバッグを必死に抱きしめている。警部も香奈子を抱くようにしてバッグを守った。

この混乱を引き起こしたのは犯人だ。騒ぎに乗じてバッグを奪いとるつもりなのだ。

とっさにそう考えた。

その時何かが、眼前をかすめた。はっきりとはわからないが、何か粒状のものが車の周辺に降り注いでいる……雪があられかヒョウに変わった。一瞬、そう思った。だが、聞きなれた音が耳をかすめ、警部は反射的に手で払おうとして、それが何なのか気づいた。

「蜂だ」

叫んだのは、自分だったのか、他の誰かだったのか。何十匹、いや、何百匹もの蜂が飛び交っている……。

一匹が香奈子の髪にからんで、もがいていた。二秒間、警部は意味もなくその瀕死《ひんし》の蜂をにらみつけていた。それから我に返り、ふり向いた。数メートル先に緑の車がポツンと止まったままだ。車の周囲は、人が一掃され、奇妙にぽっかりと空いていた。

車の後席のドアが二十センチほど開いている。蜂はその中から放たれたのではないか……。だが、スモークガラスのせいで、車内の様子はまったくわからない車の方へ歩きだそうとして、警部は周囲を見回した。犯人候補の男をさがしたのだが、その長身は見つからない。

すぐ横に突っ立ち、車を見ていた香奈子の口から「あっ」と声が漏れた。

ドアが大きく開き、中から白装束《しろしょうぞく》の人間が現れたのだ。頭に白い頭巾《ずきん》状のものをかぶっていて全身が白かった。全身といってもひどく小さいから子供だとはすぐわかったが、その白い身なりの異様さから、反射的に小さい宇宙人を警部は連想した。

いや、交差点へと跳び下りた姿は、月面に降り立った宇宙飛行士だ……背中に何か背負っているのも、コンテナを背負った飛行士そっくりだ。それがリュックサックだと警部が気づく前に、

「圭太っ」

香奈子は一声叫んで、駆け出そうとした。

警部は反射的に香奈子の腕をつかんで、止めた。蜂は寒気の中に放たれ、ほんの短時間勢いよく飛び交っただけで、すぐに動きが鈍くなったが、それでもまだかすかな風に乗ってかなりの数が漂っている。それ以上に危険なのは、車の中の闇だ……犯人が潜んでいて、今にもナイフか何か凶器をもって飛びだしてきそうだ。

だが、香奈子は、

「圭太です。私をさがしてるんです」

怒声のような激しい声を浴びせ、警部の手を全身の力でふりほどこうとした。

警部を見返した目が、何かを必死に訴えている。警部はその目の黒い光が語る言葉に負けて、手を離した。

香奈子は走りだした。

きょろきょろと周囲を見回していた白装束の子供の方でも香奈子に気づいたようだ。子供がまとっているのは、防蜂服だ。顔面がネット状になっているので、何とか周囲が見えるらしい。

小さな足で動きづらそうだが、それでも必死に足を交互に動かして駆け寄ってくる。香奈子が足をすべらせた。両脚を地面に投げ出し、前へと倒れこみながら、ぶつかってきた子供を抱きかかえた。頭部にかぶったものを脱がせようとしたが、服と一つなぎになっているらしく簡単にははぎとれない。倒れかかったまま、香奈子は必死に顔面のネットを引きちぎった……小さな顔が覗いた。

「おかあさん」

顔と共に声が飛びだしてきた。香奈子の方でも、その顔を力いっぱい抱きしめながら、名前を呼び続けたが、その声は周囲にわきあがったクラクションの音にのみこまれた。

すでに信号は赤に変わっていたが、張り込んでいた私服の刑事たちが両手を広げて、車の交差点への進入を止めている。何が起こっているのかわからず、せき止められた何十台もの車がいっせいにクラクションで抗議し始めたのだ。

警部は二人の刑事と共に、三方から緑の車に近づき、深呼吸をしてドアを開けた。充分警戒していたのだが、人は誰もおらず、車内にはただ静寂だけが詰まっていた。

いや、何かが動いている……かすかな気配がある。助手席に大きな木箱が置かれていたが、扉に張られた網ごしに目をこらすと、まだ数十匹の蜂がうごめいていた。

運転席のドアを開けた刑事の一人がシートに触れて、「まだあったかいです」と言い、警部はハッとして香奈子の方をふり返った。

その近くにバッグが落ちている……圭太を抱きかかえる瞬間、香奈子はそれを投げ捨てたのだった。

警部は赤いバッグに飛びついた。そこに投げ出されてから、まだ二十秒ほどしか経っていないが、その間、バッグは死角になっていたから、誰かが近づいたかもしれないのだ。

だが、その心配はなかったようだ。バッグに触れただけでも中に札束があることはわかったが、念のためにバッグの口を開けてみた。たしかに札束が幾つも重なっている。

圭太も無事に帰ってきた……と言っても、胸をなでおろしている余裕もない。路上に腰がぬけたように坐りこんだままの香奈子を助け起こし、その腕にからみついた圭太の体を検《あらた》めてみたが、どこにも異常はなさそうだ。

「救急車が待機してるから、精密検査を受けさせてください。すぐに私も行く」

駆けつけた渋谷警察署員数人に香奈子と圭太、それに大金の入ったバッグを託し、警部は問題の車の周りに集まった刑事たちに、犯人を見た者がいないか、尋ねた。犯人の一人が、その車を運転していたことも、蜂を放った直後の混乱に乗じて逃げたこともほぼ間違いない。

だが、誰一人その姿を見た者はなかった。ただ、運転席のドアを開け、歩行者の群れにまぎれこむくらいのことは、一、二秒もあればできる。目撃者がいたとしても、犯人の細かい特徴まで見てとれたかどうか。

一応、念のためにカメラを回していた二人にも無線で訊いてみたが、満足できる答えは得られなかった。録画テープを再生してもらったが、『黒い帽子をかぶった男が運転席のドアを三十センチほど開けてするりと外に出て、すぐに人ごみに消えるところ』は確かに映っているという。

「ズームアップしても顔はわからないか。おおよそでいいんだが」

「ムリでしょうね。背格好と一瞬の動きで、男であることは間違いないようですが」

「あの男は？　センターまで来ては戻るをくり返していた長身の男はどうなった」

「騒ぎに呑みこまれて、これもどこへ行ったのか……警部、騒ぎの原因が蜂だというのは本当ですか」

「ああ、それがどうかしたか」

「いえ、別に。ただここから見おろすと交差点は蜂の巣に似て見えるので……さっき、偶然そんなことを考えて」

ひしめき合っている人の群れに蜂を連想したのだろうが、今の警部には何の意味もないムダ話である。警部は無線を切った。まだ犯人が近くにいるかもしれない。一秒も早くその特徴を知りたかった。この時、橋場警部はすでに警察の車に乗りこんで近くの総合病院へと向かおうとしていた。救急車が小川圭太をその病院に運んでいるからだ……ただ、騒動の余波で長い渋滞が続いていて、まだ車は交差点の近くにいる。

交差点では警察官が交通整理を始め、車と歩行者の流れがほぼ半分、回復している。半分というのは、問題の車の周辺にロープが張りめぐらされ、交差点の半分近くを警察が占領しているからだ。車近くに犯人の痕跡《こんせき》が残っていないか、サンタが落とした謎の液体が何だったのか、鑑識の調査を待っている。

警部は腕時計を見た。

十二時四十五分。

すべては十二時三十分に青信号に変わってから一分足らずのうちに終わり、それからもう十何分も経っているが、警部にはまだ犯人がすぐ近くにいる気がしてならなかった。人ごみにまぎれ、警察の動きを観察して楽しんでいる気がするのだ……サンタが青信号を待たずに走りだしてからの一分間は、危険な誘拐劇のクライマックスであり、一つの華麗な犯罪ショーだったように思える……。

そう、サンタだ。

警部がすぐさまサンタを張っている刑事と連絡をとると、すでにサンタの身柄を確保し、渋谷署に連行して、既にもう取調べを開始しているという。

十数分前、交差点を全力疾走で渡り終えたサンタは、駅の建物の中に入ると足をゆるめ、地下鉄銀座線方面という標示のある階段の途中に腰をおろした。まだ荒い息が、おさまらないうちに、追っていた二人の刑事が声をかけた。刑事だとわかっても逃げ出す様子もなく、意外なほど素直に連行されたという。

後になってわかったことだが、その一時間ほど前、サンタがいつものように道玄坂をぶらついている時、緑色の車が近づいてきて停まった……運転席の窓を開けて顔を見せた男から、何か重いものが入った袋と三万円を渡され、その袋を交差点の真ん中に捨てるように頼まれた。男は、さらに細かく十二時三十分前後の動きを指定し、サンタは袋の中身も何かわからないまま、その指定どおりに動いただけだった。

サンタのその言葉に嘘はなさそうで、警察はサンタと誘拐事件は無関係と断定し、その大きな体を自由にした……。

もっとも、サンタが誘拐犯グループと無関係なことは、三月一日当日身代金受け渡しの現場から病院へ向かう途中の警部にもほぼわかっていたことである。

「おそらく誰かに頼まれただけだろう。事件とは何の関係もないだろうが、その誰かは犯人グループの一人にちがいないから、サンタも重要な証人だ。そのあたりをしっかり聞き出してくれ……と言ってもあの走り方からすると、どうも目がよくないようだから、証人としての意味がどれだけあるか」

「ええ、あの目は確かに我々の顔もよく見えてないようで……」

警部は「顔以外にも特徴はあるだろうから、充分訊いてくれ」と言って電話を切ると、

「まあサンタはいい。病院で、もう一人の証人を当たろう」

　車を運転をしている沢野に言い、

「証人って、圭太君のことですか」

　と沢野は言った。

「そうだ。頭もよさそうだし、体に変調もないようだから、こっちの証人の方が頼りになりそうだ。もう、この坂の上だろ、病院は」

　そう言っているあいだに、病院らしい白塗りのコンクリート塀が窓に流れ始めた。ちょうどそこへ、無線が入った。

　十二時四十九分。

「警部は？」

　雑音にまじって太い男の声が聞こえた。声は焦っている。「今、病院からなんですが、大変なことが起こって……」

「何だ？　子供の体に異常でも？」

「いや、子供は元気にしてます。異常が見つかったのは身代金です」

「何を言う。身代金も無事なはずだ」

「それが、救急車の中で山路氏がビニールのバッグを開けて数えたら、札束はあったんですが、一千万足りないとわかって……」

「ちょっと待て。もう病院の玄関に着く」

　その言葉が終わらないうちに、車は玄関前へすべりこみ、停まった。橋場は、降りる前に座席にしゃんと背すじをのばして坐り直し、目を閉じて五秒数えた。緊張が度を超しはじめた時、いつもそうして気もちを落ち着かせる……。五秒後、朝の目ざめの時のようにしっかりと目を開け、「歩行者の中に被害者が出てないか調べてくれ。蜂に刺されたとか転倒で怪我したとか」と運転席の沢野に言って、車を降りた。透明なガラスの自動ドアが橋場を迎え入れた。たった今聞いたばかりの『一千万が足りない』という言葉と共に、橋場も警察もふたたび事件の入口に立たされたことになる。

子供も身代金も無事という最善の形で事件は解決した……さっきまでそう思いこんでいたが、それでも一抹《いちまつ》の不安は残っていた。こうも簡単に終わっていいのか……これで犯人の目的が何だったのかまったくわからなくなった。その疑問が奇妙なほど硬いしこりを警部の胸のすみに残していたのだった。

交差点でバッグを開けた時、札束が少なくなっていたことに気づかなかったのは不覚だったが、一千万円の身代金が奪いとられたとわかって、かえって事件の据わりがよくなったところがある。これで少なくとも犯人の目的は金銭であって、この事件が普通の誘拐事件と何ら変わりがないとわかったのだ……そう考え、だがすぐに警部は胸の中で、それを否定した。

本当にそうだろうか。これで本当に普通の誘拐事件と変わりなくなったのだろうか。

ともかくまず詳しい話を聞きたかった。

受付に近づこうとした時、

「橋場さん」

さっき無線で連絡をしてきた刑事ともう一人が奥から現れた。『警部』と呼ばなかったのは、受付の前が待合室になっていて、そこにたくさんの外来患者たちの耳があったからだ。

警察のために病院が用意してくれた個室で、警部は山路将彦と二人の刑事からこんな話を聞いた。

――山路将彦は、香奈子と警部がマイクロバスを降りた後、すぐに自分も交差点に向かった。交差点の真ん中で騒ぎが起こった時も、少し離れた位置から香奈子たちの動きを見守っていた。そうして無事に戻った圭太と香奈子の後をつけ、二人が救急車に乗ると、自分も乗せてもらえないかと救急隊員に頼んだが、中から香奈子が首をふり、無言の目で『ダメだ』と伝えてきた。

結局、香奈子は将彦の必死さに負け、救急隊員に将彦を乗せるように言った。赤いバッグのひもを手首にからみつかせて後生大事にもっていた香奈子は、中の大金が将彦のものだということを思いだしたのだった。

救急車はすぐに走りだし、隊員の手で防蜂服を脱がせてもらいながら、圭太は将彦のことを『だれだろう、この人』と言いたそうな目で見ていた。香奈子が、

「知り合いのおじさん。いろいろ助けてもらったのよ」

と紹介し、将彦が思いっきり笑顔を作って、「よかったね、無事で」と言うと、圭太はひょこんと頭をさげ「ありがとう」と言った。幼い目はまだよそよそしかったが、将彦にとっては、物心ついて以後初めてのわが子との対面である。こみあげてくるものがあったが、それっきり、子供は『知り合いのおじさん』を無視した。

簡単な検査を受けながら、

「怖かった？　でも、もう大丈夫だから」

と母親に言われ、

「すごくこわかった。でもだいじょうぶだった」と元気に答えている。

早くも手持ちぶさたになり、将彦は不要になった赤いバッグを香奈子から返してもらい、中の札束

を検めた。大雑把《おおざっぱ》に数え、『おや』と思い、もう一度しっかりと数え直し、今度ははっきりと顔色を変えたのだった……。

そこまで話すと、将彦は眼前のテーブルの上に積まれた札束をにらみつけた。そのそばに空っぽのビニールバッグがおかれている。

「二十束しかありません。でもあの時、本当は五千万入っていたバッグから犯人の命令で二千万とりだしたのだから、ここには三十束ないといけない。あの時僕は二千万しかとりださなかった。警部さんも見てましたよね」

警部はうなずき、「しかし……」と言った。

「しかし、何ですか？」

と将彦。

「あなたがとりだした札束が正確に二十束だったかどうかはわからない。いっしょに数えたわけではないから」

「そんな……僕を疑うんですか」

「いや、疑ってなどいません」

そう言いながらも、依然、不審の目を将彦へと据えたまま、警部は、「交差点でも、犯人に札束を奪うチャンスはあった。香奈子さんが手からバッグを離し、私も車に気をとられて注意をおこたった。せいぜい二十秒ほどだが、バッグに近づき、一千万を抜きとることはじゅうぶんできる時間だ。……ただ、それだとおかしなことになる」と言った。

山路将彦と刑事二人、つまりその時部屋にいた全員が視線を警部に集めた。

『おかしなことと言うと？』

目がいっせいにそう訊いている。

「犯人にはほとんど時間がなかった。その上に蜂のせいでバッグの周囲は人がまばらになっていて、近づくのは難しかった。危険を承知でバッグに近づく以上、できるだけ短時間に……できれば一瞬のうちに事を済ませたかったはずだ。だったら何故バッグごと奪い去らなかったんだろう……それだと一瞬で済むというのに。だいたい三千万を要求しながら、何故バッグから一千万だけ抜きとるという面倒なことをしたのか、その点が解せない」

数秒、広いだけの殺風景な部屋はしんと静まり返ったが、刑事の若い方が、

「赤いバッグをもって逃げると人目につく。それを心配したんじゃないですか」

と言った。年配の刑事が首を横にふった。

「自分から赤いバッグを指定しておきながら……か？　それにどうせ中の札束だけ取るのなら、三千万全部取っていけばいいじゃないか。一千万だけ抜きとるとなると、余分な時間がかかる」

「一千万だけなら服のポケットにでも突っこめますよ。三千万だと他のバッグを用意しておいて、それに詰め替えなければならなくなって、もっと余計に時間が……」

若い刑事の言葉を「そんな事じゃないな」と警部は一蹴した。

「交差点ではなかったんだ、きっと」

とひとり言をつぶやきながら額を手でこすっていた警部は、ふっとその手を止めた。

「山路さん、土壇場で犯人から電話がかかってきて、二千万をバッグから取り出した時、バッグに本当に三千万残っていたか、確かめてはいないですよね」

「ええ。バッグの中には五千万あるとばかり思いこんでいたから、犯人に言われたとおり、取り出す二千万の方だけ数えて」

「その時、すでにバッグの中には四千万しかなかったんじゃありませんか……渋谷までの車の中で抜きとられたとは考えられないし。マイクロバスの車内で札束を確認したことは？」

「ありません」

「だったら小川家を出るまでだ。銀行から戻って札束をこのバッグに詰めた後、警察の車に乗りこむまで、バッグは山路さんが持っていたはずですが、一度でも手から離したことは？」

将彦は小きざみに首を横にふって「ないです」と答えたが、すぐに、「あ、いや……一度だけ」と訂正した。

「家を出て車に乗りこむ前に、トイレに行っておこうと思って……家の中に戻るより、工場のトイレの方が近いのでそっちへ……」

小さなトイレが事務所の横にある。ちょうど事務所が空っぽだったので、ドアのすぐ近くにあった椅子にバッグをおき、トイレに入った。その時はみんなまだその奥で仕事をしていて、将彦がトイレから出てくるのを見て、香奈子の父親が『もう出かける時刻か』と声をかけてきた……。

「トイレに入っていた時間は？」

「せいぜい三、四十秒です」

「それだけあれば、十束くらい簡単に抜きとれる……トイレから出た後、バッグが少し軽くなったとは感じなかったですか」

「それはちょっと気づかなかった……気が急いていたし」

「お父さんは一人でした？　トイレの後、声をかけてきた時」

警部は質問をたたみかけ、

「いいえ。従業員が二人いっしょでした。その一人が、川田とかいう……」

「川田……」

その名をくり返し、五秒考えこんでから、警部は刑事の一人に、「小川家に剣崎さんがいるから、至急連絡をとって工場の従業員、特に川田という男の動きに気をつけるよう頼んでくれ」と命じた。

「圭太君とはまだ話せないか」

「いや、大丈夫でしょう。精密検査待ちですが、お母さんがいつもより元気なくらいだと言ってますから」

警部は若い刑事に案内を頼んで、三階の病室に行った。ドアを開ける直前その刑事が「一千万のこと、本部にはどう連絡しますか」と訊いた。

「圭太君と母親に訊いてからだ」

警部がドアをノックすると、それまで中から聞こえていた楽しそうな笑い声が止まった。警部は返事を待たずに、ドアを開けた。

圭太はベッドの上に起きあがって、そばに腰かけた香奈子と遊んでいたようである。警部の顔を見ると、おびえた目で母親にしがみついた。

「大丈夫よ、心配しないで」

となだめたが、香奈子自身も顔をこわばらせている。警部に近寄ると、囁《ささや》くような小声で、「交差点で話したことは、この子には絶対に言わないでください」と言った。子供が無事に帰ってきた今、圭太の出生の秘密をあの場で思わず漏らしてしまったことが、この母親の大きな後悔になっているのだ。

「大丈夫です。いっさい公表はしません……ただし交差点で会った男が事件と関係している可能性があれば、もう少し詳しい話を聞かせてもらうことになるかもしれませんが」

警部の言葉に香奈子は少し安心したらしく、表情をやわらげた。警部はその肩ごしに、圭太を見た。パジャマに着替えているので、顔がいかにも幼く見える……確かに山路将彦の顔から刺々《とげとげ》しさをとれば、この顔になる。

「あの白い服は?」

「警察の方がもっていきました。パジャマは病院の人が用意してくれて」

防蜂服の下に着ていたらしい衣類とリュックサックは窓辺の椅子の上に置かれていた。

「圭太君に二、三訊きたいことがあるんですが、大丈夫ですか」

「ええ。元気ですから。食事も睡眠もきちんととってたし、ゲームをやったりして家にいるより楽しかったって……」

普通の声の大きさに戻っていたが、圭太を見て微笑《ほほえ》むと、声を落とし、「でも、私のことを心配して、強がりを言ってるのかもしれません。電話ではあんなにおびえた声を出していたんですから」と言った。

警部はうなずき、ベッドに近づこうとして、すぐにその足を止めた。圭太が怖がってベッドの上で後ずさりしたが、そのせいではない。

「その前に、まずお母さんに訊きたいことが……バッグから一千万円が抜き取られたことは知ってますね」

「ええ、救急車の中であの人、騒ぎだして」

「交差点で誰かがバッグに近づいて一千万をとるところを見てませんか」

「わかりません。私はただ圭太に夢中で、バッグを手から離したことも憶えてないので」

香奈子は首をふり、さらに何か言おうとして口を開いた。だが、その時、

「おかあさん」

と圭太が、突然の大声でそう呼んだ。

香奈子と警部は同時にふり向いた。

「一千万円ってミノシロキンのこと?」

圭太はそう訊いてきた。母親の顔だけでなく、チラチラと警部の顔色をうかがっている。

「ええ……どうして……」

「あるよ、ミノシロキンなら」

そう言って、圭太はベッドから跳び下り、窓辺の椅子に駆け寄ると、リュックサックを二つの小さな手でつかみとった。

次の瞬間、信じられないことが起こった。

「おかあさん、この人がユーカイハン?」

と訊き、母親の返事を待たず、おそるおそる、ゆっくりと、リュックを橋場警部に向けてさしだしたのだった。

　後に橋場警部は、その時の自分をよく思いだすようになる。そして、圭太のおびえた目を見返しながら呆然と突っ立っていた自分を思いだすたびに、屈辱感に襲われ、顔を赤らめることになる。

　新聞や雑誌で『渋谷ミツバチ事件』と呼ばれるようになるこの誘拐事件を思いだすことが、その瞬間の自分の無能さを思いだすことになるのだった。――圭太が突然自分を『犯人』呼ばわりした意味も、リュックサックをさしだしてきた理由もわからず、橋場は体も脳も完全に麻痺《まひ》させ、病室の真ん中に突っ立っていたのだから。

　突っ立ち、ただぼんやりと、

『天気と同じで、気まぐれすぎる事件だ』

そんな意味のないことを考えていた。

　数十分前には雪まで舞ったのに、その時にはもう病室の窓に陽の光がさしていた。冬の光が、ステージの照明のように、圭太のさしだしているリュックサックを浮かびあがらせていた。実際、そこは手品ショーの舞台だった……。

「何が入ってるの？　幼稚園の用具じゃなかったの、入ってたのは」

　橋場より先に、香奈子が子供の手からリュックサックをとりあげ、チャックをはずした。中を覗きこみ、ギョッとしたように目をむくと、すぐにリュックの中に手をつっこみ、中にあるものを一つずつとりだし、ベッドの上においた……いや、一束ずつだ。

二束、三束……六束、七束……。

最後までとりださなくとも、橋場にはリュックの中に入っていた札束の総数がわかった。

十束……一千万円。

赤いビニールバッグから消えた一千万が、無関係な圭太のリュックから出てきたのだから、手品以外の何物でもなかった。

しかも、その手品ショーは、それから橋場が病室を出て本部に連絡を入れるまで十三分間続き、その間、橋場は目を丸くして驚きあきれながら、一観客としてショーを見守っているほかなかった。びっくり箱から飛びだしたようにリュックから飛びでてきた一千万にとまどうばかりだった。

屈辱の連続でもあった。麻痺した頭に浮かんだのは、交差点で圭太の小さな手が赤いバッグからリュックへと一千万円を移したという考えだけだった。だが圭太は母親と抱き合っていて、リュックも自分が背負っていたのだから、絶対にそれは不可能だし、圭太がそんなことをする理由もない……それがわかっていながら、

「君が交差点で札束を入れ替えたの」

と口に出して訊いてしまった。

圭太は首をふり、香奈子のセーターの裾にしがみついた。

「どうしたの、このお金。一千万もの大金がどうしてリュックの中なんかに」

母親の質問を無視して、

「この人がユーカイハン?」

圭太はもう一度訊いた。橋場を見あげた黒いつぶらな瞳は、小刻みにふるえている。

「ちがうわ。警察の人。誘拐犯を捕まえてくれる人よ。だから心配せずに教えて。これは誰のお金？何のためのお金？」

「ミノシロキン」

母親の言葉が理解できないのか、圭太はけげんそうに首をかしげながらそう答えた。

「誰がこのお金のことを身代金と言ったの……誰がその身代金をリュックに入れたの」

警部が訊こうとしたことを、香奈子が先に訊いてくれた。

「おとうさん」

圭太は一言そう答えた。

「お父さんって誰？……いつそのお父さんに会ったの」

また質問の意味がわからなかったらしく、圭太は緊張して何度もまばたきしながら、「本当のおとうさん」とだけ答えた。

「そのお父さんって、一カ月前にスーパーで圭太を車の中に押しこめようとした人？」

圭太はカクンと首を折ってうなずいた。

「その人と昨日からずっと一緒だったのね」

「うん……おとうさんがミノシロキンをリュックサックに入れてくれた。やさしいから」

「優しい人だったの？　本当に？」

またカクンと首を折って、

「すごく、いい人」

と言う。

「でも圭太、怖がってたじゃない、電話では。おびえて、泣きそうな声で……」

また困ったような沈黙が数秒続き、

「おかあさんのことが心配だったの。ボク、なんども聞いたでしょ、『だいじょうぶ？』って。『おかあさん、だいじょうぶ？』って」

と答えた。

「えっ……」

と絶句し、今度は香奈子が困惑の顔になった。眉間にしわを寄せ、香奈子はゆっくりとふり向き、警部を見た。昨日の電話での圭太の『だいじょうぶ』は、疑問文だったのだ。母親の質問への答えではなく、逆に母親への質問だった……。

警部にもやっと閃《ひらめ》いたことがあり、思わず圭太に話しかけようとしたが、今度も香奈子の方が一呼吸早かった。香奈子は、

「圭太、まさかと思うけど、圭太はお母さんが誘拐されてると思ってたの」

と訊き、自分のその言葉を否定するように首をふりながら、圭太を見た。


不意に病室から陽の光が消え、うなずいた圭太の顔が曇った。一瞬後にはもう窓が暗く陰っていた。天候の気まぐれな変化は仕方がないが、事件の意外な動きにこうもふりまわされていては、警察の立つ瀬がない。昨日、録音された圭太の『だいじょうぶ』という声を何十回と聞いたのに、それが誘拐された母親を案じている声だなどとは想像もできなかったのだ。

単純に子供が誘拐されただけの事件ではなかった……子供の側では、誘拐されたのは母親だと信じこんでいた。犯人にそう信じこまされていた。

一見、一つの事件としか思えなかったのに、登場人物が同じまま、実は二つの誘拐事件が同時進行

していたのである。

一つは、子供が誘拐され、その両親が子供を救うために身代金を用意して受け渡しに行くという普通の誘拐事件であり、もう一つは母親が誘拐され、子供とその父親、正確には父親と名乗る男が身代金を用意して母親を救おうとする事件だ……。

呆然と突っ立ちながらも、橋場にもそれだけの事は何とかわかった。だが、

「お母さんが誘拐されたって、その……お父さんが言ったのね」

と訊きながらふり向いた香奈子の目には、警察へのさげすみの色がはっきり表れている。

「圭太君、訊きたいことがある」

橋場は一歩踏みだした。圭太がまたおびえて、母親の背後に逃げこもうとしたが、警部は顔いっぱいに笑みを広げた。

「そのお父さんが幼稚園に迎えに行った時、君は、まだ一度しかお父さんに会ってなかったのに怖くなかった?」

まだおびえを瞳に残しながらも、圭太はしっかりとうなずき、「でも、むかえにきたのはおとうさんじゃないよ」と言った。

橋場は大きくうなずいた。それこそ橋場が聞きたい答えだったのだ。

「川田さんだね。君が仲良くしている……」

そう言うと、圭太は「うん」と大きくうなずいた。うれしそうな顔だった。

香奈子が驚きの目で警部を見た。

「川田さんと知らないおばさんがいて、お母さんが誘拐されたから助けないと、と言ったんだね」

川田の言葉だったから、圭太は簡単に信じたようである。さらに質問を重ねたかったが、警部はい

ったん外に出ると、待機していた刑事たちに、「すぐに剣崎さんと連絡をとって川田という従業員の身柄を押さえるよう頼んでくれ」と命じた。

刑事の一人が携帯電話をとりだしながら廊下を走り去った。警部が病室に戻ろうとすると、中からドアが開いた。少しだけ開けたドアから香奈子がするりと抜け出してきて、目だけで『廊下で話したい』と伝えてきた。

「本当に川田君が犯人なんですか」

声をしのばせて、香奈子は訊いてきた。

「主犯ではないでしょう。主犯は電話をかけてきた男で、その手伝いをしただけだと思いますが」

香奈子にとっては、相当な衝撃だったようだ。

「川田君がまさか……」

両手で口もとを覆い、目を宙にさすらわせた。警部も鈍感すぎた自分に腹を立てて舌打ちをした。

「幼稚園の先生は半分、本当のことを言ってたんです。ただそのピンクのセーターの印象が強すぎて、香奈子さんのことばかり気にしていたから、男のことは視界の隅っこになってたんでしょうね……彼が共犯なら、香奈子さんがそのセーターを着ていることを犯人にすぐに教えられたでしょうし」

「でも……」

香奈子は何か言いかけ、その直後『何でもない』と首をふり、警部が病室に戻ろうとドアのノブに手をのばすと、「でも、犯人といっても、普通の犯罪者ではないですよね。圭太は怖い目にあったわけではないし、身代金だって、最初から戻すつもりでいたみたいだし」と言った。

「マスコミはそろそろ大騒ぎを始めるでしょう。世間や警察を騒がせたら、れっきとした犯罪です。お母さんやご家族だっておどされたわけですから」

「でも直接おどすような真似はしていないし、電話で自分は誘拐犯ではないと何度も言ったのを私たちが信じなかっただけだから」

「いや、犯人たちのしたことは、まちがいなく誘拐です。金銭目的ではないかもしれないが、何かの意図が……犯罪的な意図があったことは確実です」

「でも、どんな意図なんでしょうか。子供はあんなに喜んでるんだし、それほどの悪意があったとは思えないですけど」

「それを私も知りたいんです。いったい犯人たちは何を狙ってこんな大騒動を起こしたのか……すみません、あと少し圭太君に訊きたいことがあるので」

先刻まで恐怖と不安の連続だったことを忘れ、香奈子は川田をかばおうとしている。橋場はそのことにいらだち、香奈子の返事も待たず、病室のドアを開けた。

圭太はベッドの上でフィギュアを相手に遊んでいた。川田が買ってきたのと同じジェットライダーのフィギュアだ。

「どこにあったの、その人形」

警部は早速そう訊いた。

「リュックサックの中」

圭太はまだ警部のことを警戒している。目を合わさないようにしてそう答えた。

「それ、誰に買ってもらったの？　川田のお兄ちゃん」

警部の背後から香奈子が訊くと、圭太はパッと顔を明るくして「ううん、おとうさんといっしょにいたおばさん……その人がホテルに着いてから買ってきてくれた」と答えた。

警部が何か言おうとするのを、香奈子はその肩に手をおいて制した。

「川田君も、昨日、圭太のために同じのを買ってきてくれて、今、お家においてあるのよ。圭太がもどってきた時のために……。よかったね。いっぺんにヒーローが二人も圭太のところへ来てくれたのよ」

「うん。じゃあ、これがおとうさんで、おうちにある方がカワダのおニイちゃん」

圭太は、フィギュアを宙にもちあげ、空を飛ぶ格好をさせた。

「おとうさんもいい人だけど、ぼく、カワダのおニイちゃんのほうがもっと好き。ね、ね、カワダのおニイちゃんは、ものすごくやさしいんだよ。おかあさんがユーカイされたことも、すごーくシンパイしてたから」

満面の笑みで母親にそう言った。

「そうね、川田君、いつも優しかったね」

とつりこまれて微笑みながら、香奈子は口もとに硬いものを残していた。

「川田のお兄ちゃんのことをもう少し訊かせてくれる？」

橋場が言った。警戒心でまだ顔をこわばらせながらも、圭太は素直にうなずいた。

「お兄ちゃんは、幼稚園からどこへ君を連れていったの」

「えきの近くでみどりの車にのった。ぼくと女の人だけ……あ、おとうさんもいた。おニイちゃんは帰ったみたい、工場へ……」

「その後、車を運転したのはお父さんだね。誘拐の話を聞いたのは、お兄ちゃんから？」

「うん……おとうさんからも」

「何て言ったか憶えてる」

「ユーカイで、おかあさん、いのち、あぶない」

圭太の返答は単語の羅列だが、それから五分近くかけて、警部は時計の秒針や気もちの焦りと戦いながら、破片のような言葉を集め、つなぎ合わせた。

圭太が幼稚園の前で乗りこんだ車には、母親とそっくりの女が乗っていた。といっても、顔ではなく服装と髪型、背格好が母親の香奈子と似た女だ。

ただ圭太がその女を母親とまちがえたのは最初だけである。車が走りだすとすぐに別人だと気づき、運転していた川田から、「お母さんが悪い連中にさらわれた」と聞かされた。

「命が危ない。大金を払えば無事に家に帰してもらえるが、工場をやっているお祖父ちゃんには、そんなお金は到底作れない……ただ、圭太にはお金持ちのお父さんがいるので、その人に連絡したら、即座にお金は自分が出すと言ってくれた。駅でそのお父さんが待っているから、そこでお父さんの車に乗り換えよう。後はお父さんの言うとおりにしていればお母さんは必ず帰ってくるから」

といった意味のことを言い、「一日二日のしんぼうだから頑張れよ。きっとお母さんも自分のことより、圭太が悲しむのを心配してるから」と励ました。

そう言いながら、自身が誰より心配そうで、暗い顔をしていた。母親のことと共に、圭太のことも気にかけていたようだ。駅前で圭太と女が緑の車に乗り換えた時も、運転席の『お父さん』に、

「圭太のことどうかよろしく。お母さん思いの子だから、変に心配させないでください」

と自分の方が実の父親であるかのようにあれこれ注文を出していた。

その後、川田は白い車をどこかに預けて、工場に戻ったようである。緑の車が走りだす直前、運転席の男が川田に、「早いとこ工場にもどれよ、大事なのはこれからだ」と言うのを、賢い圭太はしっかりと記憶に残した。

実際、圭太はすこぶる頭の回転の速い子供である。川田から『お父さん』と聞いた時に、一カ月前、

スーパーの駐車場で車の中に連れこもうとした男ではないのかと想像したが、緑の車を運転していたのは、まちがいなくその男だった。圭太が後部座席に乗りこむと、運転席からふり返り、

「おぼえてる？　いや、おぼえてくれてない方がいいかな、この前は嫌われたみたいだから」

と言い、目もとに優しい笑みをにじませた。見慣れた笑顔だった……といっても、実際に笑顔を見るのは初めてだったが、男はあれ以来一カ月間、圭太の夢や空想の中に絶えず登場し、ジェットライダーのように優しく笑いかけてくれたのだ。

スーパーの駐車場で初めてその男に会ってから、圭太は子供なりに知恵をめぐらし、お母さんは警察に届けなかったし、あれはやっぱり誘拐犯ではなく、本当のお父さんだったんだろうと考えた。

それに物心ついてからずっと父親が不在だった圭太には、テレビのヒーロー物の主人公によく似た夢の父親像があり、男にはその夢の片鱗《へんりん》が感じとれた。とはいえ、最初は『お父さんと信じたい』だけだったのだが、毎晩夢見ているうちに、いつの間にかただの夢が現実として頭の中に居座ってしまったのだった。

圭太は、『お父さん』の車に移った後も、本当に賢かったようだ。——病室で圭太から聞いた話にその賢さを加味し、警部は、緑の車の中でこんな会話が交わされたのではないかと想像した。

まず『お父さん』が運転しながら、今お母さんが誘拐犯から怖い目にあわされているという話をすると、

「でも、どうして……子供のぼくをユーカイしなかったの。どうしておかあさんなの」

と圭太は訊いた。

「そうだね、どうして大人のお母さんを誘拐したんだろうね」

予想しなかった圭太の質問に面食らい、苦笑いをして、「たぶん、圭太の方がお母さんよりしっか

りしているからだ。お母さんはドジだから誘拐しやすかったんだろう」と答えた。

「うん。おかあさんは失敗ばっかり。『人がよすぎてバカだ』とおばあちゃんがいつも言ってる……。でも、それで別れたの？」

「離婚の理由か？　まあ、そうかな。ただお母さんだけじゃなくお父さんも馬鹿だったから……馬鹿じゃないのは圭太だけだ」

「ううん。ぼくもバカ。おとうさんのこと、何も知らないし……。何をする人？」

「何に見える」

「ジェットライダー」

「それほどカッコよくはないな。たぶん君が大嫌いな仕事だ」

「……じゃあ、ユーカイハン？」

「なるほど。だが、どんなに大変でもユーカイは仕事にならないよ。……みんなが大嫌いな仕事だけれど、わからないか？　それとも圭太は案外、歯医者さんが好きなのかな」

誘拐犯は職業から生活環境まですべて圭太の本当の父親である山路将彦のふりをし、一緒にいるピンクのセーターを着た女を、「お母さんと別れた後に結婚した人だ」と紹介した。

その後、車はいろいろな道路をぐるぐる走り回り、ビルがいっぱい建っているところに出て、地下にもぐった。コンクリートに閉ざされた暗い駐車場から、犯人は小川家に電話をかけた……。まず、車の外でしばらく喋った後、圭太の坐っていた後部座席のドアを開けた。

その点は橋場警部の推理どおりだったのだが、犯人が圭太に「ほら、お母さんだよ。誘拐犯にいじめられておびえているから圭太が励ましてやらないと」と言って携帯を渡したことまでは想像できなかったのだった。

犯人、いや『お父さん』の言葉どおり、母親の声は恐怖に震えていたので、圭太も自分のことのように声をふるわせながら「だいじょうぶ?」「だいじょうぶ?」とたずねることしかできなかった。母親の方でも「大丈夫?」「大丈夫?」と必死に訊いていたのだが、圭太にはそれが『大丈夫よ』という返答にしか聞こえなかったのだ。

それは母親の側でも同じで、圭太の『だいじょうぶ』を質問としてではなく、返答として聞いてしまった……。

犯人の巧妙なやり口に感心しながらも『しかし、それなら……』と警部に一つの疑問がわいた。母親が余分なことをしゃべってしまい、賢い圭太が『誘拐されているのは自分の方だ』と気づいてしまったら、どうするつもりだったのか。

たとえば『大丈夫』ではなく『圭太、大丈夫なの?』とちゃんとした疑問形で訊いたら、圭太はこの仕掛けに気づいたのではないだろうか。

いや……犯人が、それを心配することはなかっただろう。母親が誘拐などされたら、父親のいない圭太はひどく心細い立場におかれる。母親が、自分が誘拐されて怖い目にあっていながら、自分のこと以上に圭太のことを心配して『お母さんがいなくても大丈夫なの?』と訊いた……聞き手がそう受けとってもおかしくない状況なのである。

警部は前日の犯人からの電話の内容は、録音したものを何度となく聞きなおして頭に叩きこんである。最初の電話で、香奈子は確か圭太に『大丈夫?』と訊くだけでなく、『寒くない?』とか『お腹へっていない?』とか訊いている。それらの言葉も『お母さんがいなくても家であたたかくしてる?』とか『お母さんがついていなくてもちゃんとごはんを食べてる?』という意味に圭太は受けとったのだ。その後、「おじさんの言うことをよく聞いて……」と香奈子は言った。香奈子としては

『犯人のおじさん』のつもりだったろうが、圭太は伯父の史郎のことと受けとったのだろう。

ただ昨日のその段階では、圭太のそばにいたのは『伯父さん』ではなく『お父さん』だった。

身代金を支払うのも『伯父さん』ではなく『お父さん』なのだが、そのことをお母さんはまだ知らずにいる……圭太はそう受けとり、それを母親に教えようとした。

だがその時、圭太が何か言おうとするのを阻止するように犯人が横から電話を奪いとってしまった……。最初の電話は、録音したものしか橋場警部は聞いていないが、初めて聞いた時にも『いったい犯人は圭太が何をしゃべるのを恐れたのだろう』と考えた。

だが、まさか圭太が、

『ちがうよ、おかあさん。今、ぼくのそばにいるのはおとうさんだよ。おじさんやおじいさんにはお金がないから、おとうさんがミノシロキンを払って、おかあさんを助けてくれるんだよ』

と言おうとしていたとは想像できなかった。

電話では相手のいる状況がわからない。

その点を利用して、犯人は大胆にもこの母子に電話で会話までさせたのだが、もちろん、長いこと会話を続けさせればボロが出る。

犯人はこれ以上二人を喋らせたらまずいと考え、二度目の電話からは、圭太を電話に出さないことにし、元気でいる証拠を写メールで伝えることに変更した。

元気でいる証拠?

犯人はなぜ、普通の誘拐犯とちがって、あんな、死んでいるのではないかと心配になるような写真を送ってきたのだろう。家族や警察の不安をあおって、確実に身代金を用意させるつもりだったのだろうか。

いや、金銭は犯人の目的ではなかったようだから、それ以前のもっと根本的な問題を考えなければならない。犯人はいったい何の目的で今度の事件を起こしたのか……。圭太を誘拐しておきながら、圭太には母親が誘拐されていると信じこませた……一見、普通に思える誘拐事件の裏に、なぜ、犯人たちは、そんな仕掛けをほどこしたのか。

病室で圭太のたどたどしい話を聞きながら、警部は疲労と衝撃で鈍くなった頭を必死に回転させて考えつづけたが、答えらしいものは何も浮かんでこない。

「それで、お母さんと電話でしゃべった後、どうしたの。圭太君、さっきホテルの話をしたよね」

警部の質問にうなずき、圭太は「車おりて、エレベーターにのった……それからお部屋……」と答えた。

「ホテルの名前はわかる？」

警部の目を見つめ返し、圭太は首をふった。

「ホテルの人には会った？」

もう一度首をふった。駐車場からエレベーターに乗ってそのまま部屋に行ったようである。子供を見られたくないので、前もってチェックインし、ロビーやフロントを通らなくても部屋に出入りできるようにしておいたのだろう。

「エレベーターから部屋までどれくらい歩いた？」

「……ちょっとだけ」

「どんな部屋だったかな」

圭太は病室を見回し、「ここみたいな部屋……何もない……もっと小さくて、ベッドがもう一つ……あ、ソファもあった」と言った。

そのソファで写メールを撮ったようだ。警部は車の座席で撮ったものかもしれないと考えていたが、交差点で緑の車の中を覗いた時にそうではないとわかった。座席の色は黒で、写メールにうつっていたものとは違っていたのだ。

「それからどうしたの」

と警部は訊いた。圭太はしばらく考えこんでから「ジェットライダー」と答え、自分の手にしていたそれを宙に高く掲げた。

部屋に入るとすぐに女は『何かほしいものがないか』と訊いてきた。圭太が『ジェットライダー』と答えると、近くにオモチャ屋があると言って出ていき、そのフィギュアとテレビゲームを買ってきてくれたという。『おとうさん』が、

「誘拐犯とはうまく話がついた。身代金一千万円を渡せば、お母さんは絶対に無事に戻ってくる」

と言うので、ホッとし、ソファに坐りフィギュアやゲームで遊んでいるうちに眠くなった。

「身代金はリュックサックに入れて、子供に運ばせろと言っているから、明日、ゲームでもやるつもりで手伝ってくれるね」

と言うので、事件をどこか楽しみにし始めてもいた。

圭太のそんな話を聞きながら、警部は、ホテルの部屋に着いてから女がフィギュアを買いにいったという点に引っかかるものを感じていた。

確か川田は別の証言をしていた。何日か前にオモチャ屋の前で圭太とそのフィギュアの話をしていた時、犯人らしい男がそばで聞いていた……そう川田は言ったのだ。二人が立ち去るのを待ちかねたように、男が店内に入っていったとも……。

その話をした時の川田の様子がおかしかったことも、警部は思いだした。

昨日、犯人からの三度目の電話の後、川田は、写メールの圭太の写真にジェットライダーのフィギュアらしきものが写っていると知って、顔色を変えた。そして言いわけのようにオモチャ屋の前で犯人らしい男を見かけた話を始め、その男が直後に店内に入っていき、フィギュアを買ったかのようにほのめかした。

だが、警部としては、『ホテルの部屋に入った後、女の人が買いにいってくれた』という圭太の話のほうが信用できた……その点で川田は嘘をついたのではないだろうか。

いや、店の主人の証言らしきものもあり、駅前のオモチャ屋に二つあったフィギュアのうち、一つを昨日川田が買い、もう一つをそれ以前に誰かが買っていったことはまちがいないようだ。だが、もう一つを買っていったその『誰か』は、決して犯人ではない。それなのに、川田はなぜ、われわれ警察にその『誰か』が犯人の男だと思わせようとしたのだろう……。

川田?

その名を胸の中でつぶやくと、埴輪《はにわ》に似た素朴すぎる顔が奇妙に生々しく頭によみがえった。警部はハッとわれに返った。そんな小さな疑問を追っている余裕はないはずだ。

従業員の川田は犯人の一味で、確実に今度の事件で重要な役割を果たした……。その川田はおそらくもうすでに主犯の男から連絡を受けて、圭太が無事に母親の手に戻されたことも知っているはずだ。圭太の口から、幼稚園に迎えにいったのが誰かはすぐにバレてしまうし、そうすれば警察の手が迫るのも時間の問題だ……そう考え、もう逃亡を図っているのではないだろうか。

剣崎警部補は、その身柄を押さえることができたのか。いや、そもそも川田のことは疑惑の目で見ていたのだから、もっと早くにもっと確かな監視をつけておくべきだったのではないか。

圭太への質問の途中で、不意に心配になり、警部は「悪いがちょっと」とだけ断って、廊下に出ると、ただちに剣崎の携帯に電話をかけた。

最初のコールが始まると同時に相手は電話に出た。

「ちょうどこちらからかけるところでした」

唾《つば》が飛び散ってきそうな、声のいきおいである。

「警部。川田は十二時半に昼食を食べにいくと言ったまま、まだ工場に戻ってなくて……何人かに近くの食堂を探させて、私も今、アパートの方に車で向かっています。小川汀子さんも川田のことでおかしなことを言いだしたので……」

「あのお義姉さんが何を?」と警部。

「小川香奈子が家を出る前にヒーローの人形が見つからなくて困ってましたね。あの時川田は『知らない』と言ったけれど、川田のズボンのポケットに突っこまれてるのを、お義姉さんが見たと言うんですが」と警部補。

警部は無言のため息を返した。フィギュアがまた一つ厄介な謎を運んできたのだ。

「お義姉さんは、そのフィギュアには小型のテープレコーダーか盗聴器みたいなものが仕込んであって、川田が居間の警察の動きを監視してたんじゃないかと言ってるんです。川田が以前、そういう小型器械のことで熱弁をふるっているのを聞いたことがあるそうで……。まあ、自分でも邪推かもしれないとは言ってるんですが」

いや、ありうることだ……充分、ありうる。だが、それに気づくのは、自分のカンの良さをひけらかしたがるあの女ではなく、警視庁きっての逸材と言われたこの自分でなければならないのだ。警部の頭の中で、チリチリと線香花火のような細かい火花がはじけ散った……何年かぶりに警部はいらだちを抑えきれなくなった。

「そんな小さなことはどうだっていい。今は私の命令どおり、川田を押さえることに全力を尽してもらいたい。本部に連絡して応援を頼んで……」

「あ、はい……今、もうアパートです。一旦、切ります」

電話を切る音と警部の舌打ちが重なった。

たぶん、いや絶対に、もう川田は逃げている。十二時半に圭太を無事に母親の手に戻すことが犯人たちの計画だったのなら、同じ時刻に川田が姿を消すことも計画のうちだったはずだ。

絶望が警部を襲った。

この若さで上りつめようとした階段を、転げ落ちる自分が見えた気がした……。被害者の生命も金銭も奪われることなく終わったこの事件が、人々の怒りを買うことは、まずないだろう。だが、怒りよりもっと始末の悪いものが……嘲笑《ちようしよう》がこの自分を待っている。

新聞もテレビもこの派手な事件を大きく騒ぐにちがいないが、同じ大声で人々は、犯人たちにもてあそばれ、川田という重要人物をとり逃がした警察を……この俺をあざ笑うだろう。

いや、もしかしたらそれこそが犯人たちの目的ではなかったのか。犯人はこの俺のことをよく知っていた。この俺に恥をかかせるために、犯人たちが今度の誘拐事件を起こしたのだとしたら?

『まさか』

警部は首をふって、その考えを頭から追っ払った。右手を病室のノブへとのばしながら、左手首の腕時計を見た。冷静な顔を作る前に、警部は思いっきり顔をゆがめた。

数字、特に時刻に関して人並みはずれた記憶力をもっている自分を、この時ほど憎んだことはなかった。なぜなら、重要な容疑者をとり逃がすというミスと共にその時刻は、いまわしい傷か烙印《らくいん》のように、今後いつまでも脳裏のすみに刻まれ、焼きついて残るからだ……。

一時二十七分。

一方、剣崎警部補もアパートの階段を駆けあがりながら、安物の腕時計でその時刻を確認した。

アパートは、小川家から駅とは反対方向へ車で十分ほど走ったところにある。駅からずっと続く家並がとぎれ、林の樹々とか原っぱの雑草とか武蔵野の自然な素顔がのぞきはじめるあたりに、ポツンとそれは建っていた。

安普請の二階建てである。

小川家のすぐ近くにほぼ同じ家賃でもっとしっかりした造りのアパートがあり、従業員の大半はそちらに住んでいる。

川田もそこに住んでいたのだが、一年前、町中から少しはずれたそのアパートに引越し、工場へはわざわざバスや自転車で通うようになった。

周りの風景が郷里の信州に似ているというのが理由だった。事実、川田の素朴さと片田舎の風景はしっくりと合っているので、誰ひとりその引越しに不審を抱く者はなかった。一年前といえば、ちょうど川田が圭太を自分の小さな弟か子供のように可愛がるようになったころである。

周囲が自然に受けとめていたこれらの変化が、三時間前から、不意に不自然な意味を持ち始めた。

小川汀子が川田のズボンの尻ポケットにヒーロー物のフィギュアを見た瞬間から……。

その話をした後、汀子がつぶやいた一言がまだ警部補の耳に残響している。

「あの人、いったい誰だったのかしら。よく考えてみると、私、川田君の何も知らない。郷里だって本当に長野かどうか……」

階段の途中から、剣崎は足音を忍ばせて一段ずつそっと足を運んだ。

従業員の一人が、十二時半少し過ぎに川田を駅前のバス停で見かけたという。『自宅方向のバスを待っていたようだ』と聞いて、若い刑事と共に車で走ってきたのだが、川田がまだ逃げださずに部屋にいるとは、到底考えられなかった。

二階の廊下の左側にドアがならび、右側は手すりになっていて、その下から原っぱが広がっていた。枯れ木がまばらに二、三本、草もほとんど霜をこびりつかせて白く枯れ果て、荒野のような広がりがそこにあるだけだ……霜ではなく、雪かもしれない。このあたりでも、一時間前、まぼろしのような雪が舞った。

雪は瞬時にやみ、吐き出しきれなかったものを溜めこんで、雪雲はアパートの屋根に引っかかりそうなほど低くたれこめている。

ドアはみな、冷たく黙りこんでいた。

刑務所の廊下を連想させるところが、いかにも犯罪者の隠れ家に似合っていた。

川田の部屋は201号室で、階段をあがってすぐにドアがあった。安っぽいスチールのドアで、チャイムはなかった。

ドアを両側からはさみ、二人は目でたがいの気もちの準備ができていることを確かめ合い、剣崎がそっとノックした。

音はにぶく反響した。だが、中からの反応は何もない。二度、三度……ノックを続けた後、思いきって、ノブを回した。

あっけなくドアは開いた。錠がおりていなかったのだ。それは中に住人がいるということなのか、逆にいないということなのか。

一センチきざみでドアを開けていき、中を覗きこんだ剣崎は、ふーっとため息をもらし、緊張を抜いた。

思いきってドアを大きく開けると、中は空っぽだった。あるのは、六つの畳と壁、それに窓にかかった無地のカーテンだけだ。

中に入り、何もない部屋を意味もなく見回し、もう一度ため息をつき……途中でそれを止めた。

緊張を抜いている場合ではない。この部屋の空しさこそが、川田が犯人の一人だという重要な証拠だ……圭太が戻り、事件が一段落したらすぐにも逃げ出せるよう、今日までに家具や生活道具をすべて処分したのだ。一つ残らず……。

いや、一つだけ残っている。

剣崎は、靴を脱いで畳にあがり、カーテンを開けた。雪雲におおわれた空のどこにまだ光が残っていたのか、部屋は少しだけだが、明るくなった。部屋の真ん中に落ちていたものがはっきりとした。

一冊の本……小さな文庫本だ。

カバーに神経質そうな暗い男の顔がある。文学に造詣《ぞうけい》のない剣崎でも、それが誰の肖像画か簡単にわかった。

ドストエフスキー、『罪と罰』。

あの男がこんな小説を読んでいたのだろうか。剣崎は、反射的に川田の顔を思い浮かべ、手にした本のカバーに描かれた顔とを較べてみた。

ロシアの文豪と印刷工場の従業員には何の接点もない。片や目鼻だちの線一本にさえ、人間の生命の根源的な意味が感じとれるというのに、川田の顔は、目も口も空しい穴にすぎない……。

ただ思いだしてみると、川田の奇妙にのっぺりとした無表情のほうが、その裏に何か得体《えたい》の知れないものがひそんでいそうで薄気味悪い気もする。少なくともただの純朴な若者ではなく、かなりずるい計算もできる頭のきれる男だ。

この本も単に忘れていっただけとは思えない。

六畳のちょうど真ん中で表紙が上になっていたのだから、わざとそこに置いていったとしか思えないのだ。

何のために？

間もなく踏みこんでくる警察に、すぐに見つけさせたかったのではないか。その本で川田は何かのメッセージを警察に伝えようとしたのではないか。

だが、どんなメッセージだ。『罪と罰』は貧乏なインテリ青年が、金貸しの因業な老婆を殺害する話だ……たしかラスコーリニコフという名前だった。その主人公と川田は犯罪者という点では共通しているのだが……。

また一つ謎めいたものが出てきた。剣崎は顔をしかめ、すぐに頭をふってその顔を払い『それどころではない』と自分に言い聞かせた。

「隣に訊いてみよう」

と若い刑事の肩を押し、その時一歩前に出した足が何かを踏んだ。

小さな何か……。

剣崎はそっと足をあげ、足の裏にくっついたそれを手でつまんだ。

顔がいっそう険しくなった。

若い刑事を先に行かせ、剣崎は小さな異物を手にしたままもう一度部屋を見回した。さっきまで気づかなかったが、部屋の空気にはかすかに異臭がしみついている……何かがくさりかけたような、生乾きの洗濯物のような、どこか汚れ、湿った匂い。窓近くの壁に煤《すす》のような跡がある……手の影がそこにしみついてしまったような跡だ。

近づくと、匂いが強くなった気がした。手の影にまねき寄せられるように壁に近づいた剣崎は、だが、そこでまた我に返った。

それよりも、橋場警部に川田の逃亡を知らせ、アパート中の住人に聞きこみをしないと……。

本部と橋場に連絡を入れた後、剣崎はアパート中のドアを叩いた。

川田の部屋以外に十一の部屋があり、四部屋がノックに反応した。1DKのせいで、全員学生か独身サラリーマンだったが、そのうちの三人が口をそろえたように『201号室に誰か住んでいたことは知っているけれど……』会えば挨拶する程度で、何をしているかも知らないと言った。

自分を出さないよう、日ごろから細心の注意を払っていた川田の姿が想像できた。

それでも、最後にあたった一階の端に住む学生が、意外なことに『風呂を借りるために川田の部屋に入ったことがある』と言いだした。

茹谷というその学生は、部屋の浴槽が壊れたので、ちょうど階段の下で出くわした川田に、

「近くに銭湯はないですかね」

と訊いてみた。

「サウナなら駅前にあるけど……何ならウチのを使えよ。一人だけだと湯を損した気がするし」

と言ってくれたので、言葉に甘えさせてもらった。浴槽はすぐに直ったので、その時一回だけだったが、湯あがりに缶ビールを飲ませてもらい、二、三十分話もした。駅近くの印刷工場に勤めているということ以外は自分のことを話さず、むしろ茹谷に興味をもった様子で、郷里の長岡や家族、大学のことまであれこれ知りたがった。

「いつの話、それは」

と剣崎は訊いた。

「夏の終わりごろ。九月、いや、もう十月になってたかな、その辺です。あのう、あの人が何か」

「ちょっとね。行方がわからなくなってるので。それで最後に会ったのはいつ？」
四、五日前に会ったが、その時は挨拶だけで、最後に会話を交わしたのは、今年の正月だったという。川田が部屋の荷物を運びだしていたので、「引越しですか」と訊くと、「いや、結婚するんで自分の荷物を片づけてるところ。狭くて嫁さんの坐る場所もなくてね」と答えたという。
嘘とは思えない自然な口調だったから、信用して「おめでとう」と言った。

「最後にもう一ついいかな。去年、彼の部屋に入った時、何か変なものに気づかなかった？　普通の部屋にはないような……」

「というと、たとえば？」

「巣箱とでもいうのか……彼、部屋で蜂を飼ってなかった？　いや、今、部屋でこれを拾ってね」

剣崎は、ハンカチに大切にはさんでおいた蜂の死骸《しがい》を見せた。

「さあ、部屋のすみにシーツをかぶせたものがあったような気はするけれど……」

茹谷は、よく憶えていないと首をふり「あ、でも、僕も階段近くで蜂に刺されかけたことがあるし、他の部屋の人たちが『今年は蜂が多い』と話しているのも聞いたことがあります」と言った。

「それは何月ごろ？」

「夏の初めかな。六月末か七月初め……」

答えながら、目は好奇心をあらわにして『いったい川田さんが何をしたのか』と訊きたがっている。

あとでテレビをつければわかるよ――。

剣崎はそう答えたいのをこらえ、「どうも」の一言で聞きこみを終えた。

ただその晩の記者会見では、川田の名前は伏せられていた。

圭太を可愛がっていた印刷工場の若い従業員が、幼稚園から圭太を連れ去り、今日、圭太が無事に戻ったころ、工場から逃げだし、目下警察でその行方を追っている……。

そんな説明の後、記者の一人が、

「その従業員の名前は？」

と質問した。

「教えられません」

と答えたのは橋場警部である。

「いや、別に隠すつもりはないんですが、我々がまだ本当の名前を把握していないのです。工場で偽名を使っていたことが判明したばかりで……」

川田の履歴書にあった家族の電話番号に連絡をとってみると、確かにその履歴書どおりの『川田』は実在したが、この数年長野県から出たことはなく、今その時刻にも小学校で教鞭《きょうべん》をとっているという。

目下、その小学校教師の『川田』に、昔の同級生とか友人知人で、自分の名前を使いそうな男がいないか、問い合わせているところだった。

「圭太君は、その従業員のことを今はどう思ってるんでしょうね。可愛がってくれていたのにそれを裏切ったわけですから、子供ながら複雑な思いだろうと想像するんですが」

という質問に、警部はかすかに苦笑し、

「圭太君は彼のことを以前以上に信じているようです。実は、圭太君は犯人のことを『犯人』と認識しているわけではないのです。自分のことを被害者だとも思っていないようですし」

そう言うと、この事件に犯人が仕掛けたからくりを詳細に説明した。

驚きの声や嘆息、失笑がわき起こった。

「お母さんは、圭太君が真相を知った時のことを恐れています。自分の一番信じていた男が誘拐犯の一人だと気づいた瞬間のことを……。誘拐されていた時より、ショックも心的外傷も大きくなるでしょうから」

警部がつけ加えた言葉に、記者の一人が手をあげた。

「その点は報道してはいけないということですか。圭太君のために……」

「いや、そうは言ってません。お母さんは、しばらくの間、新聞はもちろん、テレビも見せないでおいて、自分の口から話したいと言ってますから。ただ早ければ今日にでも、圭太君と母親の会見もしますが、圭太君の前ではその点にはいっさい触れないで欲しいということです。その後、おかあさんだけの会見もする予定で、その際には訊いてもらっても構いません」

むしろ香奈子は、訊いてもらうことを望んでいて、川田の純朴さをマスコミに積極的にアピールするつもりでいるらしいが、警察としてはそれを認めるわけにはいかなかった。

「母親の小川香奈子さんは、子供が戻った安堵から、圭太君が解放される直前までおびえきっていたことも忘れて、問題の従業員や犯人に感謝さえしているようですが、もちろんそれは一時的な安堵や解放感からくるもので、すぐにまた母親の自分までもが捕らわれていたような二十四時間のことを思い出し、犯人たちへの憎悪が戻ると思うんですが……」

という警察にとって都合のいい言い方に変えた。

「そのことですが……」

顔見知りの記者から質問が出た。

「犯人がなぜ、圭太君に誘拐されたのはお母さんの方だと思わせたのか、その理由が今ひとつ、わからないのですが……」

「確かに。現時点ではまだはっきりした動機はわかりません。ただ、子供をおとなしくさせておくには、直接おどしたりするよりもお母さんが危ないと思わせた方が有効かもしれないし……そういうことも答えの一つになるかもしれないと……」

警部にしては歯切れの悪い言い方になったのを、記者は聞き逃さなかった。

「しかし、圭太君をだますのは簡単だとしても、お母さんをだますのは難しかったんじゃないですか。警察、特に警部がすぐそばにいることを、犯人は知っていて一芝居打っていたわけだから」

この記者の言い方には、棘《とげ》があった。

「いや、圭太君をだますのも大変だったと思いますよ」

橋場警部は話の方向を『警察』からそらした。

「おっとりしていますが、感受性もするどいし、頭の回転も速い子ですから。犯人が圭太君のそばから小川家に電話をかけたのは一回だけで、他の電話はホテルを出て外からかけていたようです。居場所をつきとめられないようにという用心もあって、おそらく車であちこち移動していたと思われますが……。ただ、圭太君が電話に出たその一回は、ホテルの駐車場からかけたものです。それは圭太君の証言から明らかになっていて、その電話が横浜方面からかかってきたことはわかっているので、目下その近辺のホテルに当たっています」

せっかく警部がごまかそうとしたのに、記者は、

「それでさっきの話に戻りますが、警部が犯人の仕掛けた罠《わな》に気づいたのはいつですか」

とあっさり話を蒸し返した。

橋場はこめかみがピクピクしそうになるのを、七三分けの髪をなでつけるふりでごまかし、

「罠というと？」

と訊き返した。

「圭太君とお母さんが、それぞれ、相手の方が誘拐されていたと信じていたという……」

橋場は二秒の沈黙のあいだに決断し、「それは、圭太君が保護された後です。病室で圭太君の話を聞いて……」と正直に話した。

「じゃあ、渋谷の交差点で圭太君がお母さんの手に戻った時にも、まだだまされていたというわけですか」

新聞記事に似た淡々とした喋りかたが、橋場の耳には嫌味にしか聞こえなかった。

「まあ、だまされていたと言えばだまされていたんでしょう。ただ、それは大した問題ではないですね、今度の事件では」

「じゃあ、『大した問題』というのは？」

「……さっきも言ったように、圭太君の両親は離婚していて、そのことで今度の事件には最初から一つ大きな問題が生じています。警察の目はそちらに向いていたので、小さな問題にこだわっている暇はなかったものですから」

「その大きな問題が何かを訊いてるんですが」

「それは小川家や山路家のきわめてプライベートな部分に関わることで、圭太君自身がまだ知らずにいるから、いっさい話せません。圭太君の将来を左右するほどの問題ですし」

橋場は低い声で、話に歯止めをかけた。

しつこかった記者は、『うまくごまかしたな』と言わんばかりの皮肉な笑みで、引き下がった。

別の記者が手をあげた。

「圭太君の記憶力はよさそうだから、正確な犯人たちの似顔絵を期待してもいいんでしょうかね」

「ええ……ただ、最初に説明したとおり、今朝になって、昨日の女に代わり、別の男が一人、『刑事』として圭太君の前に登場しています。『父親』と名乗る男とその男は容貌から服装、声やしゃべり方まで似た感じで、圭太君にもうまく区別がついていないようです」

圭太は、今朝、その二人の男と共に、ホテルの駐車場からふたたび車に乗っている。街中で一度、車を止め、一人が朝食用のハンバーガーを買ってきてくれたという。その後、高速に乗り、しばらく走ってサービスエリアで止まった。そこで隣に止まった車から白い大きな袋と重そうな木箱がとりだされて、圭太の乗っていた緑の車の助手席に積みこまれた。

隣の車に誰が乗っていたかは、圭太にはわからなかった。

圭太の記憶にあるのは、木箱が積まれると共に鼻にからみついてきた異臭とサービスエリアで車の中から見た遠い山並みぐらいである。車中、テレビゲームに夢中だったこともあって、ホテルからサービスエリアまでどれくらい車を走らせたかはわからなかった。

それは街中に戻る時も同じで、運転をしていた男が「さあ、やっとシブヤだ。圭太君、そろそろ用意しようか」と声をかけてくるまで、圭太はまどろんだり、ゲームをしたりして、時間の経過にも車窓の風景にも注意を払わずにいたようだ。

渋谷に着いてまもなく車を止め、運転席の男が窓を開けた。圭太は「あっ」と小さく叫んだが、それは運転席の窓にサンクロースが顔をのぞかせたからだ。そのサンタクロースとちょっとした言葉を交わした後、男は、白い大きな袋を渡した。

興味いっぱいの目で、圭太は窓ガラスごしに、去っていくサンタを見送り、横に坐っていた『おと

うさん』に、

「どうしたの、あのサンタさん」

と訊いた。

「警察の人が変装しているんだ。お母さんを助けるために」

『父親』がそう答えると、圭太は、

「でも今ごろサンタさんなんて、変におもわれるよ。ハンニンにばれない？」

と心配そうに顔を曇らせた。

圭太が言うには、その後、『お父さん』に手伝ってもらって、あの白い服を着たそうだ。

「ニンジャみたいだね」

と言い、ほんの数秒だが、母親が誘拐されていることも忘れ、無邪気に車のシートの上で跳ねていた。それから、シブヤの交差点でおこなわれる身代金受け渡しの方法を、二度『お父さん』の前で復唱させられた。

前日の晩、ホテルで寝る前に教えこまれた方法である。

「お母さんを誘拐した犯人は、子供が一人で身代金を運んでくるようにと言ってきたから、一番危険な最後の瞬間は、お父さんたちも車を降りるので助けてやれない。でも圭太は勇敢だから、一人でやれるね」

と言われ、圭太は大きくうなずいた。

次に『お父さん』は、自分が手にしていたリュックサックの中身を見せた。

リュックの中身が、いつ、幼稚園の用具から札束に変わったのか、圭太にはわからなくて、目を丸くしながら『おとうさんはマジシャンみたいだ』と胸の中でつぶやいた。

「これが身代金の一千万円だ。重いだろう？　お母さんの命の重さだからな」

と『お父さん』は言った。

一千万円というのがどれほどの価値なのかは、子供にはわからなかったが、実際に背負ってみるとたしかに、誰かの手が肩をつかみ、必死に引っぱっているような気がした。

おかあさんの手だ。圭太はそう感じた。

十二時半まで、まだ時間があったのだろう。車はいろいろな方向から何度も交差点を渡り、その周辺の道路をさまようように走り回った。

「そろそろ時間だ」

と運転をしていた男が言った直後、

「あ、お母さんがいるぞ」

『お父さん』は、小さくそう叫んだ。

信号待ちをしている人の群れの端っこに、確かに母親がいた……。車はその真ん前を通過し、窓を開ければ、手が届きそうなほど近くに『お母さん』の体はあった。

圭太はすでにつなぎの服にくっついていた頭巾で頭をすっぽり包みこんでいたが、頭部の前面は網状になっている。圭太は、窓ガラスに顔をこすりつけた。

母親の顔が見えた。すぐそばに自分の子供がいることに気づかず、誰かとしゃべっている。

「ほら、そばにくっついてお母さんを放さないようにしてる男がいるだろ。あれがユーカイ犯だ」

と『お父さん』は言った。

まだ昼間なのに周囲は夜のように灯やネオンがともり、母親のコートは光を反射させ、赤いネオンのようにきらめいた。だが、夢の中のようにきれいな『お母さん』の顔も窓ガラスをかすめただけで、瞬《また》く間に遠ざかっていた。

その後、車は右折して、いったん交差点を離れ、だが、すぐに大胆なUターンをしてまた交差点に戻った。Uターンの直前、車が止まった一瞬を狙い、『お父さん』は優しい微笑を見せて降りていき、交差点の中に入った車は、突然、故障でもしたように動かなくなった。

その前後一分近いあいだに、何がどんな順序で起こったかは、圭太もさすがに正確には思いだせなかった。

「サンタクロースが走っていった……雪がふったみたい……それとハチ……あれ、ハチだよね」

混乱したのか、圭太は顔をしかめ、首をふったが、その一分間のことは警部にも容易に想像がついたのだった。

運転席の男が後部座席のドアのロックをはずし、圭太に『いいね、私が車を降りたら五つ数えてそのドアを開けるんだ』と言い、助手席の窓ガラスを数センチ開け、木箱のふたも同じだけ開けた。車内の春のように暖かい空気が数センチのすきまから外へ流れだし、その流れに乗って蜂たちも外へ飛びだしていった。

間髪いれず運転席の男は車をとびおり、圭太はすぐに『一、二……』と数え始めた。蜂たちは車の中にも飛びかったが、圭太は怖くなかった。

五まで数え圭太はゆっくりとドアを開けた……。

警部は自分の想像もまじえて圭太を誘導し、何とかそこまでの話をひきだしたのだった。そして記者会見の最初にそのすべてを自分の口で語った。

いや、すべてではない。

身代金受け渡しの時刻もせまり、信号待ちをしていた母親と自分を、犯人や圭太が車の窓ごしに見ていたことは、発表しなかった……発表できなかった。

圭太は、おそらくその時の母親の顔だけでなく、すぐそばにいた警部の顔まで、ぼんやりと記憶に残していたのだろう。救急車で運ばれた病院の一室に突然あらわれた警部の顔を見て、圭太がおびえ、誘拐犯と誤解したのも、当然だったのである。

それにしても、警察を馬鹿にしている……。

橋場は、自分のすぐ前を犯人たちの車が通り過ぎ、あろうことか、圭太に自分のことを『ユーカイ犯だよ』と教えたと知って、言いようのない屈辱感に襲われ、体がふるえたのだった。

警察官になってから、全身がふるえるほどの屈辱を受けたことは一度もない。それほどの辱《はずかし》めは、絶対確実と信じていた大学受験に失敗した時以来だ。合格者の番号が張りだされた下で、他の受験生の歓声を遠くに聞きながら、突っ立っていた十七歳の時以来……。

あの時と同じように、屈辱で指先までふるえていることが信じられないまま、何とかそれをごまかすために「また後で。それまでゆっくり休んでいてください」と適当な言葉で病室を出た。

子供が元気なまま戻ったというのに、それでは物足りないのか、記者たちの目が警察の落度を暴こうと必死になっている気がする……。

ほとんど人形のように坐って当たりさわりのないことしか喋らない所轄署の署長に『じゃあ、ひとまずこの辺で』と言おうとした時、

「あのう、警察では犯人たちの動機をどう考えてるんですか」

最後列の一番端っこにいた男が、挙手と同時にそう切りだした。

「まだわかりません。捜査はこれからですし」

「いいえ、どう考えているかを聞きたいだけですけど」

「考える材料も集まってないからまだこれから」

警部がそんな言葉で逃げようとしたのを、

「えっ、材料はもう充分あるんじゃないですか」

記者はふしぎそうな声で止めた。

署長に向けようとした目を、警部はゆっくりとその記者の顔へともどした。

「と言うと？」

「お母さんの赤いバッグから消えた一千万円と、圭太君のリュックの中に入っていた一千万円とは同じものなんですね？　紙幣の通し番号でもう確認してあるんじゃないんですか」

警部は目の焦点をその記者へとしぼった。今の言葉より、その声が気になったのだ。

電話の犯人の声に似ている……。

声の質はちがう。ただ、警察を馬鹿にした口調が酷似していて、声までそっくりに聞こえる。

「確かに。それで？」

警部はいつもの自分をとり戻し、最少の言葉で言った。言葉数を少なくすることは、特に記者を相手にした時に役立つ。それを警部は経験上よく知っている。ただし、この時にそれが本当に有効だったかどうか。

「つまり、問題の従業員は、圭太君の母親が渋谷へ出発する前にバッグからお金をぬき、そのお金を十二時半までに犯人と落ち合って渡したということになります。たぶん、それは蜂の巣箱なんかが車に乗せられたというサービスエリアでのことかと思いますが……そうなると、最初から犯人にはお金を奪う目的はいっさいなかったことになる。そうですよね？……一見、金銭目的のように見せかけておいて、事後、そうではないことを犯人は知らせようとしたとしか思えないんですが、問題は、なぜ、そんな面倒なことをしたかですよ。子供の背負ったリュックの中に返しておくなんて、芝居がかっているし」

警部が口数を少なくしたのをいいことに、記者は調子に乗り、言葉に勢いがついてきた。

「あなたは愉快犯とか劇場型犯罪のことを言いたいのかな。それなら、警察は一番最初にその可能性を考えました」

警部はそうクギをさしながら、見覚えのないその記者を観察した。口ひげをたくわえ、キザなシルバーフレームの眼鏡をかけた四十過ぎの男だ。

せっかくさしたクギは、だが、上着の黄色までが軽薄そうに見えるその記者に一蹴された。

「愉快犯と言っても、ちょっと私の言いたい意味とはちがうんですが……バッグから一千万のお金が消えていると最初に気づいたのは、誰ですか？　さっきの説明ではその点が省略されていたと思いますけど」

「………」

「圭太君のお母さんですか。それとも警察？」

「圭太君のお父さんです。病院へ向かう救急車の中で」

「というと交差点で全部が終わってからですよね。しかしもっと早く気づくべきではなかったんですか。状況から見てヒントはあったと思いますが」

警部は極限まで言葉を最少にするしか……つまり、無言でいるしかなかった。

「犯人の指定してきた方法では、絶対に犯人がお金に近づくことはできなかったでしょう。交差点では、バッグのすぐそばに警部をふくめ、警察官がウヨウヨしていたわけだから。それなら、当然それより以前に奪うはずだと考えないと……」

さらに口ひげの記者は続けた。

「それ以前となると、犯人がバッグのお金に近づくチャンスは小川家をみなさんが出発する以前しかなくなりますよね。まだ家にいる間しか……。しかも犯人は身内か従業員と限定されてくる。これぐらいの推理は、ちょっと頭の回る人なら簡単にできたはずで、車に乗りこむ際に、まずバッグの中のお金に異常がないかを確かめるべきでした。その段階で一千万円奪われたことに気づいていれば、すぐに問題の従業員も逮捕できたのではないかと思いますが」

警部は、左手をさりげなくポケットに入れ、思いきり握りしめた。この記者は警察でなく、警部を非難しているのだ。そのせいか、肩をならべて坐った署長も副署長も、剣崎も、知らんふりをしている。

「ま、それも結果論です」と警部は言った。「われわれはあくまで、人質の安全を最優先していたので、今あなたの指摘したことにも気づかなかったわけではないが、あえて無視したわけです」

「いや、子供が安全だということも、最初からわかりきっていたことで、最優先の必要などなかったのでは？」

記者は追及の手をゆるめなかった。

「電話での母子のやりとりをよく聞いて考えれば、犯人が今度の事件に仕掛けたちょっとしたトリックも簡単に看破できたはずです……普通の誘拐事件とはちがって、子供をおどしたり、家族を恐怖のドン底に陥れたりするのが犯人の目的ではないということも」

「………」

「さっき、愉快犯ではあっても、普通の愉快犯とは意味が少し違うと言いましたが、この事件は圭太君、家族、それから世間の人々に、結果的には恐怖や不安を与えていない。何の被害も……。蜂を放ったことだって、この季節ですからね、人に危害を加えるほど元気に飛び交うはずはないと承知で、犯人たちはやったんですよ。現に被害者は今のところ出ていないし。……ただ、この事件では、ある人々だけが犯人たちから恐怖と不安を与えられている。その連中が動揺し、混乱を起こすのを、犯人たちは、愉しんでいると思いますね」

橋場は唇のはしをねじった。

「それは、まさか我々警察の連中ということではないでしょうね。我々は別に犯人から恐怖も不安も与えられていないので」

微笑とは呼べない冷たい微笑で、そう言った。

「だったら犯人の空振りかな」

記者の言葉つきが急にぞんざいになった。

離れた二人のあいだに火花が散るのを、周囲は視線をひいて見守っている。

「いや、あなたの空振りでしょう。犯人たちが、そんな動機でこれだけの事件を起こすとは思えないから。ああ、でも事件が起こってすぐ、私も同じように、犯人は警察に挑戦でもするつもりで、この誘拐事件をたくらんだのではないかと考えましたよ。警察、特にこの私に何かの恨みがあって、仕返しをしたがっているのでは、と。犯人は私の名前やちょっとした癖、電話のそばにいることまで知っていたので。しかし、それも従業員がスパイとして動いていたからだとわかったし、まあ、少し小説じみた推理ですからね」

「だったら他にどんな動機が?」

「それを、今からいろいろな証拠や証言を集めて考えていこうとしているんです。警察はマスコミの方々のようにただの思いつきをそのまま口にするわけにはいかないので」

「そんないい加減な思いつきではありませんが」

「自分の推理に確信があるようですが、証拠もないただの推理によくそれだけの確信がもてますね……あなたが犯人なら別だが」

「残念ながら犯人じゃないですね、私は。京浜新聞の夏木と言います」

この自己紹介を受けて、

「マスコミの人間だということが犯人ではないことの理由にはならないと思いますが」

警部が答えた言葉が、最後の火花となった。二人は何事もなかったような無表情にもどり、同時に会見は終わった。それでも警部は『夏木』のことが気になり、会見後そばにいた所轄署員に彼が本当に社会部記者かどうか訊こうとして、やめた。変にこだわっていると思われるのが嫌だった。

訊く必要はなかった。翌朝、京浜新聞のトップに記事の大きな見出しを見つけた瞬間、警部には『夏木』が書いたものだとわかった。

『誘拐犯、警察を手玉にとる』

という、警察を馬鹿にした見出しは京浜新聞だけだった。手玉という軽い語の背後に、口ひげの記者の意地悪い笑みが見え隠れした。

記事は、事件の経過よりも警察のミスがメインになっている。

犯人が電話で警部の名前を出したくだりが、特に詳細に記され、また小川香奈子の談話でも『犯人はみんないい人ばかりだったようで、子供は警察の人が病室に入ってきた時に異常なおびえ方をした。警察に保護された後のほうが逆に誘拐されているみたいだった』という箇所を強調していた。

結局、圭太の取材は見送られ、母親だけの会見となったが、

「圭太は、犯人のおじさんたちにもう一度会いたがっている」

という言葉まで紹介された。新聞が誘拐犯をこうも持ち上げたことはかつてなかったことだろうし、他紙が普通の誘拐報道と変わりなく母親や家族の不安やつらさに焦点をあてた記事にしている中で、京浜新聞の誘拐犯を応援するような扱い方には異常さすら感じとれた。

もっとも他紙も、今度の事件には普通の誘拐事件の範疇《はんちゅう》におさまりきらない風変わりな面が多々あることを大きく報じている。

事件をマスコミの商品とするなら、身代金が一円も奪われなかったことや、圭太がお母さんの方が誘拐されていたと信じこまされていたことは、大きなセールス・ポイントであった。

蜂もその一つで、全紙が犯人と蜂の関係について憶測を載せている。

『蜂をこの時季に放っても通行人に危害を加える心配はまずないから、犯人は事件を派手にしたかっただけだ』

という意見もあれば、

『ここ数日の春めいた陽気がこの日も続くと犯人たちは考えていて、蜂に通行人や警察を襲わせ、そのすきに身代金を奪いとるつもりだったのだ。残念ながらこの急激な冷え込みで、蜂が思ったようには動いてくれず、大した混乱も起こせず、身代金に近づくこともできず退散したのだ』

という犯行計画失敗説もあった。

ただこの失敗説をとると、犯行目的が身代金だったことになり、困った疑問が生じる。

受け渡しの直前になって、犯人が身代金の減額を自分から言い出してきたことや、一度奪った一千万円を子供のリュックに入れて返してきた意味がわからなくなるのだ。

ほかにも謎の多い事件だった。

しかも被害がほとんどない。

蜂に刺されたという被害者は現れず、混乱が起こった際に通行人の数人が転倒し、うち一人がすり傷を負ったのが唯一の被害である。この事件がトラウマとなって、圭太やその母親に、将来PTSDというストレス障害が起こる心配もまずないようだった。

交差点に血は流されたものの、事件自体に血なまぐささはなく、蜂やサンタクロースの登場には童話ののどかさや漫画のおかしさがあり、ゲームを楽しむような娯楽性もある。マスコミが騒ぎやすい事件であり、テレビはすでに昨日の午後、圭太が無事にもどった瞬間から、大騒ぎを演じていた。

それこそが犯人の狙いで、劇場型犯罪の極端な例だと言う識者や犯罪捜査の専門家が多かったが、中には『人々の注目を浴びて喜ぶだけにしては、手がこみすぎている。何か、普通では想像できないような動機が隠されているのかもしれない』と考える者もいた。

その普通ではない動機を、離婚した圭太の両親やその人間関係に求める者もいた。

犯人が『お父さん』と名乗っている以上、両親の離婚やそれをめぐる複雑な人間関係に事件の根が張っているはずだ、と主張するコメンテイターもいれば、逆に『犯人が本当に両親の離婚劇とかかわっている人物なら、それを隠そうとするだろう。自分からお父さんだと名乗るはずがない。事前に山路、小川両家の複雑な家庭事情を調べあげていた犯人は、圭太を安心させるためと、もう一つ警察の捜査を誤った方向へみちびくために嘘をついただけだ』と推理する法律家もいた。

何十人もの識者や専門家が思い思いの勝手な意見を述べ、マスコミはただでさえ複雑な事件をいっそう複雑な迷路へと追いこみたがっているようにも見えた。

第一日目からそうなのである。

この日の捜査はすべて空振りに終わったので、翌三月三日木曜日の新聞に新しい情報はなかったが、事件で小さな役割を果たしたジェットライダーのフィギュアや圭太の可愛さ、賢さなど、話題には事欠かず、紙面は前日と変わりなく事件関係の記事で埋めつくされた。

その日、三日ぶりに目黒の自宅で朝を迎えた橋場警部は、寝不足の充血した目で七社の新聞に目を通しながら、ため息をついた。

マスコミはまだ、圭太の母親についての本当の事情を知らない。渋谷の交差点で受け渡しの直前になって、小川香奈子が告白した話は、上層部の三人に伝えただけである。

橋場自身、もっと詳しい話を香奈子の口から聞きだしたかったが、香奈子はあの時の告白を後悔し、そのことで何か訊かれるのを恐れているのか、病院では警部を避ける素ぶりが見えた。

小川香奈子はあの時、渋谷の交差点で自分でも思いがけず真実を口走っただけである。受け渡し時刻までのカウント・ダウンも始まって、追いたてられるような心地で、しゃべってしまった……。

冷静に戻った今は、誰より圭太のために、それを後悔しているのにちがいないのだ。橋場が聞いたのは決して、たくさんの言葉ではない。

香奈子は、圭太がこの世に生を得る以前、渋谷の交差点で流産し、生まれてくるはずだった子供を失った……。

そのころ妊娠中だったという将彦の愛人に子供が生まれ、どういう事情があったかはわからないが、その子を山路家が引き取り、香奈子は自分の子供として出生届を出した。自分の手で育て、後にその子を連れて山路家を出た。

つまり、圭太は香奈子とは何の血のつながりもない。それどころか、香奈子にとっては憎んでも憎みたりない女の子供なのである。

マスコミにこの事実を教えたら、火に油を注ぐようなもので、今の騒動は必ず拡大する。さすがにほとんどのマスコミは圭太のために報道を自粛するだろうが、法律にふれない程度の暴露をして、読者や視聴者の興味をひこうとする心ない連中が必ず現れる……そうなれば、この母子は誘拐事件よりも大きな被害をこうむることになる。

香奈子と圭太が実の母子でないと知って、橋場は新たな謎をかかえることになった。

圭太が誘拐されてからの香奈子の悲嘆と取り乱し方は、これまで橋場が関わった誘拐事件で他の母親が見せたものと変わりはなかった。いや、実の母親以上のものがあった。香奈子は交差点で自分が転倒したにもかかわらず、圭太に飛びかかっていき、全身の力をふりしぼって抱きしめた……二度と子供が自分から離れていかないようにと。

その姿に嘘はなかったはずだ。

だが、夫の愛人が産んだ子供を、そこまで本当に愛し、可愛がれるものだろうか。

二児の母親である自分の妻に訊いてみたかったが、妻は子供たちを学校に送りだすのに忙しく、橋場も警視庁に出かける時刻が迫っていた。

二時間後、会議室の隣の小部屋で、会議の始まる時刻を待ちながら、橋場は昨日の新聞記事をもう一度読み直していた。と言っても目は記事の文字を追いながら、頭は香奈子に関する謎を追い続けていた……一昨日交差点に登場した謎の男は、一体何者で、なぜ、香奈子は『犯人』と思っていたのか。蜂騒動の後、どこへ消え去ったのか。

渋谷交差点での一部始終が撮影されたテープを、橋場は、前日のうちにチェックしてあった。受け渡しの時刻、交差点のほぼ真ん中に立ったその男は、香奈子がさしだそうとした赤いバッグへと手を伸ばす……だが、その瞬間、男の背後で蜂騒動が起こり、カメラの目はそちらへと移動してしまう。カメラが男の立っていた位置に戻った時には、もう男の姿はなくなっていた。

犯人の一味なのか。それだと、『川田』もふくめて四人いた犯人の他にもう一人犯人がいたことになるが、橋場はそうではないと考えていた。あのサンタクロースのように犯人に頼まれ、理由もわからないままバッグの受け取り役を務めただけなのかもしれない……と。

犯人の一味なら、警部を始めたくさんの刑事のいることがわかりきった場所に、のこのこと現れ、身代金を受け取ろうとするはずがない。

だが、それなら、あの、犯罪者のような暗い影を全身にしみつかせた男は何者なのか。

香奈子をよく知っており、事件や圭太の出生の秘密にも関わり合っていることは想像できるが、正体がつかめない。

京浜新聞にこれ以上屈辱的な記事を書かせないために、一刻も早く、あの男がいったい何者なのか、香奈子の口から聞き出したい。

そう思いながら、京浜新聞をテーブルに叩きつけた時、ドアにノックがあった。

橋場の返事も待たず、ドアが開き、沢野が飛びこんできた。

「警部、今、ワイドショーで川田のことを……」

慌てすぎて、沢野は声を喉につまらせた。

「川田って、テレビでその名前を出してるのか」

「いいえ、それは従業員のKとだけ……ただどこから聞きだしたのか、もぬけの殻になった川田の部屋に本が一冊だけ残っていたという話をレポーターがしてるんですが」

橋場はホッとした。

「なんだ、その程度の話はバレても構わないだろう。血相を変えて何事かと心配したじゃないか」

「ええ……ただ、ジョーク好きの少女漫画家がコメンテイターとして出てるんですが、彼女が『犯人は蜂に対して異常な執着があるようだから、これはミツバチのことじゃないか』と言うんです」

「『これ』というのは?」

「本です。川田が残していった『罪と罰』……」

「何のことだ?」

「罰はバチとも読むでしょう……ツミとバチ……ミツとバチ……」

ドストエフスキーの傑作『罪と罰』が、一匹の小さなミツバチに変身してしまった。

開いた口がふさがらないというところだろうか、橋場は半熟たまごのようなトロンとした目で、部下の真面目くさった一文字の口を見ていた……四秒間。それから、

「そんなダジャレのために、わざわざ『罪と罰』を部屋に残していったと言いたいのか?」

不機嫌な声でそう言った。

「まさかとは思うんですが……犯人にはどこまで本気なのか、わからないところがあるので『ミツとバチ』もありかな、と……」

「君は『罪と罰』を読んだことがあるのか」

「いいえ。小説、それも暗そうなのは苦手で……インテリの貧乏学生が金貸しの婆さんを殺す話でしょう?」

「ああ」

とだけ答えた。もちろん、たったそれだけの話ではない。

最初に川田、正確には川田と名乗る男がそれを部屋に残して逃げたと聞いた時から、主人公のラスコーリニコフと川田とが、容姿などは似ても似つかぬはずなのに、橋場の頭の中では、重なり合い、混ざり合い、一人の男になりかけている。

貧しさは似ているし、檻のような狭い部屋に閉ざされ、川田も、ラスコーリニコフのように誇大妄

想的に自分を神がかりな存在としてふくらませ、大罪を犯すことまで正当化してしまった……。

今度の奇妙な誘拐事件には、明るいエンターテイメント性だけでなく、暗い悲劇的な一面もある。昨日の朝、交差点に撒《ま》かれた血……圭太が生まれる前に小川香奈子の体から同じ交差点へと流された一つの生命の血。

圭太の出生の秘密もふくめて『罪と罰』につながる悲劇性をこの誘拐事件が隠しもっている……漠然とだが、橋場はそう信じていた。

それなのに、一つのダジャレが事件の暗い側面を一蹴したのだった。

「まさか」

という思いは、橋場にもある。だが、同時にこのダジャレこそが、川田が警察に残そうとしたメッセージだと橋場は変に確信してもいた。

川田が部屋に残した一冊の本は、この誘拐事件のピリオドだった。奇妙な誘拐事件は蜂と共に始まったのだから、『ミツバチ』は事件の最後をかざるにふさわしいピリオドのはずだ……それはそれでいい。問題はその正解に、少女漫画家でなく、なぜ警察の自分が気づかなかったかだ。

橋場の目は、新聞の『手玉』の二字に釘づけになっている。

一冊の本は、警察が踏みこんだ時真っ先に目がいくような部屋の真ん中に置かれていたのだから、警察へのメッセージと考えていい。そのメッセージがダジャレだったのなら、これは警察への冒瀆《ぼうとく》以外の何者でもない。

『罪と罰』が相手なら、警察も真剣に熱く戦える。

だが、この馬鹿げた『ダジャレ』に、警察はどう応戦すればいいのか。

だが、橋場が弱気になったのは、ほんの二秒間だけだった。すぐにまた『この程度の失点は微々たるもので、犯人を逮捕しさえすれば何の意味もなくなる……』という強気に変わった。

「そんなことはどうだっていい。犯人を捕まえればわかることだ」

と橋場は沢野に言った。

しかも、逮捕は時間の問題だ。圭太の記憶力は大人顔負けだから、四人の犯人の面は割れていると言えるし、特に川田と名乗っていた従業員の顔は写真か、写真と変わりないほど精密な似顔絵ができるだろう。ほかにも泊まったホテル、交差点に放置された車……あちこちに痕跡を残しているはずだ。

ドアが開き、部下の一人が会議の時刻が迫ったことを伝えてきた。

「二分後に行く」

腕時計を見ながらそう言うと、秒針より早く頭を回転させた。

犯人たちは警察相手にとんでもない犯罪ゲームを挑んでいるのだ。ただそのどこかに、ただのゲームとは違う深刻なものを感じとるのは、まだ『罪と罰』にこだわっているからなのか。

小川印刷の従業員の証言では、去年の夏ごろから川田は、休憩時に文庫本を熱心に読むようになったそうだ。文庫本の黄色いカバーが駅前の書店のものだとわかったので、昨日のうちにその店を当たり、店員の証言を得た……女性店員は『週に一度スポーツ雑誌を買いにくる客』として川田のことを記憶しており、彼が去年の八月に、突然文学作品の文庫本を十冊ほど買っていったことを思いだしてくれた。『赤と黒』『月と六ペンス』『嵐が丘』……日本の作品では『こゝろ』『雪国』といった名作の題名が店員の記憶に引っかかっていた。

その中でなぜ『罪と罰』という一冊を、川田は警察が踏みこむとわかっている部屋に残しておいたのか。決してダジャレだけではない。かならず、あの暗く陰鬱《いんうつ》な世界から、犯人たちは何か別のメッセージを警察に、もしかしたらこの俺に送ろうとしている……橋場はまだそう信じたがっていた。

『罪と罰』。罪を犯したラスコーリニコフは、自ら罰を求めて自首し、流刑地へと向かう。

誰か、この俺が逮捕し、刑務所に送った男が出所後、復讐《ふくしゅう》のために立ち上がったのではないか。

昨日から頭のすみにちらついているその考えを、一分間かけて改めて考え直してみた。自分が逮捕した男たちの顔を思いだしてみたが、これほどの事件を起こすほど特別に警察や自分を憎んでいる男は思い当たらない……。

結局、世の中への漠然とした憤懣《ふんまん》をこんな形で爆発させた愉快犯としての顔が色濃くなるのだが、それなら圭太のまだおさない体に流れる血の問題は今度の事件と何の関係もないのだろうか。

絶対にそんなはずはないと首をふった時、制限時間になった。そう、そんなはずはない。カンがささやくその言葉を必ず証明して、犯人たちや京浜新聞に一泡ふかせてやる……。

警部は京浜新聞の見出しを手刀で斬《き》りはらい、その手でマジックでもかけるように顔を一撫《ひとな》でし、エリートの顔を作ると、腕時計を見て部屋を出た。そうして三秒かけてとなりの会議室のドア前まで歩き、八時半ちょうどにそのドアを開けた。

女王の犯罪

テレビでは午後のワイドショーをやっている。

四日前の渋谷交差点が映しだされ、蜂の騒ぎで転倒し、かすり傷を負った中年女性が、

「何が何だかわかりませんでしたね。もし蜂だとわかってたら、私、前にも一度刺されてるから、もっとパニック起こしてたでしょうけど。傷はいいのよ、大したことないから。転んだ時、トートバッグの中身が道路に散らばって、ヴィトンのポーチが一つ行方不明。それが一番の被害だわ」

顔をしかめながらも、半分笑って楽しそうにマイクに向けて喋っている。この四日間に、もう何十回となく放映された被害者のコメントである。今度の事件で具体的な外傷を負ったのは後一人だけだから、貴重な被害者なのだ。

その後、画面はスタジオに切り替わり、中年の白髪の司会者が、

「誘拐事件にまたも意外な新事実です」

といかめしい声で言った。ミステリアスな音楽が流れ、犯人が渋谷交差点に放置した緑の車が映され、それに重なって、

『犯人は警察の車を狙った！』

という文字が躍った。警察の車と言っても、主に事件外の用件で使われる普通車で、去年の十一月、たまたま三軒茶屋の駐車場においてあったところを盗まれたのだという。普通の盗難事件として処理

されたが、今度の誘拐事件を起こした犯人たちの仕業だったようだ。犯人たちはその車に緑のペイントを施して乗りまわし、最後に渋谷の交差点で乗り捨てたのである。

警察の車だと承知で盗んだという意見に司会者も賛同し、コメンテイターの弁護士が、

「警察の車だからこそでしょうね。犯人たちは警察に対してゲームを挑んでいる気がします」

と言ったが、このコメントはみんなが口にしすぎて、早くも新鮮味を失っていた。

その横に坐ったテレビドラマの脚本家が、

「ええ、犯人は警察にこだわってますね」

と言い、「それから蜂に……」と意味ありげな声でつけ加えた。

新事実は車のことだけで、すぐにまたもう何度も使われた事件の顚末《てんまつ》をまとめたビデオが流され、最後に話題は蜂に戻された。

「ええと、犯人の蜂へのこだわりが指摘されましたが、そのことで矢神さんは犯人像について脚本家らしい面白い推理をなさってるようですが」

と司会者が言った。

越後湯沢駅近くの食堂で遅めの昼食をとっていた男は、カレーライスの皿から顔をあげ、その目をさりげなく店のすみのテレビへと投げた。埴輪を想像させる素朴な、ただの穴にも似た目を……。

テレビ画面では、まだ三十そこそこの人気脚本家が、俳優と間違えそうな甘いマスクに苦笑を浮かべている。

「推理と言うほどのものじゃなくて、ただの思いつきなんですが、ええと、今のところわかっている犯人は四人ですよね。そのうち主犯というか、リーダー的存在なのは圭太君の『おとうさん』と名乗っている男と思われてるんですが……この男に付き添ってる女がいるんでしょう？　僕にはその女の

ほうが主犯だという気がしてるんです」

「ほほう、それはまたどうして……警察の発表もその女のことにはほとんど触れていないし、主犯に付き添ってるだけの影のうすい存在という印象だったように思うんですが」

と司会者。

「確か、圭太君も、あまりその女の人はしゃべらなかったと言っていたようですが、それは、影がうすいからじゃなくて、逆に大きな存在だからじゃないんでしょうか。だいたいどこの世界でも上に立つ者は、堂々と玉座《ぎょくざ》に腰をおろして寡黙でいるもんですから……つまり、女王的存在じゃないかと」

「なるほど、女王蜂というわけですか」

司会者はしきりにうなずいた。

感心の仕方がわざとらしいのは、すでにリハーサルで決まっていたやりとりだからなのか。

「ええ、まあ……女王蜂と三匹の働き蜂を連想したものだから。犯人たちも自分たちの関係がそれに似ていると気づいて、蜂を旗印にかかげようとしているのかもしれないと……」

「そうだとすると、働き蜂がもっとたくさんいる感じがしますね」

「ええ、もっと組織的な犯行グループかもしれないと……たとえば渋谷交差点に撒いた血液ですが、2000ccも用意できるというのは、医療関係の人間が混じっているようにも思えるし……いや、ただの思いつきですが」

有名な温泉地の駅前通りに建つありふれた食堂の古いこわれかけたテレビが、とんでもない言葉を流している……。

思わず画面に釘づけになっていた男は、すぐそばにいた女店員の視線に気づいて、あわててテーブルにおいたままになっていた眼鏡をかけた。

それにしても、この脚本家の今の言葉には一億円の価値がある……。働き蜂の一匹は、電話で圭太の母親に身代金として一億円をふっかけたが、脚本家の明察は、充分その金額に値するものだ。

「それにいささか我田引水めいた推理、いいえ、思いつきで申しわけないのですが……」

司会者と脚本家のやりとりが続いている。

「そう言えば、矢神さんの書く男女関係は、どれも女王蜂と働き蜂に似てますよね。去年の高視聴率ドラマ『めぐり逢い別れて』もそうでした」

なんだ、あのドラマを書いたヤツだったのか。

食堂のすみからテレビ画面の脚本家を見つめながら、彼は神経質そうに眼鏡をいじった。

偽装用の、度が入っていないただのガラスの眼鏡は、四日前、大宮駅から上越新幹線に乗りこむ直前にかけたもので、まだ不慣れだった。そのせいか、脚本家の『めぐり逢い別れて』という題名に似合った甘ったるい顔にもなじめなかった。

それにしても、その推理は見事に的中している。

働き蜂はまだ他にも何匹かいて、ちょっとした組織になっているし、たしかにあの女は女王蜂だ……俺は働き蜂の一匹として、女王様の命令にしたがって五日前の正午近くに車を幼稚園の門前に横づけにし、圭太を……圭太という甘い蜜を、女王様のもとに運んだ。

いったいこの犯罪集団の巣には正確に何匹の働き蜂がいて、女王蜂のために必死に蜜を集めてくるのか、この俺だって知らない。

何匹かには会ったが、その連中が使っている名前が本名かどうかもわからない。むこうだって、この俺の使っていた『川田』という名前が本名ではないことを最近まで知らなかっただろう……いや、今度の誘拐事件がなぜ起こされたのか、自分がどんな役割を果たしたのか知らないヤツだっている……自分がただの働き蜂であることさえ知らずにいる者もいるんだ。俺だって、ごく最近まで、自分が働き蜂の一匹にすぎないことを知らずにいたのだから。

しかし、この脚本家は本当にただの思いつきで喋っているのだろうか……もしかしたら、こいつも働き蜂の一匹なのではないか。

そう考え、すぐに『まさかそんなはずはない』と首をふると、彼はさりげなく周囲を見まわした。入口近くにスキーに来たらしい若者のグループがいて、奥では初老の夫婦が黙々と食事をしているだけだ。

テレビ画面から脚本家の顔が消え、ＣＭが始まり、『そう言えば……』と彼は思い当たった。

そう言えば『めぐり逢い別れて』は去年、あのアパートの古ぼけたテレビで夢中になって見た。恋愛ドラマに興味などなかったが、男女の出会いが自分とあの女との出会いに似ていたからだ……。


ほぼ十カ月前のことだ。

ゴールデンウィークも終わり、武蔵野の新緑が色を落ち着かせ、初夏の澄んだ光に彩られるころ。その日の昼下がり、圭太の母親に頼まれて彼は車で幼稚園へ迎えにいったが、その帰り道でのことだ。

並木道の途中に小さな交差点がある。

信号が青に変わって、車を出そうとすると、それより一瞬早く横から信号無視をして飛び出してきた車がある。彼は反射的にブレーキをかけ、間一髪衝突はまぬがれたが、前面が相手の車の側面と接触した。傷のついたことが音でわかった。

「だいじょうぶか」

助手席の圭太にそう声をかけ、彼は大きくカーヴを切り、逃げようとする車を追った。

いや、逃げようとしたのではない。白い外国車は接触の衝撃で跳ねるように傾いたが、それを無視して突っ走り、信号の少し先で、路肩に寄って止まった。

彼が車をおりて近づくと、運転席のドアがゆっくりと開き、まずパンプスをはいた脚が流れだした。顔の半分近くを隠す大きなサングラスの右のガラスにひびが走っていた……接触の際、ハンドルにぶつけたのか。

彼は怒ろうとしていたことも忘れ、

「傷はない？」

と優しい声で訊いた。

「たぶん。そちらは？」

サングラスの褐色で目を隠したまま、女はそう訊いてきた。彼が何ともないと答えると、
と、助手席から小さな顔を覗《のぞ》かせている圭太へとサングラスを向けた。

「あの子は？」

「どうもないみたいだけど。圭太、大丈夫だな」

圭太は大きくうなずいた。

「だったら、見逃して。ちょっと急いでるの」

「しかし、一応警察を呼んだ方が……こっちの車は傷ついたし。俺のじゃなくて会社の車だから」

女は助手席のいかにも高価そうなバッグをつかみ、財布をとりだして開き、舌打ちをした。

「困ったわ。もちあわせがなくて……」

いらだたしそうに左手の爪を噛もうとして、薬指の指輪に気づくと、一瞬のためらいも見せず、そ

れを抜こうとした。ただ爪が長すぎるせいか、自分の指ではうまく抜けないようだった。

「抜いて。二、三百万にはなるわ」

彼は身動きせず、ただ女の指を飾る宝石だけを見ていた。透明な石はダイヤなのか、粒はほんの数ミリだが、一年中で最も美しい五月の太陽を一点に集め、何十倍もの光のくずに変えて周囲にまき散らしている。

光はかすかに青く陰り、女の顔色まで青味を帯びて見えた。

いや、実際に女は青ざめていたようだ。

彼が首をふると、女は、

「バカね、あげると言ってるわけじゃないわ。ただの担保。修理してもらったら費用がいくらかかったか連絡して。それまで預けておくだけ」

と答えたが、声がとぎれた瞬間サングラスの下から頰へと涙のようにすべり落ちたしずくがあった。涙ではない。目に赤いアイラインでも引いていない限り、涙がそんな色になることはない。

「血……」

と彼が思わずつぶやくと、女は黒いマニキュアを塗った爪でそれを払い、「大したことないわ」と言った。

「でも、目にけがでもしてないかな」

「私の体の傷より、そちらの車の傷を心配して。このダイヤ、本物なの。だから……」

自分でもう一度指からはずそうとするのを、彼は手をのばして止めた。だが、女の指に触れたのはほんの一瞬だ……次の瞬間、感電でもしたように彼はその手を引っこめた。

ダイヤの気位の高い光に撥《は》ねのけられた。そんな気がした。それとも女の指の透きとおるような白さを自分の油まみれの手で汚してはいけないと思ったのか。

「やっぱり警察に行ったほうがいい。こちらにも落度があったように言うから。警察と……それから病院に……」

「警察は絶対にいや。急いでるからだけじゃないのよ、行きたくないのは」

「どうして」

すぐに返事はせず、女は唇の端をやわらかく崩して笑った。ほっそりとして青白く、どこか冷たく見えた顔が不意に優しくなった。

「警察をいやがるのがどんな種類の人間か、想像つくでしょ」

「………」

「じゃあ、担保も今度まで預かっておく。必ず私の方から連絡するから待ってて」

早口で言うと、女は連絡方法も訊かずにドアを閉め、車は瞬く間に走り去ってしまった。

彼は呆然とそこに立ちつくした。『必ず連絡する』と言っても、今の女は彼の電話番号も住所も知らない。

逃げたのだ、と思って舌打ちしたが、半分は、一人そこにとり残された気分だった。胸のどこかに、この女ともう少し関わっていたいという思いがあったのだ。

ただしとり残されたのは彼一人ではなかった。

「にげたの、今の人」

と車の窓から圭太が訊いてきた。

「病院へ行っただけだ。怪我したみたいだから……こっちの車の傷は大したことないようだし、可哀相だから許してやろうな」

と言い、「お祖父《じい》ちゃんにもお母さんにも、俺がミスしてガードレールをかすめたと言うから」と口裏あわせをした。

賢い圭太は、いつもの癖でカクンと首を折るようにしてうなずき、「でも、ぼく、車のナンバー言えるよ」と得意そうに目を輝かせた。

「やっぱり圭太は頭がいい。俺なんか、ナンバーのこと忘れてたし、見ても憶えられなかったよ」

一応、圭太の記憶した数字を紙にメモし、万一また関わりあいたくなったら思い切って調べてみようと思った。それと同時にこちらの車の後部にオガワ印刷という会社名が記してあったのだから、それを女が記憶に残し、会社へ連絡してくる可能性もあると考えたが、結局一カ月経っても、それらしい連絡はなく……と言ってこちらから連絡する勇気ももてず、あの女と出逢ったことも、それこそちょっとした事故として諦めようとしていた。

六月に入り、二度目の日曜日、彼はふと思いたって代官山に出かけた。

テレビでよく裕福な女たちのショッピングや散策の街として紹介されるのを見ながら、自分とはおよそ縁のない街だと無視してきたが、あの女のことを思いだすと、なぜかその街を気だるそうに散策している姿が浮かんでくる……。もちろん、奇跡のような偶然が起こるなどと夢見ていたわけではない。ただ、最後に一度その街に出かけて、あれ以来奇妙に自分の中に巣くってしまった一人の女にケリをつけようと思ったのだった。

巣くったというのが実感だった。

好きになったとか心惹《こころひ》かれたというのではなく、赤い涙を流す一人の女は、彼の中に巣くったのだった……ちょうど二月の末に引っ越してきたアパートの部屋に、ある日数匹の蜂が飛んできて、巣作りを始めたように。

彼が、工場近くの寮のようなアパートから、武蔵野のおもかげが残った町はずれの小さなアパートに移ったのは、圭太の母親と距離をおきたかったからである。

ちょうどそのころから、彼は圭太を可愛がるようになっていたが、そのことで工場の同僚たちから、

「なんだ、あの子の父親になるつもりか」

とからかわれるようになっていた。母親の香奈子にも好感を抱いてはいたが、それは恋のような特別な感情ではなかった。ただ自分も複雑な家庭で片親の欠けたさびしさを感じて育っているだけに、圭太を見ると同情がわくのである……。

圭太は明るい子供だが、その明るさの裏にかくれた他の者にはわからないさびしさが、彼の目には痛いほどはっきりと見えてくる。それでついつい父親のような声をかけ、圭太の方も自分が一番聞きたい声や言葉を聞かせてくれる彼に簡単になついたのだった……ただそれだけのことだが、人というのは、よほど邪推が好きらしい。

警察だって、もし、彼が一年前に圭太を可愛がるようになり、同じころに町はずれで一人暮らしを始めたと知れば、その二つにつながりをもたせ、誘拐計画はその頃からあったにちがいないと邪推するだろう。

確かに今度の誘拐計画は、すでにその頃からあった。だが去年の二月末には、まだ彼は女と出逢っていなかったし彼女の誘拐計画に加わってはいなかったのだ。

六月のその日曜日、渋谷駅で電車を乗り換えた時にも、代官山に着き自分とはあまりに不釣合いな街を道のすみを選んでうろつきまわっている時にも、もちろん自分が近々誘拐犯の一人になる運命など知らずにいた。

その街は、想像していた以上にあの女と似ていた。

代官山のブランド店が並ぶ通りは、空気にまで高級感があり、その隅っこをこそこそと体を小さくして歩いていると、なんだか、あの女の肌をこっそりと盗み見たり、そっと手をのばしてまさぐっているような罪悪感さえ覚えた。

歩き疲れ、のどが渇き、カフェテラスのテーブルについた時には、風までが磨きぬかれたように光って見え、場違いな自分がただ後ろめたかった。

テラスに並んだ白いテーブルは鏡のように鋭く太陽の光をはね返している。

真夏のように暑い日で、そのせいか日曜だというのにテラス席は閑散としていた。反対の端の木陰に若いカップルが一組いるだけだ。若者たちはラフな服装でも、どこかあか抜けている。

それにしても、この街を歩く女たちは、なぜこうも涼しげなのだろう。日傘をさしたり、ツバ広の帽子をかぶったりしているが、素肌の上にもう一枚透明な薄氷の肌をまとっているとしか思えなかった……。

思いきってど真ん中の席についた彼は、黒いポロシャツに綿パンという貧乏学生スタイルで、カフェテラスから、というよりこの街から一人浮きあがっていた。

店の者は誰もやってこない。完全に無視されながら、通行人や店内の客全員に見られているような恥ずかしさもある。五分も坐っていると全身から汗がふきだしてきた。

あきらめて立ち上がろうとした時、テーブルに影が流れた。

「ご注文は?」

と訊かれ、「アイスコーヒー」とぶっきら棒に言った……うつむいたまま、その影に向けて。

恥ずかしかったからだが、その直後、いやでも顔をあげなければならなくなった。

アイスコーヒーのグラスが、さっと彼の前にさしだされたのだ。

驚く前に、反射的に顔をあげていた。

ウェイトレスではなかった。一人の女がふしぎな微笑で彼を見下ろしていた。

「忘れた？　かならず連絡すると言ったはずだけど」

喉を痛めているようなかすれ声が記憶を揺り起こし、同時に、心臓に冷たいしずくが落ちた。奇跡が起こるというのは恐怖に似た衝撃だった……彼はおびえるように遠く引いた目で、正面に坐った女を見た。

それでもまだ見知らぬ女としか思えずにいた。一カ月前はアップにしていた髪が波打ちながら肩まで垂れ落ち、モノトーンだった服は花柄の、それ自体も花のような形をしたブラウスになっていて、体全体がやわらかく見えた。

何より目……初めて見る黒さのきわだった瞳が、顔のすべてになっていた。その目に吸いこまれそうになりながら、

「なぜ……このアイスコーヒー」

と訊いた。

「いつも喫茶店では、アイスコーヒーでしょ。少なくともこの一カ月はそうだったわ……だから、ここに坐るのを見て、そこの入口から店内に入ってもらってきてあげたの。もちろんお金は払ってあるから」

その説明に、女は微笑でピリオドを打った。

だが、彼には意味がわからなかった。

女がそこにいることさえ否定するように首をふりながら、

「尾行でもしてたのか、俺を」

と訊いた。

女はあっさりとうなずいた。

「なぜ俺なんかを……もしかして長野の……」

今度は「いいえ」と首をふった。

「私が尾行してたのは圭太君の方。最初はね。でもあなたが幼稚園の送り迎えをしたり、一緒に遊んでいたりするのを見て、尾行相手をあなたに変えたの」

「どうして……」

という言葉しか出なかった。

「今の『どうして』は、どっち？　圭太君を尾行していた理由？　それともあなたを追いかけてる理由？」

彼が女のテンポについていけずまだ何も答えられずにいるうちに、「ああ、でも、どっちでもいいんだわ。どっちでも答えは同じだもの」と自分で答えてしまった。

そうして、

「圭太君を誘拐したいからよ」

微笑と共にそうつけ加えたのだった。

彼はあっけにとられ、女の微笑を見守りながら、自分の顔が白紙のような無表情に乾いていくのを感じていた。

「本気なの。冗談じゃないから」

と言いながら、女はまだ冗談としか思えない軽い微笑を浮かべていた。

彼は頭の中も真っ白になり、意味もなくただ女の顔を見続けた。美人ではない。黒目が勝ちすぎ、上唇が厚すぎ、そのアンバランスさは、微笑するといっそう誇張された……一カ月前、優しく見えた微笑はサングラスの裏に、こんな不安定で危険な、もう一つの微笑を隠していたのだ。

危険に思えたのは、化粧で隠れていた目の下の小さな傷が微笑と共に生々しく浮かびあがるからでもあった。女は、彼の視線に気づき、

「本気なの。本気でなければあんな一歩間違えば死ぬかもしれないような芝居はできないわ」

数ミリの傷あとを指でなでながらそう言った。

一カ月前の接触事故は、偶然ではなかったのだ。ただ、彼があと0・1秒ブレーキを踏むのが遅ければ、もっと事故は悲惨なものになっていたはずだ。もしかしたら三人全員の生命だって危なかったかもしれない……あの一瞬の衝撃がよみがえり、彼は恐ろしいものでも見るように視線を引いた。

この女は本気だ、今の言葉も決して冗談ではない。あれから今日まで一カ月間、ずっと面倒な尾行を続けていたのも本当らしい。

この再会も奇跡などではない。俺を尾行していた女は、俺の前にいつ再登場すればいいか、その機会をずっと狙っていたのだろう。だが、なぜだ……一カ月前のことは今日のリハーサルのようなものだったとして、今日はなぜ……何の目的でこの再登場を謀《はか》ったのか。

「誘拐の話が本気だとして、なぜ、それを俺にバラすんだよ」

と彼は訊いた。

「あなたに手伝ってもらいたいから」

「圭太の誘拐をか?」

「ええ」

女は彼の目を見つめたままゆっくりうなずいた。

彼はため息をついた。ため息と共に笑い声がこぼれた。笑うほかなかったのだ。

「なぜ、俺なんだよ。俺は圭太を可愛がってるんだ。そんな話に乗るはずがないだろう……だいたい、そんな話をして、俺が本気にして警察に行ったらどうするつもりなんだ」

「もちろん、それは心配した。でも、私の話を全部聞いたら、たぶん警察には行かないだろうと思ったから。そう、『たぶん』ね。今度もかなりリスクの大きな賭けだけど、一カ月前には私、自分の生命を、いいえ、自分だけじゃなく圭太君の生命も賭けたんだから。もちろん、あなたの生命もね……沼田君」

女は微笑し、彼は顔をゆがめた。

「偽名は電話帳からでも選んだの？」

「………」

「アトランダムに選んだつもりでも、やっぱり本名に似た名を無意識に選ぶものみたいね。川田と沼田……」

「そこまでどうやって調べたんだ。だが、そんな風に得意そうにしても無駄だ。脅迫のつもりらしいが、俺は別に悪いことをして偽名を使ってるんじゃない。俺は家を捨てた。それで親父がつけた名前も捨てた……それだけだ。調べてないのか」

「もちろん調べた。だから脅迫なんかしてないわよ、私は。仲間にしたい人をなぜ脅すの？」

「じゃあ、脅し以外のどんな手を使うつもりなんだ……言っておくけど、俺はお金なんかでは動かないよ。特に圭太を誘拐するなんて話、一億円積まれても引き受けるはずがない」

彼がいつの間にか真剣になっているのを、女のさりげない微笑は楽しんでいる。

「お金じゃないわ。一億円どころか十万のお金だって積まない……それでもあなたは引き受けるから、俺は絶対無理だ。俺は絶対に」

女の自信に彼はいらだった。

「何度も訊くが、なぜ俺なんだ。工場には何人もいるんだから、他のを選べよ。俺があの子を可愛がってることも、何度も言わせないでくれ」

「だからなのよ。圭太君に愛情がない人には頼めない犯罪だわ。逆に、圭太君を可愛がっている人なら、かならず引き受けてくれる……」

女は彼の額に汗がふきだしているのに気づいて、籐で編んだバッグからハンカチをとりだし、テーブル越しに手を伸ばしてきた。彼はその手を払いのけた……ハンカチの花柄に嫌悪感が走った。

目の前にいる女は、一カ月前よりやわらかさがあり、可憐《かれん》にさえ見えた。だが、そう見えただけだ……『女』を誇張し、装っているのだ。そこが、彼が子供のころから十数年間、無理やり『お母さん』と呼ばされていた一人の女にそっくりで、嫌だった。

あの女も、目の前の女のように真夏の暑さの中で、汗一つかかず、ひんやりと冷たそうな肌をしていた……。

「いったい、どんな誘拐事件を起こすつもりでいる」

「普通の誘拐」

女は気取って軽く肩をそびやかした。

「何か適当な口実を作ってあの子を幼稚園から連れ出して、部屋や車に閉じこめて、家族がもってくる身代金と交換であの子を返すつもりだから。もちろん、それだけじゃないわ。あなたがそんな普通の誘拐を手伝ってくれるはずがないから。今言ったことは、あくまで全部表面上。警察や家族には普通の誘拐に見えるというだけ……圭太君は自分が誘拐されているなんて知らず、一日中テレビを見たり、ゲームをしたりして遊ぶだけ。それに身代金には一円だって手をつけずに返すわ」

「それだったら犯罪にはならないじゃないか」

彼は唇をゆがめ、その端っこのすきまから笑い声を投げ捨てた。

「いいえ、れっきとした犯罪だわ。家族をおどすことになるし、警察もマスコミも大騒ぎする」

女は真顔になって、改めて彼を見つめた。

眩しい光が乱反射する中、その視線だけがまっすぐ彼の目を射抜いた。

「だから、この話を引き受けるにはそれなりの覚悟が必要なの……もちろんすぐに返事をする必要はないわ。何日も考えて、決心がついたら連絡して。いくらでも待つから」

「尾行しながら……か？」

彼は苦笑した。女が真剣になると、逆に彼の方に余裕が生じた。

「それに考える必要などないんじゃなかったのか。さっきは、俺が必ず引き受けると自信たっぷりの言い方をしたじゃないか……だいたい『この話』と言っても、まだ話の全部を聞かせてもらっていない。一番肝心なことを言い忘れてるだろう？」

「………」

「どうしてそんな、馬鹿げた誘拐をたくらんでいるのか。それから自分が誰なのか」

女は彼を見つめたまま、視線だけを遠く引いた。

「飲まないの、これ」

アイスコーヒーのグラスをとり、彼の方にさしだした。

彼は女の目を見つめ返したまま、グラスをとり、毒でも飲むように思いきりをつけて、目を閉じ、一気にその褐色の液を喉に流しこんだ。たった一杯のコーヒーだが、それに口をつけたらお終《しま》いだという気がして、飲みたくはなかった。だが、喉が異常に渇いていた。喉だけでなく、体中が、砂漠のように渇いていた……。

グラスの氷は半分近く解け、太陽の光が直接あたった部分は生ぬるくなっていた……熱さと冷たさが、いりまじりながら体の奥へと少しずつしみわたっていった。

「あなた、香奈子さんのこと好きなの」

唐突に女はそう訊いてきた。

「どっち？　香奈子さんのことが好きだから、圭太君を可愛がってるの？　それとも逆？　圭太君が可愛いから香奈子さんのことも大事にしてるの？」

彼はグラスを置き、口に溜まったコーヒーを喉へと押し流し、「それが今の話とどんな関係があるんだ」と訊いた。

女は返答の代わりに、籐のバッグから写真を何枚かとりだし、彼のほうにさしだした。

彼と小川香奈子が工場の門前で立ち話をしている写真が三枚、付近の公園で遊んでいる圭太を二人が並んで見守っている写真が二枚……。

他にもう二枚、幼稚園から戻った車を香奈子が家の前で出迎えている写真がある。運転席から降りた彼と香奈子は、カップルのように談笑している……。

どの写真でも、彼は楽しそうに笑っている。自分でも、こんな自然な笑顔になる瞬間があったとは信じられなかった……意識することのない気もちの奥深いところまで盗撮された気がした。

「これと誘拐の話と何の関係があるんだ」

いらだちが露骨に声に出たが、女は気にする様子もなかった。

「あなたが圭太君より香奈子さんを愛しているなら、今度の計画を手伝う資格はないわ。私はすべてを冗談にして、この場を去るだけ……でも、あなたが圭太君のことを一番に考えてくれているのなら、今から全部を話す」

と前置きして、

「圭太君のことを本当に心配してくれていると考えていいのね。あの子の幸福を本当に願ってくれていると……」

そう訊いてきた。声も目も真剣だった。

その真剣さに引きずられ、彼はゆっくりとうなずき、「しかし……」と言った。

「しかし、そんな俺になぜ誘拐の手伝いをしろなんて言うんだ。誘拐なんかされたら、圭太は不幸になるじゃないか。たとえ、さっきあんたが言ったみたいに、脅されたりしないで一日中ゲームをして遊べるとしても……」

女は首をふった。髪がやわらかく揺れた。

「本当に幸福に見える？　この母子が」

女は空地の写真の一枚へと手をのばし、指で彼の体だけを隠した。

「ああ」

と彼は答えた。ブランコに乗った子供を母親が優しく見守っている……幸福を絵に描いたような母子の姿だ。

「そう見えるだけよ。あなただって今言ったじゃない、誘拐なんかされたら圭太君は不幸になるって。だったら、これは、この上なく不幸で悲しい写真のはずだわ」

「………」

女の髪は、まだかすかに揺れを残していた。彼には感じとれない風が、この灼熱にも似た光の中、女の体だけを吹きぬけていったかのように。

「だってこれは、母子の写真じゃなくて、誘拐犯と誘拐された子供の写真だから」

女はそう言うと、籐のバッグからもう一枚写真をとりだした。

その写真を裏返し、女は長い爪で弾《はじ》くように彼の方へと投げた。賭場《とば》でディーラーが慣れた手つきで、カードを配るように……。

事実、それは一枚のトランプだ。この女がとんでもない誘拐ゲームの序盤戦に用意した最高の切り札……。彼はゆっくりとそれを表に返した。

光の反射の中に消えかかっているが、女が病室のベッドで赤ん坊に授乳している写真だ。乳児はまだ生後何日目からしい、小さな顔は目を閉じているが、それでも今の圭太の顔をコピー機で縮小したとしか思えなかった。

写真の女はうつむいているために、顔がはっきりとわからないが、たぶん目の前にいる女だ。水玉のパジャマから右の乳房がこぼれだし、赤ん坊がちょうど乳首を離した瞬間を狙って写真は撮られたようだ。

圭太は笑顔だ。至上の幸福にひたって眠っている……。

「どっちが幸せな母子に見える？」

女は、香奈子と圭太の写真を隣にならべた。

見比べると、たしかに香奈子と圭太の方の幸福はいかにも小さかった。平凡だが、その小ささや平凡さには現実の幸福のリアリティーが感じとれ、彼には、やはり本物の母子としか見えなかった。

「誘拐したなんて嘘だろう？　この人がそんなことをするはずがない」

「私にとっては誘拐以外の何物でもなかったわ。それに香奈子さんは法を犯してる。この写真は生まれて十日目に病院で写したものだけど、四、五日して退院したあと、この子を自分の産んだ子供として届け出たんだから……。まちがいなく誘拐だし、犯罪だわ」

香奈子はその少し前に流産して、夫の不貞を許す代わりに相手の女の産んだ子供が欲しいと言いだしたようだ。

ただそのあたりのくわしい経緯は、後になって知ったことで、炎天下のカフェテラスでは、驚きが先に立ち、香奈子と圭太が母子でないというのが本当なのかどうか確かめるのが精いっぱいだった。

彼はまだ女に騙されているような気がして、

「この写真じゃ、あんたかどうかわからないな」

冷たくそう言い捨てた。

「今より肥ってるけど私だわ。写真の胸に小さなあざがあるでしょ、虫が止まってるみたいな」

そう言うと、女は花柄のブラウスのボタンをはずし始めた。

目をそらさなければ、と思うぶん、逆に目は女の胸もとに釘づけになった。

もっともそれは、ほんの数秒間のことだった。

女は襟の一端をつかんで、すぐそばを歩く通行人の目から胸をかばい、同時に、彼だけが見えるようにそっと前をはだけた。

そっと……軽やかな指づかいで。

写真では右の乳房の上部あたりだが、そこを見るには少し覗きこむようにしなければならない。

『この女の話が本当かどうかを確かめるだけだ』

自分にそう言い聞かせ、彼は顔を女の胸もとに近づけた。

たしかに写真と同じ位置に、同じあざがある……そう思った瞬間、女はブラウスの胸もとをさっと閉じた。

「写真に嘘がないことは、これでわかったでしょう。写真の病院は……」

ボタンをかけながら、女は四谷にある有名な病院の名前を出した。

「でもその聖英病院に行っても、圭太が私の子供だという証拠は残っていないわ、きっと。圭太の父親が歯科医だということは知ってる？　山路将彦と言うんだけど、彼には医師の友人がたくさんいて、特に聖英病院には無二の親友がいる……私が妊娠した時、その病院を紹介したのも、生まれてくる子供を公表したくなかったから」

「その時からもうその子を、香奈子さんの子供として育てるつもりでいたのか？　その山路って歯科医師は」

「いいえ、その段階では香奈子さんも妊娠していたから。私が産む子供を、私と同じように日陰におく程度の気もちしかなかったでしょうね。本当なら圭太は、愛人の子供という弱い立場だったのよ。でも香奈子さんが流産して……」

「……………」

「そのこと、聞いていない？　結婚直後にも一度流産していて、二度目だったんだけど」

「そんな話はゼンゼン……」

「でしょうね。二度目の流産のことは、実家の両親にも誰にも話していないはずだから。山路将彦とその母親と香奈子さんと……三人だけの秘密になったのよ。流産で聖英病院に運ばれて、妊娠はもう難しいだろうと宣告を受けた時から」

彼は頭をふった。

まだ信じられないという思いがあったが、それだけではない。先刻、ブラウスの裏に見つけたものが、話の最中にも絶えず頭によみがえってくる。それをふり払いたかった。

「なぜ、その時に断らなかった？　今ごろになって誘拐までしてとり戻したいと思うくらいなら」

と彼は訊いた。

女は小声で笑った。その、さげすむような笑い声だけが返事だった。これまでのように彼を馬鹿にしたのではなく、自分をあざけっているように見えた。

女は目を伏せた。燦々《さんさん》とふりそそぐ光の中、顔は白く翳《かげ》った。

「今、あなたの言ったことは……」

ずいぶんと経って、女は口を開いた。

「あの人たちに圭太を渡した直後から、今日まで何万回となく自分に向けて尋ね続けたことだわ。その頃からもう、どんな手を使ってでも圭太をとり戻したいと考えるようになって……」

女はため息を休止符にして、

「本当にどうして断らなかったのだろう？　誘拐までしようと考えるくらいなら」

他人事《ひとごと》のような、乾いた声で続けた。

「金をもらったのか」

「いいえ。大金を出すと言われたけど断った。あの子を売るのと同じだから、それだけは嫌だったわ」

「自分の子供を他人に渡すというのは、捨てるってことだろ。売られるのも、捨てられるのも子供としては同じことだ」

「私はあの三人に負けたのよ。特に女二人に……。香奈子さんは私への仕返しから、お姑さんの方は孫が欲しかったから、凄まじい形相で私に迫ってきた……仲の悪い二人が、子供を私から奪いとることでは手をつなぎあって……」

そこでまた不意に言葉を切り、

「どうかしたの」

ふしぎそうに彼の顔を見つめた。

顔が逆上でもしたように赤くなっているのには、自身でも気づいていた。それでも、

『何でもない』

とごまかそうとしたが、その前に彼女が自分で答えを見つけたようだ。

「そうか、私が圭太にしたことが、あなたの本当のお母さんがあなたにしたことと似てるから、それで怒ってるのね」

彼は首をふった。

「いや、あんたの言うことに納得がいかないことが多すぎて怒ってるだけだ。子供を取り返すための誘拐だと言いながら、その前には子供は誘拐してもすぐに返すようなことを言った。香奈子さんのことだってそうだ……」

女の瞳の奥に、黒真珠が暗く光っている。

小川香奈子のことを女はまだ憎んでいる……さっきから香奈子の名前が出るたびに、瞳はぎらりと陰鬱に光るのだ。

「香奈子さんは相当な苦労をして、あんたの子供を育てている。そのことが、どうしてあんたへの復讐になるんだ……憎い女の子供を育てるなんて辛《つら》いだけじゃないか」

「そんな単純な問題じゃないわ、男のあなたにはわからないだろうけど。圭太は私が今日までに持った一番の宝物だわ。それがわかっていたから、あの女は私から奪いとって、壊そうとしたのよ」

「それはない」

彼はテーブルの上の写真の何枚かを女の方に返し、「この香奈子さんの笑顔が嘘だというのか」と訊いた。

「ええ、嘘。本心じゃない」

「香奈子さんが、圭太のことも憎んでいると言いたいんだな。だったら、なぜ、憎んでいる圭太を連れて家を出た」

女の口もとに微笑がもどった。彼の若い、直線的な怒りを楽しむように……。

「あの人、結局、山路とうまくいかなくて離婚することになったわけだけど、山路への未練はたっぷりあったのよ。いつでも戻りたいと思ってるから、圭太を人質として自分の手もとにおいておきたかっただけよ。圭太をつかんでいる限り、山路との関係が断たれることはないから。……あなただって、たった今、『憎い女の子供を育てるなんて辛いだけ』って言ったじゃないの。だったらこの写真の笑顔が嘘だとわかるでしょう?」

「けど……」

香奈子が圭太に辛くあたるのを見た事はないし、噂に聞いたこともない。圭太は賢い子供だ。もし香奈子の愛情に嘘があれば、それを敏感に感じとって香奈子に自分から距離をおくだろう。

だが、圭太には、それがない。

圭太は香奈子のことが本当に好きなのだ……。

「今はうまく周囲をだませているようだけど、誘拐事件が起これば……圭太が誘拐されれば、香奈子さんの本心がわかるわ」

「そうかな? そんなことになれば、香奈子さんは本当の母親以上になげき悲しむはずだ」

と言ってから、「そのために……香奈子さんの本心を知るために、事件を起こすんじゃないだろうな」と訊いた。

「まさか」

女は傲慢《ごうまん》な声で彼の質問を一笑に付した。

だが、すぐに女は、「でも、小川香奈子の気もちを試そうとしているのは事実ね。圭太を誘拐したら、あの女がどんな態度に出るか……」と言い直した。

「どういうことだ」

「事件が起これば、小川香奈子はまず私を疑う。山路将彦やその母親も私が圭太を取り戻そうとして、事件を起こしたにちがいないと考える……。圭太が私の子供だと知っているのは、その三人ともう一人、圭太を香奈子の子供にするために一役買った聖英病院の医師だけだから」

いつの間にか『香奈子』と呼び捨てにしている。目の奥でまた黒く点滅するものがあった。

「どうして圭太を誘拐するのか、その理由を知りたがっていたわね。一番の目的は小川香奈子に自白をさせることだけど……わかる?」

彼は首をふった。

「犯罪者はあの四人の方だわ。香奈子にそれを警察の前で認めさせたいの。圭太を本当の母親から奪って、自分の子供にしてしまったことを……本当の母親がこの私だということを」

彼はもう一度首をふった。

「どうして法的手段に訴えない? 誘拐事件を起こすなんてムチャを考えないで……自分が母親だと証明する方法はいくらだってあるんだろう?」

「もちろん、私もそうしようとしたけど」

今度は女が首をふった。

「ダメだった。ちょっと調べただけでわかったのだけれど、圭太が私の産んだ子供だという証拠はもう何一つ残っていなかった……私の産んだ子供は、退院後まもなく病死したことになっていて、出生届と死亡届が同時に出されていた。埋葬許可証も出ていて、茶毘《だび》に付されたことにもなっていた。みんな、あの将彦の親友の医師がサイン一つでやったことよ……そうして同じように、圭太を法律的にも完全に香奈子の子供にしてしまっていたの。私が母親だと名乗り出ても、愛人の立場の女が嫉妬《しっと》やひがみからとんでもない嘘を言っているだけだと周囲に思わせるために……」

「……しかし、それでも証拠はあるだろう。今はDNA鑑定だってできるし、その病院の看護師たちだって証人になってくれるんじゃないか。それからこの写真だって……」

女ははっきりと首を横にふった。

「大事なのは、警察が私をとんでもない嘘つきと考えて相手にしないことよ。香奈子がDNA鑑定を『馬鹿馬鹿しい』と拒否すれば、それも当然と考えるだけだわ……それに」

女は、授乳をしている写真を人さし指の爪で自分の方に引き寄せた。

「この写真だって、証拠にはならないわ。この女が私かどうか、あなただって疑ったじゃないの？胸のあざだって、この写真だけでは本当にあざなのかどうかもわからない……さっき見せたあざは本物だけど、私がそれに合わせて写真に小細工をしたのかもしれないでしょ」

指でブラウスの上から胸をつつき、「あなたは簡単に信じてくれたけど、警察に信じてもらうのは、難しいわ」と女は言った。

この俺には証拠としてつきつけてきた写真を、今度は『証拠にはならない』と言う。

やはり、この女は真実を語っていない。俺をまだだまそうとしているのかもしれない……彼はそう感じとってはいたものの、ただ黙って女の顔を見守り続けた。

「看護師さんもダメ。当時の看護師さんの何人かに会ってみたけど、私のことを憶えてくれていたのは、一人だけ。その人も『乳児は退院後に死んだ』という医師の嘘を信じてたから……それに香奈子は完璧に母親のふりを続けたから、誰だって私の言葉より彼女の言葉を信じる。家族や圭太でさえ……。だから何か大変な状況を作りだして香奈子を追いつめる他ないの。香奈子自身の口で告白しなければならないような状況に追いつめて……」

声はそこで不意にとぎれた。夢中でしゃべっていて、ふと我に返ったようだ。

奇妙に覚めた目で彼を見た。

「どうしたんだ」

「訊きたいのは私の方よ。あなたこそどうしたの。私の話についてきてはいるけど、なんだか上の空みたい……他に何か気になることがあるの?」

彼は反射的に頭をふった。

女の言葉を否定しようとしたのではない。また頭に浮かんできたものを、ふり払おうとしたのだ。頭も体も太陽に焼きつくされ、露出オーバーのフィルムのように無意味な空白が広がる中、さっき覗き見たものの色がにじんでくる……女は下着をつけず、素肌の上に直接ブラウスを着ているらしい。光が花柄を透かして、その影を素肌に落としていた。

影は色づいていた。女の白い肌が隠しているさまざまな色を体の奥底の火があぶりだしている……一瞬だが、そう思った。そのせいか、女が『虫が止まっているみたいな』と言ったあざは、誰かの唇のあとのように見えた。

その唇の形に、男の影がちらちらする。

それとも、それは彼女自身の唇なのか……女が胸に隠していたもう一つの唇を、体の奥底に燃えさかる火があぶりだしたのか。

どちらにしろ、それは、この女にとって写真以上に重要な切り札だったにちがいない。言葉で説得するのはムリだと考え、女はその最高の切り札を使うチャンスを狙い続けていたのだ……。

現に彼は、直感的に女の言葉に嘘を感じとり、真剣に聞く気をなくしていた。

最初のうちは何とか嘘をあばこうとしていたが、ブラウスの裏に隠れた女の切り札を見た瞬間から、それもどうでもよくなっていた……花の影を刷りこんだ純白のカード以外、すべてのカードは意味を失い、ゲームの決着はついてしまったのだった。虫と言うなら、彼は自分を、どうしようもなく花の蜜に引き寄せられてしまう一匹の蜂のように感じていた。

「しゃべりすぎたようだから、もうやめる」

女はテーブルの上に散らばった写真をかき集めてバッグに戻し、立ちあがった。

「でもあきらめたわけじゃないのよ。今後どっちの母親を選んだ方が圭太にとって幸せか、真面目に考えてみて……そうして、私を選んだ方がいいと思ったら、また連絡して」

彼は首をふり、反射的にこう言おうとした。

『それは圭太が大きくなってから、自分で選べばいいことだ。それまで、もう圭太に近づくな。もちろん、この俺にも』と——。

そう言い、自分から女に背を向けてその場を去ろうとした。そのはずだった。

だが、女が背を向けテーブルを離れようとした瞬間、体は勝手に動いた。

思わず立ちあがり、女の腕をつかみ、

「どうやって連絡すればいい」

と訊いていた。

女は腕をつかまれたまま、ひどく静かな視線を彼の顔にあてた。ずいぶん長い間そうしていた気がするが、実際には数秒のことだったろう。彼の額から汗がしたたり、女の腕へと落ち、女の唇にかすかな微笑がにじんだ。

「手を離して。今、名刺を渡すわ」

と言い、次の瞬間、自由になった手でバッグを開けながら、「でも名前は自分の口で言っておいた方がいいわね……山路ミズエと言うわ」と続けた。

彼は顔色を変えた。

「山路？　さっき香奈子さんと結婚していた男が『山路』という名前だと言わなかったか？　そのう……圭太のお父さんのことだが」

女はうなずき、

「山路将彦。小川香奈子の前の夫で私の今の夫」

と言いながら、バッグから名刺をとりだして彼に渡してきた。

山路水絵という名前があり、肩書きは歯科医師とある。他に山路クリニックの名前と住所、電話番号、それにメールアドレス……。

「香奈子さんが圭太を連れて出た後に、結婚したのか」

彼の質問を無視し、

「私、帰りたい時に引き止められるのって大嫌いなの。訊きたいことがあるなら、そのアドレスにメールをして……今はもうクリニックの手伝いもしていないから、そちらには電話しないで」

そう言い、背を向けて歩きだし、だが、すぐにふり返って、「でも、勝手についてきたいならどうぞ」と言った。

今度も彼はためらわなかった。薄汚れたスニーカーの足は、女の背を反射的に追いかけていた。

従者のように女の一歩背後を歩きながら、

「さっきの圭太を取り戻す話には、山路もからんでるのか……つまり、そのう、山路とあんたで計画してることなのか」

と訊いた。

女は何も答えなかった。ブランド店のショーウィンドウの前で立ち止まり、ガラスごしに、金貨をつないで作ったような、やたら黄金色に輝くドレスを眺めていたが、しばらくしてまた歩きだした……と思うと、唐突に道路に向けて手をあげた。

通りかかったタクシーが止まり、ドアが開いた。女はドアに手をかけてから、何か忘れ物でも思いだしたようにふり返り、彼を見た。

「山路は何の関係もないわ。近々私も離婚して、あの家を出るから。計画の実行はその後のことよ……早くて来年初め。だから時間は充分あるし、ゆっくり考えてみて」

それだけを言って乗りこもうとするのを、彼は、

「圭太には絶対に、危害を加えないだろうな」

という言葉で引きとめた。もう一度ふり返った女は、あきらかに不機嫌な顔になっていた。

「何度も言わせないで。圭太は大丈夫だから。それより自分のことを心配するといい。圭太は安全だけど、あなたには……たぶん、あなたの人生には危害を与えることになるわ」

女は、彼の反応など無視してタクシーに乗りこみ、一カ月前と同じように彼を突然その場に置き去りにして、どこへともなく去っていった。

それから夕刻まで、彼は意味もなく初めての街を歩き続けた。女は正面を向いている時でさえ、横顔で彼を無視しているようにしか見えなかったのだが、同じよそよそしさがその街にはあった。そして女のことを考えると、初めての街を歩くのに似た迷路をさまようような不安がつきまとった。

その帰路、彼は野球のボールを一つ買い、工場に寄った。

もちろん、圭太へのおみやげである。大喜びの圭太と、暗くなりかけた工場のすみで、キャッチボールをした。大はしゃぎする圭太につきあって笑い声をあげたが、いつもよりかん高い笑い声に無理があったのだろう、香奈子は「給料もきちんと払えていないのに悪いわ」と言った後、

「どうかした？」

と訊いてきた。

「何だか違う人みたい、今日の川田君」

そう言われ、彼は真顔になった。

束の間だが、暮色にとけこみそうな香奈子の顔に、子供の頃の母親の顔が重なって浮かんだ。

彼が見た母親の最後の顔だ……子供には憶えられない難しい名前の病気をわずらった母は、治る見込みもないまま、病院から実家に戻って死んだと聞かされたが、実際には病院を出た後、彼の顔を見にきている。

今と似た夏の夕暮れ時で、圭太と同じようにまだ小さかった彼は蜂の巣を見に、納屋に足を踏み入れた。その時刻になると蜂がいっせいに戻ってきて、彼の背丈ほどある大きな巣に家族の団欒《だんらん》のような、あたたかな雰囲気が漂うのである……彼のそのころの唯一の楽しみだったが、それを知っていた母親は、病院を出て実家に戻る途中、こっそりと納屋に立ち寄ったのだった。

「ミノル……」

と呼ばれて外に出てみると、近くの物陰に半年ぶりの母の姿があった。さびしい色のワンピースを着た母は、見違えるほどやせ細り、夏の白い夕闇に今にも消え入りそうに影が薄かった。背後にそびえた朴《ほお》の木が葉陰に溜めた闇の方が濃くて、母の体を呑みこみそうに見えたのを、二十年経った今も彼はあざやかに思いだせる。

実際に、母の小さな体に似合った小さな人生を闇に呑みこんだのは、夫の沼田鉄治と姑、それに母が嫁ぐ前から鉄治にいた愛人だった。

父の愛人は、母が病院に入ってからは毎日のように家に出入りし、彼にも母親代わりのようにふるまっていた。母はそれを承知していて、裏庭からこっそり彼に会いにきたのだった。子供だった彼にも、母が最後に一度だけ自分の顔を見にきたのだとわかったが、家の中にいる夫や姑に遠慮して、裏庭でも隅のまた隅を選ぶようにして立っている母を見ると、素直になれず、納屋の戸口に立って背をむけ、蜂の巣を眺めていた……。

「私は実家で養生して、早いとこまた元気になって戻ってくるから、それまでお父さんやお祖母ちゃんの言うことを聞いて、ミノルも元気にしてるんだよ」

そんなことを母は言った。

いや、そんなことしか言わなかったのだ。後に思えば、母は無理にでも『わが子』の腕をつかみ、その場から実家へ連れ戻りたかったにちがいないのだが、倒産しかけた実家より相変わらず羽振りよくやっている父のもとにいた方が彼が幸福になるチャンスは大きいと考えて、身を引く道を選んだ。生命より少し早く、自分の中の『母』をその裏庭の片隅に葬り去った……。

まだ小さかった彼には、そこまでわからず、

『実家に戻って一日でも余分に一緒に暮らそう』

と言ってくれず、手も伸ばしてこない母に、自分は捨てられたのだと思った。立ち去る前に母は何かの言葉を背中にかけてきたはずだが、それはすぐに忘れた。

『じゃあまた』とか『元気でね』といった類《たぐい》のありふれた、退屈な言葉だったろう。遠ざかっていく足音も最後まで聞かず、二匹の蜂が巣のそばで羽をすりあわせるほど仲良く飛んでいるのをぼんやり見守っていた。

母が最後にどんな顔を見せたのかもわからない。

だが、あの時は背を向けて見なかったはずの母の顔が、成長するにつれ、少しずつ見えてくるようになった。特に、新しい母親にわずかもなじめないまま成人し、家も本当の名前も捨てて東京に出てからは、その最後の顔を、実際に見た母のどんな顔よりもあざやかに思いだすようになった。

思い出も、人と共に成長するものなのか。二十年が過ぎた今、思いだす母の最後の顔は、頰が昔以上にふっくらと豊かになり、すねた子供の背中を優しい、慈愛としか言いようのない目で見守っている。

それは勤め始めた印刷工場の娘が、婚家から連れ戻った子供によく見せるのと同じ目だった。今、キャッチボールに夢中になっている圭太を見守る香奈子の目には、母性がやわらかな微笑となってにじみだしている……。

だが、今日の女が真実を語ったのだとすれば、圭太は香奈子が産んだ子供ではないのだ。この微笑は、周囲や圭太までもあざむく仮面ということになる。

香奈子は本当の母親から圭太を奪いとったのだから、彼、沼田実の実母とは反対の立場だ……むしろ、彼が今も憎んでいるあの継母と立場が似てくる。

それどころか、あの継母よりタチが悪いのではないだろうか。香奈子の巧みな手にあやつられ、圭太は本当なら憎むべき女を、母親と信じて愛しているのだから……。だが、夏の夕もやの中に浮かぶ優しい笑顔は、やはり彼の本当の母親の方に似ている。あの虚栄心の強い、嘘でぬりかためた冷酷な継母と似たものなど微塵も感じとることはできなかった。

どんな人間にも、見かけとは違う中身がある。誰もが何らかの嘘をつき、自分を飾っている。

あの継母だって、彼以外の者の目には、先妻の子供を実の子以上に可愛がる菩薩《ぼさつ》のような女として映っているのだ……一番身近にいる夫だって、今もまだそう信じているだろう。だから一度も口答えしたことのない、素直でおとなしい息子がなぜ、ある日二百万のお金を金庫から奪ってどこへともなく消えてしまったのか、いまだにわからずにいるはずだ。

彼自身にも、香奈子の知らない顔がある。それならこの香奈子にも裏の顔があっていいではないか。

今日の女が言ったことを彼はまだ信じられずにいる。数時間が経った今も、女が語った意外すぎる事実の数々を『嘘だ』とはねのけようとしている自分がいる……だが、奇妙なことに、否定すればするほど、逆に女が語ったのは事実だという思いは強くなってきている……。

あの女の話が嘘だとして、そんなとんでもない嘘をつく理由が果たしてあるだろうか。彼にとっては突然すぎる話でも、女にとっては、小川家や圭太、そして彼のことも十全に調べあげた末に満を持して切りだした話なのだ……嘘だとすれば、そんな手間隙をかけ、危険を冒してまでつく嘘にいったいどんなメリットがあると言うのか。

一歩まちがえば、警察沙汰になる嘘なのである。

もし彼が工場に戻り、一言でも女の話をもらしたら、香奈子は憤《いきどお》って以前の夫に連絡をとるか、即座に警察に駆けこむだろう。

そうすれば嘘は簡単にばれる。

ただし、それはあくまで女の話が嘘だった場合だ。

あの女の子供を香奈子が強引に奪いとったという話が本当だった場合、香奈子は絶対に警察に連絡はしない。他人の子供をちゃんとした養子縁組もせずに自分の子供として届け出たとなれば、れっきとした犯罪だ。たとえ証拠は残さなかったとしても、香奈子には後ろめたさがあるから、何の反論もできない。

せいぜい、彼に対して、『あの女は私のことを逆恨みしてるから、そんな酷《ひど》い嘘でいやがらせをしてるのよ。従業員のあなたが何も知らないのをいいことに……。私は無視するから、川田君も今日あったことは全部忘れて』と言うぐらいのことしかできないだろう。

あの女は、そこまで計算して、彼に洗いざらい話し、誘拐事件への協力を求めてきたのだ。だから、『香奈子には何も言うな』と口止めすることもなかったし、自分が誰であるかも明かし、連絡方法まで教えてくれた……。

昼間、彼は信じられなくて何度も首をふったが、それは女の話が信じられなかったというより、あの虚飾に満ち満ちた、嘘で塗り固めたような女が真実を語ったことが、信じられなかったのかもしれない。

あの女は事実を語った……。

そう考えると、しかし、また別の疑問にぶつかってしまう。

香奈子はなぜ、憎むべき女の子供を可愛がる芝居をし、普通の女ならがまんできないようなその芝居を、今もまだ続けているのか。

それがあの水絵という女との戦いで、香奈子が唯一、勝利をおさめる方法だったのだろうか。

継母のことを思いだすと、彼が素直さを装って『お母さん、お母さん』と慕う芝居をする時、何より嬉しそうに顔をほころばせていた……信じたくはないが、香奈子の微笑にも、それと似た勝利者の余裕が隠れているのかもしれない。

継母は、先妻の子供の心をつかみとることで、最終的に沼田家に自分の座を得たのである。同じように、香奈子も圭太をしっかりとつかんでおくことで、離婚後も山路家に自分の座を確保し続けたのではないのか。

それは、水絵が愛人から妻へと昇格し山路家に入りこんでも奪いとれなかった座なのだ……香奈子は、水絵にくらべるとあまりに平凡な女だ。

女としての魅力も、才能も、すべて水絵より劣っている。水絵という女の華やかさの陰で、いかにも地味にひっそりとしている。そんな地味さが気にいられ、山路将彦の妻に選ばれたものの、依然、将彦の体や心をつかみとっていたのは水絵の方だった……。

『圭太』は、そんな香奈子が戦いに勝つために手にしうる最後の最大の武器だったのかもしれない。敵に勝つには、敵がもっている有力な武器をまず奪いとって自分たちの武器にすればいい……。

それだけでなく水絵が言ったように、香奈子は以前の夫の将彦にまだ断ちがたい未練をもっていて、その気もちを自分につなぎとめておくために圭太をつかんでいるのかもしれない。

気もちだけでなく、将彦のお金への執着もあったかもしれない。離婚するだけなら少額の慰謝料で終わってしまうが、圭太を手にしている限り、山路家の財産ともつながっていられるのだ……。

ちょうど香奈子が山路家を出るころから、実家の工場は大きく傾きだし、最後の悪あがきを始めている。山路家の財産を、香奈子は無視するわけにいかなかったのではないか。

かと言って、財産に手をつけ持ち逃げするように家を出るわけにはいかない。だが、圭太なら……

血と共に山路家の財産に確かなつながりをもつ圭太なら、一緒に連れて出てこられる。

圭太は、戸籍上でも香奈子の産んだ子供になっているし、将彦も姑も文句は言えないのである……。

印刷工場が直面している危機を、従業員の一人として彼は切実に感じとっているから、そんな風に香奈子の目的が、圭太の血に豪華な付録としてついている財産なのだと考えた方が、信じられない話にも納得できる気がした。

とは言え、誘拐事件の幕があがったばかりのその日、工場の薄っぺらなトタン塀のそばでキャッチボールをしながら、彼、沼田実がそこまで考えたわけではない。初対面同然の女の途方もない話を、沼田が何とか納得するまでには、その日からさらに二カ月間の熟考が必要だった……。

「あぶないっ」

香奈子の叫び声で、彼は我に返った。考え事をしながら無意識に投げたボールが、圭太の頭部をかすめたのだ。キャッチボールと言っても、まだ四歳の圭太が相手だから、受けやすい弱い球を投げるよう気を遣っていたが、昼間の女の言葉や二十年前の母の顔を思いだしているうちに、コントロールが狂ったようだ。

きょとんと突っ立っている圭太のもとに香奈子は走り寄った。

「だいじょうぶね。何でもないわね」

圭太の頭を両手で包みこむようにして撫でまわしている。

聖母を描いた宗教画でも見せつけられている気がして、彼は呆然とその場に突っ立っていた。

「川田君、本当にどうしたの、今日は。圭太が一番欲しがっていたものを買ってもらったから、文句は言いたくないけど」

香奈子がいつもよりきつい声でなじってきた。

それでも彼は動こうとせず、距離をおいて香奈子の顔を見守り続けた。

「何でもないよ。おかあさん、ボク、ボールあたってないよ」

圭太が彼をかばおうとした。香奈子はその肩に手をまわし、圭太と一緒に彼の方に近づいてきた。

「変よ、やっぱり。何かあったの、困ったことなら、相談に乗るけど」

彼は、反射的にうなずき、だが、すぐに今度は首を横に大きくふった。

その間、わずか一秒……その一秒間が彼の運命を決定した。彼は、水絵という女に会い、何を頼まれたか、すべてを香奈子に話さなければと思い、実際に口を開いたのだ。だが、開いた口からは何一つ言葉が出てこなかった……。

吐きたいのに胃液の一滴すら出てこないことがある。それに似た焦燥や苦痛で、かすかだがのどに痙攣《けいれん》が走った。

それをごまかすために、彼は自分でも恥ずかしくなるほど大げさな笑顔をつくり、「ちょっと疲れただけですよ。炎天下を歩き回って熱中症にでもなったのか……圭太、悪かったな。続きはまた今度にしよう」と謝った。

二人に背をむけ、次の瞬間には、なぜ言わなかったのだろうと、後悔の声を全身に響かせていた。

アパートに戻ると、水のシャワーを浴びた。熱さは、火傷《やけど》のように痛みとなって体に残っていた。水では流せない熱さが、体の芯にしみついている。

体は、昼のあいだ皮膚から吸いこんだ太陽の光を、夜になり、少しずつ夜気にむけて、放射し始めた。だが、どれだけ放出しても、体の奥には熱さがあふれ返っていた。無尽蔵の油田のように、それは、黒いぎらきらした液となっていつまでも夜へとしみだしていく……。

寝ようとして目を閉じると、まぶたの裏にまぶしい光があふれ、彼はカフェへと引きずり戻された。

花の影絵をしみつかせた乳房が目に戻り、女の腕のやわらかさが指に戻った……細すぎる腕は意外な弾力を秘めていて、彼の指を受け入れながら、同時にはねのけてもいた。

誘拐劇の幕があがったばかりのその日、彼、沼田実には、自分の手でその幕をおろすチャンスが二度あった。

一度は、カフェから唐突に去ろうとした女の腕を、とっさにつかんで止めた時……あと一度は夕方、キャッチボールでミスをして香奈子に「どうかしたの」と訊かれた時だ。

一度目は、つかんだ腕を自分から離し、「二度と俺に近づくな」と言うだけでよかったし、香奈子には、水絵という女から何を頼まれたか、すべてを打ち明ければよかったのだ。

なぜ、そうしなかったのだろう。

長いつきあいになる香奈子より、ほとんど初めてだったあの女の方を、信じるというのか。平凡だが誠実で優しい香奈子より、美人だが傲慢で見栄っぱりな女と手を結ぼうというのか。

熱帯夜と変わりない蒸し暑い闇の中で、寝つかれないまま、彼は手さぐりで携帯電話をとると、思いきって女にメールをしようとした。

『今日の話は冗談として忘れる。二度と俺に近づくな』

画面の明かりを頼りにそう打ちこみ、送信しようとして、だが、彼の指は、どうしてもボタンを押すことができなかった。

送信ボタンからわずか一ミリ離れて、指は硬直したように止まっている。

本心ではないからなのか。本当は、あの女が再び近づいてくることを望んでいるのか……。

改めて、『明日にでもまた会って、もっと詳しい話を聞きたい』と打ち直したが、やはり、送信ボタンを押す勇気はもてなかった。指は今度も、最後の一ミリを残して止まってしまった。

結局、指がその一ミリの距離を埋めるのに一週間かかった。

次の日曜日、彼は、先週山路水絵がカフェに現れた時刻を狙って、『連絡たのむ』というメールを送った。

三分後には携帯電話が鳴ったが、わずか三分が彼には三時間より長く感じられた。

「何の用？」

電話を通すと声はいっそうかすれていて、面倒くさそうに聞こえた。

「先週の話だけど訊きたいことがある。手伝うかどうかはそれから決める」

それだけのセリフを何度も頭の中で練習したが、本番ではさすがに緊張して声が硬くなった。

「何を訊きたいの」

女は小声で面倒そうに言った。

「圭太を誘拐する本当の理由だ。この前の話は……あれは嘘なんだろう？」

彼は苦笑いと共に、単刀直入にそう訊いた。

「何だ、そんなこと？」

女はホッとしたようだ。緊張から解かれて、電話の声にゆるみが出た。

「たしかに本当の理由を全部言ったわけじゃないけど、私が圭太をとり戻したいというのは嘘じゃないわ……そのためにまず、小川香奈子に自分の口で告白させたいというのも。ただ……」

「それより、もっと重要な理由があるというわけだ」

返答をためらったのか、二、三秒沈黙した後、

「そうよ」

意外なほど素直な答え方をした。

「どんな理由?」

「それはまだ言えない」

「まだって……いつ教えてくれる?」

「………」

「もしかして最後まで……あんたたちの事件が終わるまで言わずにいるつもりじゃないだろうな」

女は、息のようなかすかな笑い声を唇からもらし、「想像以上に頭がいいわね……と言っても、長野の名門高校を二番の成績で卒業してるから、頭がいいのはわかっていたけど」と言った。

女がそんなことまで知っているのを今さら驚くこともなかった。彼は、携帯電話のむこうに女の唇だけを想像し、それ以上に大切なものなど何もない気がしていた。

想像の中で、その唇は声が赤く染まって聞こえるほど濃密に口紅を塗っている。

「今、あんたたちと言わなかった?」

と赤い声は訊いてきた。

「言ったよ」

「どうして複数形なの?」

「話を聞いただけで、あんた一人で計画したんじゃないことはわかってたし……俺の尾行や身元調査も一人では無理だな」

女はしばらく黙っていたが、やがて「隠してたわけじゃないのよ。そんなに得意そうにしないで」と言った。

「協力者が何人かいることは、どのみち教えるつもりだったから。ただ、一つだけはっきり言っておくけど、計画は細部まで全部、私一人で立てたもので、みんなは私の書いたシナリオどおりに動いているだけ……」

威圧的な物言いになると、女の声は喉に炎症でもあるかのようにかすれる。その声は何かの音に似ていて、聞いていると体の中で同じ音がざわざわと騒ぎだす……。

「本当の……一番の動機を教えてくれれば、あんたの仕事を手伝ってもいい」

「……」

「子供を取り返したいという動機は、あんたには似合わない……命がけで子供を取り返したいというほど切実な母親の顔を、あんたは持っていない。俺のことは全部調べあげたらしいから言うが、俺は子供のころ、そういう命がけの切実な、母親の顔を見て、目に焼きつけてるんだ」

携帯電話はひっそりと静かだった。電話が切れたのではと心配になるほどの静寂を、笑い声が破った。しのび笑いのようなかすかな笑い声が、彼の耳にはひどくうるさかった。

「ともかく渋谷へ出てきて。話の続きは、それからにしましょう」

と女は言った。

「渋谷のどこで？　渋谷の街にはあまり詳しくないから、あんたが決めろよ」

「どこがいいかしら。ハチ公前は今日あたり、人で埋めつくされていて、いくらあなたが背が高くても見つけ損なう可能性があるし……」

考える様子になったが、やがて、

「意外なところでもいい？」

と訊き、「交差点なんかどう？　ハチ公前の交差点。センター街へと渡る広い横断歩道があるでしょ、あのあたりでどう？」と続けた。

「あのあたりってハチ公側？　それともセンター街側？」

「いいえ、どっちの側でもなく交差点の真ん中あたり……いけない？　交差点も今日は人で大変だろうけど、信号が赤になれば人はいなくなるから、いやでもあなたが目立つと思う」

「本気なのか」

と訊きながら、彼は顔をしかめた。

「あの交差点は車が流れだしたら危険だろう?」たしか車を避けるゾーンはない。

「それは一時間後に自分で確かめたら？　じゃあきっかり一時間後に交差点の真ん中で」

女はそう言うと一方的に電話を切ってしまった。

先週と同じ、相手を自分の従者のように見くだす、傲慢な女に戻っていた。

彼の大胆な出方にたじろいだり、おびえたりする意外に気弱な一面を見た気がしたが、それもしたたかな演技だったのかもしれない……結局、今の電話でも、彼には手玉にとられたような疲労感が残っただけだった。

畳の上に大の字になっていたので、背中は汗でぐっしょり濡れている。不快さにいらだちながら、すぐには起きあがる気になれず、首をねじって開け放った窓を眺めていた。

あれから暗い雨模様の日が続き、週末になってまた真夏と変わりない太陽が東京の狭苦しい空に大きく陣取った。

光は白いまぶしい壁となって、窓をふさいでいる。薄っぺらなカーテンでも少しは光を遮断できるのだろうが、それも閉じずにいるのは、蜂が帰ってくるのを待っているからだ。

この春から、彼は窓辺に小さな手製の巣箱をおき、ミツバチを飼っている。蜂たちは昼のあいだ外を飛び回り、夕方彼が帰宅する前に、開け放しておいた窓から、白い四角い巣に戻ってきていた……その巣箱が、先週、代官山に出かけた日曜の夜から空っぽのままなのだ。

朝、彼より先に飛びだしていったまま、帰ってこなくなったのだった。

飼い主に異変が起こったことを敏感に察知して、去っていったのか。

子供のころ、蜂は天災の起こる年には巣を低い位置に作ると聞いたことがある。そのカンの鋭さで、飼い主の人生が狂いだしたことを見抜き、自分たちの生活まで狂いだすのを恐れ、逃げだしたのか。

この数日間、工場を出るとアパートに直行したが、かならず巣箱の前で落胆のため息になった。それでもあきらめきれず、雨と夜の気配を混ぜこんで半端に暗くなった空を、窓から見守り続けた。

全部の蜂が気を変えて逃げだしたのではない。たった一匹の女王蜂が気を変え、他の蜂はそれに従っただけだ……そんなことを考えたのは、電話を切って三分後には起きあがり、シャワーを浴びて外出の支度を始めた自分を、一匹の働き蜂のように感じたからだ。

言われたとおり、電話が終わって一時間後には渋谷交差点のほぼ真ん中に立っていた。

歩行者用の信号が青に変わると同時にハチ公像側からセンター街方向へと歩きだし、真ん中あたりで足を止めた。予想通り、ラッシュアワーの電車並みの混雑で、突然立ち止まった彼は、背後に続いていた男に肩をぶつけられ、

「あぶねえな」

と不機嫌な声を浴びせられた。

背後から襲いかかってくる人の群れを気づかいながら、前方から押し寄せてくる人波も避けなければならない。

すぐに、この交差点の真ん中では、青信号の時の人波もじゅうぶん危険だとわかった。

やがて、赤信号に変わり、人波が両岸へと引くと彼はホッとしたが、それも束の間で、今度はクラクションを浴びせかけられ、「何やってんだ」という怒鳴り声と共に車がすぐそばをかすめる恐怖と

戦わなければならなかった。

女は、こんな状態でどう彼に近づくつもりなのか。車で近づいてくるより他ないが、どうやって車を止めるつもりでいるのか。交差点の中でも車は流れ続けている……突然停車したら、背後に続く車に必ず追突される。

女はなぜ、こんな場所を指定してきたのか。

いや、それより、なぜ自分は女の命令に従い、こんな待ち合わせにはありえない場所で待っているのか。

自分でも理由はわからなかった。わかるのは、この人出では他の場所に移動したら、女が自分を見つけられなくなるということだけだった。

指定場所にいなければ、女はもう二度と連絡してこなくなる……。全身から汗が噴きだし、狭い東京の空に我が物顔でのさばっている太陽は、彼の顔やむき出しの腕をじりじりと焼き続けた。

また青信号になって人波と戦い、ふたたび赤信号になって車の渦に巻かれて突っ立っていると、もう一つの恐怖が襲いかかってきた。

みんなに見られているという、恥ずかしさに似た恐怖だ。車の窓や交差点を取り囲んだビルの窓から、無数の目が自分を監視している。ガラスの檻に閉じこめられ、観察されている実験用の鼠になった気がする……。

その時になって、パトカーがすぐ近くに迫っていることに気づいた。赤信号なのに交差点の真ん中に突っ立った男に不審をおぼえたにちがいない。どう言いわけしようか……だが、それを考える余裕もなく、パトカーは彼の前に止まった。

さすがに警察の車である。まわりの車をリードしながら、実に自然にうまく彼のすぐそばに停車した。助手席から制服姿の男が降りてきた。

おだやかな表情だが、彼の顔に止めた目は凍りついたように冷たい。彼は足を一歩ひいた。

だが、その時、後部座席のドアが開き、女が降りてきたのだ。あの女だった……山路水絵。

彼が待ち合わせていた女は、約束どおり、やってきたのだった。

「大丈夫よ。一緒に乗って」

女は腕を彼の体にまわし、背中を押して、パトカーの後部座席に乗せた。彼にはよく意味がわからなかった。女は彼を犯罪に誘っておきながら、事件を起こす前にもう裏切り、彼を警察の手に売り渡したのか……真面目にそんなことまで考えた。

パトカーが動きだすと、女は、

「どうもすみません、本当に助かりました」

運転席と助手席の二人の警察官に何度も礼の言葉をくり返した。

パトカーは道玄坂をのぼり、右折すると、デパートの前で止まって、二人を降ろした。

「ありがとうございました。本当にお世話になりました」

彼の腕をつかんだまま頭をさげる水絵に、助手席の窓から警察官が「今日は人出が多いから気をつけて」と親切そうな声をかけた。去っていくパトカーが視界から消えるまで頭をさげ続けた水絵は、
彼の腕から手を離し、彼の頭を人さし指でつついて、

「ビョウキの弟が道に迷って、交差点の真ん中で動けずにいるって、すぐ近くに駐車していたパトカーに泣きついたのよ」

すずしい顔でそう言った。

「私の車はこの地下においてあるから」

と続けて、彼の返事も待たずに歩きだした。

慣れた足どりで地下への階段を下りていく女の少し後ろから彼はついていった。

五月に見たのと同じ車の運転席に女は乗りこみ、助手席のドアを開け、目で『早く乗って』と言った。

乗りこみ、ドアを自分の手で閉め、前を見つめたまま「どうしてあんな場所で？」と彼は訊いた。

交差点に立っていたのはほんの数分だが、喉が渇ききっていて、声がすりきれた。

女は無言で車を出し、街中を走りだしてから、

「リハーサルよ。あの場所を身代金の受け渡しに使うから」

と言った。

車を高速道路に乗り入れてから、山路水絵は、

「あの交差点なら、いろいろと面白いことができるわ。マスコミを騒がせることもできるし、警察を混乱させられる」

と言った。

旅のプランでも立てているように弾んだ声だ。愉快犯……。ふとそんな言葉が彼の頭に浮かぶ。

愉快、ユカイ、ユーカイ、誘拐。

彼は『まさか』と頭をふった。この女は、世間や警察を騒がせたいだけなのではないか。東京一にぎやかな渋谷の交差点を舞台に、一億人を観客にして誘拐ドラマを演じたいだけなのではないのか。

圭太の産みの親というのも芝居がかっていて、この女の書いたシナリオとしか思えない。本当にこの女は、自分で名乗ったとおりの女なのだろうか。山路将彦の以前の愛人で、現在の妻というのも嘘かもしれない……。

「なぜ、そんなに事件を面白くしたい？」

彼はまずそう訊いた。

「おかしいだろ？　犯罪というのはもっと裏でこそこそやるものじゃないのか」

「だから、一つの犯罪の裏でもう一つ、もっとすごい犯罪をこそこそとやるのよ。共犯者になるあなたにも隠して、こそこそと……」

スピードをあげながら、口笛でも吹くような軽やかさで、女はそんなことを言う。

彼は車を降りるまでまっすぐ前だけを見ているつもりだったが、その言葉にはさすがに驚いて、運転している女を見てしまった。

すずしそうな女の横顔に、

「圭太を誘拐する本当の理由を教えてくれるのか」

と訊いた。

かすかに微笑した横顔は、しばらく無言だったが、やがて首をふり、「ダメ……」とつぶやいた。

「しかし、今言いかけたじゃないか。裏でこそこそやるって、いったい圭太を使って何をやるんだ？」

「今、『ダメ』って言ったの、聞こえなかった？」

「もちろん聞こえた。だが、それなら俺のことをまだ共犯者と呼んでほしくないな。圭太を誘拐する本当の目的を教えてくれると言うから、俺はあの交差点で待っていたし、この車にも乗った」

「本当に？……それだけ？」

女はそこで初めて、助手席の彼に視線を投げてきた。そして一瞬のうちに、その視線を彼の顔から体へと流した。

女は瞬時に目で彼の体をなめまわしたのだ。

この女は目の奥にも舌をひそめている……そして瞳にも化粧している。そう感じた。現に視線が通り過ぎたあとに彼の肌はさざなみを起こし、絵筆でも走らせたように色づいていた。

彼は女の唇を見た。一時間前の電話のあいだ、ずっと想い描いていた濃厚な色の唇は、現実には意外なほど、色も薄く乾いていた。それなのに目を閉じると、その唇の残像から色がしたたるような濃密さでにじみだしてくる……。

「本当にそれだけだ」

と答えてから、

「どこへ行くつもりなんだ」

と彼は訊いた。どうも車は東京の中心部を一回りしようとしているだけのようだ。

「わからない。どこか行きたい？」

「いや……」

「じゃあ、このままぐるぐる回ってましょう。渋滞もないみたいだし」

女はそう答えたあと、さらにスピードをあげ、唐突に「あなたのためなのよ」と言った。

「……？」

「私が裏でこそこそやろうとしてることを、あなたは何も知らない方がいいわ」

「どうして？　俺は知りたいと言ってるじゃないか」

「いいえ、あなたはただ圭太を本当の母親の手に返すためにだけ手伝ったことにした方がいい。それなら万が一失敗しても、あなたは大した罪に問われないで済むわ。警察や検察はともかく、世間も裁判所もあなたには同情するわね、きっと。……情状酌量で執行猶予もありうる。でも、事件の裏を知って手伝ったとなると、共犯者としての重みが違ってくる。あなたは私と同じ重罪を犯したことになってしまう」

女の横顔は、唇に微笑をうっすらと残していたが、前方の道路を見つめる目は真面目だった。

「重罪というと……」

彼の声も真面目になっていた。

「何年も刑務所に行くことになる。身代金目的の誘拐は、どこの国でも重罪だわ」

彼は、もう一度ゆっくりとふり向き、女を見た。

「身代金は一円もとらないと言わなかったか、昨日は」

「だから、それは表舞台の誘拐事件よ。警察やマスコミ、それから日本中の客が見る表舞台のドラマ。楽屋裏では子供の命と引き換えにちゃんと身代金を受けとるわ。莫大な額の身代金を……」

彼は言葉を失い、ただ女の横顔を見守った。

「金額も知りたい？　警察の目が届かない楽屋裏で、相手にどれだけ要求するか……」

喋りのスピードまで上げ、歌うように言った。

「ああ」

と答えるつもりが、自転車のタイヤがパンクしたような、しみたれた破裂音になった。

「三億……と言っても、今は『三億円』の価値も下がったけど、それ以上は無理ね。資産はもっとあるようだけど、すぐに現金で用意できるのはその程度みたいだから」

「…………」

「驚いてるの？」

彼は首をふったが、それは『信じられない』という意味だった。

「嘘だろう?」

やっと声が出た。

「そう、嘘。嘘だということにしておきましょう……その方がいいわ。どのみち、あなたにはすぐ忘れてもらうつもりだったから。あなたは表舞台の方を手伝ってくれればいいのよ。楽屋のことなんて気にしない方がいいわ」

彼はもう一度、首を横にふった。

女はちらっとふり向き、

「急に怖くなった? まさか、表舞台を手伝うのも嫌だと言い出すんじゃないでしょうね」

と言うと同時に、車はトンネルに入った。オレンジの灯が、女の横顔を陰画に変えた。この日、山路水絵は自分の肌の白さを強調する、黒いノースリーヴのワンピースを着て、コサージュと言うのか、胸もとに造花を一輪飾っていたが、紫だったその花が、陰画の中で喪章のような暗い花にすり替わった……。

「いや、身代金を誰に要求するのかを考えていただけだ……圭太のためにそれだけの大金を出せるヤツとなると限られてくる。小川家は倒産寸前でその百分の一も用意できないだろうし」

彼は、女の胸もとの造花に視線をそそぎながら、「圭太のまわりに三億円もの大金をもっているヤツがいるのか。しかも圭太のことをよほど愛していなければ身代金を出さないだろうし……。そんなヤツがいるのか、本当に?」

ひとり言でも呟くようにそう訊き、だが、すぐに自分で「いや」と否定した。一人の男の名が頭に浮かんだ。

「いや、一人だけいるか……」

「誰？」

「あんたの夫の歯科医。山路……」

「将彦」

苦笑でもしたような息づかいが気になって、彼は女の顔を見ようとした。だが、その時ちょうど車がトンネルをぬけだし、すべてが陽画へと反転した。造花があざやかな紫によみがえり、彼はその色に目を奪われた。

「あんた、表舞台の事件で身代金を出すのは山路将彦になると言ったよな」

彼は胸もとの花に視線を釘づけにしたままで言った。

「ええ。でも表の事件ではその身代金にいっさい手をつけず返すことになるわ」

「そうか……それで、楽屋でも山路将彦と裏取引をして三億円を出させるというわけか。しかし」

彼の言葉をさえぎるように、

「何を見てるの？　この花？」

山路水絵は唐突にそう訊いてきた。

「ああ。造花なのか、それは」

「あなたはどう思う？」

「どう思うって？」

「この花が真実を語ってるか、それとも嘘つきなのか」

彼は意味がわからず、女の顔を見た。横顔は、何も言わなかったように静かで、相変わらず助手席に彼がいることなど忘れてしまっているとしか思えなかった。

「造花のように見えるけど、もともとは本当の花なのよ。生きている花に特殊な薬品を塗って、二年も三年も枯れないようにしてあるの。胡蝶蘭……この色の胡蝶蘭は珍しいし、よく『造花？』って訊かれるけど、色も本物」

「……じゃあ、蜜も残ってるのか」

その花に触れたいという衝動が彼の指先へと走った。その手を隠し、必死に握りしめた。

「さあ。どうして？」

「別に意味はないが……蜂が群がりそうな花だから。俺がミツバチを飼ってること、知ってる？」

「どこで？　ミツバチなんかをどこで？」

と女は訊き返した。

「アパートの部屋だ。調べてなかったのか」

「ええ。あなたのことを全部調べたわけじゃないから」

と答え、女は「ふふふっ」と芝居じみた、わざとらしい声で笑った。

「偶然ね。私が幼稚園の正門から少しはずれたところに駐車して見張ってた時、何回かあなたが圭太を迎えにきたことがあって……あなたが圭太の手を引いて出てくるのを見るたびに、私、何だかあなたが働き蜂で、私のために蜜を運んできてくれるような気がしてた。いつも、あなたは私のことなんか気づかずに、あの女のもとへ蜜を運んでいったんだけど」

「そんなことより、もっと重要なことがある。三億円のお金が何よりの目的で、圭太を自分の手に取り戻したいなんて気もちは全然ないんだろう……一儲《ひともう》けのために圭太を利用するだけじゃないか」

「違うわ。三億円も、結局は圭太のためのお金だわ」

「………」

彼は無言で首をふった。女がまだ必死にごまかそうとしているだけとしか思えなかった。

女は続けた。

「三億あれば、圭太をとり返すことができる……何度も言ったように、小川香奈子こそ誘拐犯だわ。私は莫大な身代金を払って、香奈子から無事に圭太をとり戻そうとしているだけよ。ただ私はそんな大金をもってないから、必死に考えた末に、身代金は身代金で作ることにしたの……同じように圭太を誘拐して」

「三億出せば圭太を返してもいいと、香奈子さんがそう言ってるのか」

女の言葉が理解できないまま、そう訊いた。

「いいえ。彼女はそんな大金、欲しがってもいないし、必要ともしていないわ」

「だったら……」

彼がさらに訊こうとするのを無視し、

「今日、小川家の人たちは何をしてるの」

女は強引に話題を変えた。

「小川家の人たちというと?」

彼は顔をしかめてそう訊き返した。唐突すぎた質問は、ひどく謎めいて聞こえたのだ。

「あなたが働いている工場の社長とその家族だけど……社長は金策?」

「ああ、日曜日は大抵渋い顔で金策に走り回っている。だが、訊きたいのは社長のことじゃないんだろ? 香奈子さんや圭太なら、お兄さん一家といっしょに遊園地に遊びに行っている。乗り物のチケットが手に入ったらしくて、昨日俺も行かないかと誘われ……」

誘われたが断ったと続けようとして、彼の声は不意に口もとで止まってしまった。ちょうど窓にドームが見えてきたのだ……意外な近さで。

遊園地の観覧車もすぐ近くに迫ってきている。

「なんだ、教える必要なかったみたいだな。知ってることを、わざわざ訊くなよ」

と彼は苦笑いになった。

「何のこと?」

「知ってたんだろう? 圭太が今日、あそこに来てること……俺が今言った『遊園地』ってのは、その後楽園のことだ」

「本当に? もちろん知らなかったわ。ただの偶然。でも凄い偶然だけど」

女の顔へと視線を投げてみたが、本当に女の横顔は、その偶然に驚いているようにしか見えなかった。

だが、芝居なのだ……。
二、三日前、小川家の郵便受けに封筒が届き、その中から後楽園遊園地の無料チケットがほぼ二万円ぶん出てきたのだった。裏には差出人として、昨年工場をやめた森下という若者の名前があり、封筒の中には、ワープロで書いた手紙が添えられていた……。
『森下君、ここをやめたあと後楽園で働いてるんだって。一度みなさんで遊びに来てくださいって書いてあったけど、二万円ぶんものお礼をもらうほどウチは森下君を大事にしてあげたわけじゃないし……何だか変だわ』

香奈子はそんなことを言っていたのだ。

印刷工場の内情まで詳細に調べあげているこの女が森下の名を使って、その手紙を出した可能性は充分ある。そして今日、偶然を装ってこの遊園地へやってきた……なぜか彼を連れて。

さっきからただ意味もなく高速をぐるぐる回っていたのではなく、目的地はちゃんとあったのだ。

「せっかくの偶然だから、私たちも行かない？」

案の定、女はそう言いだした。

「ダメだ。圭太たちに見つかるかもしれない」

彼の心配を一蹴するように、この時、女は意味もなくクラクションを鳴らした。

「遊園地じゃないわ、行くのは。後楽園でも別の場所」

女はそう言い、二十分後、後楽園近くのビルの駐車場に車を止めるまで一言も喋らなかった。

一度電車でドームに野球を観にきたことがあるだけで、このあたりの地理にうとい。車が高速を出てから駐車場に入るまで、彼は女にあやつられ迷路をさまよっている気がした。

「ここで降りて、少し歩くわ」

と言う女に、「知り合いのビルなのか」と彼は訊いた。車から降り、三階建てのビルを見あげると、二階の窓ガラスに堀田商事という名前がある。

「ちょっとした知り合い。後楽園に来る時は、駐車場を勝手に使ってもいいことになってるから」

と言い、女は歩きだした。その背に、

「やっぱり、偶然来たんじゃないんだ」

と声をかけた。

女は彼の声など無視して、どんどん先へと歩いていく……薄い生地のワンピースは黒い風のように体にまとわりつき、時々腰のラインがくっきりと浮かびあがった。真昼のまぶしい光の下で見ると、いかにもそれは夜の衣装で、女は闇とたわむれているように見えた。

彼は黙って、その背の少し後ろを歩き続けた。

やがて、後楽園のエリアに足を踏みいれ、女は黄色いビルの中に入っていった。

同じようにたくさんの男たちがビルの入口に吸いこまれていく。スーツを着た会社員風の男からランニングシャツ一枚の貧しそうな男まで、ごった煮のようにあらゆる階層の男たちがうごめいている。初めての場所だが、場外馬券売り場だとすぐにわかった。

工場の同僚に二人競馬ファンがいて、今日も府中の競馬場に出かけているはずだ。二人によく誘われるが、賭け事に興味のない彼は一度も馬券を買ったことがない。

女の方はもう何回も来ているらしい。競馬新聞を買い、慣れた足どりで階段を上った。

ゆっくりと足を運びながら、サングラスをかけたまま新聞の出馬表をチェックしていた女は、三階まで上がって、思いだしたようにふり返った。

「競馬をやらないことは知ってるけど、まだ迷ってるなら思いきって賭けてみない？　私が次のレースに勝ったら、共犯者になってもらうわ」

女は最後の『共犯者』という語だけ、不意に唇を彼の耳もとに寄せ、ささやくように言った。

「レースに勝つというのは？」

その意味を彼は訊いた。

「私の予想した馬が一番になったらという意味」

「もし、はずれたら？」

「あなたの望むとおりにしてあげる」

「…………」

唇は冗談のように微笑しているが、サングラスの濃密な黒の裏に隠れた目が笑っているかどうかは、わからなかった。

ただ、この女は俺の望むものが何かを知っている……そう感じた。

「それで？　何が欲しいの？」

子供に訊くような口調だった。彼はサングラスの黒を必死に見つめた。女の目がどんな本音を語っているかを探るように……。彼がその時、女に望んでいたものはたった一つだった。女が本気なら、思いきってそれを言おうと思ったが、言葉は唇の裏で奇妙に固まってしまう。

「どうしたの、早く言って。どんなことでも望み通りにするわよ」

そう急かされて、

「圭太のことを諦めてほしい」

思わずそう言っていた。

「三億円が欲しいなら、何か他の方法を考えるんだな。圭太を誘拐して奪い返すなんて計画は諦めてほしい。過去に何があったとしても、圭太は今、もう香奈子さんと本当の母子になっている。その幸せをこわさないでやってほしい……血のつながりなんて何も関係ないよ。どんな事情があったとしても、あんたは一度、血を裏切って圭太を手放している。だったら今さらのこのこ出てこないで、最後までちゃんと裏切り続けてやるんだな」

気がつくと、そんな言葉を吐きだしていた。吐きだすというのが実感だった。

今一番欲しいものではなかったが、喋りだすと必死になっていた。生家の納屋で最後に母親と会った時の自分と圭太の立場が重なり、止まらなくなった……母親に捨てられたという思いがどこかにあり、これが母親との最後の別れになるとわかっていながら、素直になれず背を向けてしまった。

あの時から少しずつ塵《ちり》のように溜まり続けていたものが、二十年経ち、あふれ出したのだった。ただ、それがこんな、場外馬券売り場という自分が立っていることも信じられないような場所で、こんな時に突然あふれ出してしまったことに、自分でも戸惑っていた。

本当は別のことを言いたかった。『欲しいのはその体だ。わかってるくせに』とか、そんな下卑た本心の方が、東京の中心部にありながらどこか場末の匂いがするこの場所に似合っていただろう。

女もちょっと驚いたようだ。

サングラスをとり、ナマの目で彼を見てきた。彼の足はまだ三階の床を踏んでおらず、二段下にいたが、それでちょうど目線が同じになった。

女は彼の目を射抜くように見つめ、彼も見つめ返した、女の目は、サングラスより濃密で謎めいた黒を秘めていた。

「いいわよ」

と女は言った。

「圭太の全部を諦めるわ。今度の計画も」

まじめな、嘘のない声に彼はまた戸惑ったが、女はその後すぐ「ただし、私の予想がはずれたらだけど」と冗談の声に戻って、サングラスで目を隠した。

窓口がずらりと並び、上方のテレビでレースが中継されている。

「大きなレースじゃないけれど、これにするわ」

女はテレビの下で、新聞の中ほどのページを開いて彼に見せた。馬の名前がずらりと並んでいる……女はペンの代わりに人さし指の長い爪を紙面に走らせ、ある馬の名前を丸く囲んだ。

トワイライトスター。馬番は『3』。

予想の欄は空白になった無印の馬だ。

「まだ有名じゃないけど、前に一度、意外なドンデン返しで一着に入ったことがある。いつもドラマチックに面白く見せてくれる私のお気に入り」

女はそう言うと、馬券を買いにいき、すぐに一枚だけもって戻ってくると、彼に渡した。

「きっとこれが来るから、気もちの準備をしておいた方がいいわ」

と言い、テレビ画面を見上げた。

男たちの目が女に集まった。女性客は他にもかなりいるのだが、パーティーにでも出かけるような衣装と磨きぬかれた肉体が男たちの目を引きつけるのだ。それがうるさいのか、馬がゲートインすると、テレビの下にできた男たちの群れから離れて立った。

馬はすぐにスタートした。いっせいに走りだし、興奮したアナウンサーの声が流れだした。『トワイライトスター』の名は二度呼ばれたが、必死に走っている馬たちのどれが、3番の馬かも彼にはわからない。救いを求めるように周囲を見回して女を捜そうとした目が、次の瞬間、凍りついた。

頼りない視線が、見知った顔をとらえたのだ。

社長……。

その二字が気もちに届くまでに数秒かかった。目が真っ先にその顔に気づき、『何でこの顔をこんな場所で見ているのだ』とふしぎがった。

社長と言っても零細企業のトップは、工場のトタン塀に似た薄っぺらな上着を着て、猫背を必死にのばし、男たちの陰からテレビを食い入るように見ている……。

目をそらしてどこかへ隠れなければ、と思いながら、逆に彼の目はその顔に引き寄せられた。

このレースが終わるまでは大丈夫だ。社長に見つかる心配はない。小動物より悲しげな目は、テレビ画面から一瞬も離れようとしないのだ。

馬たちは、その間も画面からほとばしり出すほどの勢いで走りつづけている。

「あ、トワイライトスター、出てきた。根性のスピードです。次々に抜いて二番手……いや先頭に躍り出た……」

テレビの中と外で同時に歓声があがった。それはトワイライトスターを先頭に、馬の一団が四コーナーを廻《まわ》り、直線コースに入ったからだ。

「ニシノカザルスが外から大きく追い上げている……すごい、飛んでます。これはもう『翼ある馬』。飛ぶ、飛ぶ……トワイライトに追いつくか。あ、ブラックファイアが三番手にあがった。ファイア、追う。カザルス、飛ぶ。トワイライト粘る……」

歓声がアナウンサーの声を呑みこんだ。だが、彼にはレースの展開などどうでもよくなっていた。トワイライトスターが勝つか負けるかより、社長の賭けた馬が勝つか負けるかが気になった。どの馬を買ったかは知らないが、トップ争いをしている馬の一頭にちがいない。テレビに釘づけになった目が血走り、火花を散らしている。日ごろ従業員を見る時でさえおびえを隠そうとしない小心そうな目が、こうも熱く、力をみなぎらせているのを初めて見た。

ただ、それも束の間だった。

馬がゴールを切り、歓声はふくれきって破裂し、同時に社長の目も小さくしぼんでいた。

歓声の余韻がさざなみのように残る中、彼は女に腕をつかまれ、階段まで連れていかれた。

「行きましょう」

と言い、女は先に階段を下り始めた。彼はその後につきながら、一度だけ背後をふり返った。

社長は、まだあきらめ切れないのか、隅のほうで必死に競馬新聞を広げて次のレースに賭けようとしている。その後ろ姿は、工場で見るより何歳も老けて見えた。

『社長』という呼称とは不似合いな、それは小さな背中だった。

一瞬、その背を目の奥に焼きつけ、彼は女を追って階段を駆け下りた。

駆け下りながら、突然、ふしぎな優しさが体の奥底からわきあがってきた。同情ではない、死にかけた小動物を見るような、憐《あわ》れみや悲しみのまじった優しさ……。

社長の後ろ姿に重なって、正反対のいつも堂々と真正面を向き、自分の力と権威を誇っていたあの男の顔が浮かんできた……彼が『父さん』と呼んでいた男。いや、呼ばされていた男。

その顔を追い払うために、彼は思いきって頭をふって足を速めた。

一階に着いた山路水絵は、小走りのままビルを出ると、来たのとは別方向へと進んでいく。何かから逃げだそうとしているとしか思えなかった。何から……もしかして俺から？

だが、違うのだ。その足はどうやら遊園地へと向かっているらしい。

彼は本気でスピードをあげて追いつくと、女の腕をつかんで止めた。

「どこへ行く？」

肩で息をしながらそう訊いた。

「見ればわかるでしょ、遊園地よ」

確かに遊園地の入口がもう、すぐそこである。

「圭太に会ったら、どうするんだ」

「どうもしないわ。馬鹿ね、圭太に会いにいくのよ……他に遊園地に行く理由なんてある？」

彼の手をふり払おうとした。そのぶん彼は手に力をこめ、だが、すぐにその手を離した。女の言葉の意味がやっとわかったのだ。

「負けたのか、あの、何とかスターって馬……」

そう呟くように訊いた。

女は体に張りつめていたものを息で吐きだし「ええ」とうなずいた。

「いいところまでいったけど、やっぱりダメだった……いつもそう。最後にあっちが勝つのよ」

『あっち？』と訊き返そうとしたが、悔しそうに唇を噛みしめている女には何も訊けなかった。訊く必要もなかった。水絵が言ったのは、馬二頭の戦いではなく女二人の戦いのことだ……。香奈子のことを『あっち』と呼んだのにちがいない。

「本気だったのか、これは」

彼はポケットに突っこんであった馬券をとりだした。女はそれをつかみとり、二つに破り、さらに小さく破って彼にぶつけるように投げ捨てた。

「ひどいわ。命がけだったのよ、私は」

女はもう一度、本当に悔しそうに唇を噛んだ。

サングラスに隠れていた右目から、涙が頬へとすべり落ちた……。最初に会った五月の一日、同じようにサングラスの裏から流れだした赤いしずくが、今の透明なしずくに重なって思いだされた。あれが赤い涙で、これが透明な血なのか……いや、それとも……。

「あなたの言ったとおり、圭太の全部をあきらめるわ。だから最後にもう一度だけ会わせて。会うといっても、もちろん、近づかない。これまでどおり、離れたところから見てるだけだから」

女は彼を見あげた。サングラスごしにも目が光っているのがわかる……。

それから女はゆっくりと背を向けて遊園地の方へ歩きだした。後ろ姿の片方の肩がくずれるように落ちていた。

今度こそ本気で、彼はその腕をつかんで止めた。

「痛いわ」

と言われ、自分の手にものすごい力がこもっているのに気づいたが、その力をゆるめなかった。

「あんたの勝ちだ」

彼は怒りをぶつけるような激しい目で女を見た。

本当に怒っていたのかもしれない。

最後にもう一度だけ圭太に会いにいこうとしている水絵に、死ぬ少し前、生家の納屋へ逢いにきた母親の姿を重ねていた……。

彼は、自分の将来をとんでもない方向へとねじ曲げようとした山路水絵という女のすべてを憎んでいた……美しい容姿以外のすべてを。プライドの高さや傲慢さ、その言動のことごとくに嫌悪をおぼえていた。そんな女の後ろ姿に、あの死の影をしみつかせた母親に似たものを感じとった自分に、彼は腹を立てていたのだった。

母親がニセモノの母親に敗れたように、水絵も香奈子に負けたのだ。そんなことを考えた自分に無性に腹が立った。

目の奥には、まだあの社長のひどく老けた背中が焼きついている……悪いことができず、人生ではずれクジばかり引いてきた男と、自分の妻の生命や血のつながった子供の人生まで踏みつけにして強引に手に入るものすべてをつかみとった男とを較べれば、まちがいなく父親のほうが勝者で、社長が敗者だ……そう考えた自分に何より腹が立った。

「あんたの勝ちだ」

もう一度そう言った。

「あんな切り札を隠していて負けるはずがない。……社長をここへ呼んでおいたのか、あんたが」

「………」

女は黙っている。

「車の中で言ったように、社長は金策に駆けずり回っているとばかり思っていた。なぜ、あの時、社長がどうしてるなんて訊いた……ここで競馬をやっていたことはわかってたんだろう」

「あれだって金策よ」

女はそう答えた。それは、彼女が社長をここへ呼んだと認めたことになる。

続けて女は、こうも言った。

「小川社長は四月から、東京のあちこちの馬券売り場を回って、レースごとに三連複の最低人気の馬券を二、三枚ずつ買ってるのよ。奇跡が起これば、一度に何百万だってつかめるから。もちろん、これまで一度も奇跡は起こっていないんだけど」

競馬場は知り合いに会う可能性があるから避けている、特に府中の競馬場には工場の従業員もよく行くので絶対に足を向けない。今日は、家族と一緒に遊園地へ遊びに来て、みんなの目を盗んで馬券売り場で金策をしていたのだ——。

そう説明し、「社長と初めて話をしたのも同じ四月だったかな。それ以来、日に一度は連絡を取り合うようになったんだけど」と言った。

「どちらから出た話なんだ？　社長からか、あんたからか？」

「話って、誘拐のこと？」

普通の声でそう訊き返した女に、彼は周囲を気にした。すぐ近くを家族連れが次々に通りすぎていく。

二人は自然に人気《ひとけ》のない方に足をむけ、石段の手すりをベンチ代わりにして腰をおろした。ちょうど二人の体を樹の影がすっぽりと包みこんでくれたが、彼は女の体と少し距離をおくために体の半分を照りつける陽の中へ出した。

体が白黒に切り分けられ、片方の腕には早くも汗がにじみだしたが、山路水絵はそれには構わず、「さっきのことだけど」と話を続けた。

「社長が三月に、山路の家に借金にきたのよ。家族に、特に出戻りの娘には内緒で。もちろん将彦は応じなかった……『今さらよく頭をさげに来れたものだ』と怒っていたけど、私はチャンスだと思った」

「圭太をとり返す？」

「ええ。あの女の父親に恩を売っておけば、圭太をとり返しやすいと思ったのよ。それで夫には内緒で、社長と連絡をとって、会って全部を話した……」

小川社長は仰天し、水絵に深く同情すると共に、娘に代わって謝罪をしたという。

もちろん、初回から圭太誘拐の話が出たわけではない。ただ小川社長は『父親の責任として何とか香奈子を説得して、圭太をあなたに返す』と言ってくれ、水絵は、

『この人とは利害も一致するし、手を結んで当たれば、それぞれの問題も解決できるかもしれない』と思った。

この日、水絵は山路将彦と離婚する決意をあらたにした。長年の夢だった将彦との結婚が失敗だったことは、山路家に入ってまもなく気づいている。

子供を産み、その子供を他人に奪いとられ、水絵はもう単に夢を追って結婚するほど幼くはなかった。もともとその結婚には水絵なりの思惑があったのだ……ある意味、財産目当ての結婚だった。山路家の財産をもってすれば、圭太をすぐにもお金で買い戻せると思ったのだ。その考えが甘かったことを、水絵は最初の一週間で思い知らされた。

夫も姑も圭太を山路家に戻したいと思っていたが、そのために全財産のたとえ半分でも投げ出すよ

うな真似は絶対にしないタイプだったのだ。二人とも血をわけた子供や孫への執着より、金銭への執着の方がはるかに大きかった。

普通の方法では、子供をとり戻すのも、将彦に大金を出させるのもムリだ。水絵は結局、普通ではない誘拐事件を起こすことを考え、二度目に社長に会った時、その話をした。

『誘拐』と聞いて怯《おび》えた初老の男も、警察の目の届かない裏で身代金の受け渡しが行なわれるから極めて安全な計画だと聞き……しかも、身代金の全額を工場再建のために使わせてもらえると知って、ほとんど逡巡《しゅんじゅん》することなく肯《うなず》いたという。

山路水絵は、六月中旬のその日曜日、こういった経緯のすべてをこと細かに沼田実に語ったわけではない。後楽園というにぎやかな場の一隅であり、真夏のような酷暑の中だった。

十分近いあいだに、大すじを聞いただけだ。彼は馬券売り場で社長の姿を見た瞬間、直感で社長が水絵と手を結んでいたのだと感じとったが、その直感が正しかったことを確認し、誘拐計画が社長から出たものではなく、あくまで水絵の先導だったとわかっただけでよかった。

詳細は、後日あらためて聞くことにして、彼は水絵の話が一段落すると、

「まだ納得したわけじゃないが……二、三質問がある。裏で手にした身代金は、全額、社長が受けとれるのか」

と訊いた。

「もちろんよ。一円残らず……。私がお金が欲しいと言っていたのは、そのためだけだわ」

「しかし、そのお金で工場が息を吹き返したりすれば、警察に怪しまれないか」

「警察のことはあまり心配してないのよ。犯人は身代金に手をつけないという表舞台の事件しか警察は知らないわけだから。私が……いいえ、私たちがその点で心配しているのは、山路将彦の反応だわ。

裏で三億のお金をとられる山路将彦は、最初から私や小川社長を疑うだろうから……社長が事件後に馬券で奇跡を起こして大金を手に入れ、工場を再建したりしたら、きっと疑いの目を向ける」

水絵は、その時点ではまだ夫だった男のことを、もう他人になったかのようによそよそしくフルネームで呼んだ。

「もっとも、裏取引が成立して私たちがお金を手に入れてしまえば、将彦がどう疑おうと大した問題ではないわ。将彦は裏でお金を出した事実をできるだけ隠そうとするから」

「どうして?」

「財産と言っても、脱税や犯罪めいたことで作ったお金だもの。警察に言えるはずがないわ。もちろん銀行に預けたりするような馬鹿な真似はしていないから、警察にもそう簡単にはばれないし」

水絵は、そこで頭をふり、額へと乱れ落ちた髪をかきあげた。指が髪とからみあった。髪が金色の細い鎖で爪をからめとったように見えた。午後の陽はわずかに西に傾き、水絵の顔にも光を浴びせかけている……サングラスの黒がかすかな光をも冷たく拒み、はね返している。

「それに、実際に事件を起こしてみないと、将彦がどんな反応をし、どんな行動に出るかはわからない。将彦が圭太を香奈子の手から奪い返したいと考えているのは間違いないわ。だから、まず、自分が疑われるのではないかと心配するでしょうね。同時に、小川家の家族ぐるみの狂言ではないかと疑うわ。身代金を将彦に出させようと企《たくら》んだのだと……。私を疑うのは、その次ね。でも、そこで大事なのは、小川社長を疑い、私を疑うことはあっても、この二人が手を結んでいるという考えだけは絶対に将彦の頭に浮かばないことよ。それはつまり、警察だって疑わないってことなの……そのことは必ず私たちの計画を守ってくれ、成功へと導いてくれるわ。言っている意味、わかる?」

彼は黙ってうなずいた。

「事件直後、将彦は圭太の出生の秘密が香奈子の口からばれないだろうかと心配して小川家に駆けつける。そこまでは、ほぼ読めるけど……その先のことはまだ想像もできないし、どの時点で将彦と裏の交渉を始めるかも決めていないわ」

簡単に言うなら、圭太誘拐計画は水絵と小川社長のそれぞれの夢が重なった部分に立てられたものだった。水絵は圭太が自分の子供であることを証明できるし、そのことで母親の権利も取り戻せるかもしれない……社長は、億単位の金を手に入れ、工場を再建できる……。

しかも、この二人が共犯関係にあるなどと、誰一人考える者はいないだろう。

水絵と社長の娘である香奈子は憎みあっているのだ。当然、社長も水絵のことを嫌悪している……周囲はそう考える。

それにこの親子ほど歳《とし》の離れた二人に、犯罪を共有しあうほどの激しい男女関係を想像するのは無理である。

いや、本当にそうだろうか。

「もう一つ訊きたいことがある。あんたは社長を誘惑なんかしていないだろうな」

彼は思いきってそう訊いた。

水絵は乾いた笑い声をあげ、「誘惑したわ、もちろん」と言った。

彼は反射的に顔をしかめた。二人が同じベッドにいるところなど想像したくなかった。

「バカね。男として誘惑したわけじゃないわ。犯罪に誘いこんだだけ……」

その言葉を聞きながら、女の指がホコリでも払うように胸もとの花をいじっているのを見守っていた。このマニキュアで黒光りしている爪は、いかにも男を誘惑するのに長けていそうだ……社長のような気弱な中年は二、三カ月をかけて少しずつ誘惑し、若い、意外に大胆なところのある彼には先週と今週のわずか二回で速攻を掛けてきた。

水絵は自分の冗談にまた笑ったが、彼はそれを無視し、

「今日は社長に俺を紹介するつもりで、ここへ連れてきたのか……もちろん新しく仲間になった男としてだが」

と訊いた。

「いいえ、あなたには社長が共犯者だということを教えたけれど、社長にはずっと内緒。事件が無事に終わるまで……」

「どうして」

「わかるでしょう？　あなたはポーカーフェイスだから意外に人をだますのが巧いけど、社長は小心で感情がすぐに顔に出る。隠し事が下手なタイプだから工場でもあなたに対する態度に必ず変化が出る……二人きりになったら油断して計画のことをあなたに話しかけたりするだろうし。事件当日まで社長は何も知らない方がいいのよ」

横顔でひとり言のように喋っていた水絵は、そこで彼をふりむき、「それに……」と続けた。

「私は共犯者の一人一人と縦の関係でいたいのよ。男の人たちが横につながるのが嫌。……前にも言ったように、この犯罪は全部私一人で考えたのだから、一人一人が私の言うとおりに動いてもらいたいの」

水絵の瞳は一点、鋭い光を放っている。女の体の中に隠された釣り針に、自分が引っ掛けられたような気がした……いや、それは女王蜂がもっている豪華な針だ。この女は共犯者の男たち一人一人をみんな働き蜂だと思っている……。

彼は依然、水絵のことを信じてはいなかったし、彼女の語る言葉に納得したわけでもなかった。た

だ小川社長が本気で水絵の犯罪を手伝おうとしているのなら、一肌脱いでもいいという気になりかけていた。

「じゃあ、最後にもう一つだけ……社長があんたと手を結んだことは、香奈子さんや家族の誰も知らないことなんだろうな」

「もちろん。香奈子さんや小川家の人たち、それから山路家の二人には、誰か自分たちの知らない人物が圭太を誘拐したと……それが普通の身代金目的の誘拐だと信じさせておきたいから」

話し始めた時より、むき出しの腕が日に焼け、黒くなっているのがわかる。

ひとまずこの話は終わりにして、遊園地でやりたいことがあった。彼は立ちあがった。

女の方も同じだったようだ。立ちあがった女に、

「ここで少し待っていてくれないか。十五分、いや十分でいい。あんたのテストは終わったらしいが、俺の方のテストはまだ終わっていない」

と彼は言った。

彼は家族連れでごった返す遊園地内に足を踏みいれ、十分後、携帯で山路水絵に連絡した。

「一緒にティーカップに乗らないか。今、二人ぶんのチケットを買って、その前に並んでいる」

「……どうして?」

訊き返してきたその声はとまどい、おびえている。いや、とまどう芝居をしているだけで、本当は彼がそんなことを言い出した理由など、もう見抜いているのかもしれない……依然、彼はその女を信じていなかった。

「来てみればわかる」

「………」

「早く来てくれと圭太も言っている。時間がない」

女は黙っていた。

「誘拐してきてやったよ……あんたに計画をあきらめさせるために。二分間だけだが、あんたに圭太との時間をやるから、それで全部、あきらめてほしい」

「……本気なの？」

「どうでもいいが、早く来ないと香奈子さんが疑う。圭太をトイレに連れて行くと言ってきたんだ」

彼はそう言うと、相手の返事を待たずに電話を切った。嘘を言ったわけではない。遊園地に入って、彼は小川家の人々を探した。五分後には観覧車の前にできた長蛇の列に二人の子供とその親を見つけた。アパートにいても暑いだけなので、野球を観にきた……昨日、この遊園地の話をしていたことを思いだして来てみた、と言った。

観覧車に乗るにはまだ二十分もかかると言うので、圭太をトイレに連れていくと嘘をついて、ここまで来たのだった。

圭太を順番待ちの列に並ばせ、少し離れた位置からその姿を見守りながら電話をした。

「こんなのより、もっとあぶない方がいい」

彼が列に戻ると、圭太は不満そうに言った。

「でも、この乗り物くらいだからな、あまり待たなくていいのは。切符も買ったし」

と言いくるめ、適当に圭太の機嫌をとりながら、水絵の到着を待ち続けた。だが、五分待っても水絵はやってこない。すでに順番が来ていたが、わざと列の最後に回って時間をかせいだ。

「どうして……のらないならもどろうよ」

圭太はしびれを切らしている。

あきらめて「じゃあ、乗るぞ」と圭太の腕を引っぱった時、彼の目はやっと水絵の姿をとらえた。少し急ぎ足でこちらに向かってくる。場違いな夜の衣装は、水絵を絵本の中の魔女のように見せた。

彼はホッとし、

「なあ、圭太、俺は重量制限で乗れないみたいだから、代わりに別の人と……」

と適当な口実でごまかそうとした。だが、その時、圭太が彼と同じ方向を見て、

「おかあさん」

とつぶやいたのだった。よほど驚いたらしく、目を大きく見開いたまま、静止してしまった。

だが、驚きは彼の方が大きかった。思わずしゃがみこみ、目線を圭太と同じ高さにした。

「おかあさんって、圭太は知ってるのか、あのおかあさんのこと……」

「うん、知ってるよ」

「本当のお母さんだと知ってたのか」

「うん、知ってたよ、本当のおかあさん」

それでも数歩の距離まで迫ってきたサングラスの女に、おびえるように小さな足を一歩うしろに退いた。彼は混乱した。なぜ圭太がそのことを知っているのか……先月、すでに一度会ってはいるが、なぜ、小さな子供がそこまで知っている？

迫ってくる女に、彼もおびえたように視線を引いた。この遊園地が、女の仕掛けた巨大な罠のように思え、背すじに冷たいものが走った。

だが、それも一瞬のことだった。次の瞬間、水絵の背後から別の女が跳びだし、あっという間に圭太に駆け寄ると、その体を思いっきり強く抱きしめた。

「よかった、どこへ行ったかと思った」

圭太にそう言い、彼を見あげ、「ダメじゃないの、川田君。遊ぶのなら、連絡してくれないと」とたしなめた。口調は怒っていたが、香奈子の声はその口調を裏切っていつもどおり優しかった。

「いや、このカップなら二分間で済むし……」

しどろもどろの言い訳を最後まで聞かず、「ちょうど乗るところだったのね。圭太、川田のおにいちゃんの代わりにお母さんと一緒に乗ろう」と言って、目で彼にちょっと謝罪すると、圭太の手を引いてカップに乗りこんだ。

香奈子が背を向けると同時に、彼は素早く周囲を見回した。だが、水絵の姿はない。彼より一瞬早く香奈子に気づき、姿を消してくれたのだ……だが、カップが回転を始めてすぐ、

「面白いことをするのね」

女の声が背中を打った。

汗に濡れたシャツの背が、女の冷えた声を吸った。どうやら水絵は怒ったらしい……だが、怒って当然なのだ。

ふり返り、弁解しようとしたが、その時、ぐるぐる回転を始めたカップの中から圭太が手をふってきた。反射的に彼は手をふり返した。満面の笑みをその方に向けたまま、

「悪かった……こんなことになるなんて」

と背後に立つ水絵に謝った。水絵は、彼の体の陰に隠れているらしい。

「いいのよ。これを見せたいために私をここへ呼んだ……そういうことにしておいて。おかげで圭太を取り戻したいという私の気もちに、本当の火がついたわ」

背中の素肌に、汗とともにその声は粘りついてくる。

「これであなたが、最高の共犯者になってくれると確信した。私にもまだ迷いがすこし残っていたけど、それを見事に拭い去ってくれた……」

そう言い、さらに言葉を続けたが、その時他の乗り物からわきあがった悲鳴と歓声に呑みこまれてよく聞きとれなかった。聞こえたのは最後の「お礼をするから、一緒に来て」という言葉だけだった。

女はすでにもう彼から離れ、出口に向けて歩きだしている。

彼は圭太に手を大きくふって別れを告げようとした。だが、カップの回転が速くなり、圭太は母親にしがみつき、叫び声と笑い声を同時にあげ、彼の方へ視線を投げる余裕などなくなっている。香奈子も工場で見かけるのとは別人のような晴れやかな顔色で心底たのしそうに笑っている……本当に幸福な母子の理想像がそこにあり、間近にそれを見た水絵が、怒るのも無理はなかった。今度も香奈子は水絵が坐るはずの場を奪いとり、自分のものにしてしまったのだ。

ステージ自体も大きく回転し、その上でカップが小さく回転している……重なった二種の回転がカップに複雑な動きを与え、外から見ているよりスリリングらしい。母子は軽快なワルツのメロディに合わせて三拍子以上のリズムをもった風変わりなワルツでも踊っているようにも見えた。

「じゃあ、もう行くから」

声を張りあげたが、圭太と香奈子の耳には届かなかったようだ。あきらめて、彼は人ごみの中に消えた女を追いかけ、入口近くでやっとその背を見つけた。

五分後、水絵の車の助手席に乗りこんで、彼は真っ先に、

「本当にあんたに二分間、圭太をやるつもりだったんだ」

と言った。

水絵は車を出すと、「そんなことより、さっきの約束を守るわ。あなたが今一番ほしがっているも

のをあげる」と事務的な報告でもするように言った。開けた窓から流れこむ風が女の髪を激しく乱している……。

彼が黙りこむと、女はサングラスをとり、ルームミラーの中で笑った。

一般道路を走り続け、車は早くも池袋駅に近づいてる。駅前の通りを右折し、繁華街がとぎれるあたりで裏通りへとつながる細い道に入り、やがて公園に出た。小さな公園だが、すみにすべり台とブランコがあり、ベンチにはホームレスらしい老人が腰かけ、黙々とパンをかじっている。

公園の周りにはいろいろなビルが寄り集まっている。

その中に一つ、ピンクのタイルを張ったビルがある。明らかにラヴホテルだ。

水絵はその方へと車を進めながら、玄関を通過し、少し先で止まった。

新旧二種のビルが並び、間に細い路地がある。その路地で止まったから、どちらのビルに入るつもりなのかはわからなかった。三階建てのレンガ造りの方にはレトロに蔦《つた》の葉がからませてあり、五階建ての殺風景なコンクリートのビルにはネオンの看板が三つあった。

「何をしにきたんだ、こんなところへ」

彼はそう訊いた。女は顔をそむけ、公園の方をながめたまま、

「降りて」

と言った。

「そのビルの四階に『銀河』って店があるわ。名前は喫茶店かバーみたいだけど、その種の店。入ってすぐに飾り窓があって、写真じゃなくナマで選べるわ」

彼は女の言いたい意味がすぐにわかったが、「どういう意味だ」と訊き返した。

「その中に私とそっくりな女の子がいるって……男たちから聞いたわ。名前は教えなくてもいいみた

い。顔をみればすぐにわかるから」

後席に置いてあったバッグをとり、財布から一万円札を五、六枚とって彼の手に押しつけてきた。彼は女の手を払いのけた。だが、女は諦めなかった。札はズボンのポケットにねじこまれた。

「早く降りて」

と言われたが、彼は指一本動かさなかった。

「降りて」

今度の声は鞭《むち》となって耳を打ち、やっと唇だけを動かして彼は、「降りる前に一つだけ」と言った。

「あんたが本当に山路水絵かどうか、まだ俺は知らない。何か証拠を見せてくれないか」

喉はからからに渇き、声は舌に貼りつきそうだった。女は苦笑し、二度ため息をつき、携帯をとってどこかへ電話をかけた。

「あ、私。将彦さん？　今、ちょっと友だちとデパートで買物してるのだけど、素敵な男物のコートを見つけたから、買っていく。もちろん夏物で……いつものブランド」

そう言い、手にしていた携帯を彼の耳に押しあてた。

『いや……君にまだ言ってなかったかな』

男の声が流れこんできた。

『この前、銀座店で店員があんまり失礼な態度をするから喧嘩になって、ディオールに変えたんだよ。あそこの支店長が最近また歯の治療に通ってきてるしね……』

いかにも自然にそう喋っている。自分の耳を彼の耳のすぐそばまでもってきて、その声を聞いていた女は、そこで携帯をまた自分の耳に戻した。

「それならディオールで何か探してみる」

後はさりげなく夜の食事の話をして、電話を切ると、

「山路の電話番号はどこででも調べられるから、明日にでも適当な口実でかけてみて。やわらかい、特徴のある声でしょ？　当人だとすぐに確かめられるわ」

と言い、もう一度「降りて」と言った。

これが最後と言いたげな、きっぱりとした口調である。彼は黙って車を降りた。

「また私が欲しくなったら、連絡して。ここへ来るお金をあげるから」

そう言い、エンジンをかけ、二、三秒、彼を見つめた。その目が何を言いたいのか、彼にはわからなかった。サングラスをはずしていたが、かけているのと変わりなく、その目は謎の裏に逃げこみ、正体を見せなかった。すぐに車は走りだし、彼はその見知らぬ裏街の一隅に今度もまた一人とり残された。

『あいつは水絵じゃない』頭の中に、その呟きが渦巻いている。『俺のテストに気づかず、山路水絵じゃないことを自ら暴露したのだ……』

ズボンのポケットから一万円札数枚をとりだし、破り捨てようとした。

だが、間際で指を止め、乱暴にまたポケットに突っこんで歩きだした。どこに向かっているかも意識できなかった。あの女は山路水絵ではない。本当に山路水絵なら、運転免許証を見せるだけで自分を証明できたのだ……女が財布をとりだした時、免許証らしきものがバッグの内ポケットから覗いていた。

バッグは女の膝の上にあったのだし、それをとりだすだけでよかったはずだ。

あんな電話をかける必要はなかった……。

おそらく、女は自分が水絵ではないとばれそうになった時のために、あらかじめ共犯者の男と電話

で一芝居をするよう取り決めてあったのだろう。『将彦さん？』という電話をかけていった時、巧く女の話に合わせて芝居をするようにと……。

共犯者は山路将彦の声を真似たことになるが、あの不自然にやわらかい声は、少し鼻にかけたら誰でも簡単に出せそうな気がする。

しかし、それならあの女は何者だろう。

先週見せてくれた写真の中で圭太に母乳を飲ませていた女は、やはり別人だったのだ。あの写真の女こそが山路水絵で、水絵が圭太の産みの親だというのも事実だろう……。

問題は、あのサングラスの女が、なぜ山路水絵のふりをしているかだ。

おそらく、女の目的は山路将彦のもつお金だろう。その財産を根こそぎ奪いとるために、圭太の誘拐を計画した……その計画に必要な二人の男をつかむためには、圭太の産みの親に化けるのが一番だと考えたのか。

小川社長とこの俺と……。

いつの間にか公園のブランコに腰かけ、そんなことを考えていると、ズボンのポケットで『波の打ち寄せる音』がした。

携帯にメールが届いた合図だ。

メールは山路水絵から……いや、山路水絵と名乗る女からで、

『本当の私は、来年全部が終わってから雪国で』

とある。

『本当の私を抱くのは事件後どこか雪の降る町で……それまではその店の偽者で我慢して』

という意味なのか。それとも、まさかと思うが、

『本当の私は、あなたの推察どおり山路水絵じゃない。本当の私が誰なのかは、事件後どこか雪の降る町で教えてあげる』

という意味なのかもしれない。

彼はブランコに揺られながら、ビルの『銀河』というネオンを眺めた。

その店に行って、女に命令されたとおり、彼女と似た女を指名するのだろうか。自分が今からどうしようとしているのか、彼にはわからなかった。

わからないまま、ブランコの揺れに身をまかせ、『命令』という言葉を考えていた。

命令……。

そう……あれは命令以外の何物でもなかった。彼女は彼が自分を欲しがっていると見抜いて、自分に似た女を彼に提供してきたのだった。彼の意思など無視し、傲慢にも彼が自分の出すとんでもない命令に文句一つ言わず従うと信じきっている。

男の体を、小動物の体のようにあやつり、もてあそんでいる……。

一人の子供を使って何億ものお金を奪いとろうという傲慢な計画に似合った、傲慢な女なのだ。

揺れが激しくなった。

足が勝手に地面を蹴り、ブランコを大きくこいでいる。体と共に気もちまで荒波にもまれ始めた。

あの女が山路水絵ではないという確信も揺らいできた……圭太の出生の秘密を知っている人物は限られているし、無関係な人物がたくらんでいる誘拐事件にしては手がこみすぎている。

ポケットの中の一万円札もどうすればいいかわからなかった。彼はまだ完全に共犯者役を引き受けたわけではなく、そのふりをしているだけだが、命令どおりお金を使ってしまったら、その瞬間から否応《いやおう》なしに共犯者になってしまう。もう二度と後戻りできなくなる……だが、ブランコが一揺れするごとに、命令どおりにしなければならないという思いは強くなってくる。

耳にはまだ、山路将彦の声と共に女の息づかいが反響している……携帯電話を彼の耳に押し当て、女は自分の耳を電話に寄せてきた。

耳と耳とが触れ合い、彼の耳には山路将彦の声より激しく、女の吐く息が流れこんできた……。

女の息は熱かったが、ただ熱いだけでなく、ふしぎな冷たさを秘めていた。

メールの『雪国』という古めかしい語が気もちに引っかかっていて、雪女の吐く白い息を連想したせいかもしれない……。昔、テレビで見た伝説の雪女が息で相手を死へと追いつめたように、あの女もその熱い息で彼を危険な犯罪へと追いつめようとしている。

その息の効果をねらって、女はわざわざ夫に電話するという面倒な方法をとったのかもしれない。

それだと、女は山路水絵ということになる。

あの女は山路水絵なのか、ただ山路水絵のふりをしているだけなのか。

だが、どちらでも大差はない。そう思った。一人の女がいて圭太の誘拐をたくらみ、彼を仲間に引き込もうとしている。たったそれだけのことだ。

問題はその女が男を虜《とりこ》にするやわらかく、美しい肢体をもっていることだ。胸から腰にかけてのしなやかに波打つ曲線、足首へとしぼりこまれる両脚のすっきりとしたライン。

体だけではない。

相手を見つめるとき、瞳からしたたる黒蜜のように濃厚なしずく。時に乾き、時に濡れ、沈黙している時でも何かふしぎな、音楽に似た言葉を響かせている唇。

そのすべてが一つとなり絶対的な力をもって彼を服従させようとしている……ブランコの揺れはいよいよ激しくなり、周囲の景色は大きく傾いてくずれ落ち、はい上がり、またくずれ落ちる……。

それなのに『銀河』の小さなネオンだけが、静かに一つの位置を占め、動こうとしない。灯のともっていないわずか二字のわびしいネオンが、なぜこうも自分を惹きつけるのか。彼にはもう何もわからなくなっていた。

狭苦しい東京の空からあふれ落ちる光は、通り雨のように裏街のあちこちを濡らしている……そう見えた。光が灰のように点々と降っている。きらめく灰のように、熱い雪のように……街に、公園に、彼の肩に降りそそいでいる……いつの間にか公園の中を歩きだした彼の肩に。

だが、自分がどこに向けて歩きだしたのか、彼にはわからなかった。

意識できたのは短い髪に、頰に、肩に降り落ちてくる雪のような……熱い雪としか言いようのない夏の光だった。

今……あれから八カ月が過ぎた今。

逆に、雪が、冷たい光のしずくのように、彼の肩に降りそそいでいる。

夏と冬が、陽画と陰画になって反転した。この冬があの夏の陰画なのか……それともあの六月の池袋が、この越後湯沢の陰画だったのか。

彼は少し前に食堂を出て、駅から続く細い通りを歩きながら、髪や頰や肩に降りかかってくる雪に誘われて、あの池袋裏での時間を思いだしていたのだった。

湯沢の雪は、鉛色の雲から降ってくるというのに、あの夏の光よりまぶしく輝いていた。

五分前、食堂でカレーライスを食べ終えた時、携帯電話がメールの着信を告げた。

『夕方に着きます、きっと嵐の中』

とあるだけで、到着する正確な時刻もわからない。昨夜から休みなく降り続いている雪は、食堂に入ったころから激しくなり、テレビの天気予報で夕方には雪嵐になると言っていた。

彼は店を出ると、ひとまず宿に戻ろうと思い、駅とは反対方向へ足を向けた。気まぐれな水絵からの連絡を、宿で待っている他なかった。

正確には水絵と名乗る女からの連絡を……。

水絵は、あの後、離婚と共に山路家を出て浅井水絵という名に戻った。

当の女からそう聞かされたが、あれから八カ月が過ぎ、誘拐計画が実行に移された今もまだ、その女が本当に水絵かどうかわからずにいる……。

簡単に調べる方法はあったが、あえて調べずにいるうちに、

「離婚して家を出たわ。今日からあの計画にも本腰を入れることになるからよろしく」

と言われた。

あえて調べなかったのは、その女が水絵であるにしろないにしろ、深く調べていくと、とんでもない別の顔を見つけてしまいそうで怖かったからだ……あの美しい肢体の裏の裏に、得体の知れない、つかみどころのない恐ろしい生き物が棲《す》みついている気がしてならなかった。

それなら女の言うとおり、山路水絵だと信じておいた方がいい。そう思い、胸の中でも水絵という名前で呼ぶことにしていた。

その『水絵』とは、池袋裏での一件の後も週に一度は会うようになった。彼の仕事が終わるころを狙って、『例の場所へ来て』という一方的なメールが入り、彼がその場所へ行くと、車で女が現れる。一、二時間ドライヴしながら話をし、また元の場所に戻って彼は降ろされる……『例の場所』というのは、最初に事故と見せかけて水絵が彼や圭太に接近をはかった並木道の小さな交差点で、ドライヴと言っても近くのインターから高速に乗り、首都高速を一巡するだけのものだったが、その間に誘拐

計画の詳細を聞き、彼は少しずつ共犯者の一人として飼いならされていったのだった。

たいていは夕方から夜へと移り変わる時間で、ネオンが暮色の中できらめき始めると、東京は色とりどりの熱帯魚が泳ぎまわる華麗な水槽になる……車も一匹の熱帯魚となって遊泳し、そんな現実感のない世界にひたっていると、奇想天外な誘拐計画の話もそれほど不自然には聞こえなかった。

「誘拐騒動を思いきり派手にして、警察の目をそちらに集中させたい。特に身代金の受け渡しをする渋谷の交差点は一大ショーにして警察にいっさいよそ見をさせないようにしないと……ちょっとでもよそ見されて大金の動く裏取引に気づかれたら万事休すだわ」

と言う水絵は、彼がアパートで蜜蜂を飼っていると知って、

「真冬でも蜜蜂を飛ばせないかしら」

とショーをいっそう華麗なものにしようとした。

圭太の誘拐を事件ではなく、騒動と呼んで、裏で起こす正真正銘の犯罪と区別するようになっていた。

彼は最初のころと違って、水絵の話に逆らうことは少なくなり、疑問点を訊き返す程度でたいていは素直に黙ってうなずいていたのだが、それでも、八月に入ると、一つどうしても納得できないことが出てきた。

他でもない。騒動の当日、自分が演じさせられる役割に、大きな疑問をおぼえたのだ。

水絵から聞かされた計画では、当日の朝、彼は香奈子に変装した水絵と二人で、幼稚園へ圭太を迎えにいくことになっていた……『お祖母ちゃんが蜂に刺されて危篤状態にある』という口実で。

彼が変装もせず直《じか》に迎えにいくというのも無謀な話だが、それはまだいい。水絵は、

「無謀だからこそ、かならず成功するわ。あなたが本当に犯人なら変装もせずに幼稚園に現れたこと

自体、ありえないわけでしょう。しかもその後、今度は本当の香奈子と一緒に現れて『圭太が誘拐された』と騒ぎだすんだから。幼稚園の先生はかならず混乱してわけがわからなくなるし、みんなも先生が慌てたために、二人の顔をはっきりと確かめなかったのだろうと考える……警察もね。もちろん、警察をそう長いこと騙しておけるとは思わない。しばらくの間でいいのよ、渋谷の交差点で騒動がクライマックスを迎えるまで……警察や家族が、あなたのその素朴そうな無表情に騙されていてくれればいいのだから」

と言ったし、そこまではある程度納得がいった。

だが、彼は首を横にふり、

「今の話で、一つ、納得がいかないことがある」

と不機嫌な声で切りだした。

「俺とあんたで圭太を幼稚園に迎えに行くということだが、幼稚園の先生は騙せても圭太は騙せない。圭太は無事に家に戻った後、『迎えにきたのは、川田のおにいちゃんだ』と話すはずだ……そうすれば俺はただちに警察に逮捕される」

水絵は『もっともな疑問だ』と言うように、二、三度、続けざまにうなずいた。

「だから、逃げてもらうわ。渋谷の交差点で騒動がクライマックスを迎えるまでに、あなたは工場から逃げだすのよ。アパートからも……そうね、年が明けたら、家財道具なんかは処分してすぐに逃げられるよう準備をして」

水絵はそう命令形で言った。

「逃げるって、どこへ?」

「雪国……前にメールで教えたでしょう? 学校で習わなかった? 越後湯沢を舞台にした日本文学

の名作だけど……そこにいい温泉旅館があるから、宿でゆっくりくつろいで私の到着を待ってもらうわ」

「しかし、逃げだせば俺はいっそう疑われる。指名手配されてマスコミに顔写真が出たら、逃げきるのは難しいだろう」

「写真は一枚残らず破り捨てて」

「写真はなくなっても、俺の顔を知っている人間はいくらだっているから、写真以上に精密な似顔絵が簡単にできる」

彼を見つめている水絵の唇に微笑がにじんだ。

「だいじょうぶ。あなたは必ず逃げおおせる。約束するわ」

彼の心臓まで射ぬきそうなその目と、余裕たっぷりの微笑を浮かべた唇とのどちらを信じればいいのか。

「悪いが、俺はその言葉に黙ってうなずくほど、あんたのことを信じてはいない。逃げおおせると言う根拠を教えてくれないか」

水絵の唇からかすかに笑い声がこぼれた。

「今、その根拠を話そうと思っていたところ。焦らないで……」

と言ってその話を始め……五分後、話を終えた水絵はまだ唇の端に微笑を残したまま「どう？」と訊いてきたが、彼は納得するより驚きが先に立ち、いつもの無表情でその顔を見返すことしかできなかった。

彼の反応を無視するように、水絵は、

「あ、そうだ。本屋で『雪国』を買って、湯沢の温泉の勉強をしておくといい。湯沢の町も昔と今ではずいぶん違いがあるだろうけど、あなたに泊まってもらうのは小説の雰囲気そのままの古風な宿だし……越後湯沢には今もあの小説と同じ雪が降るから」

そんなことを言い、「他にも日本や世界の名作を一緒に買って。そうね、『こころ』や『戦争と平和』、それから『罪と罰』……」と続けた。

水絵は、他にも何作かの小説をあげた。彼でも耳にしたことのある名作中の名作である。

彼は『どうして』とは訊かず、その日のうちに言われたとおり、駅前の書店で、それら世界の名作を買った……最初に読み始めたのは『雪国』ではなく『罪と罰』だった。

犯罪計画を手伝おうとしているのだから、当然その題名が気になったのだ。次に会った時、彼がもっていた文庫本に水絵は興味を見せ、車が信号待ちになった時、助手席に手を伸ばしてきた。彼の手からするりと本をとって、長い、黒い爪でページを繰り、

「おもしろい」

と言った。質問のように聞こえた。

「どうかなあ。高利貸しの老婆を殺すのに、お金以外の動機があるなんて、俺にはイマイチわからんな……高利貸しを殺すのは単純に金のためだという犯人の方が好きだ」

彼は自然にそんな感想をのべてから、それが水絵への皮肉になっていることに気づいた……『誘拐事件を起こすのは単純に身代金のためだという犯人の方が好きだ』と言ったようなものだ。

水絵が不機嫌そうに黙って横を向いているのもそのためかと心配したが、違っていた。水絵は『おもしろい？』と訊いたわけではなかったのだ。

「おもしろいなあって感じただけよ」

「何が？」

「題名。『ツミとバツ』……バツはバチとも読めるわ」

「ミツバチか……その語呂合わせのために俺に読めとすすめたのか」

「いいえ。今、題名を見てふと気づいただけ……ねえ、あなたが逃げだす時、空っぽの部屋にその本を一冊だけ残しておいたらどうかしら。警察が踏み込んだらおもしろいことになるわ。ただのダジャレだとは気づかずに、意味を求めて頭を抱えこむわ……『罪と罰』って犯罪者の遺品としては意味深ですものね」

「遺品？」

「ええ……どうしたの、変な顔をして」

「いや、遺品というのは死ぬ人間の遺した物のことだろう？」

「そうとも限らない。ただの忘れ物や落し物のことだって遺品と言うから……でも、もちろん、今、私が使った『遺品』というのは、死んだあなたが遺した物と言う意味よ」

彼はため息と共に投げやりに笑い、「俺はやっぱり死ぬのか、事件が終わったら」と訊いた。

水絵は、彼の言葉に目を糸のように細めた。

前の週、彼に「絶対にあなたは逃げおおせる。だって警察が逮捕できなければいいんだから」と言った時と同じ、どこか意地悪そうな笑みだった。

「警察が逮捕できないって、どうしろと言うんだ、俺に？」

という問いに、

「死んでもらうの」

水絵は、あっけないほど簡単に答えた。

「アパートを引き払った後、あなたはまず上野駅に現れて『北斗星』で北海道に向かう。二、三カ所、転々として日本最北の町に投宿して……翌朝、野寒布岬《ノシャップ》に立ちたいと言い残して吹雪《ふぶき》の中を出かけ、消息を絶つ……」

「………」

「そう、『罪と罰』に陶酔してる青年らしい死に方だわ。あの主人公も最後はシベリアだし」

水絵は携帯をとりだしながら「もちろんそれは、もう一人の『あなた』よ」と言った。

見せられた写メールの画面には、彼と瓜二つな男が写っていた。

アップになると目鼻だちの微妙な違いも拡大されてはっきりするが、バストアップになると髪型がそっくりなせいもあって、彼自身にも区別がつかなくなる。

ぎごちなさそうな唇、埴輪に似た穴だけのような目……顔全体ににじみだしている素朴さが当人そのものなのだ。

「似ていて当然なのよ。もともと輪郭なんか似ている上に、あなたの真似をさせてるんだから」

「………」

「最初にこの男を見つけて……あなたにそっくりなこの顔が圭太の誘拐計画を思いつかせたようなものね。この男をあなたそっくりに仕立てあげて、幼稚園に圭太を迎えにいかせればいいと思った。でも……せっかくのそのアイディアも台無し。重要な問題を忘れていたの。わかる？　あなたも言ったように幼稚園の先生はだませても、賢い圭太はだませない。よく似ただけの男では絶対にだませない……それなら当のあなたしかいないわ、圭太を迎えにいってそのまま連れ去る男の役は。私は何に対しても最高のものを求める……あなたを一番上手に演じられるのは、もちろんあなた自身だわ。それに気づいた時から、あなたに接近することだけを考えるようになったの。……ただ、この男もあなたを逃がす時に利用できると思ってる。ニセモノのあなたは北海道へ死ににいき、あなたは同じ雪深い町へ逃げて私を抱く」

水絵が、その後すぐに話題を『雪国』や世界の名作に変えたのは、彼に考える余裕を与えたくなかったのかもしれない。

『ニセモノのあなたは北海道へ死ににいき……』

という言葉は、数日が経った今も胸に引っかかっている。水絵が今使った『遺品』という語が、数日前の『死ににいき……』という言葉と反響しあって、奇妙に彼を不安にする……。

「この前、俺のニセモノが死ににいくと言ったが、もちろん、本当に死ぬわけじゃないんだろう？」

ふと思いだしたふりをして、そう訊いた。

「当たり前よ。警察や世間にそう思わせたいだけ。あなたの真似をやめて、以前の自分に戻って生きつづけるわ」

「それで俺は？　俺は自分の真似をやめるわけにはいかないから、いつか誰かに見つかって警察に通報されるかもしれない」

「だいじょうぶ。子供もお金も無事に戻ってくる事件なのよ、表舞台では。警察は何かの事情で自殺したのだろうと考えて、『川田』という従業員のことは簡単に投げだす。指名手配もされずに済むわ、きっと。それにあなたは目の印象を変えれば別人にしか見えなくなる……眼鏡をかけるだけで自分じゃなくなるから」

水絵は右手をハンドルに残し、左手で後ろの座席からバッグをとり、眼鏡を一つとりだして彼の膝に投げた。

サングラスだが、色はほとんどなくて、サラリーマン風の平凡な眼鏡に見えた。かけてみると、水絵がルームミラーの角度を変え、助手席の方に向けてくれた。

鏡の中の自分が、あまりに自分らしくなくて彼は、失笑し、すぐに目を逸《そ》らし、

「この前、もう一つ、訊き忘れたことがある」

と自分から話題を変えた。

「どうして『雪国』だけじゃなく、他の本も読めと言ったんだ」

「読めとは言わなかったわ。買うように言っただけ。だって、『雪国』だけおいてあったら変に目立って、部屋に来た人が印象に残す。あなたが逃げた後、警察がそれを知ったら、逃亡先は『雪国』の舞台じゃないかと疑うかもしれない……でも、日本や世界の名作の中にまぎれこませておけば、その心配はなくなる。念には念を入れただけ」

水絵は、それからルームミラーの中で、ちらっと意味ありげに彼を見て、「『雪国』は男が雪国の女のもとに通い続ける話だけど、あなたもその後、通ってる、あの店に」と訊いてきた。

彼は「どうでもいいことなんだろう？」と訊き返した。

「本当にその答えを知りたいのなら、あんたのことだ。とっくに自分で調べたはずだ」

「……自分で調べるほどではないけど、多少の興味はあるわ」

「嘘はやめてくれないか。調べると言ったって、電話一本かければ済むことだ」

「じゃあ、その質問はとりさげて……調べてもわからないことだけを訊くわ」

「………」

「あなたは本当に共犯者になってくれたの？　それともそのふりをしてしばらく様子を見てみようとしているだけ？」

返答の言葉を失い、彼は黙って助手席から女の横顔を見つめた。

「図星？」

と訊かれ、彼は正直に答えるほかなくなった。

「納得のいかないことが多すぎる。あんたが完全に納得させてくれない限り、いつまでも本当の共犯者にはなれない」

「納得がいかないんじゃなくて、あなたは私を信じていないのよ……現に今のこの言葉だって嘘じゃないかと疑っている」

今度もまた図星だった。

「いったいどうすれば、信じてもらえるの。私が命がけで圭太をこの手に戻そうとしていることを」

そう言った瞬間、水絵の車を一台のスポーツカーが大胆なスピードで追い抜いていった。制限スピードをはるかに越えたスピードで、見る見る距離が開いていく……。

見送る水絵の目が不意に火花を放った。

「私が命がけをやったら、信じてくれる？」

言い終える前に、アクセルを踏みこんだ。瞬間、車が飛んだ。そう感じた。

彼もこれまでずいぶんと乱暴な運転をしたことがあるが、ここまで一気に加速したことはない。車窓を都会の断片が、ちぎれたように飛び去っていく。スポーツカーとの距離は半分近くに縮まった。すさまじいカーチェイスが始まっていた。

「どうするつもりだ」

「あの車に体当たりして『命がけ』を証明するの。もし二人とも無事に助かったら、私を信じて」

スピードに追いつけずその声は奇妙にゆっくりしていた。冗談のように女の横顔は微笑している。微笑の静かさが、ただの冗談ではないと告げている。

前の車も気づいて、逃げるようにスピードをあげたが、水絵はさらにアクセルを踏んだ。車窓の凄まじい濁流の中で、横顔の微笑はいよいよ静かに凍りついていく。

体がスピードに置き去りにされていく気がする。気もちも追いつかず、

「やめろ。相手も死ぬ……」

変にのんびりした声になった。

「あんな車に乗って気取ってルール違反をおかすヤツは、どうせ最低。生きてる価値はないわ」

「ルール違反はあんたも同じだろう」

今度は喉で声が爆発した。すでにスポーツカーを数メートルの距離まで追いつめている。

「だって私も最低だもの」

乾いた笑い声をあげた。凍りついた横顔は奇妙に青く、マネキンのようで、その瞬間、彼の体を恐怖が貫いた。もう、この女は死んでる、そう感じた……首都高速といっても外回りのはずれで、道路は空いている。だが、どこをどう走っているかもわからなくなっている。道路はもう戦場だった。わかるのは、前の車の後部が自分の方から迫ってくるように見え、その横に回りこむつもりなのか、女がハンドルを切ろうとしたことだけだ。

思わず手をのばし、彼は自分でハンドルをつかんだ。同時に、片方の脚を女の両脚のあいだに割りこませた。女の足を自分の足で押さえつけ、アクセルのペダルからはずそうとした。だが、女が全身で抵抗してくる……暴れようとする女の足を手で押さえこもうとしたが、汗ですべってしまう。自分の頭や肩で女の上半身の動きを止め、足でブレーキをさぐった……手と手が、足と足が、腕と脚がぶつかり、からみ、もつれた。

ほんの数秒間だ。

その後、突然、衝撃が来た。車が傾いた……いや、その気がしただけなのか。

光が爆発した。同時に車のものすごいスピードまで、一枚の写真のように切り取られた。窓の枠が消え、すべての輪郭が白く焼け落ちた。車も……女の体も自分の体も消えた。

そう感じた。時間も止まった。昔、ニュースフィルムで見た核爆発の一瞬に似た、真夏のあの白い光の中から、七カ月を一挙に飛びこえ、今、死の灰が降り落ちてくる……。

それが、今この湯沢の町に降っている雪なのだ。

重い足をひきずるように雪道を宿に向けて歩きながら、彼はそう思った。

宿は小高い丘の斜面に建っている。

部屋に置いてあるパンフレットで見ると、数奇屋風の門と玄関までの庭がこぢんまりとまとまって山あいの温泉地らしい風情を漂わせているのだが、それも今は雪に埋もれている……ただし、白装束をまとっても美人は美人である。水絵が言ったように、ただの白い雪に古風な美しさがあり、それはそれで雪国らしい情趣だった。

もっとも情趣などと言っておられない。すでに膝近くまで積もった雪に足をとられ、ただ必死に坂を上った。

玄関先で宿の主人が雪かきをしていた。

「大変でしたね。電話をくだされば、車で迎えにあがったのに」

客の肩から雪を払って、仲居を呼び髪を拭くタオルをもってこさせた。

「冷えたでしょう。すぐにお風呂に行かれたら、どうですか」

「いや、夜までに連れが来るから、それまでちょっと横になりたい」

と言って、玄関から続く階段をのぼりだし、すぐに足を止めた。

「この雪で新幹線が止まる心配はないかな」

そう訊いた。

「お連れの方はどちらから？」

「東京から」

「それなら大丈夫と思いますが……止まるとすればこの先ですからね。ただ、今もテレビのニュースで関東一帯まで吹雪《ふぶ》くと言っていたから……」

どうでしょうね、と首をかしげる主人に礼を言った。階段を上りながら、主人の目が急に冷たくなったと背中で感じとった。

水絵からもらったお金で明日の宿泊代まで前払いしてあるし、医学関係の国家試験を受けるために閉じこもって勉強していると嘘をつき、部屋のテーブルにはそれらしい書物やノートをおいてあるが、ひがみからか、どうしても不審人物あつかいされている気がする。

廊下のつきあたりの部屋は二間つづきで、古いが、柱など磨きぬかれて黒光りし、床の間の壺や鉄の花器も骨董の艶《つや》があり、部屋全体に歴史の重みがある。ただの若造には不釣合いな部屋で、宿側が疑いの目になるのも無理はないと思えた。

部屋に入ると、彼は真っ先にテレビをつけ、窓辺のソファに腰をおろした。暖房が効いて、窓ガラスは曇っている。手で拭くと、町並が一望できる。と言っても、雪に覆われ、白い世界がただ広がっているだけだが……。

白い世界を斜めに大きく切って、新幹線の線路が続いている。遠くに駅の灯も見えた……降りしきる雪が風に流れ、つかの間、線路を浮かびあがらせてはかき消す。

暗い雲が、雪国の夕暮れ時をもう夜のように見せている。町並より高い位置を走る線路は、薄い灯に浮かびあがり、どこまでも続く幻想的な橋のように思えた。

駅に、東京方面からの列車が止まった……。

水絵から連絡が入るかもしれない。

そう思い、窓を離れ、座卓においた携帯電話をとろうとした時、

『この顔に見覚えはありませんか』

テレビから女性アナウンサーの声が聞こえた。ニュースが始まり、ほぼ同時にアナウンサーが現れ、そう言ったのだった。

『圭太君誘拐事件から四日が経った今日、警察は犯人の一人と思われる男の似顔絵を公表しました』

その手がもっているパネルに、カメラが寄った。

一人の男の顔が温泉宿の旧型テレビの小さな画面いっぱいに広がった……写真のように精密な、その顔を彼はしばらくぼんやりと見ていた。それが自分の顔だとはすぐにわからなかった。

圭太だけでなくその家族や工場の同僚、全員の協力のもとに作成されたのか、実物と寸分変わりない。それでも彼は、テレビ画面に映った自分に何度も首をふった。俺はこんな人のよさだけが取り柄の、間抜け面《づら》はしていない……。

画面は、もうニュースで飽き飽きするほど見た幼稚園や渋谷駅前の交差点を映しだし、その間に何度も彼の似顔絵がインサートされた。

『川田という偽名を使って圭太君の祖父が経営する印刷所に勤めていたこの男が、圭太君を幼稚園から連れ去ったことは間違いないと警察は見ており……』

聞き飽きた説明が続いた。

ただ、ニュースはそれだけでは終わらなかった。警察は似顔絵と同時に、圭太の両親が離婚してい

る事情や身代金一千万が父親から出ている事実を発表したという。

アナウンサーは、

『似顔絵の男は、事件の数日前より、圭太君の父親が経営する歯科医院に患者を装って出入りしたり、電話をかけたりして医院の内情をさぐっていたようです。事件当日も何者かが医院に電話をかけて、圭太君が誘拐された旨を告げていますが、それもこの男ではないかと考えられています』

と言い、また別のパネルをとりだした。

今度も彼の似顔絵だったが、前のパネルと違うのは黒ぶちの眼鏡をかけている点だった。真面目な銀行員のような眼鏡は、彼が今、かけているものと同じで、ふと、テレビ画面ではなく鏡と向かいあっているような錯覚をおぼえた。

いつ宿の従業員が入ってきてもいいように、彼は部屋の中でも眼鏡をはずさずにいたのだが、それももう役に立たなくなった……アナウンサーの声を聞きながら、そんなことを考えた。

『……アパートから眼鏡をかけて逃げだすところを住人の一人が目撃しており、今も眼鏡をかけている可能性があります。目撃者の証言では、この絵のような角ばった、大きめの眼鏡だったということで……』

彼はほとんど反射的に眼鏡をはずした。だが、眼鏡のない顔は、もう一枚の似顔絵と同じになってしまう。

どちらに逃げるわけにもいかなくなった。

眼鏡をかけたり、とったりしているうちに、ニュースは別の事件に移っている。問題は今のニュースを宿の者が見たかもしれないことだ……先刻、主人はテレビを見ていたような話をしていた。

たとえ、今見ていなかったとしても、これから深夜まで同じニュースがくり返され、彼の顔が何度も映しだされる。

すぐにも逃げ出した方がいい。

そう思い、押入れの隣の簞笥から衣類をとりだして旅行鞄に詰め、だが、途中でその手を止め、携帯をつかんだ。

まず、水絵に連絡をとった方がいい。

携帯電話をかけ始めたが、またその途中で指を止めた。

連絡をとれば、水絵がかならず、この困った状況から自分を救いだしてくれる。そう思ったからだが、不意に自信がゆらいだのだ。

この困った状況を作りだしたのが、彼女だとしたら……。

彼がアパートから逃げだすのを見た者などいるはずがない。

なぜなら、アパートを出る際、彼はまだ眼鏡をかけてはいなかったのだから。

住人の一人が嘘をついたのだ。だが、その住人はどうして彼が眼鏡で変装することを知っていたのだろう。それを知っていたのは水絵だけだ。いや、水絵の共犯者たちも知っていた可能性があり、その一人を水絵は彼のアパートの他の部屋に住まわせていたのではないだろうか。

何のために？

一つの考えが脳裏をかすめた。

彼は激しく首をふり、それを否定しようとした。

だが、いくら否定しようとしてもその考えは、黒いしみとなって、頭に広がっていく。

水絵は、この俺を陥れようとしている……俺のニセモノを北海道に行かせて自殺したように見せかけるという話は、真っ赤な嘘だった。

俺のニセモノは本当に存在しているのだろう。だが、そのニセモノが今度の事件で果たす役割について水絵が語った言葉は、まったくのデタラメだった。

俺と似た男は、事件後、北海道に旅立つために水絵にやとわれたのではない。

別の役割を与えられていた。

さっき、ニュースで言っていた『事件の数日前から、山路歯科に通い、将彦と接触を図っていたあやしげな男』というのは絶対に俺ではない。その男こそ俺のニセモノなのだ。そして、俺が将彦に接触しようとしていたと皆に思わせることこそが、その男に与えられた役割だったのだ。

事件数日前から山路将彦の周辺に一人の男が出没していた……工場で『川田』と名乗り、まちがいなく誘拐事件の犯人の一人であり、事件直後に行方をくらました男が、奇妙に将彦に近づこうとしていた。

水絵は警察にそう思わせようとしたのだ。

何のために？

事件の主犯をこの俺だと、警察に思いこませるために……。

今度の誘拐事件では、二種類の身代金が動いた。警察が気づいているのは、香奈子の手で渋谷交差点に置かれたニセの身代金だけで、その裏ではもっと多額の身代金が犯人と山路将彦とのあいだでやりとりされている。その方が本当の身代金であり、本当の事件だが、警察は何も知らない。

もっとも彼だって、いつ、どこで、本当の身代金の受け渡しがおこなわれたか、知らずにいる。

水絵は、その件に関して、

「渋谷の交差点で表舞台の事件が最高潮に達するころ、楽屋裏でも我々は身代金をつかんでクライマックスを迎えているわ」

と言い、「もっとも全員の両手を使ってもつかみきれる額じゃないけど」と笑っただけだ。

彼がもっとくわしく知りたいと言うと、

「わざわざ教えるほどのことでもないわ」

と、ごまかすように笑った。

実際、くわしく話す必要もなかったのだろう。

舞台裏で、どんな風に本当の身代金が受け渡しされたかは、簡単に想像できる。

将彦は事件前日の夜から当日の午後まで、ほぼ警察の目の届くところにいたから、そんな大金を自分の手で用意し、犯人の指定した場所に運び、手渡すような真似はできなかった……億単位の金となると嵩《かさ》も重量もあるのだ。

おそらく双方にとって、もっと楽な方法がとられたはずだ。

水絵たちが狙ったのは、山路将彦が違法行為で作った金だというから、自宅の金庫とか秘密の場所にこっそりと隠してあったものだろう。

仮にそれを山路クリニックの金庫としてみよう。

楽屋裏で、表舞台とは別の連絡を受けていた山路将彦は、犯人の命令で、渋谷へ出発する前に、クリニックと金庫の鍵を小川家のどこかに置いた……それを小川社長がとって犯人に渡し、犯人はそのまま臨時休業中のクリニックに向かい、玄関から鍵を使って堂々と中に入った。

そして金庫から大金をとり、余裕の顔で玄関に鍵をかけ、逃げ去った……。

きっとその程度のことだ。

だから、水絵は詳しい話をしなかったのか。いや、水絵が何も彼に話さなかった本当の理由は、別にあった……。

水絵は、舞台裏で起こす本当の事件の犯人役を、例の彼とそっくりの男に演じさせた……それを彼に知られたくなかったのだ。

水絵は舞台裏の本当の事件でも、自分は陰に隠れ、重要な犯人役をその男に演じさせた。

何のために？

もちろん、彼をその犯人に仕立てあげるためだ……今のところ、圭太誘拐事件が二重構造になっていることを知っているのは、被害者サイドでは億単位の身代金をとられた将彦だけである。そして、その犯人が彼、つまり工場で『川田』と名乗っていた男だと知っているのも将彦だけだ。

身代金として奪われたのが違法の金である以上、山路将彦が楽屋裏の本当の事件のことを警察にばらす心配はまずないが、それでも何かのボロを出し、発覚する可能性がないわけではない。その時のために、『彼』という犯人を用意しておいたのだ……表舞台の事件でも、警察に一番怪しいのは彼だと思いこませようとし、楽屋裏での本当の事件でも、彼に罪をなすりつけようとしている……。

水絵は、彼を最初から裏切っていたのである。

昨年の五月、あの並木道の小さな交差点で初めて出会った瞬間から、一人の女は彼を裏切っていたのだ。そうと気づかず、彼は女のために完璧に共犯者役を演じて誘拐事件を成功にみちびくのに一役買ってしまった……。

彼は荷物をまとめたものの、すぐには逃げださず、畳に坐りこみ、頭を抱えこんだ。

脳裏に山路将彦の顔が、目が、フラッシュバックする。圭太を誘拐した晩、小川家に乗りこんできた山路将彦は、工場の事務室で彼を見ると、『おやっ』と驚いたような、何かを疑うような普通ではない目つきになったのだ……声をかけてはこなかったが、彼の顔が気になるらしく、その後もちらちらと盗み見るような視線を投げてきた。

その目が五日経った今もまだ脳裏に貼りついていたが、今、やっと目の意味がわかった。

将彦は、その数日前から自分に接近してきた男とそっくりの男が、香奈子の実家の工場に従業員として現れたことに驚き、ふしぎがっていたのだ。

今では、将彦も、医院に出没した男と従業員の『川田』がただの似た男ではなく、同一人物だと考えているはずである。つまり『川田』こそ、圭太を誘拐し、警察の知らない舞台裏へとこっそり連絡をしてきて、何億という裏金を身代金として要求した犯人だと……。

さっきのニュースを見たなら必ずそう確信しているはずだ。

何もかも、水絵の計画通りに動いている。

そう感じとった。

だが、水絵に裏切られていたと感じとりながらも、水絵が自分を助けようとしているという思いを、まだ彼は捨てきれずにいたのだ。

彼が警察に逮捕されたら、水絵や小川社長のことは全部警察にばれてしまう。そんな愚かな真似をあの女がするはずがない……あの女？

やはりあの女は、水絵ではないのだ……水絵でないのなら、彼はその女の正体を知らないわけであり、いくら警察に喋ったところで、警察は彼が自分の罪から逃れるためにでっちあげた架空の女だとしか考えてくれないだろう。

頭を抱えて、迷いに迷った末、彼はもう一度だけ、女にメールを入れることにした。彼は携帯を力いっぱい握って、指のふるえを止めようとした。

『ニュースにメガネをかけた俺の似顔絵が出た。旅館の人が警察に通報したら即タイホされる。どうすればいい？　教えてくれ。ただし、まだ俺の味方ならだが……』

返信は驚くほど早く届いた。

『高崎駅まで来て。急いで。駅のホームの中ほどで待ってる』

それだけで、時間は書かれていない。『何時までに行けばいい？』と書いて送ろうと指を必死に動かしているところへ、ふたたびメールが入った。

『五時半ごろに』

とあり、越後湯沢十七時五分発に乗るよう指示してある。

それにしても返信が早すぎるのではないか。彼が送信してから一分と経っていなかったのではないか……携帯電話に残った日時を調べてみると送信も二度の受信も同じ十六時二十七分である。まちがいなく彼が送信してから一分以内に二度も返信を届けてきたのだ。その短い間に、湯沢発の列車の時刻まで調べられたのだろうか。

いや、今届いた二通のメールは、かなり前から準備されていたものだ。彼から『似顔絵のニュースを見た。逮捕も時間の問題だ』というメールが届いたら、すぐ返信できるようにと……。ニュースも水絵の計画に組みこまれていたものにちがいない。『川田』がメガネをかけて逃亡したことを警察かマスコミにリークしたのは、水絵自身だと考えるのが今のところ一番自然なのだから……そのニュースを彼が見ることも、不安に駆られた彼が『どうすればいいか』とメールで訊いてくることも、すべて水絵の計画だ。それなら高崎駅まで彼をおびきだそうというこのメールも罠なのではないか。

だいたい何故この『雪国』だったのだろう。なぜ彼の逃亡先として、雪に塗りこめられた湯沢温泉を選んだのだろう。二人が落ち合う場所としてこの町を選んだこと自体、すでにもう罠だったのではないか。

そんな風に水絵を疑いながら、だが、今の彼には水絵のもと以外に逃げていく場所がなかった。水絵が彼を警察に売ろうとしているのだとしても、彼が今、頼り、救いを求められる相手も水絵だけなのだ……。

この雪の白い檻にとじこめられたまま警察の到着を待つより、水絵の命令に従った方がいい。いや、従うほかない。雪に塗りこめられた町は、白地図のようなもので、逃げる方角どころか方角そのものがわからなくなっている。

二分後には、彼はバッグをもって部屋を出た。階段を急ぎ足で下り、帳場にいた主人に、

「突然、東京に戻らなければならなくなった。急いで精算してもらえないか」

と頼んだ。主人は「えっ」と驚愕の顔になったが、それは『この雪嵐の中を?』という意味だったようだ。奥の部屋のテレビがつけたままになっていたが、主人は何か書きものをしながらずっとテレビには背をむけていたらしい。

「ああ、お連れの方が来られなくなったんですね、この雪で」

訛《なま》って言い、主人はすぐに計算を始めた。だが、レジを扱う手は変にのろい。彼はいらだちながら、主人の様子を観察した。わざと時間稼ぎをしているようにも見える。

「申し訳ありません、お釣りが足りなくて……今、細かくしてきますので」

奥に引っ込もうとした主人に「それはいいから」と靴を持ってこさせ、彼は雪の中にとびだした。

積雪に足をとられる上に、雪は砂塵《さじん》のように襲いかかってきて、目も開けられない。それでも宿の玄関から流れだす坂道を、何とか道路まで下って駅に向けて歩きだすと、突然クラクションの音と共に背後から車が迫ってきた。

『警察の車だ』

そう感じて心臓が縮んだが、

「お客さん、乗ってください」

横に止まった窓から旅館の主人が顔を覗かせた。

チェーンを巻いた車で駅まで送ると言うのに、彼を見る目が警戒心をあらわにしている……彼も警戒の目を返したが、次の瞬間には礼を言って、後部座席に乗りこんでいた。

このまま歩いても、指定された十七時五分の新幹線には間に合いそうにない。どのみち、高崎に向かうのも一《いち》か八《ばち》かの賭けなのだ。

車は、ゆっくりだが確実に、駅にむけて走りだした。

「お連れが来られなくなったのは、新幹線が止まったからですか。高崎の手前で……」

そう訊いてきた。

「止まった？　雪で止まったんですか」

「ええ……でも、東京から来る下りだけで、上りは動いてるようだから、雪じゃなくて、下りの信号機に雷でも落ちたのかも……」

その言葉に応えて、暗い空の果てで青く発光するものがあった。

青い光の点滅は、遠い町から誰かが彼にむけて信号を送ってくるかのようだ。安全だから早く高崎まで逃げてこいと言っているのか、それとも危険だからこっちに来るなと警告しているのか。

「高崎の手前だと言いましたね。いつ止まったんです」

と彼は訊いた。主人の使った『手前』という語は微妙だったが、この湯沢から見て『高崎の手前』と受け取った彼は、水絵が高崎に来るようメールしてきたのは、そのせいだったのかと考えた。

「三十分ほど前だと、今このラジオで言ってましたが……」

と旅館の主人は言った。カー・ラジオからは東京の雪害を報じるアナウンサーの声が流れだしている。

三十分ほど前、下りの新幹線は高崎を出て間もなく、雪か雷のせいで止まった。その後に続く新幹線に乗っていた水絵は、車内アナウンスか何かでそれを知り高崎で列車を降りた……そうして、上りの新幹線は動いているとわかって、急いで彼にメールを送り、高崎に呼び寄せようとしたのだ。

彼はそう考えた。

だが、それが間違いであることを、彼は越後湯沢駅に着き、指定された列車に乗りこんでから知った。駅では、列車の遅延ですでに混乱が生じていたが、それは下りの新幹線だけで、高崎に向かう上り列車に異常はなかった。

定刻通りに出発した上りの『とき』に唯一認められた異常は、東京に向かっていながら、トンネルを抜けるごとに、吹雪が激しくなっていくことだった。

席につかず、デッキに立ってドアの窓から外を見ていた彼は、何度も、東京ではなく雪国の奥深くに向かっているような錯覚におちいった。

雪は白い奔流となり、時々、その流れを青い閃光《せんこう》が断ち切った。

デッキを通りかかった一組のカップルが、

「下りの列車、まだ高崎に着いてないんですって。この列車が高崎を出たら、雪の中で立ち往生しているその列車が見られるから、写メールで撮ってどっかの新聞社に売りつけない?」

「バーカ。そんなのどこも買わないよ」

としゃべっている。

彼は『おやっ』と思い、次に通りかかった車掌に、思いきって、「下りの新幹線はどこで止まってるんですか」と訊いてみた。

「高崎の少し先です」

「それは『こっちから見て』ということですよね。東京から見たら……高崎の少し手前？」

「そうです」

「ええと、その止まった列車は何時に高崎に着くはずだったんですか」

車掌は時刻表をめくり「東京を十五時三十二分に出発した『とき３３１号』です。高崎には十六時二十七分着の予定でした」と言った。

彼は混乱し、首をふった。十六時二十七分というのは、水絵から『高崎駅まで来て』というメールが届いた時刻だ。

水絵がその『とき３３１号』に乗っていた可能性は高い。もし、それより早い列車に乗っていたら『高崎駅に来て』というメールを送ってきたのは高崎駅を出てからということになる……それはありえないから、止まった『とき３３１号』かその後の列車に乗っていると考えた方がいい。

だが、後続の列車も前がつかえて動けなくなっているはずで、それだと、水絵は止まった列車の中から、あんなメールを送ってきたことになる。

止まった原因がわからず、すぐにも復旧して列車が動きだすと考えたのだろうか。

いや、それもまずありえない。この豪雪の中で立ち往生したら復旧には手間取ると心配するはずだ。『高崎に来て』という指示は、少し様子を見てからと考えるだろう……普通なら。

だいたいなぜ高崎なのだ……なぜ落ち合う場所に高崎駅を指定してきた？　彼は頭を抱えたくなる衝動をこらえ、ドアの窓に顔を押しあてた。

深夜と変わりなく真っ暗な空を白い砂塵のような雪が覆いつくそうとしていて、何も見通せない。

もう一度、メールを入れてみようか……それしか手はないと思った時、今度もまた突然、水絵の方からメールを送ってきた。

『高崎駅に着いた。そちらは無事に乗った？　何号車か教えて』

この雪嵐を乗りこえて無事に届いたメールの『高崎駅に着いた』という出だしの言葉に彼は首をふった。ちょうどまた通りかかった車掌に、

「下りの新幹線は動き出したんですか」

とたずねると、

「いいえ、まだしばらくは難しいですね」

という返事だ。だったら、どうやって水絵は高崎駅に着いたのか。

そこで彼は一つ思いあたり、「ああ」とつぶやいた。新幹線とばかり思いこんでいたが、水絵は他の方法で高崎駅に着いたのではないのか。

在来線に乗ったのか……それとも車で高速道路を走ってきたのだが、高崎近くになって吹雪で高速が閉鎖されそうになったので、車の運転をやめ、駅に彼を呼んだのかもしれない。

いや、それとも……。

ドアに張りつくような姿勢をとっていた彼は、思わずハッと背後をふり返った。水絵は同じ列車に乗っているのではないのか……かなり前に越後湯沢に到着し、彼に乗るように指定した列車に、自らも乗りこんだのではないのか。最初のころ、水絵は彼を絶えず尾行していたのだ……今もこの新幹線の中で尾行を続けているのかもしれない。

彼は水絵の濃密な気配を感じて、思わず背後をふり返った。

だが、もちろん、誰もいない。

彼はふたたび、窓ガラスに顔を押しあてた。

車窓には雪が渦巻き、彼の中の方向感覚をかき乱した。逃げる方向を完全に見うしなっている。混乱したまま何とか水絵に『5号車』とだけ返信したが、水絵に会いたくなかった。高崎駅に着いたら、他の車両のドアからこっそり降り、水絵に見つからないように他の列車に乗りこみ、どこかへ逃げたかった……だが、どこへ？

『水絵』以外に彼が逃げていく場所はないのだ。それに水絵からは逃げだせない。たとえ、どこに逃げても水絵は必ず尾行し続け、彼をその手でしっかりとつかみとる。

なぜなら水絵は、初めて犯罪計画に誘いをかけてきたあの代官山のカフェテラス以来、彼の中に住みついてしまったのだから。

それに高崎まではあと十分ほどだ。腕時計で時刻を確かめた時、

『高崎でお乗り換えの方に連絡します』

という車掌のアナウンスが響いてきた。

『上越新幹線下りはまだ運転再開の見通しが立っていませんが、長野新幹線もそれにともない遅れております。長野方面にお越しの方は……』

長野？　今は長野まで新幹線で行けることを忘れていた。しかも次の高崎で乗り換えられる……いったん長野に逃げ、昔『父さん』と呼ばされていた男を脅して大金をつかみ、外国へ逃げたらどうか。前に本名でとったパスポートは今年まで有効だし、万が一にも必要になるかもしれないと思って、鞄の中に入れてある。

そう、生まれ故郷は、『水絵』より確かな逃げ場所ではないのか。

『父さん』と呼んでいたあの男も、今頃テレビのニュースを見て指名手配された似顔絵の男が自分の

息子ではないかと疑っているかもしれない……あの男が最後に見た『沼田実』と顔の感じはかなり変わったから、今はまだ『もしかして』と疑っているだけだろうが、それでももう充分、不安にさいなまれているはずだ……似顔絵の男が本当に息子なら、今の地位も財産もすべてを失ってしまう。息子が『外国へ逃げたい』と言ってきたら、喜んでいくらでも金を出そうとするだろう……警察に突き出すような真似は絶対にしない。指名手配犯が自分の息子だということを、あの男は絶対に認めないはずだ……たとえ、どんな証拠をつきつけられたとしても。

車窓のガラスは暗い鏡となって、彼の顔をぼんやりと映しだしている。小説『雪国』の冒頭に、汽車の窓が若い娘の顔を幻のように浮かびあがらせる場面があった……ふとそれを思いだしながら、彼は右頰を手でさすった。

窓ガラスの中では、痩せた暗い顔の男が左頰を左手でさすっている。

わずか数日のうちに頰がこけ、そこに暗い影が溜まっている。犯罪者の影だ。逃亡中の犯罪者の影……ダメだ。こんな顔ではすぐに犯罪者だとバレてしまう。外国に逃げる前に捕まってしまう。

そう思いながらも、同時に『いや、うまくいけば逃げおおせるかもしれない』と、ガラスの鏡の中から、もう一人の自分がささやいてくる。

この場を切り抜けて長野に向かい、あの男に逃亡資金を出させれば、無事に逃げきれるかもしれない……今、頰をさすりながら、彼は前に新聞で読んだ間抜けた強盗の話を思いだしたのだった。

その男は郵便局強盗に成功して何百万も手にしながら、逃亡中、虫歯が痛みだしたのに耐えきれなくなって、夜中に近くの警察署へ自首して出て、日本中の失笑を買ったのだ。

歯？

頰をさすっていた手が止まった。警察では、『川田』と名乗っていた男と沼田実とが同一人物とは断定できないのではないか。

以前の知人たちが、テレビで流された誘拐犯の似顔絵が沼田実と似ていると警察に通報していき、警察が動きだすことはまちがいないが、この二人が同一人物だとはそう簡単に断定できないのではないか……長野の名士である沼田鉄治は自分の息子が、家を出た後、今世間を騒がせている奇妙な誘拐事件の犯人の一人になったということを絶対に認めないだろう。

長野時代の写真が何枚か知人のもとに残ってはいるだろうが、今の彼とはかなり印象が違う。

唯一証拠になりうるのは歯だ。『川田』は、圭太の父親に接近するために、その父親山路将彦が開いている医院に患者として通っている……沼田実も長野時代には生家近くの歯科医院に虫歯の治療に通っている。特に長野を捨てる直前には、精神的に参っていたせいもあったのか、症状が悪化して頻繁に通ったから、まだカルテが残っているだろう。それぞれの医院に残った歯型や治療記録をつきあわせれば即座にこの二人が別人だとわかるはずだ……。

水絵が本当に今、彼をおとしいれようとしているのなら、その点で水絵は愚かなミスを犯した。

水絵は、彼を誘拐事件の首謀者に仕立て上げるために彼に似た男を山路クリニックに送りこんだが、そのために逆に彼を救うことになった……しかも、そのミスに水絵はまだ気づいていない。

失敗は、山路将彦が歯科医だったことだ。

患者としてその男を送りこんだために、山路クリニックには、その男と彼、沼田実とがまったくの別人だという証拠が残ってしまったのだ……。警察は沼田実が誘拐犯の『川田』に似ているだけで、事件とは無関係と考えてくれる。彼はもう追われることなく、外国でもどこへでも逃げ、自由に生きられるのだ……。

そう考え、だが彼はすぐに首をふった。そんなにうまく行くはずがない……歯型のちがいだけで、警察は沼田実と『川田』は別人と考えてくれるだろうか。もともと工場従業員の川田と沼田実とは同一人物なのだ……二人をつなぐ糸を警察はかならず見つけだすだろう。

それに、高崎はもうすぐだ。

彼はもう水絵が構えた銃の射程に入っている。どこへ逃げようとしてもムダだ。水絵から逃れられない以上、もう一度水絵を信じて、自分からその手に飛びこんでいった方がいい。

もしかして高崎駅で待っているのは、水絵ではなく、警察かもしれない。水絵は彼を裏切り、警察に彼の居所を密告したのかもしれない。その場合は駅に着くと同時に彼は逮捕される……だが、それならそれでいい。

チャイムが鳴り、

『まもなく高崎に到着します』

というアナウンスが始まると、ふしぎに気もちは据わった。逮捕されるなら、それもいい。水絵が彼に罪をなすりつけ、主犯の役を押しつけたがっているのなら、喜んでその役を演じてやる……少なくともそれは、彼が東京に出た後も憎みつづけてきたあの男に大きな痛手を与えることになる……世間を騒がせた犯罪者の父親として、今の地位から転がり落ち、手にしているすべてを失うことになる。

あの男や後妻の女の憤懣やるかたない顔を想像するだけで、彼は勇気に似たものが体にわいてきて、この失意のどん底から這いあがれそうな気がしてきた。これこそ死んだ母親が望んでいた復讐なのだ……あのとんでもない犯罪に彼を駆り立てたのは、水絵ではなく、死んだ母だった……母が夫だった男や愛人だった女からすべてを奪いとるために、死後の世界から息子の彼をあやつり、犯罪に手を染めさせたのだ。

窓に駅のホームが流れだした。

列車は高崎駅に到着した。

雪はいよいよ烈《はげ》しくなり、渦を巻いてホームへと流れこんでいるが、それでも乗車待ちの客が相当数いる。列車が止まった。彼は反射的に時計を見た。五時三十五分。この吹雪の中、一分の狂いもなく上り新幹線は走っている……だが、彼の人生は、ドアが開く今この瞬間から狂いだすかもしれない。実際ドアが開くと同時に最初の狂いが生じた。ドア前には十数人の乗車客が並んでいたが、待っているはずの水絵の姿はなかった。

もう一つ前方のドアなのか……それとも、この雪を避けて待合室か改札口近辺にでもいるのか。

背後にいた降車客に押されて、彼はホームに降り立った。瞬時に周囲に視線をめぐらしたが、水絵も、警察官らしき人物もいない。旅客の乗降があるだけだ。

背後から次々に客が降りてくる。その流れの後について、彼は改札口へと向かった……少し顔を伏せ、周囲をそれとなくうかがいながら歩き出し、だが、すぐに彼は足を止めた。

階段へと向かう客の流れから、ポツンと一人はずれて男が立っている。

黒いコートを着て、ホーム反対側の白線ぎりぎりに立った男は、吹きつけてくる雪風にゆらぐことなく、鉄柱か何かのように頑丈でまっすぐな印象だった。

彼が足を止めたのは、その見知らぬ男が数メートル先から、彼の顔をじっと見ていたからだ。立ち方と同じまっすぐな視線で……。

見知らぬ男？　いや、その顔に記憶がある。

そう感じとった瞬間、発車のチャイムが風の音を蹴散らして鳴り響いた。その音が彼の体を引っぱった……そんな気がした。男が誰なのかはっきりと思い出せないまま、反射的に彼の体は動いた。

『逃げろ』

頭のすみで、彼自身の声がそう叫んだ。彼は列車の一番近いドアに向けて走りだした。ホームにいるその男から逃げだすには、列車の中に戻るしかなかった。

彼は凄まじい勢いで走ったが、あと二、三歩のところでドアは冷たく閉まった。急ブレーキでもかけたかのように、彼は前のめりになって足を止めた。そして次の瞬間、彼の人生の歯車は突然大きく狂いだしたのだった。動きだした列車の、彼が今乗りこもうとしたドアの窓に、女の顔が浮かびあがった……幻のように淡くぼんやりと。

『水絵……』

彼は胸の中でその名を呼んだ。叫びたかったが、水絵がそこにいることが信じられず、呆然としてしまった。ただ声に出しても、意味はなかっただろう。その瞬間、高崎駅のホームは青い陰画に反転し、同時にホームが壊れ落ちるようなすさまじい音が鳴り響いた……水絵の顔は青い光に溶けこみ、列車が動きだすとすぐに消えた。

彼は雷に打たれたように、その場に棒立ちになっていた。人に囲まれている気配を感じたが、周囲を見回すこともなく、ただ列車が走り去った方向を意味もなく見ていた。もう逃げる気もなくなっている……。

水絵がなぜそこにいたのかはわからない。越後湯沢駅からこっそりと乗りこんだのか、それともこの高崎駅で、彼がホームに降りるのを見届けて乗りこんだのか……。わかるのは、想像していたとおり、水絵が彼を裏切ったことだけだ。

この高崎駅へと彼をおびき寄せ、同時に密告か何らかの方法で、警察をこの駅へと呼び、ホームに待機させたのだ。

彼が列車のドアに向けて走りだした瞬間、降車客の流れのあちこちから男たちが飛びだし、あっという間に彼を遠巻きに取り囲んだ。男たちは一歩ずつ包囲の輪を縮めてくる……だが、彼は雪の吹きつける中で、動こうとしなかった。逃げるとしたら、線路に跳びおりるしかないが、それももう面倒だった。

最悪の想像が、こうも見事に当たったのが面白くて、笑いだしたいぐらいだった。男たちの気配がじゅうぶん近づくのを待って、彼はゆっくりと周囲を見回した。私服の刑事たちは、六、七人いた……そのうちの一人が、目が合った瞬間、挨拶でもするかのように小さくうなずいた。

その刑事のことはよく憶えている……誘拐事件の起きた日、最初に小川家を訪ねてきた剣崎という所轄署の警部補だ。後に警視庁から来て捜査の指揮をとったエリート警部より、彼はこの勤勉さだけが取り柄の中年刑事の方が好きだった。

彼の方からも小さくうなずき返し、同時に剣崎の背後に、隠れるように立った男の顔を見た。

さっきの黒いコートを着た男だ。ホームに降り立った瞬間から、彼のことをじっと見ていた男だ。今も剣崎の肩ごしに、彼に冷たい視線を注いでいる。それが誰なのか、彼にはもうわかっていた。

剣崎警部補は首だけ背後にひねって、

「息子さんにまちがいないですね」

とその男に訊いた。

男は、その『息子さん』をにらみつけるように見つめたまま、ゆっくりとうなずいた。

剣崎警部補が一歩前に足を踏みだし、何か言った。『小川圭太誘拐事件の犯人の一人として逮捕する』とか、その類の退屈な言葉だろう。同時に彼の両脇に二人の男が迫ってきて、腕をとり、一人が素早く彼の手首に手錠をかけた。

その間はほんの数秒だったはずだ。なのに、それが、永遠のように長ったらしい時間に感じられた。

死の直前、一瞬のうちに人は人生のすべてをフィルムかビデオの高速再生のようにふり返る、と聞いたことがある。それと同じように、彼の人生が袋小路に突き当たったこの瞬間、去年の五月から今日まで十カ月の出来事をすべて一気に巻きもどし再生できそうな気がした。

剣崎の背後から彼の顔へと視線をしぼりこんでくる一人の男を、彼はただ静かに見つめ返していた。ホームに降り立って最初にその男を見た瞬間、誰なのかすぐに思いだせないまま、自分に似ていると感じた。

似ていて当然なのだ。その男は彼の父親だったのだから……。

父親。

彼が郷里の町と共に捨てたはずの男が、この土壇場で突如、姿を見せ、息子の彼がネズミ捕りに引っかかり、もがくのも忘れたように呆然と突っ立っているのを、冷たく見守っている……だが、なぜこいつがここにいるのだろう？

列車が高崎駅に着く直前、彼はこの男のことを想像し、息子の自分が逮捕されればこいつに一泡ふかせてやれると考えた……そのためだけにも、自分は逮捕される価値があると。

その後わずか二、三分のうちに突然、彼の頭の中から飛びだしたかのように、男は高崎駅ホームに立っていたのだ。彼には悪夢におちいったような思いしかなく、そこにいる男が父親の沼田鉄治であることを認めるわけにはいかなかった。別人を見間違えているだけだと思いたかった……もともと、その男が自分の父親であることなど子供のころから否定し続けてきたのだ。

剣崎警部補の背後に突っ立っている今この瞬間も、男は彼と似ていた。他人を踏みつけにし、好き勝手に生きてきた男の顔には、苦労や年齢の陰りがいっさいなく、彼の兄と言っていいほど若く見えた。いや、彼自身と言っていいほど……。そう思った瞬間、去年の夏、水絵が口にした言葉……『あなたにそっくりな男がいる』といった言葉が、耳によみがえった。

この男が俺の代わりに山路クリニックに行き、圭太の父親を本当の意味でゆすっていたのだろうか……水絵は、この男まで共犯者にしていたのか。

いや、それともこの男が首謀者で、すべてはこの男の計画だったのだろうか。家出した息子を何らかの方法で見つけだすと、息子が偽名を使って就職した印刷会社の出戻り娘とその子供の圭太に目を止め、圭太の父親が金持ちの歯科医と知って、その金に目をつけた……以前から汚れた金に手をつけていた男は、犯罪者特有の嗅覚《きゅうかく》で、山路将彦が莫大な裏金を蓄えていること、圭太を産んだ本当の母親が別にいることを調べあげ、その女を味方にして途方もない誘拐事件を企《くわだ》てた……最後には、いろいろな意味で邪魔に感じていた息子を犯人に仕立てあげ、警察に逮捕させるという、何よりその息子にとって途方もない誘拐事件を企て、実行に移した。

奇妙に長い数秒間のうちに、彼はそう考えた。

だが、その考えは花火のように浮かびあがると同時に砕け散った。

まさか……。

いくら若く見えると言っても、この男に俺の代役は無理だ。医師や看護師の目まで騙すことはできなかったろう。

この男は、テレビのニュースで誘拐犯の似顔絵を見ると、家出した自分の息子だと判断し、ただちに警察に通報しただけだ……だが、それだけのことなら何故、息子がこの高崎駅に来ることを知っていたのか。それに何故、水絵は今このホームを出ていった列車の中にいたのか。

手錠のかかった両手を、刑事がコートを掛けて隠した。歩き出すよう指示され、一歩足を踏み出しながら、彼は剣崎の後ろに突っ立っている男に向けて、

「どうしてここにいる」

と訊いた。

「女が突然、電話をかけてきて……」

男は凍りついたような唇から無理にそれだけの声を押しだした。それ以上の声は出なかった……剣崎が制したからか、唇が本当に凍りついてしまったのか。半開きの口からは、空しく白い息が流れだしていた。

両脇の刑事の一人から『歩きなさい』と言われ、彼はゆっくりと歩きだした。剣崎とその男に背を向ける格好になったが、ふり返ることはなかった。ホームに残っていた何人かの客が興味深そうに見てきたが、気にせず、ただまっすぐ前を向き、歩き続けた……前方に何があるかもわからないまま。

罪な造花

高崎駅ホームで午後五時四十分に逮捕された沼田実は、三時間半後の九時十二分に東京に戻った。もちろん自分の意思で戻ったのではなく、警察の意思である。手錠をかけられ、刑事に付き添われ、意思のない人形のように彼らの指示と命令どおりに動いていただけだった。

と言っても、どの警察署の意思に動かされているのかはよくわからなかった。なぜ高崎駅のホームで自分が逮捕されたのか、はっきりとした理由を知らずにいた彼は、どの署の刑事が自分に手錠をかけたのかも知らなかった。高崎駅前に待機していた警察の車に乗せられて数分後には高崎警察署に着き、その一室で取調べを受けたが、その際の刑事の一人は県警本部のある前橋から来た男のようだった。取調べは通り一遍の簡単なもので、この数日の行動となぜ高崎駅で新幹線を降りたかを尋ねられたが、彼が黙秘を続けると、刑事たちはあきらめたようにため息をつき、すぐに身柄は剣崎らに渡された。剣崎と共に東京から四人の刑事が来ていたし、他にもホームで彼をとりかこんだ刑事たちの中に長野県警の男がいたようだ。ちょっとした言葉に、なつかしい信州訛りがのぞいたので、それがわかった。

その後、高崎駅に戻され、上りの新幹線で東京に帰らされたのである。新幹線の車内では、車掌の用意してくれた個室に若い東京の刑事と共に入れられたが、この刑事は「東京に向かう」と言ったきり、いっさい口をきかなかった。

もっともそれは、彼自身が無言を通していたせいでもあった。

どこへ連れていかれるのか、今後自分がどう扱われるのか、といった質問さえ浮かんでこない。

あのニュースを見てから高崎駅に降り立つまで、水絵の真意をさぐろうとあれほど必死に考え続けたのに、逮捕された瞬間から彼は何も考えなくなっていた。

『なぜ沼田鉄治が高崎駅にいたのか』

唯一、それだけを知りたかったが、駅のホームで背を向けてからはもうその姿を見かけなかったし、事件に関することは刑事に何を訊いても無駄だと想像がついた。

時々剣崎が個室をのぞき「腹が減っていないか」「寒くないか」と優しい声で訊いてくれ、その時だけは彼も、小声で「いいえ」と答えた。

東京は雪に白く覆いつくされ、容疑者となって四日ぶりに戻ってきた彼を、初めての町のようによそよそしく迎えいれた。

東京駅からまた警察の車に乗せられたが、今度も行き先を誰も教えてはくれず、高崎駅ホームでの逮捕の瞬間からずっと迷路をさまよい続けているだけだという気がした。

街は、色鮮やかなネオンと白い雪が静かな、同時に凄絶《せいぜつ》な戦いをくり広げる戦場と化していた。どのみち、これまでもこの周辺には近づいたことがないから、そこは彼にとって迷宮と同じ見知らぬ街だった。

剣崎警部補がすぐ横にいたから、漠然と彼の所属する小金井署に連れていかれると考えたのだが、車は十分も走ると、大きなビルの駐車場に入った……駐車場には何台ものパトカーが止まっている。

警視庁ではないかと考えたが、それは裏口からビルの中に入って確かめられた。何十年ぶりかの豪雪で首都圏の交通は麻痺しているはずだから、小金井まで行けなかったのだろうか。

警視庁とわかったものの、その建物の内部こそ彼には一番の迷路だった。

エレベーターに乗らされたが、何階で降りたかもわからないまま、取調室らしい机と椅子だけの狭い部屋に通された。椅子に坐らされ、手錠がはずされ、そこまでずっと一緒だった剣崎が、

「君も小川家で会っている橋場警部が今夜中に訊いておきたいことがあると言っている。もし疲れているなら、警部にそう言いなさい」

と言い、部屋を出る前に、「君も知りたいことがあるんじゃないのか。警部にはできるだけ素直に正直に、本当のことを喋った方がいい」と親切に忠告してきた。

高崎で彼が自分の身元に関する質問以外はいっさい受けつけず、黙秘を続けたことを知っているのだろう。彼はその忠告に素直にうなずいたものの、警部に本当のことを喋るつもりはなかった。去年の五月から、彼は『水絵』と名乗る女に動かされてきた……その結果が今日の逮捕であり、逮捕された瞬間から、水絵に代わって警察が彼の動きを決めている。

だが、警察の言うままになっているのは、彼の体だけで、彼を本当に支配しているのは、依然、水絵だ。

やがて、灰色の壁に囲まれたこの無機質な部屋に似た、無表情の男が登場し、形だけの微笑を浮かべ、

「意外な場所でまた会うことになったね」

と言った時、彼は小さくうなずき返しながら、水絵の望むとおり、すべてを自分の罪にしようと決心した。

「疲れていないかね。体の調子がよくなければ、明日にするが」

おだやかな声で顔は微笑に包みこまれている。だが、作り笑いでは包みきれないものがある……眼だ。冷えきった眼。小川家でも何度か見た眼。

彼は黙って首をふった。

「だったらいくつか訊かせてもらおう。私の名前は知っているね」

今度も黙ったまま、ゆっくりとうなずいた。

「小川家に電話をかけてきた犯人は、私が電話のそばにいることを知っていたが、それは『橋場という警視庁の男が来た』と君が犯人に連絡したからだね」

またうなずくと、「悪いが、声に出して答えてくれないか。『はい』とか『いいえ』とか……。一応、調書をとらせてもらう」と橋場警部は言った。

そばの小さな机で中年の男が記録をとっている。

「はい」

と彼は素直に答えた。

「犯人は、私が時間に細かいことを知っていたが、それも君が連絡したことなのか?」

と訊きながら、警部は腕時計を見た。

「いいえ」

「じゃあ、犯人はどうしてそのことを知っていたんだろう」

「…………」

「わからない時にも、やっぱり『わからない』と答えてくれた方がありがたいが」

「いえ……事前に警視庁から来そうな人物を調べてあったんです。それにあなたが担当しそうだと予想はついてた。有名な誘拐事件を二件解決しているし」

「………」

微笑のまま、じっと彼を見ていた警部は、

「いや、失礼。君に声を出すようにと頼んでおきながら、私も黙ってしまった。今の沈黙は『どうしてここでは、こうも素直に喋ってくれるんだろう』という意味だ。意外なんでちょっと驚いてね。高崎では取調べにひどく非協力的だったと聞いたから」

「………」

「まあ、私の聞きだし方が巧みだということにしておこうか。それでさらに訊くが、いったい君は誰の命令で動いていた」

「………」

「その沈黙の意味を言葉で説明してくれないか」

警部は微笑のままだ。その微笑がなぜ恐ろしいのかが、彼にはよくわかった。

警部の微笑は、眼の冷たさを強調するためにだけ、顔に刷りこまれたものだ。だから、いつ微笑が消えてもおかしくない……その不安は、今だけでなく、小川家でも感じとったものだった。

「君は小川家の様子を犯人グループに逐一、連絡していた。それから、小川香奈子に変装した女性と二人で圭太君を幼稚園に迎えにいっている……もちろん、ただ迎えにいったのではなく誘拐したわけだが、そういった君の動きを誰が命令していたか、と訊いているんだが」

怖がっていても仕方がない。そう開き直ると気もちが据わった。

「黙っていたのは答えようがなかったからです」

「どうして」

「質問自体が間違ってるからです。僕は誰かに命令されて動いていたわけではない……自分の意思で動いていましたからね。つまり」

「首謀者は自分だと言いたいわけかな」

警部は『よくわかるよ』と言いたげに、何度もうなずいた。

「…………」

「声に出してくれないか」

「そうです」

「君が誘拐事件の全部を計画し、共犯者たちに命令を出していたと言いたいのだな」

「はい」

「しかし、それは変だ。君は工場でも友人はいなかった。人付き合いはあまり得意ではなかったようだ……そんな君が共犯者たちを集めて、みんなを犯罪に誘いこんだと言うのかね」

「そうです。工場には犯罪に誘えそうなのがいなかったから、付き合わなかっただけです。東京ドームの場外馬券売り場で人を見つけては誘ってたんですよ」

「ということは、周囲に見せていたのとはずいぶんと違う顔をもってるんだ、君は」

「ええ。それは今度のことで痛いほどわかってるんじゃないですか、警部さんにも。それならむしろ、人づきあいの悪い僕が、どうして圭太やその母親には自分から近づいて親しくしていたか、そこに疑問を抱くべきでしたね」

「なるほど。ええと、それは、先に誘拐計画があって、圭太君に近づいたということなのか?」

「ええ」

「じゃあ、教えてくれないか。犯人たちが、どうして、こんな馬鹿げた、とんでもない誘拐事件を起こしたか……君が首謀者なら、一番うまく、正確に説明できるはずだ」

彼は無言で警部の目を見つめ返し、考える時間をかせいでから、まず、

「圭太の出生についてはもう知ってるんですか」

と訊いた。

水絵から聞かされた話を全部、自分が考えたことにして話せばいい……そう決めたのだ。

「もちろん知っている。本当の母親が誰かも……マスコミにはまだ秘密にしてあるが」

「誰から聞いたんです」

「小川香奈子から」

「本当の母親には、会ってないんですか、まだ」

「もちろん会った。本当の母親が、子供を取り戻すために誘拐事件を起こした可能性もあるわけだから……だが、彼女にはアリバイがあったよ」

「どんな？」

橋場は答える代わりに唇の端をねじって、

「尋問が逆になってるな」

と笑った。

「刑事が容疑者に訊かないとね……それで訊くが、なぜ、そんなことを知りたい？　彼女のアリバイの内容を君が知ってどうする？」

「…………」

「だいたい、彼女が事件と無関係だということは、犯人の君の方が我々警察よりよく知ってるんじゃないのか？」

「いや、これから俺がする話を、あんたらが信じてくれるかどうかわからない。アリバイがしっかり

したものでないと、彼女がまた疑われるかもしれない。それを避けたいんだ、真犯人としては」

「その心配は要らない。彼女は事件とは無関係だ……アリバイも完璧なものだ」

彼は数秒間のうちに頭をフル回転させて、警部の言っている女が、彼の知っている『水絵』かどうかを考えた。

『水絵』と名乗っていた女は、事件当日、彼と一緒に圭太を幼稚園に迎えにいっている。その時刻前後のアリバイも成立しているというのなら、その女は『水絵』ではなくなる……。

数秒後、彼はあの女は水絵ではないと、結論しようとした。圭太の本当の母親ではなく、彼を騙していただけだと。そして、それを前提に、今から嘘の告白を始めようとした。

だが、ちょうどその時、警部は机の上に置いてあった黒いカバーのファイルからさりげなく二枚の写真をとりだし、彼の方に投げて寄越した。警部が彼の頭の中を読みとったとしか思えなかった。

「それが圭太の本当の母親の写真だ」

そう言ったのだから。

一枚の写真は、サングラスをかけた女のアップで、サングラスのデザインもふくめて、彼の知っている『水絵』にまちがいない。もう一枚はオープンカフェらしき場所での横向きの上半身で、コーヒーカップを手にし、前に山路将彦が坐り、カメラの方を向いて、かすかだが、照れ笑いを浮かべている。鮮明ではないが、横顔も体のラインも『水絵』のようだった。水色のワンピースや髪型にも記憶がある……。

彼は何の関心もないかのように、二枚の写真をすぐに伏せて机の上に戻し、警部の方に押し返した。

指一本の動きまで冷静さを装っていたが、頭の中はどうしようもなく混乱した。俺に近づいて来たあの女は本当に水絵だったのかどうか……。

だが、警部が、

「それで？　君の方はどうして圭太の本当の母親がこの写真の女だと知ったのだね」

と訊いてきた時、気もちは据わった。

「去年の五月、突然、彼女の方から俺に……僕に近づいてきたのです。全部の事情を打ち明け、何とかして一日でいいから圭太と楽しい時間を過ごさせてくれと僕に頼んできた……僕はそのころ、よく幼稚園の送り迎えをしていたので。僕の力で、香奈子さんにはわからないように一日、いや半日でいいから圭太と一緒にいさせてくれと、泣きながら訴えてきた……『半日でいい。その半日が過ぎたら、永遠にあきらめる』と言うし、命がけだというのはよくわかったので、僕も同情を覚えて何とかしてやりたいと……。でも、無理でした。いろいろな方法を考えて、香奈子さんにもそれとなく『一度、圭太を信州に連れていってやりたい』と切りだしたりしたんですが、香奈子さんは『じゃあ、私も』と言うし……結局、どんな方法をとってもうまく行かなくて。ちょうどそのころ、偶然読んでいた小説が誘拐事件を扱ったもので『そうか、誘拐という手があったのか』と考え、すぐに『誘拐という手しかないのか』と考え直して……。もちろん彼女は猛反対したし、その後もずっと首を横にふってばかりだったんですが、僕の方が夢中になって……あれこれ計画を練っていると、こんな面白いことはこれまでの人生にもなかったと思えてきて、最終的には嫌がる彼女を無理やり幼稚園へ行く車の座席に坐らせたのです」

自分でも驚くほど嘘はすらすらと口をついた。

腕組みをし、眠りに落ちたようにじっとしていた警部は、左目だけをうっすらと開け、「それだけ？」と訊いてきた。

警視庁一の頭脳と呼ばれる男は、明らかに彼の嘘を見抜き、彼の若さをバカにしていた。

「君の今の話だと、去年の五月に圭太の本当の母親と会って、その後、誘拐を計画し、小川香奈子や圭太に近づいたという順序になるが、実際には君が二人に近づいたのはそれより前だ。二人から直接そう聞いた……」

「………」

「まあ、その矛盾には目をつむろう。それより、なぜ圭太を本当の母親に会わせるだけの誘拐だというのに、あんなに事件を派手にしたんだ？　あれではマスコミに騒いでくれと言ってるようなものだ……その理由を何より聞きたい」

「それは、土壇場まで香奈子さんを追いつめて、自分の口で告白させたかったからですよ。圭太が自分の子供ではないことを……本当の母親から奪いとった、ある意味誘拐してきたと言ってもいい子供だということを。現に警部は彼女からその事実を聞いたのでしょう？……俺の目的はただ圭太を本当のお母さんに会わせることだけじゃなく、香奈子さんに自分の口でその真実を告白……」

そこで彼は言葉を止めた。橋場警部が突然、開いた手を彼の眼前に突きだしてきて、彼の喋りを制したのだ。

「嘘を言うぐらいなら、黙っていてくれた方がマシだ……しかも、わけのわからん嘘だ。デタラメの話を強引に本当の話に見せようとするから、無理が出るんだ。真実というのは、おのずと説得力をもっているから、わかりやすく相手に伝わる。これでは私の方から、犯人の君に、本当の理由を教えてやるほかないな」

「………」

「あの事件はいわば目くらましだったのだろう？　本当は、億単位の身代金が要求されるものすごい事件がその裏で起こっていた……その本当の事件から警察の目をそらすために仕掛けられた大花火みたいなものだった」

やはり、もうこの警部にはバレていたのだ。彼は胸の中だけで舌打ちし、ただ黙って警部の目を見つめ返した。埴輪の目のような、ただの穴……よくそう言われる目で、警部の鋭い視線を吸いとろうとした。

「知ってたんですか、やはり。いや、夕方、テレビのニュースを見たら、俺が圭太の父親に近づいていたことまで調べたらしいから、本当の事件のこともうバレてるとは思って……」

その言葉を、「黙ってろ!」という突然の怒声が断ち切った。

「デタラメを言うのなら、黙っていてくれと忠告したばかりだ」

警部は本気で腹を立てている。それが息の乱れではっきりとわかった。こめかみにも青筋が立っている……手にしていたファイルを机の上に投げだし、「もういい!」と叫ぶように言った。

狭い部屋の空気が一瞬、緊張で固まった。

「君は彼女をかばうために、嘘を言っている。ただあまりにこの取調べは突然で、考える時間が足りなかったんだろう。頑張ったが、うまく彼女をかばいきれていない」

そう言った時には、警部は冷静さをとり戻し、目の奥や唇の端に薄い笑みをにじませていた。彼の若さをさげすんでいた今までの笑みとは違う……自嘲《じちょう》のような微笑だ。

「そんな目をするな。私のことを容疑者の嘘を簡単に見抜く頭の切れる刑事だと思ってるのだろうが……」

警部は首を横にゆっくりとふった。

「残念ながら、嘘を見抜いたのじゃなく、最初から君がそんな嘘をつくことを知っていただけだ。彼女から全部聞いた」

「彼女って、誰のことですか」

視線を思いきり引き、警部の顔を遠い焦点においた。その顔が何か得体の知れない生き物のように思えたのだ。

「圭太の本当のお母さん……正確には、君がそう思ってる女だ」

「水絵……」

「そう、君が『水絵』と思ってる女だ」

警部は、机の上に伏せてあった二枚の写真を表に返した。

「彼女も逮捕されたんですか」

思わずそう訊いていた。

「いや、さっきは『聞いた』と言ったが、本当は今朝、私あてに手紙が届いて、それを読んだ」

「…………」

「去年の五月、自分の方から君に近づき、君を小川圭太の誘拐事件に誘った……と書いてあった。君がたった一点を除いて思い通りに動いてくれたことを詳細にワープロ文字で書いてあった……逮捕されたら、彼女をかばってすべての罪を自分が背負おうとするだろうということまで」

彼は首をふった。動いたのは首だけだった。

「わけのわからないことを言ってるのはあんただろ？　なぜ彼女がそんな手紙をあんたに出す？」

顔が硬直し、口から押しだした声は震えていた。

「もちろん、君を救うためだ。わからんのか？」

すぐにはその言葉が意識に届かず、彼は変に顔を傾《かし》げたまま、ぼんやり警部の顔を見ていた。正義感と野心。この男を見るたびに二つの語がやたら浮かんでくる……その二つだけで生きてきた男は、冗談の言い方を知らないのだ。

だが、なぜこんな馬鹿げた冗談を言い出したのだろう。これにもきっと何か裏がある……。

長い沈黙の後、彼は笑いだした。唇から弾け散った笑い声は、湿気た線香花火のように後が続かず、不発同然に終わってしまった。

「こんな風に俺を逮捕させて、何が『救う』だ……デタラメを言うのなら黙っていてくれた方がいいというのは、こっちのセリフだ」

不意に腹が立ってきて、彼は警視庁の若き大物に乱暴な言葉を投げつけていた。相手は余裕のある微笑でそれを受けとめた。

「デタラメは一言も言っていない。私も一応、警視庁の刑事だ。被疑者に嘘を言えば後々、問題になる……それに今、隣の部屋では君のお父さんがこの部屋でのやりとりを聞いている。沼田鉄治氏と言えば長野県議の重要人物だ……そんな人の耳があるのに、嘘や冗談を言うわけにはいかない」

彼は思わず、壁の上方へ視線を走らせようとした。部屋に入ってきた時、殺風景な壁の天井近くに、三つほど小さな穴があった気がしたのだ。そこにカメラが隠されていて、この部屋を撮っているのかもしれない……。

だが、結局、彼は目を警部の顔からはずさなかった。沼田鉄治がここに来ている？　だが、あんな男のことなどどうでもいい。

「君のお父さんは県議会で議長も務めるような大物議員だったね、実クン」

冗談は言わないと言いながら、冗談としか言い様のない軽い、いやみな口調で警部はそう言ったが、それも無視した。

「だが、俺が越後湯沢にいたことや、高崎駅で降りることを密告したのは彼女なんだろ」

すべて彼女の命令だったのだ……。

「確かに彼女が知らせてきてくれた。朝、届いた手紙の最後に、『今日の夕方彼の居所を連絡する』という一行があった。君は、彼女の犯罪を手伝ったわけだからもちろん逮捕しなければならなかったが、警察が誰かを拘束するのは決して逮捕のためだけじゃない。彼女は……」

警部の言葉をさえぎり、

「だから、彼女は一体、何者なんだ。本当に圭太を産んだ女……この写真の女なのか」

そう怒鳴り、彼は自分で首を横にふった。

「山路……いや浅井水絵の写真はもう一枚ある」

警部はファイルからさらに一枚の写真をとりだすと、カードゲームでもするように机の上に伏せ、三本の指でそれを彼の方にさしだした。彼はすぐに手を伸ばせなかった。餌《えさ》のお預けをくらった犬のようにハラハラしながら、それを見守った。

やがて思いっきり力をこめてつかみとった。

さっき見たサングラスの写真と同じ時に撮ったものだと髪型でわかる。こちらはサングラスをはずしている……それでも一瞬、やはり自分の知っている『水絵』だと思った。それほどよく似ている……だが、目の形が違う。同じように円《つぶ》らで、同時に目尻が鋭く切れているが、よく見れば見るほど記憶にある女の目との違いがはっきりとしてくる。化粧のせいではない。共に二重まぶただが、写真の女の方がふっくらとしていて、線が弱い。

似ているが、別人だ。だが、この写真の女が本当の水絵なら、あの女は何者なんだ……。

「じゃあ、あれは誰だったんだ」

その疑問を声に出した。俺に近づき、誘拐という大犯罪に引きずりこみ、俺を首謀者に仕立てて逮捕させたあの女はいったい誰だったんだ……。

「我々もまだ何者かはよく知らない。手紙でも『ラン』と名乗っているだけだ。花の『蘭』という字を書いて……」

警部はファイルから、一通の封書をとりだし、その裏を見せた。差出人の住所氏名の代わりに確かに、その一字がある。

蘭。

ペン字だが、相当な達筆で、そこに小さく華麗に蘭の花が咲いているようだ。

彼女の達筆ぶりは何度も見ているが、まさしくその筆跡だ。封筒を裏のまま自分の近くに置いた。その際、ちらりと表の宛書が見えた。『警視庁』と『橋場』という字が読みとれたから、それは間違いなく彼女から届いた手紙のようだ。

「君に心当たりはないのか」

彼は首をふった。

「そうか。彼女は嘘を言っているのがつらくなって、一度、君に本当の自分を紹介しようとしたらしいが……手紙によると、君の方で拒んだというじゃないか。彼女が、『私に似た女を紹介する』と言ったことがあるんだろう?」

彼はもう一度首をふろうとし、だが、その時、突然池袋の夏が脳裏によみがえった。裏手の公園、揺れていたブランコ、夏の光、ビルの窓……。

「蘭というのは、店で使っていた名前だそうだ」警部の声が遠く聞こえた。

無機質な部屋には窓がなく、外の世界とは完全に遮断されている。だが、金属製のような壁の冷たさには、外の豪雪と同じ真冬が感じとれる……その中で、彼の頭は突然、真夏の中に投げこまれた。

六月なのに真夏のように暑く、烈しい光が、池袋裏の小さな公園とそれを囲んだ低いビルの群れを容赦なく痛めつけていた。にぎやかな池袋の素顔と言ってもいい裏町の一つの窓に、あの女もその素顔を隠していたのだろうか。

彼女は自分に似た女を買うように命令し、その代金を彼のポケットにねじこんだ後、車で去ったふりをしてそのビルの裏手に回り、店の中で彼が客としてやってくるのを待っていたのだろうか。

「思いだしたようだね」

と警部は言った。

彼は首をふったが、それを無視し、警部は再び封書を手にした。

「彼女は君が本当に来るかどうか賭けていたんだな。君が来たら、自分の正体はばれるわけだから、君に真実を話し、その上で自分の犯罪への協力を頼むつもりでいた……そう書いてある」

「嘘だ」

「そう思うなら、読んでみたまえ」

眼前に突きだされた封書を、彼は首をふって拒んだ。警部は中の便箋をとりだし、その文章を目で追いながら、「これが嘘とはどうしても思えないね」ひとり言のようにそうつぶやいた。

「今、『真実』と言ったな。俺が店に行っていたら、真実を話すつもりだったと……その真実というのは何なんだ」

「圭太の誘拐という派手な事件の裏にもう一つの事件を用意しておいたことだ。警察や世間の目の死角で、こっそり地味に手にするお金の方が彼らの本当の狙いだということだ……地味だが、彼女が裏の事件で受けとる身代金は、表舞台での身代金とは比較にならないほどの高額だ」

「その話なら彼女から聞いている……あの店に行かなくとも、ちゃんと彼女から」

彼は途中で言葉を切った。その言葉を警部が薄く笑った目で吸いとっている気がしたのだ。

『しまった』

と胸の中で小さく叫んだ。自分が口をすべらせたことに気づいたのだ。今の言葉は、首謀者が彼女だと認めたようなものだった。

「やはり君は、彼女に動かされていただけなんだろ？　彼女に脅されて、いやいや犯罪を手伝わされただけのようだが……」

彼は首をふった。激しく、何度も……。

「それは、彼女に脅されたことはないという意味なのか」

「ない。一度も……俺はただ、自分の意思で」

きっぱり答えようとして、だが、そこでまた言葉を切った。何を言っても墓穴を掘りそうである。

「自分の意思で彼女の犯罪を手伝った……というわけだ」

警部が彼の代わりに言った。

「だが、彼女はここに『君を脅して無理やりこの誘拐事件を手伝わせた』と書いている。一度、君は殺されかかったことだってあるのだろう？」

「いや、そんなことは一度も……」

首をしっかりとふって否定したが、「そうかな」と警部は言って、ドアに張りつくように立っていた若い刑事に指で合図を送った。その刑事はドアから出ていくと、すぐにポータブルのカセットデッキを手にさげて戻ってきて、それを警部の前においた。

橋場警部は、無言のままボタンを押した。

再生ボタンだったらしい。テープが回転を始め、突如、爆音のような凄まじい音が始まった。狭い部屋なので、音は何倍にも増幅した。こちらが不安になるような危険な音だ。列車が脱線した瞬間のような、車が制限速度を大きくオーバーした時のような……そう、車だ。車が暴走している……。

『どうするつもりだ』

男の低い声が聞こえ、

『あの車に体当たりして「命がけ」を証明するの。もし二人とも……』

女の奇妙に静かな声がそれに続いた。

『やめろ。相手も死ぬ』

その後男女の体がぶつかりあうような音が聞こえ、男が何度もうめくような声で『やめろ』と言い続ける……。

彼はため息をついた。男女が車の中で何をしているのか、もちろんもう彼にはわかっていた。女の無謀な運転を止めようとしている男は、半年前の彼自身だ。真夏の一日、彼女は高速道路を走っていた際、自分の車を追い抜いたスポーツカーに命がけで体当たりすると言いだして、アクセルを踏んだのだ。……だが、それは彼に自分という女を信じさせたかったからだ。

今度も彼は、警部に向けて大きく首をふった。

「彼女は自分の命を犠牲にしようとしただけだ。俺を殺そうなんてつもりはなかったし、そんな脅しも受けていない」

「君も相当なバカだな」

と警部は笑った。

「君はその時、助手席に坐っていたんだろう。一台の車の中で、君と彼女は一体だった……彼女が死ねば、君も死ぬはずだった。彼女が命がけと言ったら、それは君を殺すと脅したも同然なんだ。ハンドルは自分が握っていたわけだから、むしろ命の危険は君の方が大きかった……彼女は運転が得意だったようだが、それなら、君だけを死なせる衝突の仕方だってできただろうし。君だって、自分の命こそ危ないと察知したから、必死に彼女を止めようとしたのだろう？」

警部は喋りながら、彼から目を離さなかった。

「最初に君に近づいた時だってそうだ。信号で、走りだした君の車の前に飛び出したと言うが自分の命だけでなく、君や圭太君の命も危なかったんだから、殺すと脅されたようなものだ。君は意識できなかっただけで、去年の五月から、彼女にずっと脅されていたんだ……車は、ナイフや拳銃と同じで、簡単に人を殺せる凶器なんだから」

彼は首をふり続けたが、内心では『そう、あの女は俺をずっと脅迫していたんだ』とつぶやいていた。

警部の言う、二度の車での体当たりなど問題ではない。彼女に本当に彼を殺す気はなかっただろうから……それより、あの女の存在そのものが、彼を今日までずっと脅迫し続けてきたのだ。

彼女の顔や体の線……首すじや胸、腰から両脚にかけてのさまざまな曲線、その一本一本がナイフに負けない凶器となって、まだ若い彼の体を脅しつづけた。

彼女の体は、男を惑わす謎めいたうねりをもっている。彼女自身、それをよく承知していて、餌としてちらつかせたが、ちらつかせるだけで永久に投げ与えられることのないその餌は、恐ろしい凶器のように、彼をおびえさせ、苦しめるだけだった。

いや、一度だけ、彼女はその餌を彼に投げ与えたことがある。この警部はさっきそう言った。池袋裏のあの店……確か『銀河』という名前の店で。それなのに彼は、突然投げて寄越されたそれが本物の餌とは気づかず、いじけてそっぽを向き、永遠にその餌に食いつくチャンスを失ってしまったのだ。

彼はもう一度首をふった。

あの真夏、彼女は裏町のいかがわしい店で、神秘的な体の無数の線を一本残らずむき出しにして、彼を待っていた……そのことの方が、警察に売り渡されたことより大きな裏切りだという気がした。

「なぜ、録音なんかしてたんですか、彼女は」

彼は唐突に顔をあげ、そう訊いた。

「目的は二つあった」

警部は彼のその質問を待っていたのか、間髪をいれずそう答えた。

「一つは君を救うためだ。君が脅迫されて無理やり犯罪を手伝っていただけだという証拠を、こうやって警察に送るためだ……この時だけでなく、君との会話は最初の時からずっと録音してあったようだ。その中から、君が無実だと証明できる部分だけを抜粋して、手紙と共に送ってきた」

「だから、こんな風に逮捕させておいて、どうして『救う』ってことになるんだ」

彼は『わからない』と頭をふった。

「じゃあ、逮捕されずにあのまま逃亡を続けていたとしよう。君の『面』は割れすぎている。小川家や工場の同僚の証言で、精密な似顔絵ができれば、そういつまでも逃げおおせるものじゃない。それなら、警察に一旦逮捕させて、その後、君が自分の意思で誘拐事件を起こしたのではないという証拠を提出して君を釈放させた方がいい……そう考えたんだな」

「…………」

「事実君はすぐに釈放されるだろうし、たとえ、訴追されることになっても無罪、最悪の場合でも執行猶予がつくだろう。お父さんが有能な弁護士をつけてくれるだろうし」

彼はもう一度首をふった。突然『彼を救う女』に変貌した彼女のことも否定したかったが、何年ぶりかに突如、彼の人生に再登場してきた一人の男のことも拒否したかった。

「だから、早いうちに、彼女の告白どおり、今日までの自分の行動はすべて彼女に脅されていたせいだと認めた方がいい」

彼はまた首をふった。

警部は深いため息をついた。息のかすれ方で、警部の疲労も限界に達しているのがわかった。

「君は、彼女をかばっているつもりだろうが、それは無駄だ」

「どうして……」

彼の声もかすれていた。

「彼女を捕まえるのは、たぶん無理だ。去年の八月に、彼女は『銀河』という風俗店をやめている……君に自分を抱かせようとして失敗してから間もなくに。その後、どうなったかはまったくわからない。この手紙をどこから送ってきたのかも……今日現在の居所も。君も携帯で連絡をとっているだけだから、知らないだろう？」

彼はうなずくことも、首を横にふることもできなかった。警察は知らないようだが、あの女は数時間前、高崎駅で彼や警察官のすぐそばにいたのだ……だが、あの新幹線に乗って、彼女がどこへ行ったのかはわからない。東京の一千万人の中にまぎれこんでいるのか、それともよその町へと逃げたのか……。

それよりなぜ彼女はあの時、彼のすぐそばにいたのか。彼が無事に逮捕されるかどうか、自分の目で確かめておきたかったのだろうか……。

彼はやっと、口にすべき言葉を見つけた。

「彼女に脅迫されて、いやいや今度の誘拐を手伝ったと認めれば、罪に問われないで済むと言うんですか？　信じられないな。日本の警察がそうも犯罪者に甘いはずがない。彼女を逮捕できそうもないという今の弱気な言葉も、何だか嘘っぽい……俺のことはこんなに簡単に逮捕できたというのに。罠なんですか、これは？　警察と彼女が組んで仕掛けた罠なんですか」

「いや、彼女の協力がなければ、君のことだってこうも簡単には逮捕できなかったと思う。今のところ、彼女の本当の名前さえ、我々にはわかっていない。素性も素顔さえも……。店のスタッフも同僚も、素顔を見たことはないと言うし。君は見たことがあるのか、彼女の素顔を」

「…………」

彼は黙っている他なかった。

「まあ、答えたくないなら答えなくてもいい。化粧が巧みで、よく見ると厚化粧なのに、素顔に近い薄化粧としか見えなかったらしい。店の女たちでさえそう言っているのだから、男の君には素顔かどうかわからなかっただろう。今度の事件は相当綿密に仕組まれている。彼女は細心の用心で自分の素顔を誰にも見せずにいたにちがいない……君や他の共犯者にも。今頃はもう素顔に戻って別の女として暮らし始めているだろう。念願の大金を手にした以上、君や圭太、それから『蘭』という名前や化粧、用のなくなったものは全部捨てて、別人として生きていこうとしているはずだ」

「…………」

「問題は共犯者だ。目下わかっている君以外の共犯者は三人だ。二人の男と一人の女。この女が彼女自身だという可能性はあるから、男が二人として、この二人に会っているのは君と圭太だけだ」

そこまで聞いて、彼は突然何かにつまずいたように、胸の中で「あっ」と小さく叫んだ。

小川社長の顔が脳裏をかすめた。社長は本当に彼女の共犯者だったのだろうか。

彼女は『水絵』ではなかったのだ。圭太の本当の母親でもなかった。

それなら、『小川社長が私に同情して誘拐計画に協力してくれている』という彼女の話は嘘になる。娘の香奈子が水絵の子供を奪いとったと知って、彼女の味方になってくれたという話は真っ赤な嘘ということになる。

だいたい、彼は、小川社長が場外馬券売り場で必死に競馬をやっている姿を見てはいるが、彼女と社長が話しているところを見たわけでもないし、社長から直接、それらしい話を聞いたこともない。

おそらく彼女は小川社長が後楽園の場外馬券売り場に行くことを見越して、その姿を彼に見せ、社長も共犯者だというデタラメを彼に信じこませたのだ……社長も共犯者だと知れば、彼が安心して自分の申し出にうなずくと考えたのだろう。

それとも、社長も巧みな嘘にだまされて、彼女のことを本当に圭太の産みの親だと……水絵だと信じているのだろうか。それとも、嘘を見抜きながら、大金が手に入るとわかって、騙されたふりをしているのだろうか。

しかし……。

「ええと……一番重要な話をしていなかったんじゃないかな……まだだったろう?」

と警部は言った。

なにもかも簡潔に短縮したがるこの警部としては、奇妙に間のびした言い方だった。逆にそれが被疑者である彼を不安にした。

「重要な話って?」

「世間が騒いでいる派手な方の誘拐事件じゃなく、我々警察の目が届かない舞台裏で地味におこなわれた事件の方だ……地味だが、身代金の額だけは派手で、この方が重罪だ。明日からマスコミはいっぺんにこの事件の方を騒ぎだす……君が首謀者なら、もちろん、その事件のことには誰より詳しいだろうね。我々や被害者、それから『浅井水絵』に化けていたこの女より」

「………」

「それで訊きたいんだが、裏で君が被害者から受け取った身代金はいくらだった？　正確な額を教えてほしい」

彼は警部の目をまっすぐ見つめ返していたが、内心は大きく動揺していた。彼の一番弱い部分を見抜いて、攻めてきたのだ……。彼女から裏の事件については詳しい話を聞いていない。

「億単位の金だ。それでいいだろう？　金額なら被害者から聞いて知ってるはずだ。何も俺に訊かなくても……」

「いや、首謀者の君から聞かないと、正確な額はわからないんだ」

その言葉に彼は顔をしかめた。警部が何を言いたいのかわからない。

「身代金として要求された額は、もちろんもう我々にもわかっている。被害者が要求されただけの身代金を支払ったことも……。ただ、今度の誘拐事件の犯人はひねくれていて、おかしなことをする……渋谷交差点で受け渡されることになった身代金だが、最終的に犯人が奪いとったのは、最初の要求額とはまったく違って、ただの一千万だった……しかも、その一千万をご丁寧に犯人は圭太のリュックサックに入れて返してきた。つまり身代金はゼロ円だったわけだ。裏の事件でも、今後、犯人がお金を返してくる可能性はある……減額されるか、全額が返されてきてまたゼロ円になるか……我々も被害者もそこらあたりに期待していてね」

「………」

「だから、事件の首謀者、つまり君に訊きたいのだが、すでに君が受けとっている二億五千万のお金のうち、一部でも返してくれる気もちはないのかね。渋谷交差点の方の事件と同じように」

「………」

答えようがなかった。無言のまま警部の目を見返し、ただ胸の中で『二億五千万か』とため息まじりにつぶやいた。正確な額を事前に聞いていなかったが、それだけのお金のために、あの女はすべてを企んだのか……その金額のうち、あの女が俺を裏切ったぶんは幾らになるのだろう。

胸のすみでそうつぶやいたが、自分でもその言葉の意味はよくわからなかった。ただ、今度の事件の中で、彼の果たす役割をいったい何パーセントと女が踏んでいたのか、それを知りたかった……あの女の中で彼が男として何パーセントの意味をもっていたのかを。

「答えたくないのか？　それとも答えられないのか？」

「もちろん、答えたくない方だ。二億五千万は、二億五千万だ。それ以上の意味をさがしても無駄です……だから、答えたくない」

警部はまた皮肉な笑みを浮かべた。

「君は反抗期の少年と変わらんな。嘘をつく時だけ、言葉遣いが乱暴になる……それで？」

「何が『それで』なんですか」

ゆっくりと、わざと丁寧にそう訊き返した。

「そのお金は今どこにある？」

一の字に閉じた唇を、彼は笑い声で押し開いた。

「本気で訊いてるんですか。俺が答えるとでも？　悪いけれど、答えませんよ。あれだけのことをしてつかんだ金だ……この身柄は渡しても、あの金は渡せない」

「そうか、それは残念だ。それにしてもそんなに大切なお金だったんだ」

「当たり前でしょう、二億五千万ですよ。生命と引き換えにだってできる」

「そうか……あんな杜撰《ずさん》な身代金の受け渡し方をしたのだから、犯人はそれほどお金に執着していないのかもしれないと思っていたのだが」

「………」

答えようがなかった。ズサン？　いったいどんないい加減な身代金の受けとり方をしたんだ？……警部の意地悪な目は、彼が困っているのを楽しんでいるとしか思えなかった。

「二億五千万を二個のダンボールに詰めて今から言う住所に宅配便で送れ……犯人、つまり君はそう言ったんだろう？」

「………」

「その送り先というのは中野のマンションの七〇二号室で、配達の若者が届けるとドアにメモがあった……『ドアを開けて中に置いておいてくれ』と。メモには『蘭』の一字がサインしてあって、『受領印がわりにこれを持っていくように』とも書いてあったらしい。若者は言われた通りにした。空室になっていて、若者は大丈夫かなあと心配したと言うが……いくら何でもいい加減すぎるだろう？」

「いや、いい加減だから、却《かえ》って安全だった。鍵のかかっていない空室にダンボールのまま放りおかれているのが、大金だとは誰も考えない」

「そうか……なるほどね。さっきはバカ呼ばわりしたが、なかなか賢いやり方だ」

わざとらしく、そう褒め、

「それから、圭太が事件当日連れていかれたのが、そのマンションらしい。その日にはホテルのような調度品を置いて、圭太にホテルだと思わせようとしたらしいな」

「………」

「もちろん、君が犯人なら当然私よりよく知っていることばかりで、余計な口出しだったんだが」

微笑でそう言い、その直後、やわらかく崩していた顔を不意に引き締め、「長い尋問になったが、これで終わりにしよう」と言った。

「やっとわかったから。君が今度の誘拐事件の真相を何一つ知らなかったことが……」

橋場警部の眼は、冷却装置か何かのように一瞬のうちに部屋の空気を凍結させた。昏まで凍りつき、焦るばかりで言葉らしいものは何一つ口をついてくれない……。

頭の回転も鈍くなっている。俺が事件の真相を何も知らないというのは、彼女が俺に語った事件の話は全部嘘だという意味なのだろうか……そう他人事のようにぼんやり考えた……。

「今度の事件では、二つの誘拐事件が重なり合っていた。一つは小川香奈子の息子ということになっている圭太を誘拐して身代金を奪おうとした事件で、この方は警察や世間の目を集めるために、思いきり派手な演出が施されていた。お金を奪おうとしただけで、実際には一円も奪わなかった。いや、最初から犯人には、この事件でお金をとるつもりはなかった。ある意味、犯罪とは言い切れないふしぎな犯罪だった……大金を奪いとるのが目的だったのは、第二の事件の方で、この方はいかにも犯罪らしい犯罪だった。誘拐した子供の父親が、警察に知られてはならない多額の金を隠し持っていることを知った犯人は、警察が第一の事件に気をとられている隙をねらって、そのお金を奪いとろうとした……事実、宅配便を使った無謀なやり方で昨日のうちに二億五千万のお金を手に入れ、その犯罪は成功した」

「………」

「そこで、しかし、一つの疑問が出てきた。実は、私は、第二の事件が起きていたことを今日まで知らなかった……今日、『蘭』と名乗る女から、この手紙が届くまで。第二の事件の方こそ犯人の目的で、すでに身代金として大金が犯人の手に渡っていることも、手紙を読んで初めて知った。そうしてそのことで大きな疑問が生じたわけだ」

『どんな？』

と訊こうとしたが、声にならなかった。口を開けたままの彼の顔には焦りの色が出ていたはずだが、警部はそれを無視し、

「第一の事件はどうして起こされたのだろうという疑問だ」

「………」

「『蘭』は、君には実の子供の圭太と一日でも楽しい時間を過ごしたいと言ったというが、彼女が浅井水絵ではないとわかった今、その動機は何の意味もなくなる。だいたい絶対に秘密にしておかなければならない隠し金を狙うんだから、被害者が警察に届ける心配はまずない……それなら派手な隠れみのなど用意せずとも、こっそり第二の事件を起こすだけで、よかったんじゃないのか」

警部は、その目を彼に当てたまま、静止している。薄い唇だけが奇妙に規則正しく動き続けた。

「ただ、山路将彦の裏金をこっそり狙うのに圭太を誘拐するというのは、どうなんだろうね。圭太が誘拐されたら小川香奈子はいろいろな意味でとり乱すし、警察にも必ず連絡する……将彦を脅すのが犯人の狙いなわけだが、将彦より香奈子を脅すことになってしまう。警察に連絡されたくないのなら、圭太を誘拐するのはやめた方がいい。むしろ、将彦の母親あたりを力ずくで誘拐した方がよかったんじゃないかな。あの母親には事件後一度会った……気は強そうだが、年齢も年齢だし体力がないことは簡単にわかる。女の力でも拉致《らち》してマンションの一室に閉じ込めておくぐらいのことは楽にできる。母親を人質にとって、将彦を『身代金として裏金を吐き出せ』と脅せば、絶対に警察には連絡されずに済む。だいたい将彦はかなりのマザコンだ。圭太より母親を人質にとった方が脅迫の効果は大きかったろう。……それにあの母親はたいてい一人でいるから、誘拐するチャンスも圭太よりずっと多い。

圭太を連れ去るのはそう簡単ではなかった……まだ子供だから、一人になることはめったになかったし、君たちがやったとおり、リスクの大きい方法をとらなければならなかった。しかもそのために面識もまったくない君を……しかも圭太を人一倍かわいがっている君を、誘拐計画に引っぱりこむなど不可能に近いことだ」

「………」

「そう、君がいくら名前や経歴を偽っていたとはいえ、君を共犯者にしようなどというのはあまりに無謀なアイディアだ。その『無謀』を敢《あ》えて冒してまで、犯人は圭太誘拐事件を起こした……しかも、ああも派手に。そのメリットは一体何だったのだろう」

『わかるはずがないだろう』

そう言いたかった。わかるはずがない。俺だって何だかおかしな話だとわかっていたが、わざと騙されてやったんだ……。

だが、どんな言葉も挟めないほど、警部の声は部屋の空気を張りつめさせている。

警部はさらに続けた。

「理由がわからない時は、結果から推し測るのが一番いい。あの派手な誘拐事件は、どんな結果をもたらしたか……。一つは圭太の出生の秘密が明らかになったことだ。後はマスコミが騒ぎ、それにつられて世間も騒いでいること……それともう一つあるが、君にわかるかな」

彼は、黙って警部の目を見返していた。何をどう答えたらいいのかわからない。今の質問の意味さえ、よくわからなかったのだ。

「本名を隠して『川田』と名乗っていた男、つまり君が犯人の一人として、世間に知れ渡ったことだ。マスコミが君の容姿の特徴を報道し、写真のように精密な似顔絵を発表し、君を一躍、有名人にした」

「………」

「それこそが、あの派手な誘拐事件がもたらした最大のものだったとしたら？……逆に言えば、それを狙って、犯人があの誘拐事件を起こしたのだとしたら？」

「俺を有名にするために事件は起こされた……そんな馬鹿げたことを言いたいのか」

思わず口から声がこぼれだし、その直後に彼は首を大きく横にふった。

警部の言いたい意味がやっとわかってきたが、それを認めたくなかった。

「そうだ」と警部は答えた。「渋谷での身代金受け渡しが終わる直前、勤務先の工場から姿を消した男は、その晩からテレビのニュースにくり返し登場して、今ではマスコミの人気者と呼べるほどになっている。もちろん、我々や君の家族以外、まだ誰もその男の本名は知らないのだが……」

「………」

「明日から、君はもっと凄い人気者になるよ。この逮捕劇がニュースとして流され、君の本名や県会議員の息子だということが世間に知れ渡れば……。それこそが犯人の狙いだったわけだが」

「………」

「わからないかな。いいか、君をだますためにだけ、すべてが仕組まれたんだ」

彼、沼田実は首をふった。

「すべてと言うのは、圭太誘拐事件の全部という意味なのか。今度の事件が俺をだますために起こされたと……そう言いたいのか？」

あえぐような声で訊き返した。

頭の中でゆっくりと逆転が始まっている。大きな波のうねりに巻きこまれた気がした……くだけ落ちる波といっしょに、逆さに落下していくような不安があった。

警部は、唇の端をねじって得意の冷たい、皮肉な笑みになり、封筒の『蘭』の一字を指さした。

「そう。君はこの女が、圭太を誘拐するために君を仲間に引きずりこんだと思っているだろうが、真相は逆だ。……君を自分の共犯者にするために、この女は圭太の誘拐を企んだのだ」

警部は背のびをしながら立ちあがり、さりげなく彼の背後にまわり、肩にその手を置いた。彼の両肩をゆっくりと揉みながら、

「一人の少女がいた」

と朗読でもするような声で語りだした。

「彼女は貧しい中で育ち、絵本の中のヒロインのように夢見がちな娘になった。ただシンデレラのように王子さまや城の生活を夢見ることはなくて、一番の夢は、単純に札束の形をしていたようだ。世間を騒がせる大犯罪者になって大金を手にしたいと、それだけを夢見て大人になった……と言っても血を流すような陰惨な事件は起こしたくない。彼女の考える犯罪は、どんなに大掛かりなものでも絵本の色に染まっていて、おとぎばなしの世界から抜け出ることはなかった。世間を騒がせるというのも、怪盗ルパンのように世間を楽しませるという意味だったが、もちろん大泥棒の真似は彼女にはできない。できることは、せいぜい、自分のマネキン人形のような顔を活かして、化粧で変幻自在ぶりを発揮するぐらいのことだ……彼女は、昼間は地味な事務員の仕事をしながら、夜は別人のような華やかな女に変身して風俗店で働いていたのだが、ある日、客として一人の歯科医がやってきた。エリート歯科医がわざわざ池袋裏の小さな店にやってきたのは、友人にその店の常連客がいて、『蘭』という源氏名の娘が彼の愛人に似ていると教えてくれたからだ……もともと愛人の水絵と蘭とは、顔だちだけでなく化粧法も似ていたのだろう。蘭のことがすっかり気にいって、足しげく店に通うように

なった歯科医は、それでも所詮は通りすがりの関係だという油断から、離婚の話や誰にも語ったことのない子供にまつわる秘密まで、彼女の耳に入れてしまった。もちろん、この歯科医に特別な興味を抱いた彼女が、さりげなく巧みに相手を誘導したせいでもあるのだが……。彼女が男の気もちをいかに巧みにあやつるかは、君が一番よく知っているね」

「……………」

「彼女は、その子供や父親、二人の母親のことを調べあげた。子供を誘拐して、怖がらせたりしないでいつも以上に楽しい時間を過ごさせ……その親から億単位の身代金をせしめるというのは、理想の犯罪のように思えた。子供をめぐる何本もの鎖がもつれあったような人間関係も興味深かったが、彼女が特別に興味をもったのは、その子を可愛がっている工場の若い従業員だった。共犯者として使えないかと考え、青年の身元調査を始めた彼女は、彼の意外な過去を見つけてしまった」

警部の親指が肩の一点に深く食いこんできた。鋭い痛みが走ったが、彼は微動だにせず、顔色一つ変えなかった。『すべては君をだますために仕組まれた』という先刻の警部の言葉が、頭に反響し、もっと酷い痛みを与えてくる……。

警部の声は、すぐ耳もとで続いている。

「彼女がどうやって君の身元を探り当てたか、わかるか？　その手紙に書いてあるが……工場に届けてある本籍地が、まったく別の『川田』のものだと知って、いっそう君に興味をもった彼女は、店の客の一人が変装マニアで警察官の制服をもっていたので、その男に頼んで君の車の免許証を検《あらた》めさせた……あっただろう？　去年の春、信号待ちの際、近づいてきた警察官に免許証の提示を求められたことが」

記憶はよみがえったが、彼は何の返事もしなかった。

「君は免許証だけは本名のままだったんだね。本当の本籍地を知って、君の過去を調べあげた彼女は、その意外さに驚きながらも、いっそう君のことが気に入り、進めていた犯罪計画で重要な役を与えることにした……」

「…………」

「ついでに言っておくが、店の客の中から頭が切れ、同時に金に困っている男を選んで誘拐の話をもちかけ……すでに何人かの共犯者を、彼女はその手にしっかりとつかんでいた。そうして準備万端整った上で、彼女は君に接近した……というのが今度の事件のプロローグだった」

「…………」

「さっき『重要な役』と言ったが、君は彼女が君にどんな役を与えたか、わかっているね」

彼の肩をもみ続けながら、警部は優しい声で訊いてきた。ただの優しい声ではない。裏に何かを隠した優しすぎる声だった。

彼は何も答えず、肩にのしかかってくる警部の手を冷たく払いのけた。

警部は彼の横側に回り、立ったまま上半身を大きく曲げ、彼の顔を覗きこんできた。

「今やっとわかったのかな……それとも夕方、高崎駅のホームに立った時にわかったのかな」

警部の目は催眠術師のそれのように、彼を突然、高崎駅のホームへと運んだ……白い嵐が襲いかかってきた。列車のドアが開き、降車客の最後から彼はホームへと降り立ったのだ。あの瞬間、もし彼が車内をふり返っていたら、そこに水絵の……水絵に化けていた女の姿があったのかもしれない。心配そうに彼の背を見守っている女の姿が……。

あの女は、やはり、越後湯沢に到着してから彼に電話をかけてきて、彼と同じ列車にこっそりと乗りこみ、高崎駅で彼が命令どおり降りるのを見届けていたにちがいない。

彼に電話をかける一、二時間前に彼女は、警察と長野の彼の父親のもとに連絡を入れ、夕方高崎駅にいるよう指示したのだ……次の指示をそこで待つようにと。そうして、自分の乗った列車が越後湯沢駅を出てから『彼、沼田実が上り列車で五時半ごろ高崎駅に着く』と連絡したのではないか。

沼田鉄治が吹雪のホームで、

『女が突然、電話をかけてきた』

と言ったのは、そういうことだったのだろう。

自分の手で彼の逮捕劇を仕組み、自分が企てた大犯罪のラストシーンを見届けるために、彼女はあの豪雪の中、雪国の駅から彼と同じ列車に乗りこんだ……そうして、列車の中からすべてを見届け、白く荒れ狂った夜の彼方へと消えていったのだ。

新幹線のドアの窓ガラスに一瞬浮かびあがった女の顔……その顔が悪魔的な笑みを浮かべたような気がしたが、本当はすべてが終わり、ホッとしただけではなかったのだろうか。

彼女が安堵したのは、逮捕された彼が自分の代わりに全部の罪をかぶってくれるだろうと考えたからではない。さっきまではそう考えていた、彼女が自分を裏切ったのだと……。だが、今は、それが間違いだとわかる。

『この逮捕は彼を救うためだ』

とさっき警部は言った。

自分を陥れるための警察の罠ではないかと疑ったが、今はそれも、警部が本当のことを言っただけだとわかる……雪風の吹きすさぶホームで、自分は数人の刑事に包囲されたのだとばかり思いこんでいたが、実際には、刑事たちが盾となってあの凄まじい雪や何か得体の知れない恐ろしいものから彼を守ってくれたような気さえした。

数時間前のその場面を思いだすと、それが何かに似ているような気がしてならなかったが、今、それが何かやっとわかった。

四日前の渋谷の交差点だ……。誘拐されていた圭太が緑の車から降りてくるのを、すぐに駆け寄ることもできず、刑事たちや『母親』が数秒遠巻きにして見守っていた……彼は実際にその場面を見てはいないが、テレビのニュースで警察が隠し撮りしたビデオを何度も見ているのだ。

それが数時間前の高崎駅ホームに似ている。

渋谷で圭太が保護された瞬間と高崎で彼、沼田実が逮捕された瞬間は、確かに似ている……交差点が駅ホームに変わり、緑の車が新幹線に変わり、『母親』の小川香奈子が父親の沼田鉄治に変わり、圭太が彼に変わっただけのようにも思えてきた。

警察が公表したビデオは、香奈子が防蜂服を着た圭太に抱きつくところまでだったが、その直後から刑事たちは盾となって圭太母子を取り巻き、守ったに違いない……そうして、圭太は保護されたのだが、もし圭太が大人だったら、周囲の目にその姿は、保護されたというより、刑事たちに包囲され、逮捕され、連行されていくように見えたのではないだろうか……高崎駅ホームでの彼と同じように。

違いは、香奈子と鉄治の親としての表情だけだ……実の母ではない香奈子が、実の母以上に圭太のことを心配し、実の父である沼田鉄治が、何年ぶりかの息子を他人のように冷たい目で見た……。

いや、本当にそうだったのだろうか。あの時は雪にかき消されて見えなかったものが、今になって見えてきた……そんな気がした。あの男は、目の前にいる息子におびえながらも、同時にホッとしたような表情も見せた。誘拐犯の息子が無事に逮捕されたからではない。それはありえない。息子の逮捕によってあの男の県会議員としての地位は致命的な打撃を受けるのだから。

それなのになぜ、あの男は小川香奈子と似た『親の顔』らしきものを垣間見せたのか……。

答えはわかっている。だが、その答えを信じたくなくて、彼は抱えこんだ頭をふった。

警部が何か喋り続けていたが、それを無視し、

「あの男……沼田鉄治はなぜ高崎駅にいたんだ」

と彼は訊いた。

突然の質問に面食らったのか、警部は沈黙し、だが、すぐに「もちろん、君を引き取りに行ったんだよ」と答えた。

「彼女から三時ごろに『高崎駅に向かうように』という電話が入ったので、慌てて長野新幹線に乗ったそうだ。高崎駅に着くと二度目の連絡が入り、上りの新幹線で君がホームに到着すると……」

今度は自分から途中で言葉を切り、警部は長いため息をついた。再び正面に坐った警部を、彼は上目遣いですがるように見続けた。そんな彼の目を、憐れむような、バカにするような半笑いの目で見返しながら、警部はゆっくりとこう言った。

「やはり、何も知らなかったんだな。君は、お父さんが君のために二億五千万の身代金を払ったことを……」

彼はゆっくりと顔をあげ、警部の顔を真正面から見た。顔をゆがめることも、首をふることもなく、自分でも不思議なくらい静かな視線で……。

「誘拐されたのは俺だと……僕だと……そう言いたいのか」

と訊き返し、すぐに「そう言いたいんですか」と言い直した。

「ああ。正確には『誘拐されていたのは』だが……去年の六月、確か代官山で、彼女は圭太の誘拐を君にもちかけただろ？　その時点で、君は誘拐されたと考えていい」

「…………」

「死刑の判決を受けた瞬間、被告がそんな顔をするよ」警部は少し笑った。「本当に今日まで一度も考えなかったのか……彼女の犯罪がすべて自分のために仕組まれていたとは。それから自分が誘拐され、長野の自分の父親に身代金が要求されることになると……」

「しかし、俺は……僕は、縛りつけられた訳でも監禁されたわけでもないし、おどされて命の危険を感じたわけでも……」

いや、自分が気づかなかっただけで、一度、彼女に生命を奪われかけたことがある。さっき警部にそう教えられた。

「それは、体を縛りつけることはしなかったろうが、君の気もちは彼女に縛りつけられていただろう？　感情、意思、それに欲望まで、若い君のすべては鉄の鎖より頑丈なもので縛りつけられていて、去年の夏の初めから今日まで八カ月以上、君は彼女から離れることができなかった……拉致され、監禁されていたのと少しも変わりなかったはずだ」

「…………」

「圭太の誘拐を手伝ってくれという話も、君をしっかりと自分に縛りつけておくためだった。犯罪の共犯者になれば、いよいよ君は彼女から逃げられなくなるからね……」

彼は一度だけ、ゆっくりと首を横にふった。

それ以上、もう聞きたくなかった。一人の女のせいで、自分の体がこの何カ月間か檻に閉ざされていたことは誰よりこの自分が、よくわかっている。犯罪を手伝うというリスクを背負っても、つかみとりたいだけのものを彼女はその全身から発散していたのだ。

真夏の空から溢れ落ちてきた光や彼女から溢れだした蜜の匂い。彼はこの数カ月、その光や香りと共に灼熱の檻に囚《とら》われていたのだ。実際、彼自身、これまでも共犯者というより被害者のような気がしていた。

誘拐されていたのは自分だった……それは確かに彼にとって衝撃的な事実ではあったが、それでも、依然彼は共犯者でもあったのだ。

自分では何も気づかぬまま、被害者という形で彼女の犯罪を手伝ったのだから。その意味で働き蜂の一匹として、彼は誰より素晴らしい蜜を女王蜂のもとに運んだのだ……もし彼女がすべてを打ち明けていても、彼は喜んでこの被害者役を引き受けていただろう。母の復讐のために沼田鉄治からその財産と地位を奪いとるというのは、ある意味、彼の人生の目標だったから。

なぜ、知らせてくれなかったのか。

共犯者役より、被害者役の方が彼にとっては、はるかにやりがいがある役だったというのに……。

ただ、それでもいくつかのヒントを彼女は彼に与えている。彼にはそう思えた。

表舞台の事件でも、圭太は自分が誘拐されていた事は知らずにいた……そんな事件の構造自体が彼へのヒントだったのではないだろうか。それに、圭太誘拐事件がただの隠れみのであり、裏に隠された本当の事件では億単位の身代金が動くことを、正直に彼女は彼に話している。ただ身代金を要求する相手が『山路将彦』ではなく、東京から遠く離れた地方の県会議員であることを黙っていただけだ……嘘をついたというより、むしろ嘘を最小限にとどめることで彼に真相のヒントを与えようとしたのではないだろうか。

この想像はたぶん当たっている。

彼女は折りにふれて、彼に真相を明かそうとしていた……何度もそう感じた瞬間がある。まだ重要な秘密を隠していて、それを彼に告白したがっていると……だが、そうだとしてなぜ彼女はそんな遠まわしな方法をとったのだろう。最初からすべてを打ち明け、その上で協力を求められたのだとしても、彼は進んでその『被害者役』を引き受けただろう。彼女は事前の下調べで彼、沼田実とその父親との関係を知っていたのだから、進んで彼が被害者役を演じることはわかっていたはずだ……それならなぜ……。

その疑問が浮かぶと共に、彼は不意に事件の真相をもっと詳しく知りたくなった。

「いつ俺の……僕の誘拐事件は起こったんですか。彼女が長野に電話をかけたのはいつ……」

彼は唐突にそう訊いた。

「圭太が誘拐される二日前だ。もちろん、お父さんはすぐには信じなかった……だからだよ、彼女が圭太誘拐事件を派手にしたのは」

彼女は、沼田鉄治にかけた電話で『蒸発中のあなたの息子さんを誘拐した。息子さんの命はあなたがお金を支払うかどうかにかかっている。身代金として二億五千万を用意して次の連絡を待つように』と告げたという。もちろん『警察にいっさい連絡してはならない。警察が介入すれば、あなたがこれまでにその大金をどんな手段で手に入れたかを世間にバラす』という脅迫も忘れなかった。

この脅しの材料を、彼女は、沼田議員の元秘書や元愛人の口から聞いた。この二人に接触し、議員が二億数千万にのぼる汚れた金を自宅のどこかに隠しているらしいという話をつかむまでが一苦労で、誘拐計画決行の日を今年まで持ちこさなければならなかった。

ただ、苦労しただけの成果はあったようだ。

二億五千万と聞かされ、議員はハッと息を呑んだ。その気配が受話器を通してはっきりと彼女の耳に伝わってきた……。

もっとも、行方のわからなかった息子が突然『誘拐事件の被害者』になったと聞かされても、議員はそう簡単に信じるわけにはいかなかった。最近流行《はや》りの電話での詐欺かもしれないと疑い、息子が女とつるんで自作自演の誘拐劇を企んでいるとも考えた。

『その話が本当だという証拠がほしい』

と言う議員に、彼女は、

『息子さんを私はこの手に握っている。二日後息子さんにある犯罪事件を起こさせる……東京渋谷の交差点を舞台にしたその事件が翌日にはテレビで騒がれるから、それを見てもらえばわかる』

と言い、渋谷の交差点だけでは漠然としすぎているので、さらに二つのキーワードを与えた。

ケイタという名前と蜜蜂。

『三月一日のニュースでこの三語の出てくる事件が報じられたら、それが息子さんの起こした事件……我々が息子さんを脅して起こさせた事件だと考えてもらいたい。警察に連絡したいのなら、それまで待ってからにした方が賢明かもしれない』

という脅迫以外の何物でもない言葉で電話は切られた。

半信半疑のまま、この電話のことは身内にさえも秘密にし、三月一日になると議員は朝からテレビにかじりついた。その日は朝から『渋谷交差点に人間のものらしき血が撒かれた』という物騒な事件が報じられ、議員は不安をかき立てられたが、午後になって、不安は絶望に変わった。

ケイタと蜂が登場する、途方もない誘拐事件が発生したとニュースが告げたのである。

子供は無事に帰され、犯人は身代金にも手をつけずに終わり、被害らしい被害がなかったというのに、この誘拐事件はテレビで大々的に報じられた。そうなるよう彼女が事件を派手に仕組んだからだ……その派手さが、本当の被害者沼田鉄治には大いなる威嚇となった。

テレビでこんなに大騒ぎしている事件の犯人が自分の息子だと知れたら……。

そう考えると、テレビのニュースに釘づけになっている沼田鉄治の顔から血の気が引いた。

そしてその時を狙ったように一通の手紙が届き、中から何枚かの写真が出てきた。前に彼、沼田実も彼女から見せられたことのある香奈子と圭太、それに『川田』の三人が盗み撮りされた写真だ……その写真と同じ女が圭太の母親として記者たちに囲まれ、テレビに映しだされた。

さらにニュースでは事件の最中に姿を消した従業員がいることを伝えた。翌朝のワイドショーで報道されたその男の特徴は息子の実と酷似していた。

あの見知らぬ女が電話で言ったことはすべて事実だった……息子は誘拐され、無理やり犯罪を強要され、今や日本中に知れ渡った大事件の重要容疑者として警察に追われている……。

沼田鉄治が絶望の沼に沈みかけ、藁《わら》にもすがりたい心地になる頃を見計らって、彼女はふたたび電話をかけた。

『この従業員が私の息子のことなのか』

と訊かれ、彼女は『ええ。川田という偽名を使っているけどすぐに警察にはバレるし、あなたの息子だと判明するのも時間の問題ね。でもその前に息子さんには死んでもらうけど』と言った。

『殺すのか』

『ええ。でも殺害されたとはわからず、警察は、派手な事件を起こして収拾のつかなくなった青年が自殺したと考えるでしょうね』

そう言って彼女は小さく笑い声をあげた。

『でも、それは、お父さんが二億五千万を払ってくれなかった場合よ。その身代金を今から私が言う方法で払いさえすれば、息子さんは誘拐されたことになる。被害者になり、今テレビで騒いでいる事件だって、真犯人の私に脅され、無理やり手伝っただけということになる。私が警察に真相を書いた手紙を送り、無事に息子さんをあなたのもとに返す……家とあなたを捨てた息子さんが自分の意思で戻ってくるのよ。すぐにとはいかないけれど、今度の事件の真相を知れば必ず自分から戻ってくる。息子さんの命と愛情を二億五千万で買い戻したと思えばいいわ』

彼女はその電話の最後で『二億五千万がどんなお金かは、私から警察に話すことはないわ。でも、事件が一段落したら、かならずそのお金の出所を警察に追及される。その時のために口裏を合わせるなり、帳簿を改ざんするなり、ごまかす準備をしておいた方がいい』と忠告した。

沼田鉄治は、その女の言葉を信じるほかなかった。テレビから『従業員の男』という声が聞こえるたびに、自分の体が一センチずつ底知れぬ泥沼に沈んでいく心地がした。

こんな風に騒動を煽《あお》り、地方の一県会議員を不安のどん底へと突き落とすために、女はマスコミ好みの謎とドラマチックな要素を事件のあちこちにちりばめておいたのだ。翌朝からは新聞も騒ぎだし、一部の新聞では『川田と名乗っていた男』を既に容疑者扱いしていた。

このまま放っておけば、息子の実は確実に誘拐犯にされてしまう。あの女か女の仲間に殺され、追いつめられた犯人として自殺したことにされてしまう。女の言葉を信じてもいいと思ったのは、女がわざわざ逃げ道まで用意してくれたからだ……それにすがるほかなかった。

二億五千万の身代金を支払えば、確かに息子が『子供を誘拐した犯人』ではなく『誘拐された被害者』であることが警察に証明できる。そう考え、沼田鉄治は家の目立たない場所に隠してあった金庫の錠を開け、言われた金額を宅配便で指定された東京のマンションに送った……。

「そのおかげで君は殺されることもなく、誘拐事件の被害者として日本で一番安全な場所に保護され、今こうやって事情聴取を受けているわけだ」

長い説明の後、橋場警部はそう言い、腕時計をまた見た後、「同時に、圭太事件の共犯者として逮捕され取調べを受けてもいたのだが、そっちの方はさっきもう終わった。だから被害者としての君に言うのだが、お父さんには感謝した方がいい。君の命を守ってくれたんだから」と言った。

不良少年を諭す補導係のような声だった。

彼は橋場の優しそうな目を静かに見つめ返した。

「違う。あの男は自分の名誉を守っただけだ……息子が大事件を起こして自殺したとなれば、自分の人生まで抹殺される。それを恐れて一か八かの賭けに出ただけだ」

「それこそ違っている。お父さんは君の生命のために名誉を捨てている。お父さんが二億五千万の身代金に違法金を当てたことを、彼女はこの私への手紙で明かしてはいない……それを警察に明かしてくれたのはお父さん自身だ」

『蘭』と署名された手紙は、机をはさんで坐った二人のほぼ真ん中に置かれていた。

今日の朝届いたというその手紙の中で、彼女は真の被害者が『川田』とその父親であり、父親から身代金二億五千万をすでに奪い取ったことを告白していたが、『川田』の本当の名や父親が長野で何をしているかについてはまだ明かしていなかった。『蘭』は、午後になり警察と父親をそれぞれのルートで高崎駅に向かわせ、その後、またそれぞれに連絡を入れて、双方を合流させた……警察はその時になって初めて、当人の口から沼田鉄治という名前と仕事、そして真の誘拐事件の詳細を知らされたのだった。

「お父さんは、すでに犯人の手に渡った二億五千万が脱税や収賄《しゅうわい》で手に入れたものだと警察の連中に告白している……その隠し金以外で、すぐに現金化できるのは、正規の預金三千万円しかなかったそうだ。家や土地を売れば何とかなったろうが、その時間もなくて、結局警察に追及されることを覚悟して、隠し金のほぼ全額を使うことにした……そして、どのみちいつかバレることなら、最初に自分から警察に告白しておいた方がいいと考えたんだな」

警部の目を彼はただ黙って見つめ返した。

「おかしな言い方になるが、お父さんが二億五千万を吐き出してくれたおかげで君は誘拐事件の被害者になることができた……そうでなければ圭太誘拐事件の犯人として、今頃は死体になっていたかもしれない。圭太誘拐の手伝いをしたと言っても、君はたぶん起訴猶予になるだろうし、たとえ起訴されても罪に問われることはないだろう。だが、お父さんはそうはいかない。議員の資格は剝奪《はくだつ》されるし、地位も名誉もすべてを失う……それでもお父さんは君の生命を守ろうとした。そのことだけはわかってやらないと……」

彼は警部のよく見せる微笑をまねて唇の端をねじった。

「だとすると、あの男は悪人というより、ただのバカだ。ちょっと落ち着いて考えれば、彼女が本気で俺を……僕を、殺すつもりなどないことはわかったはずだ……振り込め詐欺で騙される老人と同じだ。地位や名誉を失うのを恐れて慌てふためいて、墓穴を掘ったまでだ」

「いや、彼女はお父さんが身代金を出ししぶったら、本当に君を殺すつもりだった……これを読むといい」

そう言い、警部は封筒から便箋をとりだし、終わりの方の数枚を選んで、彼に渡してきた。

彼はその便箋に、すぐには手を出せなかった。彼女のナマの言葉を読むのが怖かった。これが自分が聞く最後の声になるのだ……事件の真相だけでなく自分をとりまくすべてが夢の中の出来事のように実感がないのに、これでもう二度と彼女に会うことはないという現実だけが生々しく胸に迫ってきている。

「一つだけ訊きたいことがあります」

彼はその質問に逃げた。

「ニュースで、事件前に僕らしき男が山路将彦のクリニックに患者として現れたと言っていたが、それは絶対に僕ではない。彼女が共犯者の一人を行かせたのだと思うが、なぜそんな真似を……」

彼女から聞かされた理由は、本当の被害者が判明してしまった今の時点では何の意味もなくなってしまったのだ。

「もちろん、事件後しばらくは君を犯人にしておきたかったからだよ。圭太誘拐事件で身代金を払うことになるのは父親の方だから、事前にその下調べをしにいくというのは、いかにも犯人らしい行動じゃないか」

「その男は、本当に僕に似ていたのか」

「まだ捕まえてないのでわからんな……今の今まで、その男は君だと我々は思っていたんだから。ただそっくりじゃなくとも何となく似ていて『川田』と名乗りさえすればよかったんだろう。事件後四、五日警察をだませればいいだけのことなんだから。それに君の写真はなかったわけだし、『川田』という名前と健康保険証をもっていなくていかにも胡散臭《うさんくさ》そうだったこと、それから大体の容姿が似ているだけで、君だと断定するほかなかった……」

「この手紙がここへ届いたのは今朝だったのだろう？　その段階ではもう僕が犯人ではないことはわかっていたはずだ。それなのに何故午後になってから僕の似顔絵を発表したんだ……新幹線に乗る少し前に僕は旅館でそのニュースを見た」

「いや、この手紙が真実かどうかは、君を逮捕……と同時に保護して、さっきいろいろと聞くまでわからなかった。直感としてはこの手紙に書かれているのは本当のことだとわかったが、今度の事件で私は直感に頼りすぎて、いろいろとミスを犯したから……ただ君は今間違ったことを言った。君はまだ犯人だよ。少なくとも犯人グループの一人として、圭太の誘拐で重要な役を務めている。被害者として脅されていたという意識はなかったようだし、自分の意思で犯罪を手伝ってもいるのだから。圭太の事件に関しては犯人だ……司法が無罪の決定を下さない限り」

警部は腕時計を見ると「そろそろ時間も限界だし、読みたくないのなら」と言って、便箋を自分の手に戻そうとした。

反射的に彼の手は動き、その便箋をつかみとっていた。警部の目が薄く笑った気がしたが、それもどうでもよかった。

『明日の晩、いいえ、この手紙が届く時にはもう今日です』

彼女らしい大胆な筆跡で文章は始まっていた。

『今夜、何十年ぶりかの大雪が東京を襲うと、たった今、ラジオのニュースで聞きました。私の起こした事件の最終ページが真っ白に塗りつぶされるのです。そのことに私は今、運命としか言い様のないものを感じています……なぜなら、一昨年の終わりだったか、歯科医師をしている一人の客から家庭の事情を聞かされ、おぼろげに今度の誘拐事件の計画を思いついた時から、白い犯罪というのが、私の理想としてありましたから。

潔白な犯罪——。

と言っても法律という尺度でしか「罪」を測ることができない警察の方には、そんな犯罪などあってはならないものでしょうが、幼いころから犯罪と隣り合わせに生きてきた私は、犯罪の中には法律では測れないものがあることを目、耳、体で感じとって育っています。青一色の世界に埋もれていると青という色を感じとることはできないものです。同じように黒の真っ只中では、黒という色はなくなってしまいます。

それなら犯罪を犯罪という尺度で測れば、犯罪でなくなるのではないか……たとえば誰かが犯罪で得た汚れた金がここにあるなら、それを盗んでも犯罪にならないのではないか。

子供のころからずっと、そう考えていました。

小学五年の時、私はある洋品店で同じクラスの女の子が真珠のブローチを盗むのを偶然見てしまいました。手にふれるのも嫌な、ピカピカ光る安っぽいブローチでしたが、その子が万引きしたそれをランドセルの奥にいつも大事そうに隠していると知った瞬間から、不意にそれがどんな宝石もかなわない豪華な光を放っているように思えてきたのです。その子はいつもお昼休みの後、教室に戻ると、必ずランドセルに手を入れて大事な宝物があるかどうか確かめていました。それに気づいた私は、昼休みにその宝物を盗み、教室に戻ったその子がランドセルの中を必死に漁《あさ》るのを盗み見ながら、言い知れぬ喜びを覚えていました。ただ……その幸福感と共に、小さな体の奥から泉のようにわきだしてきたものが、もう一つありました。

当の私より先に、隣の席の男の子が気づき、

「先生、この子の足に血……」

と叫びました。授業が始まってからも、問題の子が「誰がわたしの宝物を盗んでいったのだろう」ときょろきょろ周囲をさぐるのを、私が教科書の端から盗み見て楽しんでいた最中でした。スカートの裏から脚をつたって流れ落ちていく赤いものがすぐには血とわからず、ぼんやりしている私を、先生はすぐに保健室に運び……その血の意味を教えてくれ、何度も「だいじょうぶ。誰にもあることだから」とくり返しました。

優しい女の先生の言葉に守られて、私は人生の最初のハードルを軽く跳び越えたのですが、成長するにつれ、その日とその血は少しずつ、特別な意味を持ち始めました。

私はその日、犯罪者になり、同時に女になったのです。

それがどんな意味をもち、どう私を支配し始めたか、自分でも具体的には説明できないのですが、それでもその後、「潔白な犯罪」を犯すたびに、私はその白さがあの時の血の色に赤く塗り替えられていくような不安を感じてきました。

私は子供のころから、お金が大好きでした。前にも書いたように、私が絵本の中に追う夢は、他の女の子のようなお城でも花畑でもなく、ページからあふれ落ちるほどの金貨の山でした。

でも、その夢を他人から盗んでまで自分のものにしたいという気もちは微塵もなかったのですが……小学生の時のブローチは、中学では脱税弁護士の息子がもっていたプラチナのボールペンに変わり、高校では裏口入学斡旋《あっせん》の悪評が立った教頭の高級ブランドの財布になり……それから財布がその中身になるまでに大して時間はかかりませんでした。

それが汚れた手につかまれた罪のお金だとわかった瞬間から、私はどうしようもなく、そのお金を自分の手で盗み直したい衝動に駆られるようになっていたのです。

私の手で盗み直すと、その汚れたお金が浄化される気がしたのです……などと書けば、ただの傲慢な犯罪者か異常者が、必死に言いわけしているだけだと思われるでしょうね。

その方が正しいのかもしれません。

でもどう思われようと、私は、キリストがすべての人の罪を背負い、歓喜に似た陶酔の中で天国へと旅立ったように、すべての犯罪者の罪を背負うことに言い知れぬ幸福を覚えていました。

小学生だったあの日、けがれたブローチを盗んだ罪を、私は脚をつたって流れ落ちた血の色で記憶に焼きつけました。

罪と血は、私の中で完全に一つのものになっています。当時まだ幼かった私には「罪」という語はむずかしすぎ、人のものを盗むのに私が感じとっていたのは後ろめたさとか恥ずかしさに近いものだったのですが、私はあの日、体から流れだした血にも同じものを感じとっていました。後ろめたさと恥ずかしさ。

それがいったいどんな傷となって、私の人生を決定づけたのかはわかりません。でも、初めて池袋裏手のあの店で女の体を武器にして働きだした時も……あくどい稼ぎ方をしていた店のオーナーの金庫から百万の札束を盗みとった時も、その罪を店の事務所に出入りしている組の男になすりつける工夫をした時も……私はあの日の血をなまなましく思いだしていました。

その店で、一人の歯科医師と出逢い、話の端々からかなりの裏金を隠していると感じとった時もそうでした。

別れた奥さんが以前、渋谷の交差点で流産し、大量の血を流したと聞いたせいもあり、歯科医の背後に汚れた金の匂いを感じとった瞬間、あの日の血はいつもより鮮やかな色で記憶の中から流れだしました……。

その血の色の中で、私は歯科医からお金を奪いとる決心をしたのです。

最初、私は圭太君を誘拐し、その事件を隠れみのに裏で歯科医師と真の取引をし、汚れた金を全額吐き出させるつもりでいました……でもすぐにその計画にはいろいろな欠陥があることに気づき、あきらめざるをえなくなったのです。歯科医師は子供のことをさほど愛しているようには見えず、その子を誘拐しても本当に父親への脅迫になるかどうか、自信がもてませんでしたし……裏金のことは、通りすがりの関係だった私にだけ漏らしたのでしょうから、脅迫の際「裏金」という語を使うだけでバックに私のいることがバレてしまいそうでした。それにまた裏金がいったいどれだけあるか、本当にたくさんあるかどうかも、よくわからなかったし……これが一番の理由ですが、同時進行させていた表舞台の誘拐計画で、歯科医師よりもっと理想的な標的を見つけたからでした。

圭太君を可愛がっている「川田」の素性を調べあげ、政治家の父親の存在を知った際にも、その父親に汚れた金の濃厚な匂いをかぎとった時にも、記憶からひとすじの血が流れだしました。

私が「川田」をどうだまし、共犯者として飼いならしていったかは、もうすでに書きましたね。

そのお父さんはいろいろな意味で、私の理想の「被害者」でした。詳細はまだ書けませんが、この父親は息子のことを何よりも愛していて、息子の家出の原因が自分の再婚にあると気づくと、再婚相手を即座に家から追い出し……一人になった家で息子からの連絡を待ち続けていたのですから。

その息子が同時に二つの誘拐事件に巻き込まれ、一件では加害者役を演じさせられ、もう一件では被害者として命の危険にさらされていると知れば、すべてを投げ出すにちがいない。私はそう考えましたし、私のカンは的中し、すでに彼は安穏と送れるはずだった余生と共に多額の身代金を投げだし……私はそのお金をもう、しっかりとこの手で握っています。

もちろん、カンがはずれ、「川田」の父親が即座に、警察に連絡した場合のことも考えていました。最初の電話で通報された場合は、圭太誘拐事件の方を本当の事件にすり替えて、歯科医師に最低一億のお金を用意させ、その身代金をこの手でつかむつもりでいました。

実際には、最初の電話で相手が見せた反応から、警察に連絡される心配はまずないと考え、予定通り一円の被害も出さない誘拐事件を起こしたのですが……もし、あの段階で警察に連絡されていたなら、圭太誘拐事件ではもっと身代金の額を吊り上げ、交差点に運ばせた身代金を私たちは、ある方法を使って自分たちの手にしっかりつかみとったでしょう。

どんな方法か、想像がつきますか?

あの時、身代金の入った赤いビニールバッグには誰も近づきませんでした……まだそれが小川家にあった段階で「川田」が一千万だけぬきとっておいたのですが、交差点でもビニールバッグに近づかないまま、その中身をつかみとる方法があったのです。

それがどんな方法かは、ここに書きません。

今度の成功に気をよくして、私は近い将来、もう一度同じような誘拐事件を起こし、その際、身代金をこの方法で受けとろうと考えているのですから。

そう、橋場警部。今私が書いた言葉をあなたへの挑戦と考えてくださっても構いません……私は、「川田」と名乗っていた青年を救うために、この手紙を書き始めたはずですが、案外本当の理由はそのあたりにあるかもしれないので、どうかご用心ください。……そして最後にもう一つだけ。

私がこんな手紙を書いて「川田」を救おうとしたからと言って、何か特別な感情を彼に抱いているなどと考えないでください……決して。

「川田」は私の犯罪の被害者だったのか、それとも共犯者だったのか。

それは私自身にもわからないのですが、どちらにしろ、彼は私にとって、大金という素晴らしい蜜を運んでくれる働き蜂にすぎなかったのです。

すでに書きましたが、去年の六月、一度だけ彼に私を抱かせようとしたことがあります。あの店の客として……。もし彼が命令を守って店に来ていたら、実際私は彼に抱かれたでしょう。

でもそれは、すべてを彼に告白し、その上で改めて彼と共犯の契約を結び、本当の誘拐事件の被害者役を演じてもらうつもりだったからです。彼に私を抱かせようとしたのは、その謝礼金、いいえ、契約金の前払いのようなものでした。……あの池袋の店で、私の体は商品以外の意味をもっていなかったし、体もふくめて私のすべてはお金に換算できるものだったのですから。

私は確かに彼に自分を抱かせようとしましたが、むしろ、そのこと自体、彼が私の働き蜂にすぎなかった証拠です。なぜなら、これまで私は一度も誰かを本当に愛したことはありませんが、もしそんな日がやって来ても、その男に自分を抱かせるつもりはないからです……抱かせるどころか、指一本触れさせることはないでしょう。

愛する男にひざまずき、男の手にオモチャのようにいじりまわされて歓喜の声をあげるには、私はあまりに誇り高い女です。

父親への反抗のために、その父も家も財産も捨て、檻のような狭い部屋で貧しい暮らしをして粋がっているような男が、そんな私にふさわしいわけがありません。

「川田」は私にとって、あくまで、億単位のお金……それも私の好きな汚れたお金を持つ男の息子に過ぎませんでした。だから、もし、今度の誘拐事件で父親が身代金を払わずに計画が失敗した場合は、脅迫どおり、人質の彼を殺すつもりでいました……彼にすべての罪を着せて死んでもらうことにしていました。今、彼は雪のふりしきる町にいますが、命の賠償金として彼を抱き、車で行き着けるところまで行き、コーヒーに以前から用意してあった毒を入れて殺すことに決めていたのです。父親が見捨てた命なのだから、私が殺したとしても私に罪はありません。いいえ、直接手を下す以上私にも罪はあるのですが、それは私の理想とする白い罪……潔白な犯罪になるはずでした。

彼が殺されずに済んだのは、父親が私の言ったとおりにすべてを投げ出してくれたからです。だから私も約束を守り、あのお父さんのために息子がただの被害者であることを、こうやって打ち明けることにしたのです。

最後に残った問題は、彼が自由の身になった段階で、本当に自分の意志で郷里の家と父親のもとにもどっていってくれるかどうかです。私はお父さんに「身代金を支払ってくれたら、息子さんを必ずあなたの手に返す」と約束したのですから。

彼にその気がないようなら、この手紙の最後の何枚かを見せて、私が彼を本当に殺すつもりでいたことをわからせてください。……私と彼とは生きる世界が違いすぎ、犯罪の加害者と被害者としてしか接点をもつことができませんでした。

共犯者になることなど、明日、いいえ今日、東京に降る雪のように、ほんの一とき美しいだけのはかない残酷な夢でした。次の朝にはもうぬかるみの醜悪さに変わってしまう夢の残酷さより、だから私は紙幣や金貨の中に眠る最初から汚れている夢の方がいつも、いつも好きだったのです。一ときの美しい夢とは逆に、汚れた夢を無垢《むく》な白さに変えることができるからです……この私の手で』

便箋はそこで最後の一枚になった。指が疲れてきたのか急に荒っぽく崩れだした字になり、

『最後に川田君、いいえ沼田実君、あなたに向けて書くのですが』

と断っていた。

『あなたのお父さんから奪いとった大量の札束は、罪の汚《けが》れを洗い流され、今私の腕の中で真新しい無垢な光を放っています。それと共に、お父さんの罪も消え、昔の、まだお母さんが倒れる前の、家族思いの優しいお父さんに戻っています。私の夢見ていた白い犯罪、潔白な犯罪は二億五千万のお金と共に完璧に実現したのでした。だから、あなたも子供じみた反抗心を捨ててお父さんのもとへ戻ってあげてください。もしかしてあなたは、まだ自分が誘拐事件の被害者だったことが信じられず、今もまだ私の共犯者のつもりでいるかもしれませんね。だったらこう書いた方がいいでしょう……あなたはお父さんのもとへ帰らなければいけない、と。明日、いいえ今日、私はあなたをある場所で、一旦お父さんに返すつもりでいますが、その際、あなたのすぐそばで私だけの別れの言葉として、こう告げるでしょう……あなたには絶対に聞こえない声で、一言だけ。

帰りなさい。あなたの世界へ……あなたの平凡で退屈な世界へ。本当の母親が死んでしまったこと以外、大した不幸も背負っていない、ありふれた田舎町での小さな、平凡な生活へ……。

これが女王蜂だった私からの最後の命令です』」

最後に封筒の裏と同じ『蘭』一文字だけの署名があり、その下に印影のように黒ずんだ小さなしみがあった。アイラインの色がまざった涙のあとかもしれない。一瞬そう思ったが、すぐに彼は、便箋を橋場警部に返すと、黙って自分の手を見た。

「まあ、君を殺すつもりだったと書いているのが、本心かどうかはわからないがね」

警部がなぐさめるように言った。

「犯人は告白と称して、必ず言いわけをするものだから。私の部下にまだ若いのに離婚歴二度の女性がいるので、読ませてみたんだが、この『蘭』という女は君を本当に愛してるんじゃないかと言っていた……プライドが高すぎて自分でもそれを認めたくないだけかもしれないとね。私の苦手な領域だが、殺すつもりだったとわざわざ手紙に書くのも彼女の愛し方なのだそうだ」

彼は首をふった。警部の言葉を否定しようとしたのか、もう何も聞きたくないと言いたかったのか、自分でもわからなかった。ただ、

「雪はまだ降っていますか」

とだけ訊いた。

誰も何も答えなかったが、金属のような壁がその冷たさで外の雪の激しさを伝えていた。東京も、取調室の空気も、刑事たちも凍りつき、すべての動きが途絶えていた……体、手、黙って手を見続ける視線までも。

その手でつかみそこねたものだけが、激流のようなスピードで彼から逃げだしていく……高崎駅のホームで見た女の最後の顔は、今の手紙に書かれていた別れの言葉など聞きとる余裕もなく、つかの間のうちに夜の彼方へと去っていった。

去年の夏のさかりに彼女の胸に飾られていた蘭の花は、それよりもっとすさまじいスピードで遠い過去へと運び去られていく……死に向けて突然走りだしたあの時の車よりも激しいスピードで。

ただ網膜の暗い陰画に、花はまだその色を残していた。

彼女は、それを本物の花だと言ったが、生きた花に薬品処理をほどこしたミイラのような花が、彼の目には造花にしか見えなかった。ただ、先刻、便箋の終わりに黒いしずくの跡を見つけた時、彼にはそれが、あの花がミイラになる直前にしぼりだした生きた蜜の、最後の一滴だという気がしたのだった。

彼の目と口がやっと動いた。

「彼女の話はもういいでしょう」

ゆっくりと顔をあげ、彼は警部を静かに見つめると「父に会わせてもらえませんか」と言った。

最後で最大の事件

本当なら今日は午後から、青葉城に出かけるつもりだった。

今日は私の十九回目の誕生日で、毎年誕生日には今まで一度も行ったことがない場所に出かけることにしている……十九年もこの町で生きてきたのに、私はこの町の一番の名所にまだ出かけたことがなかったのだ。

石垣や御堀の城址しかないことだって最近テレビで見るまで知らなかった。私はつい三年前まで、父と二人きりの暮らしだったから、お友だちを作ったり団体行動をするのが苦手で、父のいない時は大抵いつもひとりだった……でも、三年前、父が十も年下の女性と再婚し、お母さんと弟とが同時にできてからは、ずいぶん変わった。

「俺の下で働いてる矢口さん。若く見えるだろ？　でもバツ一で二歳になる男の子がいるんだ」

父が家に連れてきた私より若く輝いているその女性が、お茶を飲みながら、この家のことを暖かい素敵な家ねとほめてくれている時、人見知りするはずの私がごく自然に「下の名前を教えてください」と自分から話しかけていた。

「マキ。真に樹木のジュと書いて真樹。いつも男と間違えられるわ」

と言って笑ったその人の矢口という苗字は、その時私が予想していたとおり、すぐに意味がなくなったのだ。もっとも下の名前もすぐに意味がなくなった……私は、二人が再婚する前から真樹さんのことを『お母さん』と呼ぶようになっていたのだから。

この新しいお母さん以上に、私は、新しい弟のことがお気に入りだ。初めて会った時はまだ歩き始めたばかりで、ペットのように可愛がったのだが、五歳になった今は、その小動物のようなピュアな幼さを残したまま、大人顔負けの頭のいい子に育ち、私の一番の話し相手になってくれている。

この二人のおかげで、私は他の人たちにも心を開くようになった。おととしには同じクラスにボーイフレンドもできたし、去年の誕生日には大学受験も兼ねて彼と二人初めて東京に行き、受験の後、テレビでしか知らなかったシブヤでお祝いをしてもらった。

残念なことに、私だけ受験に落ち、その後彼だけが上京して別れたも同然になってしまった。

それで今年は今一番の友だちの光輝と一番近くて一番遠い仙台の名所に出かけることにしたのだけど……正午過ぎに、幼稚園から突然、

「光輝クンがスズメバチに刺された」

という電話がかかってきたのだった。

電話に出たのは、真樹さん……つまり新しい母で、ちょうど私と一緒に簡単な昼食をとっていた時だ。

「スズメバチって、この真冬に？」

母は、私の方を見て「また、いたずら電話よ」と言って笑おうとしたが、顔が奇妙にゆがんだだけだった。……一時間後、幼稚園で園長さんたちを前に、母は同じ顔のゆがめ方をした。

電話の後、母の運転する車で光輝が運ばれたという郊外の病院へ駆けつけたが、そんな子供の患者は来ていないと言われ……病院から幼稚園に電話をかけると、

「光輝クンなら三十分ほど前に、お父さんが連れに来て……スズメバチって、お母さんが刺されたん

じゃないんですか」

と先生が言いだしたので、慌てて幼稚園に行ったのだ。押し問答の末、まだ園で働き始めて間もない吉村という若い先生は、「わたし、まだお父さんに会ったことがないので、一応光輝クンに『本当にお父さんね』と確かめたんです。そうしたら光輝クン大きくうなずいて……とても嘘を言ってるようには見えなかったから」と言って泣きだしてしまった。

「すみません。昼ごはん直前の一番忙しい時だったし、他の先生もお父さんの顔をよく憶えていないらしくて、てっきり本当のお父さんだと……」

母が顔をゆがめたのは園長先生が、そんな無責任なことを言った時ではなくて、その直後にコートのポケットの中から童謡のメロディが流れだし……母が携帯をとりだして喋りだした時だ。

「ええ……ええ、はい……」

相槌以外は何もこちらから喋らずに電話を切り、「ごめんなさい。光輝は主人が本当に連れていったみたい……つまらないいたずらをしたんです。光輝、無事ですから」

母は私の腕をつかむと、門前に止めてあった車に乗り、逃げだすようなものすごい勢いで車を出した。何かおかしかった……父のいたずらとわかったのなら、ホッとしないといけないのに顔をゆがめたし、ハンドルを握る横顔は、凍りついている。私のとまどいの目に気づくと同時に、自分が空っぽの頭で茫然《ぼうぜん》と運転していることに気づいたようだ。路肩に寄って急ブレーキをかけた。

「今の電話、犯人から。光輝、やっぱり誘拐されたみたい」

その言葉と同時に、静止したはずの車がガタガタ揺れ始めた……衝撃がやっと実感になって母の体が震えだしたのだ。

母のデリケートすぎる体にだけ、地震が襲いかかったかのようだった。後でわかったのだけれど、犯人は母への電話で「今、幼稚園にいるね。それなら先生たちに『父親のいたずらで、光輝は無事だ』と謝罪して、すぐに家に戻れ。また後で連絡する」と言い、「子供の命が大切なら、言われたことをうまくやるように」と脅迫したのだった。

「康美ちゃん、お父さんに電話して」

母の声はふるえ、ねじれていた。ショックでぼんやりしていた私は、我に返って自分の携帯をとった……だが、その時また母の携帯が鳴った。

「お父さんから」

そう叫び、母は携帯を耳にぶつけるように押し当てた。

「ええ、ええ……本当に誘拐みたい、でも……」

その少し前に父の会社に電話がかかってきて、光輝の誘拐が告げられたのだという。父は仰天し、まず母に電話をして本当かどうかを確かめたのだ。

「犯人はあなたにも電話をかけてきたの？」

「いや、かけてきたのは犯人じゃない」

「誰から？　どういうこと……」

「警察だ……宮城県警。犯人から警察に電話があったそうだ……子供が出てはっきり『コーキ』と名乗ったらしい。ただのいたずらとは思えないので、刑事さんが確かめてきた……それで、今、俺も君に確かめようとこの電話を……」

私は母に抱きつき、携帯に耳を寄せ、二人の会話を聞いた。これも後で父から聞いてわかったことだが、警察への電話で犯人は、「小杉食品の社長の息子を誘拐した。奥さんには直接連絡したが、社長には警察から連絡してやってくれ……いたずらと思われると困るから、今子供を出す」書類でも読

みあげるような淡々とした口調で言い、そのあと電話に出た子供も、書かれたものを読んでいるらしく、

「ボクは小杉コーキです。ユウカイされたのでおとうさんにデンワしてください」

一字一字区切って言った。

「お子さんは風邪をひいてませんか。声がかすれていたけれど」

と警察の人に言われ、父にはそれが光輝にまちがいないことがわかった。光輝は昨日、ゲームをしながら大声で騒ぎすぎて喉を痛めていたのだ。

「そうか、そちらにかけていった電話には光輝を出さなかったのか……ともかく犯人に言われたようにしたほうがいい。すぐに家に戻って次の連絡を待て。警察にもすぐに家に行ってもらうが、それまで変に動くな。俺もすぐに帰る」

と父は言った。

雪が降りだしたのは、車が駅前の交差点を左折した時だった……歩道橋の下をくぐりぬけた時、曇り空から白い砂塵がオーロラのような模様をえがいて舞い降りてきた……冬の光がまだ雲のほころびのあちこちに明るく残っていて、空は雪と光の奇妙な二重奏となった。見上げると歩道橋がちょっとした立体交差に見え、その下をくぐるたびに私は未来都市の一隅に迷いこんだ気分になる。

私は交差点が好きだ。

今の私たち家族も、スクランブル交差点で出会ったようなものだ。私と父、真樹さんと光輝が四つの角からそれぞれ歩き出し、一点で交わったのだ。

私と彼も去年、交差点にいた。東京、シブヤの、どこか遠い国の戦場にも似た交差点に……私たちは手をつないで駅にむけてスクランブル交差点を歩きだしたのはいいが、その一点まで来て手を離し

てしまった。

そこに水溜りがあったのだ……いや、水ではない、透明だが重油のようにねっとりとした、奇妙に甘い香りのするもの……それが蜂蜜だったことは、その晩仙台に帰ってからテレビのニュースで知った。蜂蜜が広がった交差点にその直後、誘拐犯は蜂を飛ばした……誘拐犯は奇妙に蜂にこだわってい て、たしか子供をさらった後、お母さんに『子供が幼稚園で蜂に刺された』と嘘の連絡をしたのだった……。

「お母さん」

私は思わず、そう叫んでいた。いや、声に出したかどうか……声に出したとしても、その声が母の耳に届いたかどうか。母はショックでぼんやりしていたのだろう。だが、私はそれ以上にぼんやりしていた……。

雪と共に私は異次元に迷いこみ、不意に、一年前のシブヤにタイムスリップしていた……あの事件も嘘のように非現実的な事件だった。サンタクロース、蜂、蜜、一円も手をつけられなかった身代金……あの時だって、地方から来た者には別世界に見えた交差点は、後でふしぎな誘拐事件の舞台になっていたと知って、異次元になった……だが、今日、たった今、私の家に起こった事件は、それ以上の非現実、悪夢としか言い様のないものだ。

なぜなら、あのふしぎな誘拐事件とそっくりに始まったこと自体、これは、もっとふしぎな誘拐事件なのだから。

しびれた頭の一点が変に覚めていて、私は、何の根拠もなく、この事件はもっと、もっと、あの事件そっくりになっていくだろうと考えていた。

私が母と一緒に家に戻り一時間後、あの事件とそっくりなことが、もう一つこの事件に起こった。

順を追って書くと、家に着いて母が居間に駆けこんだのが、午後二時少し前。

母は、サイドボードの上に置かれた電話機を胸に抱えこみ、崩れるようにソファに坐った。母には人肌色の電話機が光輝の命そのものに思えたのだ……父が帰って来たのは、それから二十分後だった。母は父に抱きかかえられ、堰を切ったように泣き出したが、二、三分後、不意に泣きやむと、

「どうしてあなたはそうも冷静でいられるの？」

そう訊いた。一瞬のうちに乾き切った目は、父との間に冷たい距離を置いていた。

「こういう時には冷静にしないとダメだ。そんなに取り乱すと、事態まで乱れだすものだ」

と言う父に、母はいよいよ取り乱した。

「光輝はあなたの子供じゃないから、そんなに落ち着いていられるのよ。康美さんの命が危ないのなら、あなただって取り乱すわよ。康美さんだって同じ……日ごろ、光輝のことを可愛がってくれるから有難いと思ってたけど、こういう時に本心は出るのね。光輝の命なんてどうでもいいんでしょ、むしろ邪魔者がいなくなってホッとしてるんでしょ。こんな時にも能面みたいな顔をして、心配そうな言葉一つ口にせずに……」

私は母の言葉を否定するために首をふりたかったが、それ以上に母の声……知的で優しい真樹さんの、初めて聞く中年っぽいヒステリックな声にとまどい、硬直し、いよいよ声を出せなくなっていた。

「仕方がないだろう、康美の場合はそういう病気なんだから」

父が怒鳴り、次の瞬間、母はハッと我に返り、いつもの母に戻ったのだが、それは父の怒鳴り声のためではなく、玄関のチャイムが鳴り響いたからだ……この修羅場を狙ったように警察から四人、私服の警察官がやってきたのだ。

父に同行していた秘書の徳田が、四人を居間に案内してきて……十五分後には犯人からいつ電話が

かかってきてもいいように、テーブル上に電話機や録音機、通信機らしきものが設置されていた。

「光輝君は無事に戻ってきますよ。心配要りません。……誘拐事件に実績のある警部が、偶然、仙台に来ていて、間もなくこちらにも来ますが、光輝君の命は保証できると断言しています」

年長の船山警部が言い、「いや、仙台に来たのは偶然ではないようですが……」と付け足した。

誘拐事件に実績のある警部というだけでは、もちろん私にも、それが一年前のシブヤ蜜蜂事件を担当した警部だとはわからなかった。

その警部が午後三時きっかりに、わが家の玄関に立ち、警視庁での長ったらしい役職の後に『橋場』という名前を出した時もそうだった。細いストライプが入ったダークグレーのスーツをすらりと着こなし、髪を完璧な七三に分けたちょっとサイボーグを想像させる人が、シブヤ事件の後、マスコミの一部に『女ルパンに徹底的にコケにされた男』として嘲笑気味に騒がれたあの『H警部』だとは、想像もできなかった。

一年前、偶然身代金受け渡しの現場にいた私は、その事件に特別な興味を覚え、ちょうど受験に失敗し変に暇になってしまったこともあって、週刊誌を買いあさり、読みふけったのだ。

警部が居間で父と母に挨拶し、

「実はこの事件を予想して、昨日のうちに仙台に来ていたのです」

と言い、上着の内ポケットから真っ白な封筒をとりだし、中からまた紙片をとりだしてみんなに見せながら、「……と言うより、犯人に招待されたんですよ、この町とこの事件に」と言った。

紙片は東京から仙台までの新幹線チケットで、今日の午後12時08分、ちょうど事件が発生したころに東京を発《た》つMAXやまびこ号グリーン車のものだった。

「このチケットが昨日、警視庁の私のもとに届きました。チケットだけで手紙はなく、ただ差出人として『蘭』という一字が……」

警部が裏返した封筒には、その一字が墨で蘭の花を描くように華やかに書かれていた。それで私もやっと『ああ、あの警部だ』と気づいたのだった。

私は、全国の同じ年ごろの娘たちと同じように、一年前から、この『蘭』と名乗った犯人の熱狂的なファンになっていたが、彼女と戦い第一ラウンドであっけなくKOされたような超エリートのH警部にも特別な関心を寄せていた……どの週刊誌も実名や写真は避けていたから、逆にいっそう私の唯一の自慢である想像力……というか空想力をかき立てたのだ。今、私の目の前にいるその警部は想像していたクールなイケ面ではなかったが、東京のど真ん中にまっすぐな脚で立っている男の洗練とシャープさは想像どおりでもあった。

成金という言葉があるが、父はまさしくその『成金』で、警部を前にした姿は品がなく、いかにも男として安っぽかった。

仙台駅から流れだす広い青葉通りの一隅で、小さな和菓子屋をやっていた父は、羽二重餅をクリーム餡の洋風アレンジに変えた『むれ雀』というお菓子で大きく当てた。私が生まれて間もない頃の話だが、当時の超人気アイドルがテレビで子供のころからの大好物として紹介してくれたのが一大宣伝となった。放映直後から電話が殺到し、またたく間に父は仙台市郊外に大きな工場をもち、販売網を全国に拡大するほどの企業家になった。企業家と言うより、昔の『成金』という言葉の方が、父にはよく似合っているのだが……。

サイドボードには電話と並んで、ゴルフのトロフィーや信じられないほど派手な九谷焼の花瓶が飾られ、テーブルの上の器には、父を金ピカの玉座に押しあげた『むれ雀』が、来客用にうるさいほど盛られている。

他にも黄金色の巨大な振り子時計や本物の豹の毛皮を敷いたソファ、壁から首を突きだした剥製の鹿……。

この恥ずかしいほどベタな成金趣味が犯人の目を引いたのはまちがいない。父がこの居間でくつろぐ姿は、方々のビジネス雑誌に載せられてきたのだ。ただ、何より成金趣味なのは、警部の話に耳をかたむけている父の、羽二重餅そっくりのつやつやした赤ら顔だ。

油照りしたような父の額に、警部の目は釘づけになっていた。警部もまた、父の顔の普通ではない色艶に、犯人の動機を見ているらしい。

「この蘭という女のことは御存知と思いますが……去年の今日、日本中を騒がせた誘拐事件の犯人ですよ」

父も母も、すぐにシブヤ事件のことは思いだせたようだ。

「あの、テレビに毎日みたいに似顔絵が出てた?……確かまだ見つかってないんですよね。あの女が、今度は仙台に来て私の子供を狙ったというんですか」

母は体をふるわせ、肩にまわされた父の手をしっかりとつかんだ。

「おそらく……」と警部はうなずいた。「去年の事件でも感じたんですが、犯人は私や警察に挑んでいるようなところがあって、私はこの新幹線チケットは挑戦状だと思ったんです。それで昨日のうちにこちらに来て……宮城県警には大学の同級生が何人かいますからね。今日、このチケットの新幹線が東京を出る12時08分ごろに仙台でまた誘拐事件が起きるかもしれない、起きた場合はすぐに連絡をくれと頼んでおいたのです」

橋場警部は、県警の許可をもらい、この事件の捜査に参加することになったと言った。警視庁の許可はすでに昨日東京を出発する前にとっておいたという。

自分はただ協力するだけで、実際に現場の指揮をとるのは、県警から来た四人のうち最年長の船山という髪に白いものがまじりかけた警部だと言ったが、地元の警部の方はあまり喋らず、東京からやってきたこの垢抜《あかぬ》けた警部が被害者の家を舞台に始めた独演会を、チラチラと冷えた目で盗み見るだけだった……他の三人も、わざと橋場警部を無視するように録音機の調子を見ながら自分たちだけで喋っている。

警察も組織である以上、人間関係は複雑なようだ。

ただ橋場警部の関心は、警察内部の人間関係よりも、誘拐事件の被害者となったこの家の人間関係の方だ……きっとそうだ。

真樹さん、つまり母は警部の話を聴きながら、時々、私の顔を心配そうな目でさぐるように見た……母はさっき、血が頭にのぼったらしく、ひどく興奮して言ってはならないことを口走ってしまった。その言葉がどう私を傷つけたか……少し落ち着くと急に気になりだしたのだろう。

私は、だが、母よりも警部のことが気になっていた。母が『私の子供を狙ったというんですか』と言った時、警部の目がきらりと光ったのを私は見逃さなかった……こういう場合、普通の母親なら『私の子供』ではなく、『私たちの子供』と言うのではないだろうか。父は体がくっつくほど母の近くにいたのだから。

警部の目はまた、たった今、母が私の顔色をさぐるように見たのを見逃さなかった。

母の視線を追い、警部は私の顔を見た。一瞬、私の顔に視線を静止させてから、ただ黙っている私に向けて微笑し、かすかにうなずいた……周囲にいる誰にも気づかれないように、警部が、その微笑で何か合図を送ってきたような気がしたが、その時はまだ『まさか……』だった。

父や去年までつきあっていた同級生だって、私に本当の関心をもつことはなかったのだ。

今まで私に興味を示し、自分から手を伸ばしてきてくれたのは、二人だけだ……死んだ母と新しい母が連れてきた一人の子供。

光輝のことを一番心配しているのは、真樹さんじゃなくて、この私だ。警部の目がそれを見抜いてくれたのかもしれない。私にむけて微笑し、うなずいた時、私はそう感じたのだが……。

「昨日仙台に着いてから、今日事件が起こるまで私は、いったい犯人がこの仙台で誰を狙っているのか、そればかり考え、調べまわっていました。犯人を捕まえることができないなら、犯人が事を起こす前に被害者を捕まえればいい……被害者が特定できれば、事件を未然に防げる。普通なら事前に被害者をさがしだすことなど不可能でしょうが、この『蘭』という犯人は、被害者を選りすぐっていますからね。被害者にいろいろな条件をつけていて、今度の事件でも、まず被害者選びから始めたと思います。去年、あれだけ騒がれた事件で、彼女が警視庁にあてた告白の手紙の一部は公表されたのだから、もしかしたら、皆さんにも、その条件がどんなものかはわかっておられるかもしれませんが……」

一気にそう言って、警部はその場にいる十人の顔を見回した。

さっきまでより二人増えているのは、県警から新たにやってきた若い刑事をお手伝いのサトミが居間に案内してきたからだ。

私は半年ほど前からこの家で働いているその娘のことは何も知らない……サトミが苗字なのか名前なのかも、娘と呼んでいいほど若いかどうかも。ただ、警部から「お手伝いさんも、ここにいて下さい。尋ねたいことが出てくるかもしれないので」と言われ、大きく目を見開き、緊張したように硬くなってドアのそばに突っ立っているところは、成人前の小娘といった印象だ。

全員が警部に視線を集めていたが、私だけは、曇り防止の洗剤を使って丁寧に磨きあげられた窓ガラスから庭に降る雪を見ていた……洋風のベランダの向こうに広がる庭は、石灯籠《いしどうろう》や鹿《しし》おどしのある純和風だ。和洋がいがみあい、折衷《せっちゅう》というより混乱と呼んだ方が似合う騒々しさなのだ。

その不調和に成金の悪趣味がさらけだされているのだが、それを毛嫌いしてばかりもいられないのは、我が家に莫大なお金を運んできてくれた『むれ雀』というお菓子が父の同じ、和洋混乱の発想から生まれたものだからだ。

それに今、白く降る雪が、そんな和洋の戦場を、静かな一つの世界にまとめあげていく……。

庭の雪景色に重なって、シャンデリアが居間の模様をガラスに浮かびあがらせている。

警部は全員の顔を見回し、最後に私を見た。私と警部は、半分だけ鏡になった窓ガラスの中で視線を交えた……そして、この時も警部は微笑したのだった。

私は、たぶん、県警の刑事たちよりシブヤ事件に詳しいだろう。そこにいた橋場警部を除く八人の誰よりも、『蘭』のことは知っているはずだ。だから警部が、「被害者の条件」と言った時、それがどんな条件なのか、私にはすぐにわかった。

警部の微笑は、それを見抜いていた……私はふたたびそう感じとった。

部屋に落ちた沈黙をこわしたのは、父だった。

「私もあの事件には興味があったけれど、記憶が薄れかかっている。被害者の条件というと？」

「彼女が起こすのは誘拐事件だから、まず、子供がいること……ですが、決して幼い子供を狙うだけではなさそうだから、この条件ではしぼりこめないでしょう。ただ、それに加えて、平凡な家庭ではなく、複雑な事情のある家庭の子供だという条件がつくかもしれない……」

父は母と目を合わせ、舌打ちをした。

「その条件なら確かに、ウチは充《み》たしているかもしれない。光輝と私には血のつながりがないから……それぞれ子連れで再婚したんですよ」

警部は納得したのか、二度大きくうなずき、

「もっとも、その条件でも何十万という仙台市民の中から、一家族の被害者を見つけ出すことは困難です。それで、もう一つ、もっと重要な条件があるんですが……」

と、急に歯切れが悪くなり、時間を稼ぐように何度も腕時計を見た。警部が最初に部屋に入ってきた瞬間から気づいていたが、カフスから重厚な光をのぞかせたそれは、超高級ブランドにちがいない。

「いや、思い切って言いましょう。その条件をこの家が充たしているとは限らないのだし……『蘭』が身代金として狙うのは、普通の金ではないんですよ。特別な金です」

「特別な、と言うと？」

と父は訊いた。

「彼女にはちょっと義賊のようなところがあって、狙うのは汚れたお金なんです。おわかりですか、『汚れた』というのは、法律に触れるお金という意味なんですが……」

「………」

「それで念のために伺いますが、そういうお金に心当たりは？」

「ありませんよ、もちろん」

激しく首をふったが、眉間に走った皺が逆の答えを示している。私には、そう見えた。

妻の真樹さんは、肩に回されていた夫の手を払いのけ「でも、あなた……」と声を震わせた。

「去年、警察の人が来て……」

と口走った妻を、父は、

「余計なことを言うな」

と叱り飛ばした。

「でも、新聞に載ったし……」

「あれは警察の勇み足ということで終わっている。警察から謝罪もあったじゃないか」

揉め始めた夫婦の間に、警部が「それは、もしかして……」と声を割りこませた。

「有名なお菓子の賞をとるために審査員に賄賂《わいろ》を使ったという、新聞の隅っこに載った……」

そう言うと、警部は苦笑と共に首をふった。

「その記事なら昨日すでに読んで知っていたんですが、たとえ事実だとしても、その程度のことで『蘭』がお宅を狙ったとは考えられません。それは無関係でしょう」

警部はさらに「あ、いや、昨日、この一年の新聞記事を調べあげましたからね。仙台の財産家が起こしたお金にまつわる事件を知りたくて……」と言い訳のような言葉をはさみ、

「その程度のことじゃない。『蘭』の狙いは、もっと汚れたお金……もっと大きな犯罪で手に入れた腐敗しきったお金です」

と言い切った。

「そんなお金を、私がもっているはずがない」

父は怒声を放った。

「警部さんが言うのは、犯人がこの『蘭』という女だった場合でしょう。あくまで仮定の話で、別の男が『蘭』を装っている可能性だってあるでしょう……去年の事件に異常な関心をもっていた男が、自分も誘拐事件を企み、『蘭』のしわざに見せかけようとしているだけかもしれないし」

「その可能性もあるでしょうね」

警部は意外なくらい素直にそう答え、「お父さんには心当たりがあるんですか。今、『別の男』とお

っしゃったが……」と訊き返した。

「ないことはありません。さっき警部さんの言った『混乱した家庭』という条件にあてはまるんですが……」

父は険しい顔のまま、

「光輝の本当の父親ですよ。あいつなら……」と言い、真樹さんは「ひどい！」と叫んだ。

「なぜ塩田が自分の子供を誘拐するのよ」

「あいつが『光輝にまた会わせてくれ』と言い出したのは去年、東京の誘拐事件が起こって間もなくだっただろう？　テレビの報道を見ていたら、誘拐されたのが同じくらいの年齢の子だから、どうしても光輝を思いだすと言って……」

「塩田は自分の子供を誘拐するような馬鹿じゃありません」

「しかし、ちょうどその頃、証券会社をクビになって、最近はちょくちょく電話をかけてきては、お前に金の無心をしてるというじゃないか」

「誰が言ったんですか、そんなこと。かかってくるのは無言電話ですよ。その電話を塩田がかけてるとして、無言でどうやって金の無心をするんですか」

「だが、確かに一年前、お前は言ってた……塩田が異常なくらい東京の誘拐事件に関心をもってる。犯人グループの一人じゃないか、とな」

「あの事件に関心をもってた人間なら、もっと身近にいるじゃないの」

母は……いいえ、真樹さんはヒステリックな声から、急に冷たい意地悪な声になって、私の方に視線を投げた。

「康美さんはね、普通の大人でも買わないような下品な雑誌を買って、あの事件の特集記事をむさぼり読んでいたのよ。隠れてこっそり……。無言電話だって康美さんがかけてるのかもしれない。康美さんなら、しゃべりたいことがあっても無言電話になっちゃうでしょうからね」

「やめないか」

父の声が爆発したのとその手が真樹さんの頬に飛んだのが同時だった。真樹さんは一瞬、無表情に夫を見返し、次の瞬間、手で頬を覆いながら、ワッと泣きくずれた。

夫婦喧嘩の一部始終を冷静に見守っていた橋場警部は、「もう少し、落ち着いてください」と静かな声でなだめた。

「さっき、もっとはっきり言えば良かったですね、犯人は『蘭』以外にありえないことを……。この手紙のサインは去年彼女から来たサインと同じ筆跡です。一字だけだが、他人には真似られない特徴をもっていますから。つまり、その塩田という男性が犯人である可能性はほぼゼロパーセントですね……それから、もちろんお嬢さんも」

警部は私を見た。今度も私たちの目が合ったのは窓ガラスの中だった。私は部屋の様子を……父と真樹さんの醜い争いを、相変わらず窓ガラスに映しだされた幻として見ていた。

真樹さんの眉根を釣上げた夜叉《やしゃ》の形相も、降りしきる雪に重ねて見ていると、何だか芝居じみて美しいものと錯覚しそうだった。もっとも私は、その顔を見た瞬間から、この女の人のことを胸の中では二度と『お母さん』と呼ばないでおこうと、固く決心したのだが……。

「いや、済まなかった。光輝が今どうしているかと思うと、つい犯人への怒りで血が上って……私にとっても大事な子供なんだ、光輝は」

父は真樹さんにそう謝った。謝罪の半分は警部や周囲に向けたものだったかもしれない。

「逆に、これでいよいよはっきりしてきました。犯人が去年の事件をこの仙台でそのまま再現するつもりだということが……去年の事件でも子供の両親が犯人からの連絡を待ちながら、やはりこんな風に……」

と言いかけて、警部は口をつぐみ「去年の事件も謎だらけだったが、今度の事件ではもう一つ謎が増えたことになる」と話を変えた。

『子供の両親がこんな風にたがいに責任をなすりつけていがみあっていた』

そう言いたかったのだろう。

東京の警部の独走を黙って見守っていた県警の船山警部が、やっと口を開き、

「もう一つの謎というと？」

と訊いた。不機嫌な声に聞こえたのは、私の思い過ごしだろうか……。

「去年の謎だらけの事件を犯人が何故コピーしているのかという謎です。まさか手抜きとは思えないし……まあ、その点では、『蘭』以外の犯人が、『蘭』のしわざに見せかけようとしているようにも思えるんですが」

橋場警部は首を大きく一度ふって、今の自分の言葉を完全否定し、「犯人はまちがいなく彼女です。絶対にそうだ」と自分に言い聞かせるように言った。

「自己顕示欲の強そうな女だから『犯人はこの私だ』と警察にアピールしてるだけでは？」

最後に来た若い刑事が、口をはさんだ。

「そのとおり」

と警部は芝居がかった大声を出した。

「警察、というよりこの私へのアピールだと思います。『もう一つの謎』と言ったけれど、答えはわかってました。去年の手紙で、彼女は『衆人環視の中でも、犯人が近づいたと気づかれずに身代金の

バッグをとることができる』と豪語していた……身代金受け渡しの現場には、たくさんの刑事が張り込むから、お金の入ったバッグに監視の目が集中するが、それでも犯人は誰の目にもとまることなくお金を奪いとれると言うんです。自分がどうやってその不可能を可能にするか、その手品の種を見破れという私への挑戦状なんですよ、今度の事件は。そのためには事件の状況も身代金の置き場所なんかも全部シブヤ事件と同じにしておかないと……と犯人は考えているでしょうね」

「犯人は警察への挑戦のために光輝を誘拐したと言うんですか。一人の子供の命を、ゲームの中に組みこむなんて酷いことを……」

父は『信じられない』と首をふった。

「私の言い方が気楽すぎましたか？　確かに『蘭』にとっては、これは事件というよりゲームに近いものなんでしょうが……だからこそ、ゲームが終われば、子供は無事に帰してくれます。お父さんも安心していて大丈夫です。私はそう信じてます。お母さんも安心し……」

警部の言葉を断って、真樹さんは、

「警察の言うことなんて信じられないわ。あなただって、去年の事件では犯人に翻弄されただけで、自分では何一つできなかったんじゃありません？　康美さんの部屋にあった週刊誌にそう書いてあったわ」

と言った。言うと同時に後悔したのか、うつむき、手で額を押さえた。テーブルを隔てて真向かいの席から橋場警部は真樹さんに視線をぶつけている……その視線が痛くなって、顔を隠しているのだ。

「お母さんも、康美さんの部屋でずいぶんと去年の事件の勉強をなさったようだ。それにしても、ただの偶然でしょうかね。去年の事件に詳しい家を、犯人が新たな事件の被害者に選んだのは……」

警部はそんな風にはぐらかし、凍りついた部屋の空気をやわらげたが、真樹さんを見る目は冷たかった。警部もこれで真樹さんのことは大嫌いになっただろう……そのぶん、私に共感をもってくれている。今だって、何も言えない私に代わって真樹さんにイヤミを言ってくれたのだ。

私の想像はまちがっていなかった。警部が窓ガラスごしの私の視線に気づき、不意にふり向くと、またも微笑してくれたのだ。

私は何だか、警部の助手にでもなったような気がしたが……それも決して的外れではなかった。その後しばらくして警部は私と二人きりになるチャンスを狙い、「みんなには内緒で康美さんにお願いしたいことがある」と小声でささやくように言ったのだ。もっとも、その前に書いておかなければならないことがある。

警部が、

「私を信じてもらうために、一つ予言しておきます。犯人が電話をかけてきて何を喋るか……」

と言い、犯人が喋りそうな言葉を説明し、それにどう返答するかまで父に教え……警部が口を閉じた瞬間、待っていたように電話が鳴り響いた。

私が十九年間で聞いた一番恐ろしい音だった……金属の恐竜が私のすぐ背後に迫っている。私の大事な弟を飲みこんだ恐竜は、つぎに私を狙って息を潜めているのだが、その心臓の鼓動が断続的に私の背中を襲ってくる……。

それだけに犯人の静かな声は意外だった。警部の指図で電話に出た父に、

「お母さんを出してほしいんだが」

と犯人は言ったが、その声に私は、ふしぎな安らぎを覚えたのだった。

真樹さんが電話に出て、こういう際に普通の母親が言いそうな言葉を悲痛な声で口にした。母親をたくみに自分のペースに巻きこみ、犯人は、

「誰か刑事がそばにいるだろうね。刑事さんに代わってくれないか……いや、代わらなくていい、どうせこの声はみんなに聞こえてるんだろう」

そう言ったが、乱暴な言葉づかいでありながら、その声には傷をガーゼで覆うような優しさとやわらかさが感じとれた。むしろ真樹さんの今にも泣き崩れそうな不安定な声が私をいらだたせた。

この最初の電話や、午後四時にこちらからかけた二度目の電話のことを、ここに詳細に書く必要はないだろう。犯人は二度とも、ほぼ警部が予想したとおりのことを言っただけだが、それはまた去年の事件で犯人が『圭太クン』のお母さんと交わした言葉どおりでもあったのだ。去年の事件での犯人と母親とのやりとりは、すべて新聞や週刊誌に掲載されたし、その一部はテレビのニュースでも流されている……私の記憶にある犯人の声も私にはひどく優しく聞こえたから、たぶん同一人物だ。私はそう感じた。

電話が切れると同時に警部も、

「やはり去年とそっくりに事件を起こそうとしている。声も去年の男と似ている……こういう時の母親は受け身になるしかないですからね、犯人は去年と同じセリフで会話をリードできたんです」

ひとり言でもつぶやくようにブツブツと言った。

電話がモーターのうなるような音とともに切れたのも、切れる間際に「四時にまた、今度はそっちから電話をくれ」と言ったのも同じだと言う。

犯人の言葉だけではない。

電話に出た光輝は、母親の「大丈夫？」とかあれやこれや気遣う声に「だいじょうぶ」とオウム返しのように答えていたが、それも同じだった。

「ただ、去年の事件と違うのは、光輝クンの声が落ち着いてることですね。去年の圭太クンは、母親の方が誘拐されていると思いこんでいたので、いまにも泣きだしそうでした」

警部は続けて、

「たぶん、お母さんの言うとおりにくり返せばいいと言われていたのでしょう」

と言い、真樹さんが何か反論でもするように身を乗り出したが、警部はそれを無視した。

「他にも違いはある。去年の事件では『四時に電話をくれ』と言った時の声は小さくて聞きとれないくらいだったし、最後の物音ももっと正体のつかめない音だった……今のはまちがいなく車のタイヤの音だ。駐車場か道路上か、どこかに車を止めていて、その中に光輝君は今いるんですよ、きっと。その点も去年の事件と同じでしょう。それから」

ロダンの『考える人』の姿勢で、やはりひとり言のように喋り続けた警部は、そこで逆探知をしていた地元の刑事と言葉を交わし、

「犯人が携帯電話を使っていることも、車で移動しているのも、どこからかけているかをわかりにくくするためです。それも去年のやり方と同じです。おそらく次の電話の四時までに、今いるところからかけ離れた場所へ行くつもりだ……それでお尋ねしたいことがある。今、かかってきた携帯は090623……」

と番号を最後まで言って「この番号の携帯を最近紛失したという方はありませんか。いや、去年の事件で犯人が使っていた携帯は子供の家族から盗んだものでしたから」とみんなの顔を見回した。

いいえ、見回そうとしただけだ。すぐに答えが出た。

「私です。昨日の晩、酔って帰宅して、朝なくなっていることに気づいて……居酒屋にでも忘れてきたのかと……」

そう答えたのは父の秘書だった。

「そこまで徹底して去年と同じにしようというのか……」

と警部は失笑した。そして、その後の四時の電話でも犯人の声を聞きながら、警部は何度も同じ失笑をくり返している。

二度目の電話も、やはり去年の今日四時の電話でのやりとりを再現しただけで終わったから、その詳細より、ここに書いておきたいのは、四時までに警部と私が交わした会話のことだ……そう、三時半ごろ、私が何気なく居間を出て二階の自分の部屋に向かうと、警部も同じ何気なさで、私を追うように廊下に出てきたのだった。

ただし、警部は、県警から最後にやって来た若い刑事と話が……秘密の話が、あったのだ。

部屋に入ると、私は一、二センチだけドアを開けたままにして、隙間から階下の様子をうかがった。

欧州の宮殿にありそうなカーブになった階段には金銀の刺繡をほどこしたチャイニーズレッドの絨《じゅう》毯《たん》が敷かれていて……その騒々しい色合いは、金貨の山をひけらかしたがる父そのものだった。

片面の壁には父が値段だけで選んだ絵画がやはりうるさいほどたくさん掛けられ、そこに二人の影が長く伸びていた。影が重なっているのは、警部と若い刑事が居間には聞こえないよう、ひそひそ話になっているからだ。

二人の姿は見えない。だが、玄関ホールが吹き抜けになっているせいか、私の部屋にはその声がわりとよく聞こえてきた。

「つまり、賞の賄賂以外、違法になるような金の動きはいっさいないということだね」

「ええ。会社の関係者や税理士関係もあたってみましたが、全然です……儲かっているとか稼いでいるとか、自分から吹聴《ふいちょう》する男で、まあ、バカ正直というか、裏金を隠したりするタイプではないと……」

声が聞きとりにくくなると私は隙間に耳を寄せたりしたが、盗み聞きする必要はなかった。警部は若い刑事に、他にも用があるからこのまま居残るように言うと、階段を上り始めたのだ。私は音を立てないようにドアを閉め、ベッドに腰をおろした。

足音はゆっくりと階段をのぼり、廊下を横切るようにして私の部屋の前で止まった。

ドアがノックされ、私はドアに近づいたが、すぐにはそれを開けず……息を殺してもう一度ノックされるのを待った。そうして、ノックされた瞬間にドアを開けた。

ノックを続けようとした手は空ぶりになり、警部はブザマになった手をごまかすように笑った。

「ちょっといいですか、康美さんだけに聞きたいことがあるので」

小声でそう言ったのだった。

それから二十分間……きっかり二十分間、私たちは声と文字とで会話をした。会話というより聞きこみだ。警部が口にする質問に私はノートにボールペンを走らせて答えた。

「さっき私が『汚れたお金』という言い方をしましたが、憶えてますか。お父さんがそういうお金を隠しもっているかどうか、そのことで康美さんは何か知らないですか」

私は首をふり、『父が持っているのは騒がしいお金です。きたないお金は一円も持っていません』と書いた。

「騒がしいお金か。巧いことを言うね」

警部は少し笑い、私は警部がわかってくれたことが嬉しくてうなずいた。

家具、置物、真樹さんの服から化粧品で作られたその顔まで……すべてを通して父のお金がうるさく騒いでいる。父にとってはお金は見せびらかすもので、こっそり貯めたり隠したりするものではないのだ。

「お父さんの財産が汚れていないことは間違いないようだ。康美さんの言葉も信じます。しかし、それだと困った問題が生じる……『蘭』がなぜこの家を狙ったかがわからなくなる。その点を康美さんはどう考えるかな」

『光輝が本当の被害者ではないのでは？』

「なるほど。しかし、どうしてそう考える？」

『ランが去年の事件通りに事件を起こそうとしていると言ったのは警部さんよ。光輝のことは隠れ蓑《みの》じゃないかな』

「蓑なんて難しい字を簡単に書けるんだね……そうか、康美さんにとって、字は重要な商売道具、じゃなくて大事な人生の道具だからか」

警部は感心して無数の本で埋めつくされた部屋を見回してから、ノートに書いてあった私の最後の文を指さし、

「実は私も同じ考えだ。あの事件では誘拐された本人さえ知らない別の誘拐事件が起こされていたわけだが、この家の関係者か、その周囲に誰か誘拐されていそうな人物はいないだろうか」

『いるわ、一人』

即座にそう書いた。居間にいたころから、ずっと考えていたことがあった。

「それは誰？」

『わからない？』

「わからんな」

私は人さし指で自分の胸を突《つつ》いた。

「康美さん自身だということ？」

『そう、ずっと誘拐されてるの、この家のこの部屋に。正確には父に……三年前からは父とマキさんに。それで必死にこの檻から逃げだす方法を考えたわ。一つだけあった、逃げ道が』

「……どんな？」

『この体を檻にして、逃げこんで錠をかけたの』

警部はとまどい気味に黙りこんだ。

『私が誘拐されたと言うのなら、本当の犯人は父でもマキさんでもなく、この私。自分で自分を誘拐しただけ』

一気にそう書くと「すごいスピードで書けるんだな」警部はまずそんな感嘆の声をもらした。

「君が書くスピードは私が喋るのとほぼ同じだ」

と言う警部を私は黙って見続けた。

「どうかしたかな？」

私は首をふり、『笑っているだけ』と書いた。

警部は怪訝《けげん》そうに私が机の上に広げたノートを覗きこんだ。私が無表情なままそんなことを書いたのが解せなかったのだ。

『フ、フ、フ……』

私はその一字を十数回もくり返し、『これが私の笑い方です』と書いた。

警部はその文字だけの笑い声にひどく自然に付きあって笑ってくれた。他の大人みたいに憐れみの目で見るわけでもなく、大げさな作り笑いをするわけでもなかった。居間にいた時から、私は警部の少しだけ唇の端をねじる冷たい、素っ気ないほどの笑い方が好きだったのだ……。

続けて私は、

『今のはただの冗談。事件とは無関係。ごめんなさい』

と書いた。

「いや……ええと、被害者に心当たりはないようだけど、汚れた金をもっていそうな人物はどう？

そっちに心当たりはないかな」

『ある、一人だけ……今度は本気』

「誰？」

『マキさん。光輝のお母さん』

警部は驚かなかった。逆に、同意するように深くうなずいたが、それは自分も似たことを考えていたからなのか。

「何か証拠でも？」

『あの人は今、三億近い財産を持ってる。みんな盗んだお金よ』

「誰から……」

『父から。父の財産を受け継ぐのは私だったから、私から盗んだとも言えるわ』

「………」

『おととし、結婚した翌年、父は大病を患《わずら》って死にかけたことがある。その時、マキさんは献身的なふりで看護をして父の気もちを動かし、この家の名義を自分のものにした。それから父の金で会社の株を大量に買った』

「だが、違法ではない手を使ったんだろう」

それだと『蘭』が狙うお金にはならない。そう警部は言いたげだった。私は首をふった。

『違法ではなくても罪の、汚れたお金よ。愛情の一かけらもないのに財産目当てで父と結婚したことは、親戚や会社の人やみんなが噂してることだから、ランがちょっと調べればわかったと思う』

警部はうなずきながら、五、六秒何かを考える風だったが、やがて「つまり、蘭は真樹さんに身代金を払わせるつもりでいると言うんだね……光輝クンを誘拐したのもその母親の汚れた金を奪いとるためだと」と言った。

私はうなずいたが、警部は首をふった。

「しかし、真樹さんは現金をもっているわけじゃない。蘭がどれだけ身代金を要求してくるかはまだわからないが、結局そのお金はお父さんが払うことになるんじゃないか……結局、罪もないお父さんや君が二重の被害を受けるだけだ。それは、蘭が狙うタイプのお金じゃない。それより、真樹さんがそんな犯罪的な女なら、これは彼女が仕組んだ狂言と考えた方がいいんじゃないか……家や株券だけでは物足りず、自分の子供を使ってお父さんのお金を根こそぎ奪いとろうとしているのだと……そうして、すべてを蘭のせいにしようとしているのだと」

『でも、あのサインは？』

私は警部の上着の一点を指でつついた。あの封筒をしまった内ポケットのあたりだ。警部は封筒をとりだし、その一字だけのサインをしげしげと眺めながら、

「そう、このサインがある限り、今度の事件を蘭以外の誰かが起こしたとは考えられないのだが」

と呟くように言い、腕時計を見た。

「時間がなくなってきたから急ごう。一つひどく気になっていることがあって、君なら何か知っているかもしれないと思って尋ねに来たんだが……他でもない。光輝クンというのは賢い子供なんだろう？」

私はうなずき、『とても』と唇の形で伝えた。

「じゃあ『誘拐』という言葉やその意味はわかっているね」

『ええ。日ごろから私も「知らないおじさんについていっちゃダメ」とか注意してました』

「それなのに素直に犯人の車に乗ったり、さっきの電話でもひどく落ち着いている様子だった……その理由を考えてるんだが、何かわからないか。犯人がよほどうまく嘘をついて光輝クンを騙しているか……それとも、今、光輝クンのそばにいるのが『知らないおじさん』ではないのか……」

警部が私を見つめる目は『君はそのことで何か隠しているね』と語っている。私はその目を数秒見つめ返した後、ゆっくりと首をふり、文字でこう答えた。

『話す時間がなかっただけ。今、光輝は本当のお父さんと一緒にいると思ってるのかもしれない……去年の事件みたいに』

真樹さんは月に一度上京し、一週間ほど家を空ける。その間、光輝の幼稚園の送り迎えは、私がタクシーでするのだが、午後迎えにいった帰り道、光輝が指で私の頰を突いてくる時は駅近くで車を乗り捨てる。指で突くのは『ゲームしようよ』という光輝の合図で、私たちは一時間近くゲームセンターで遊び、ハンバーガーやアイスクリームなんかを食べて帰るのだ。

先週の月曜もそうしたのだが、二人でゲームに夢中になっている最中、

「仲間に入れてくれないか」

と三十代半ばのおじさんが声をかけてきた。私たちがやっていたのは、幼い姉弟が化け物屋敷から逃げだすゲームで、その途中、探偵のようなおじさんが現れていろいろと助けてくれる……見知らぬおじさんは、画面にちょうどその探偵もどきが現れる瞬間を狙うように声をかけてきたのだ。私たちもゲームの中の姉弟にどこか似ていたが、その長い、黒いこうもり傘のような体つきのおじさんも、ゲームの中から抜けだしたみたいだった。

画面の中では、スマートすぎて頼りなさそうな探偵役が、意外な腕力を発揮してモンスターどもを倒してくれるが、そのおじさんも私たちが屋敷を脱出するのに役立ついろんなヒントを与えてくれ……ゲームが終わった時にはすっかり仲良しになっていた。

「事情があって子供ともう何年も会っていないけれど、このゲームの男の子がその子と似ててね。暇があるとやりに来るんだ」

と言うおじさんは、近くのパーラーで豪華なパフェをおごってくれた。私たちが水曜にも同じゲームで遊ぶ約束をしたのは、もちろんそのパフェのためではなく、おじさんから優しさのオーラみたいなものがいっぱいにじみでていたからだ。

「あの人、ボクの本当のおとうさんじゃない？……前におかあさんのひきだしの中にあった写真の男の人とよく似てるよ」

別れた後、光輝はそう言いだした。私もそんな気がしないではなかったので、次に会った時、ゲームの合間に、筆談でそっとその人に問いただすと、その人ははっきりと首を横にふり、

「ボクの子供はこんなに可愛くないよ」

と耳打ちしてきた。

それならそれでもいいから、しばらくお父さんのふりをしてくれないかと私は頼んだ。光輝が信じている夢は私にとっても大切な夢だったのだ。おじさんは快諾してくれ、完璧に父親役を演じてくれた……その日だけでなく翌々日の金曜日も。

「つまり、三回、その男には会っているんだね」

橋場警部は、私が先週の男のことを詳しく書いた日記代わりのノートを読むとそう確認してきた。

『でも、光輝は、これで四回目だわ。たぶん、その「おとうさん」と一緒なのよ、今』

私の書いた文字に警部はうなずき、

「一部の心ない雑誌には出てしまったから、康美さんも知ってるかもしれないが、そのあたりも去年の事件とそっくりだ」

と言った。私はもちろんうなずき返した。

「その男の顔はどんなだった」

と訊かれ、私は机のひきだしからスケッチブック代わりのノートを開き、何枚かの絵を警部に見せた。私が光輝のために描いたあの人の肖像画だ。

……それを見た警部の顔色が変わった。

私は目だけで『知ってる人』とたずねた。知ってるとすれば、去年の事件の関係者ということになる。

「去年、渋谷で身代金の受け渡しがおこなわれた時、犯人のような男が現れてうろうろしていた……君は圭太君の本当の母親が、小川香奈子じゃないことを知っているね。実の母親は、歯科医師の山路将彦が結婚前からつきあっていたMという頭文字の女なのだが……彼女には別につきあっていた男がいて、本当ならその男と結婚して圭太君を引きとるつもりでいた……将彦や香奈子さんに会って、『この男がお父さんになるから、圭太を返してくれ』と頼みこんだこともあるらしい。結局、香奈子さんが離婚して、自分が後釜となったので、Mはその男を捨てたことになるが……そういった事情を調べあげたランが、彼に近づき、去年の誘拐劇で一役演じさせた。渋谷の交差点からどこへ消えたのか、われわれも必死に捜したのだが……あれから一年、この仙台にやってきて、一年前と似た役を演じていたわけだ。一年前、渋谷の交差点で私は、つかの間だが、彼のことを圭太君の本当の父親ではないかと疑ったし、今度の事件では、康美さん、君がこの絵の男を光輝君の本当の父親じゃないかと疑った。こういう謎めいた男を登場させて混乱させ、警察の目を事件の真相から遠ざけるというのがランのやり方だから、今度も光輝君が誘拐された事件の裏で、もう一つ、何かとんでもない事件が進行している気がするのだが……ランにはたくさんの共犯者がいて、みんな、今度の事件でも、この男のように何かの役を演じている気がするんだが、それもまだわからない。ランは自分の尻尾だけじゃなく、共犯者の尻尾もつかませないよう、細心の用心をしている。去年の事件では山路家の隣に住む夫婦者が怪しかったから徹底的に調べたんだが、結局、証拠らしいものは何一つあがらず、われわれもいっさい手を出せずにいる」

警部は謎の男の説明から始めて、一気にそう語った。ただし、それは四時の電話の後のことだ。説明しようとして、また腕時計を見ると、

「五分前だ。そのことは後に回して、一緒に居間に行こう。康美さんには事件の一部始終を見ていてもらって、それをこの日記みたいに記録に残してもらいたいんだ。君は文章を書くのが得意なようだし」

本で埋め尽くされた部屋をざっと見回し、早口で「すぐに下りてきてほしい」とつけ加え、一足先に部屋を出ていったのだった。

警部は、この家に詳しい私の目を通して、後でもう一度この事件を反芻《はんすう》したいのだと、四時の電話の後で言った。

「この部屋で二人だけで喋ったことも細かく書いてほしい、自分の言葉が君にどんな風に聞こえたかを知りたいから」

警部はそうも言ったが、その警部でさえ、四時きっかりに始まった真樹さんと犯人のやりとりについては書く必要がないと言ったのだった。それほどその電話の内容は去年の電話と似ていた……。

『自分はお金なんか一円も要求していない』と言い、あげくは『そんなに身代金を払いたいなら、そちらで額を決めればいい』とうそぶいたのも去年の事件の犯人と同じだった。

『橋場警部がそこにいるんだろう？』

と訊いてきたのも、

『子供は眠っているから後で写メールを送る』

と言ったのも……その言葉どおり、電話のあと、光輝がソファで眠っている写真を真樹さんの携帯へと送ってきたのも、ぐったりとした光輝の姿が死んでいるように見えるのも……その写メールが、母親のヒステリー症状を引き起こしたのも。

『次は七時に電話をくれないか』

最後まで去年と同じにしめくくって電話を切り、写メール騒動も落ちついてから七時までの二時間半、居間の空気は膠着《こうちゃく》した……。

子供を助けるために何か行動をとりたいのだが、動いても泥のようなねっとりとした重いものに足をとられる……。

何かにつけ、去年の事件が、今度の事件にねばりついてくるのだ。去年の事件とそっくりだということが、警察の足を引っ張っている……少なくとも橋場警部はそのせいで動きが鈍くなっていた。

私にはそう見えていた。

「犯人は、ここまで圭太事件と似せているのだから、おそらく七時の電話もほぼ同じものになるでしょう」

四時の電話のあと、警部はそう言うとみんなに、東京の事件では七時の電話で犯人がどんな要求を

してきたかを説明し、

「去年の事件では、工場の従業員が犯人グループの一人で、家の中や警察の動きをこっそりと監視して仲間に知らせていたようです……あの事件で犯人一味が警察の優位に立てたのはそのせいでもあったのですが、今度の事件にもそういう人物がまぎれこんでいるのかもしれない」

そう言いながら、みんなの顔を見回した。

私は、その時、居間のすみの椅子に腰をおろして電話周辺のみんなの姿をスケッチしていたのだが、その手を止めた。

警部にしては、鈍い質問だと感じたのだった……頭の回転まで鈍くなっている。あまり先が読める事件というのは奇妙に不安をあおるのだろうか。焦りから、こんな愚かな質問を口走ったのかもしれない。そう思った。

なぜなら、今、この部屋にいる『みんな』の中で、従業員に当たる人物はお手伝いのサトミしかいないからだ。

サトミが本当に怪しいのなら、むしろ何も言わず、こっそりと観察すべきではないのだろうか。

橋場警部は誰か一人でも捕まえておきたいと焦っている……私はそう感じたのだが、浅はかだったのは私の方だ。

警部は一巡させた視線を最後に、ドア近くに立っていたサトミで止め、サトミもその視線の意味をすぐに理解したのだろう、目を伏せ、自分を守るように手でカーディガンの襟もとを合わせた。

「さっきから訊きたいことがあったのだが」

警部がかけたその声に答えたのは、真樹さんだった。

「サトミさんなら大丈夫ですよ。私のお友だちの家から私が引き抜いてきた人ですからね、身元ははっきりしているし、そんな、光輝の誘拐に一役買ってスパイの真似事をするような人じゃありません」

そう言うと、ソファから立ち上がってサトミに近づき、「代わりに何でも私が答えますから、サトミを台所に行かせてもいいでしょうか。次の電話までに皆さんも食事を済ませておいた方がいいでしょうから、サトミにその用意をさせたいので」と警部に断り、二言三言、サトミに指示をした。

サトミが出て行くと、警部は、

「いや、彼女のことで訊きたかったのは一つだけです。彼女がどんな家の出なのか、気になっていたので」

と真樹さんに言った。

「と言うと?」

「実は裕福な家のお嬢さんだとか、政治家の、そのう、隠し子だとか……」

真樹さんは顔をひきつらせて笑った。

「それは、去年の東京の事件でスパイ役を務めた従業員の青年が、実は長野の県議会議員の息子だったというお話のことですか? 残念ながら、彼女の父親はただのサラリーマンです……とてもランというブランド志向の強そうな女が狙いそうな家庭ではないですからね、安心してください」

さっきの電話でのとり乱し方とは別人の余裕でそう答えた。

「それにしても警部さん、いくら去年の事件と似ているからといって、あの娘まで疑うのは行き過ぎじゃありませんか。そういう風に警察を惑わすことこそが犯人の一番の狙いかもしれないじゃありませんか……去年の事件にそっくりだというのは目くらましで、その裏でとんでもない恐ろしいことが進行しているような気がしてならないんです、私には」

真樹さんは犯人から届いた写メールを見て、

「死んでいるとしか思えないわ、この光輝は」

と言い、恐怖が蘇《よみがえ》ったかのように体をふるわせた。だが、犯人との電話の際もそうだったが、そのおびえ方にはどこか芝居じみて大げさなものがあった。

『去年の事件とそっくりなのは、犯人のただの目くらまし』

と言いながら、真樹さんが誰より去年の事件にこだわり、その真似をしようとしている。いつも私の部屋を嗅《か》ぎまわっている真樹さんは、雑誌や新聞の切り抜き、私のノートをこっそり読んでいて、あの事件に私より詳しくなっている……きっと、そうだ。だから、圭太君のお母さんの真似をしているのだ……無意識にか故意にかわからないけれど。

橋場警部も同じ気もちだったらしく、

「わかります」

と大きくうなずいた後で「それにしてもお母さんも事件のことに詳しいですね」と明らかに皮肉な意味をこめて言い、言い終えると同時に、地元の警部に、

「何点か本部に確認してほしいことがあります」

と話しかけて真樹さんには背を向けてしまった。

警察の動きもどこか鈍重だった。

四時の電話が始まった段階では、すでに県警本部に特別捜査本部がもうけられ、幼稚園から走り出した犯人の白い車や周辺の不審人物の捜索が進められていたようで、この家にいる刑事たちも絶えず本部と連絡をとり、犯人の動きを報告し、さまざまな指示を受けていた。

ただし、地元の警察にとって、橋場警部という異物が混じりこんできたのは、面倒きわまりないこ

とのようだ……無視したいのだが、去年の事件に詳しいこの警部の意見はやはり重要である。その上、四時の電話で今度の事件が去年の事件を踏襲していることがほぼ確実になると、警視庁から相当人数の刑事たちが応援に駆けつけることになったらしい。

「まずサワノ警部補以下五人が八時には仙台に到着するというので、もし七時の電話以降犯人からの連絡がとだえるようなら一度警部にも本部の方に来てもらいたいということですが……」

地元の警部が、廊下で橋場警部に不機嫌そうな声でそう言うのが聞こえた。犯人が去年の事件を踏襲している以上、県警としても警視庁を優先するほかないのだ……それが、刑事たちの動きを消極的にしているのにちがいない。

ただ、警部の頭の回転まで鈍くなっていると感じたのは私の誤解だった。

真樹さんが居間を出ると、警部が私の方を見てまた微笑したので、私は部屋を出て二階にあがった。警部の微笑が『さっきの約束を早速実行してくれないか』と言っている気がしたのだ。

まだ五時前だった。私は机に向かい、この手記（というか、橋場警部に読ませる記録）を夢中で書き始めたのだが、十五分もするとふと気になることがあって、忍び足で階段をおりた。私が居間を出た後、警部が真樹さんを追って一階の奥の方へ足を向けた気がしたのだ……。真樹さんを無視するように背をむけたものの、警部はその背中で『被害者の母親』の様子を必死にさぐっていた……私はそれを見抜いていた。

一階の廊下で、あくびをしていた若い刑事は私の出現に驚き、慌てて携帯を本部に掛けて熱心に仕事をしているふりをした……その前を通りすぎ、私は裏庭に出る奥のドアに向かった。真樹さんと警部が裏庭の温室で話しあっていると思ったのだ……部屋を出る時、窓から外をのぞくと、降りしきる雪の中、小さなガラスの家には灯がともっていて人影らしいものがあったから。

奥のドアに近づこうとして、私は思わず足をとめた。その少し手前に、廊下からは死角になるが、地下室へとつながる狭い階段があり、話し声が聞こえてきたのだ。

今のこの広大な屋敷は、昭和初期に建てられた旧《ふる》い洋館を大がかりに改築したものだが、裏庭に接したそのあたりだけが昔のまま残されている……地下に通じる階段もレンガになっていて、一段でも下りると、不意に歴史の教科書の中に迷いこんだ気分になる。

私はもともとこの広すぎる家にも興味がなくて、私の部屋と居間、食堂、裏庭にある小さな温室以外、何がどこにあるかも知らないでいる……そのレンガの階段も、私は今までに三段までしか下りたことがない。階段の下にある朽ちかけた木の扉が、なぜか私を拒んでいるような気がしてならないのだ。その死角になった階段のあたりから、声が聞こえてくる……。

「康美さんが喋らなくなった原因を調べていたというわけですか、部屋を探し回っていたのは」

警部の声と共に階段を上がってくる足音が聞こえてきたので、私は踵《きびす》を返し、小走りで二階に戻った。盗み聞きしたような後ろめたさを覚えながら、私はまたペンをとり、この手記の三ページ目を書き始めた。

後ろめたさと同時に、もっと盗み聞きしておけばよかったという後悔もあったのだが、その後悔はすぐに意味がなくなった。

五分もして橋場警部がまたやって来ると「今までお母さんに康美さんのことを聞いていたけれど、今一つはっきりとしないので、直接本人に訊くことにした。答えたくなければ首を横にふってくれればいい」と前置きして、

「康美さんをおびやかしているのは何だろう。医師は、それがわかれば今の症状は改善すると言っているると……そう聞いたが」

と訊いてきたのだ。

『闇』

長いためらいの後、私はノートにその一字を書いた。それ以上は、何を訊かれても答えるつもりはなかったのだが、「闇というと、どんな闇?」と質問を重ね、私が何も答えないでいると、警部の方から、

「地下室にある金庫の闇?」

そう言ってきたのだった。

私はただ黙っていた。金庫という語が頭の中に侵入してくるのを、私の中の何かが必死に止めようとしている……体の奥底で地震が発生したように、唇が、手が、肩が小刻みに震えだした。私は激しく首をふった……何も答えたくなかったし、何も考えたくなかった。

私の変化に気づくと、警部は手を伸ばしてきて肩にそっと置いてくれた。

「もう何も訊かないから心配しなくていい……ただ、康美さんが『檻の中に閉ざされている』と言った時から、幼い頃、どこか狭い暗い場所に閉じこめられた体験があるような気がしていたので。それが、この家のどこかにお父さんが大金を隠しているというイメージとつながってね……私はまだお父さんを疑っていたものだから。それでお母さんに『この家に金庫がないか』と訊くと、地下室にあるというので、案内してもらった」

警部は首を横にふった。

「残念だが、金庫は空っぽで、私のカンははずれたのだが……ただ、地下室自体も、錆《さ》びた古い金庫以外何もなくて、もう何年も、誰も中に入ったことはないはずだと、お母さんはそう言っていたけれど……少なくとも金庫の中にはうっすらと埃《ほこり》が溜まっていて、そこにまだ最近まで何かが置かれてい

たような跡があった。札束くらいの大きさの長方形の跡が並んでいて……」

私の体の震えは止まっていた。事件の話と警部の声がその時も私をなだめてくれたのだ。

金庫の闇。

私の心を閉ざしていたのはあの金庫の闇だった……昔からあの金庫には札束が隠されていて、ある日、迷いこむように地下室に足を踏み入れた私は、小さな体の何倍もある金庫を見つけ、中に入ったのだった。ドアが開いていたし、中には札束が工事中のレンガ塀のように壁面の半分近くまで積みあげられていて、たぶん、幼い私でも好奇心を覚えたのだ……『たぶん』と書いたのは、もう記憶が不鮮明になっているからだ。思いだせるのは、突然地下室の中に響きわたった足音、鉄のドアが重々しいまま、一瞬のうちにあっけなく閉まった音、そして突然の闇……闇以外何もないただの真っ暗闇。

どれくらいそこに閉じこめられていたかも、誰が助けだしてくれたかも憶えていない。その後、誰一人、その事に触れる者はいなかったのだ。父もおそらく『忘れなさい』とでも言って、それきり口を閉ざしてしまったにちがいない……幼かった私はその一言を忠実に守り、必死に『忘れるよう』自分に言い聞かせたのだろう。やがて、私は特殊な記憶喪失者のようにその記憶だけ失ってしまい、闇におびえることもなくなったのだが、それとほぼ同時に私は自分の声も失ったのだった……あの闇の中で叫び続け、一生ぶんの声を使い果たしたかのように。

もう少し大きくなってから、私は、あれは父の汚れた手で作った汚れたお金で、その秘密を私が口外することのないよう、悪魔のような医師に頼んで、こっそり声の出なくなる手術をほどこしたのだと考えたりもしたが、それきり今日、今、この瞬間までほぼ完全に忘れてしまっていたのだった……十数年ぶりに思いだしたその闇は、地震のように三十秒近く私の体を揺るがし、警部の声とともに消えていった……。

「いや、もう闇の話はやめよう」

警部はそう言った。私が落ち着いたことにホッとした様子だった。「それより、お父さんはやはり、この家のどこかに公表できないお金を隠している可能性がある。そのことで何か知りませんか」

『でも、ランはどうやってそれを知ったのかしら。ウチを狙ったのは、父が隠していたそのお金のことをランが知っていたからでしょう?』

私はそう書いた。

「お父さんの周辺を徹底的に調べあげたのだと思います。去年の事件でも県議会議員の身近な人物何人かに近づいて……」

そこで警部はふと言葉を切ると「いや、まだ彼女は調べている途中かもしれない」と言った。

『どういうこと?』

「去年の圭太クン誘拐事件で、犯人は身代金の額をひどく曖昧にしながら、土壇場になって大金を吹っかけてきた。あれは歯科医に大金があるかどうか、カマをかけていたんです。県議会議員の方にもカマをかけるような訊き方をしているし。やっと、わかった……裏金とか隠し金とかの確証を握るのは難しい。犯人は、身代金を吹っかけた時の相手の反応でシロかクロかを決めるんです、きっと。だとすると、今度もまた、最終的には驚くほどの大金を吹っかけてくる可能性がある」

警部は一気にそう言うと「ともかく七時の電話を待ってみよう」と続け、さらに、

「康美さんはどう思う? お母さんは、この家に汚れたお金が隠されていることを知っているかどうか……さっきも地下室の金庫の中に札束の跡があるのを見て、信じられないと言うように首をふっていたが」

と訊いてきた。

『わかりません。警部はあの人を疑ってるの？』

「犯人かどうかと？」

私がうなずくと、警部も大きくうなずいた。

「もちろんです。それどころか、真樹さんのことをラン当人ではないかと疑ったこともある」

『そんな』

胸の中でそう叫んだ。私は最初から、真樹さんのことが大嫌いだった。今日、あの女は思わず本心を口に出したが、もうずっと以前から、私にはその声が聞こえていたのだった。私はただ『光輝』のお母さんだから、仕方なく彼女を受け入れてきただけだ……。

『真樹さんがランであるはずがないわ』

私は激しく首をふって、警部にその言葉を伝えた。

警部はうなずき、こう続けた。

「真樹さんだけでなく、あのサトミというお手伝いさんのことも疑っていた。それから、康美さんのことまで……」

警部はゆっくりと目をあげ、私を見た。私は静かにその目を見つめ返した。

「君がランだという可能性は充分にある。去年の事件でランが共犯者役に選んだ青年の証言では……」

その声をさえぎり、

『川田さんのこと？　本名は沼田だけれど』

私は走り書きの文字でそう尋ねた。

「君がそんな風にあの事件に詳しいのも、ラン当人だからじゃないのか……そう考えてね。君は一昨年の六月ごろから夏休みの八月にかけて、予備校の授業を受けると言っては週末になると上京していたそうだね。真樹さんから聞いたんだが……」

私はただ首をふった。何度も……かすかに笑みを唇の端ににじませながら。警部が本気で言っているのでないことは、簡単にわかったのだ。『真樹さん』と言う際の声にまじる蔑《さげす》みの響き……それを簡単に聞きとり、私は警部も『あの女』のことが大嫌いだと気づいて、親近感をおぼえるようになっていた。

何も言わなくても、このカンの鋭い警部さんにはわかっているのだ。私が真樹さんのことをいろんな意味で疑っていて、尾行のために彼女の後を追って上京していたことを……。

警部は笑い、

「冗談と思ってくれればいい。三人ともランではありえないからね。ただランには顔がないんだ。年齢だってない。誰にだって化けられるし、誰だってランに化けることができる……念のために全員を疑ってかかるしかなくてね」

と言った。

『ランはもっと素敵な女性だわ。あの人たちよりずっと……私よりもずっと。警部さんに太刀打《たちう》ちできるくらい頭もいいはずだわ』

と私は書いた。

「いや、今はまだ彼女に負けている。ただ、知能を競うというのなら、今度の事件では彼女よりもっと手ごわい相手がいる」

私は警部を見つめ、警部はうなずいた。

「康美さん、君は彼女より頭がいい。今度の事件でも君にはもう真相がわかってるんじゃないのか？

しかも、それを巧みに隠しているのでは」

私はただ警部を見つめた。

「この謎だらけの事件で真相を知っているのは唯一、犯人だけじゃないかと思う。だから私は君が真犯人ではないかと疑って記録係を頼んだ……」

警部は私のノートをとって、ページを繰った。

「私が望んでいた通りに書いてある。やはり、君は頭がいい。このまま書き続けてくれないか……私は光輝君が無事に戻った段階でいったん仙台を離れることにするが、その後も事件の終わりまで書き続けて、私宛てに送ってほしい」

と警部は言い、内ポケットの財布から名刺をとりだして、私のノートの上に置き、その後、

「どうかしたの?」

と訊いてきた。

私は『ううん』と恋人に甘えるような首のふり方をしたが、名刺にあった『橋場有一』という名にちょっと驚いていた……正確には『有一』という名前の方に。漠然とだが、警部というのが、この人の名前だと思っていたところが私にはあるのだ。それほど刑事というイメージそのものの人だったから。

警部はノートを私に返し、ざっと部屋を見回すと、近くに並んでいた文学全集の一冊を手にとり、

「そう言えば『ラン』も相当な文学少女だった」

ひとり言のようにそう呟き、本のページをくりながら、ちらっと視線を私へと流してきた。

君はやはり真相を知っているね……。

その目がそう言っているように思えた。少し傾いた視線は、警部の顔をさびしそうに見せた。私は

疲労をにじませたその陰りが、微笑よりも警部の顔には似合うと思いながら、同じ危なっかしくかしいだ目でその目を見返していた。

『真相を知っているのは警部の方でしょう?』

その目で私が伝えたかった言葉を、警部は無事に聞き届けてくれただろうか。

「七時になったらまた居間にいてくれないか」

警部はまた腕時計を見てそう言い、部屋を出ていったが、出る間際に一瞬また部屋を、本棚の無数の本を見回した。さりげない視線だったが、それが警部の返答だったのだ……私はそう感じた。

警部はやはり真相を知っている。少なくとも父が、どこに大金を隠しているのかを知っている。

その点は、私も同じだ。

私はランではないから、今度の事件が何故去年の事件のコピーになっているのかもわからずにいるのだが、一つだけ……父の汚れたお金に関しては、かなりの真相を知っている。

父が隠しているお金が何億なのか、正確な数字はわからないし、そんな大金を作るのに父がどんな汚れた手を使ったのかも知らない。ただ、昔、地下室の金庫に隠されていたそれが、最近、この家のどこに移されたかを私は知っている。私と父だけが……。なぜなら、ある偶然で父が裏金の隠し場所をさがしていると知った私は、自分から父に『いい場所があるわ』と教えたのだから。

父が秘書と金庫のお金をどこへ移動したらいいか、話し合っているのをたまたま私は立ち聞きしたのだった。

結婚して家に入ってくることになった真樹さんの目を警戒したのだろう。

そのお金をどうやって作ったのか、本当に私は知らない……ただ、父の工場で大量生産されているお菓子は、無料の小麦粉や小豆、卵を材料にしているという噂を聞いたことがあり、漠然とだが、製粉工場で捨てなければならなくなった古い小麦粉や割れたりして使い物にならなくなった卵を闇ルートで手に入れていたりするのだろうかと想像していた……問題は、その汚れた材料で作った汚れたお金が、今、どこに隠されているかだが、私は困っている父にこっそり『私の部屋を図書室みたいにして。本も札束も同じ紙だから、表紙だけでも本らしく見える。大きめの本なら、一冊ぶんに二千万は隠せるから、無数の本の中に混ぜておけば絶対に誰にも気づかれないで済むわ』と教えたのだった。

子供のころ、父は誤って私を金庫の中に閉じこめてしまった。その後ろめたさにもう一つ、秘密を知られた後ろめたさが加わり、父は私のそのアイディアを受け入れるほかなかった……いいえ、父もそれはなかなかのアイディアだと思ったのだろう、すぐに私の部屋の壁面を本で埋め尽くしてくれたのだった。

父は私が無類の本好きだからそんなことを言い出したと思っているだろうし、私自身も橋場警部が『金庫の闇』という言葉で私の恐ろしい記憶を掘り起こすまでそう思っていた……だが、今、私にはやっとわかった。私はこの部屋を図書室ではなく、金庫にしたかったのだ……いくら忘れたふりをしても忘れることができず、つきまとい続ける闇から逃れようとして逃れきれずにいた私は、結局逃げることをあきらめ、自分からあの金庫の中へ戻り、自分の手で金庫を閉ざすほかなかったのだ。

昔とは違い、自分の手で扉を閉じた。

自分から受け入れたその闇は、ふしぎなことに、もう私を苦しめることはなくなり、むしろ優しく昔の傷を包みこんでくれている……警部はもちろん、そこまで気づいてはいないだろうが、この部屋が父の隠し金用の金庫になっていることには気づいたにちがいない。

そしてもう一つ、頭のいい警部には絶対にもうわかっているはずだ。わが家にそんな汚れたお金があることをランがどうして知ったか……それをランに知らせたのが誰なのか。

もちろんそれは私だ。

私は去年、偶然にも東京で遭遇した事件で、ランという犯罪者を知り大ファンになったが、他にも熱烈なファンが全国にはいてインターネット上でファンクラブが作られた。私はそこに『自分は仙台の製菓会社の一人娘だが、父も億単位の裏金を隠しもっているし、圭太君くらいの幼い弟がいるから、ランがわが家を狙ってくれるといいな』というようなことを書いて送った……。

直接ランに教えたわけではない。ランの居所が私にわかるはずがない。だが、今度の事件が起こり、橋場警部が登場した時、私は、ランがあの私の文章を読み、それらしい製菓会社を調べあげ、私の夢を叶《かな》えてくれたとはっきりと感じたのだった……警部は、この家に来て私という少しばかり風変わりな娘の存在を知った時から、私が何らかの方法でランに父の裏金のことを知らせたのではないかと疑っていたのだろう。だから、私にこの記録を書かせようとした……私は私で警部をだますために、この手記を書き始めたのだが、勝ったのは警部の方だ。最初のうちこそ、私は何も知らないように書いていたが、警部の巧みな誘導で、いつの間にかこんな風に真実を書いてしまっているのだから。

もっとも、今はもう光輝も戻り、事件は終わっている。ランは三億の汚れた金を無事にその手でつかみとり、私の夢も叶ったのだから、こうやってすべてを明かしているのだ。

後は、七時の電話から最後まで……警察や私たち家族の面前で、ランたち犯人グループが身代金を奪いとるまでを一気にここに記すだけだ。

最初は警部に頼まれて書き始めたノートだが、事件が無事に終わった今はもう何の役にも立たないし、もちろん、警視庁にこのノートを送るつもりはない。私はただ、その日を、私の生涯の一番の記念日として残すために……他の誰のためでもなく、自分のために書き続けているのだ。

とは言え、七時にこちらからかけた電話については、大して書くこともない。今度も、圭太事件の七時の電話とほぼ同じ会話が、真樹さんと犯人の間で交わされただけなのだから。

警部に前もって言われていたとおり、真樹さんが二千万という身代金の額を提示すると、犯人は、

『それは多すぎる。半分でいい』

と言い、受け渡しの時刻を翌日の十二時半と指定してきた……しかも、子供を母親の手に帰したら、その直後に身代金の鞄をその場においていて去るようにというふしぎな受け渡し方を指定してきたのも同じだった。

ちがいはその鞄を平凡な黒いトランクにするように指示してきたことと、受け渡し場所として青葉城址を指定してきたことくらいだ。

『受け渡し場所は人がたくさんいるところがいい。刑事が観光客を装って張りこみやすいだろ？　そうだな、青葉城に伊達政宗が馬に乗った銅像がある。子供を無事にその腕に抱いたら、トランクを銅像の真下に置いてくれ』

犯人はそう言ったのだ。


「伊達政宗の銅像の下？」

電話のあと、警部はまず、首をひねりながら犯人の言葉をくり返した。

「あのあたりなら確かに人は多いから犯人もまぎれこみやすいが……それにしても犯人の言葉には矛盾があるな。子供が無事に保護された後に、身代金を置けというのは変じゃないか。身代金を受けとってから子供を解放するというのが普通の誘拐犯のやり方のはずだが」

県警の刑事の一人（確か桜木という、名前どおりに桜色の頬をした妙に血色のいい人だった）がつぶやくように言い、橋場警部に、

「確か去年の事件でもこれと同じ矛盾したことを犯人は言ったんですよね」

と訊いた。

「そうです。ただ、去年の事件では身代金受け渡しのずっと前にバッグから一千万円が抜かれていたから、矛盾とは言えないんですよ。しかし、今度も犯人が同じ手を使うとは思えないし……ランは今度こそ警察の監視の中、身代金を奪いとってみせると豪語しているんです。どうもそれが私への挑戦らしくて……」

と言ってから、警部はふと何か思い当たったというように「伊達政宗の銅像の下？」ともう一度、今度も怪訝そうな顔になってつぶやいたのだった。

警部は、犯人の言葉にあったもう一つの矛盾に気づいたのだ。それが私にはすぐにわかった。なぜなら、その七時の電話の際、私はまた窓辺に立って庭に降る雪を眺めていたからだ……私と警部は、窓ガラスの中で視線をぶつけ合い、私は窓の外を指さして唇の形で『雪』と言い、その無言の一言を聞きとったかのように警部はうなずいた。

「雪は明日の夕方まで降り続けると予報では言っている。それだと明日、青葉城に観光客はいなくなるんじゃないか……この雪が人影を一掃したら、犯人は銅像の下に近づけなくなるはずだが……」

ひとり言のようなその呟きに、県警の刑事が、

「もしかしたら犯人は、仙台にいないのでは？」

と言った。

「そう、ランは仙台にはいないのかもしれない。電話の男は、ランの指令どおりに喋っているだけで、明日の青葉城が身代金の受け渡しには非常に不都合な場所になることにまだ気づいていないかもしれない」

その橋場警部の声を電話の音が飲みこんだ。

「犯人からです」

電話番の刑事が叫ぶように言った。

警部が真樹さんに、

「犯人はたぶん場所の変更で電話をかけてきたんです。素直に応じてください」

と言い、電話番の刑事に合図した。高槻刑事……確かそんな名前だった。私はその頃からやっと刑事の顔と名前が一致するようになった。もっとも、高槻刑事の顔を確認している余裕はなかった。電話はつながり、犯人の声が部屋中に響いた……警部がハッとして反射的に私を見た。だが、警部以上に驚いたのは私だ。

『さっきの電話にはミスがあったから、私が修正させてもらうわ』

女の声がそう言ったからだ……ランだ。私は瞬時にそう確信した。

声だけだったが、咽《のど》に何か傷でももっているようなハスキーな声は、私の夢を裏切ってはいなかった。夜の匂いと朝の澄んだ光が混ざりあった声……つまり何かしら魅惑あふれる声。

その声と共に、やっと女王蜂が登場したのだった。

『明日まで待っていたら、この大雪で仙台の交通は麻痺してしまうから、今日中に済ませましょう。一時間後、そうね、八時半、駅の新幹線改札口に来て。ええと、奥さんが三億円と自分の携帯電話をもってきてくれればいいわ』

「三億円？　今、三億円と言ったんですか。さっきの電話とはちがうじゃないですか、さっきは一千万円でいいと……」

『時刻も場所も変えたから、身代金の額も変えさせてもらったの』

「でも、そんな大金を今すぐ用意するのは……」

真樹さんは父の顔を見た。父は顔色を変え、必死に首をふった。

『大丈夫』と電話の声は言った。微笑したようだ。想像どおりの知的で透明な、氷のように冷たく張りつめた声が、柔らかくくずれた。『その家には現金で三億以上のお金があるわ。お母さんだって知ってるんでしょう？　もし知らないのなら、ご主人に訊いてみて。お母さん同様、ご主人にとっても光輝クンの命は一番大事なもののはずだから、必ず正直に答えてくれるわ』

真樹さんがまた、父の顔を見た。父は前より必死の形相で首をふった、何度も。一度ごとに顔が蒼ざめていくのがわかった。

私はもう窓ガラスごしにではなく、じかに居間の様子を見ていた。父は三十秒近くのあいだに何十回も首をふり、そのあいだ、真樹さんは視線を絞りあげるようにして父の顔を見つめ続けた。

やがて真樹さんは父から顔をそむけ、電話に向かって、

「わかりました。言われたとおりにします」

と言った。父は慌てて母の方に手を伸ばし、その口をふさごうとしたが、もちろん間に合わなかった。ランは『じゃあ』と、それだけを軽やかな声で言うと、電話を切った。

「何も知らん。私は何もそんなお金のことは知らん、三億もの金を誰が……」

呻《うめ》くような父の声が不意に止まった。

「オカネはあるわ……このイエに」

という声が居間に響きわたったからだ。一字一字、区切るような言い方と錆びついた唇から無理やり押し出されたゆがんだ声。部屋にいた全員が、それが私の声だとはすぐにわからなかったようだ……私だってわからなかった。

何年も体の奥底にしまいこんでいた声は、錆びつきながらも幼い可憐さを当時のまま残していて、見知らぬ子供の声としか思えなかったのだ。

父は『それ以上喋るな』と目で訴えてきたが、私は無視し、居間を出ようとした。私が自分の部屋に……父の大切な金庫に向かおうとしているのがわかったのだろう。跳びかかるようにして私の体を止めた。その体を私が自分の体ではねのけようとすると、父は反射的に手をあげた。平手打ちを浴びせようとしたのだ。

頬が風の動きを感じとった……と思った瞬間、だが、警部の手が父の手をつかみとった。

「落ち着いて下さい」

低い声が、父と私のあいだに割りこんできた。私の体は、警部の静かで確かな声を鉄の鎧《よろい》のようにまとった。

「どういう事情で、そんな大金がこの家にあるのか、警察は尋ねるつもりも追及するつもりもありません。だから本当にあるのなら、すぐに用意してください。時間があまりない。それに、三億と言っても犯人は去年と同じように一千万を奪うだけ……それも一時的に奪うだけかもしれない。心配要りません、光輝君同様、お金も必ず警察が守ります」

父はまだ首をふり続けたが、最終的に真樹さんが、

「私も知ってるわ。あなたたち親子が大金を隠してるのは……それなら私にも光輝にも権利があるお金じゃないの。お願いだから出して」

と言ったのに負けたようだ。

真樹さんがちらりと後ろめたそうに私を見たので、私は真樹さんが私の部屋を探し回っていたのは、日記やノートにお金の隠し場所が書いていないか、調べるためだったのだとわかった……私の部屋こそ

が隠し場所だとは気づかず必死に私のノートを盗み読んでいる女の姿を想像すると笑い声がこみあげてきた。

腹は立たなかった。私はこの女が大嫌いだった。血のつながりがないからではない。この女が家に入ってきた時から、私は父のことまで大嫌いになったのだから。父がこの女を家に入れたというより、この女が一人の男を連れて勝手に入りこんだという気がしていた。

そう、この女と再婚して以来、父は私にとって、ただの一人の男になってしまったのだ。

もっともこの手記では、便宜上もう少しのあいだ『父』と呼び続けなければならない。

その『父』は、

「トランクを用意しないと……」

と言って立ちあがった。

わずか数秒のうちに何十歳ぶんも老けたように体が小さくなっていたが、私は憐れみを覚えることもなかった。

「でも、この家にブランド物じゃないトランクなんてないはずだわ」

父が秘書を連れて居間を出ていこうとするのを、真樹さんがそんな言葉で止めた。

成金趣味を絵に描いたような夫婦は、この家にあるすべての品をやたらロゴが目立つブランド物でそろえている。

犯人が指定してきたような平凡な黒いトランクなどあるはずがない。

「別にブランド物でも構わんだろう、黒いものなら。犯人だって、そんな意味のないことにこだわっているとは思えないし」

父は同意を得ようと警部の顔を見たが、警部は大きく首を横にふった。

「指定どおりにしましょう。犯人たちにとっては何らかの意味があることなんです、きっと」

「いったいどんな意味が？　警察の方は警戒心が強すぎる。犯人にはトランクの中身の三億円しか意味がないはずだ……トランクになんか大して注意を払わないだろう」

「いや、やはり犯人の指定通りに……。去年の事件では赤いビニールのバッグを指定してきたが、その色には意味があった。今度も『黒の平凡な』という指定に犯人は何らかの意味をこめている気がする」

「犯人がそこまで些細《ささい》なことにこだわるヤツなら、なぜ去年と同じように赤いバッグを指定してこなかったんだ？　犯人はすべて去年の東京の事件どおりにしたがってると、警部さんはそう言ったんじゃなかったのか」

父のいらだった声に、「それはわかりません。ただバッグだけは去年と違うものを指定してきたということにいっそう大きな意味を感じるだけで……」と言っているうちに、ハッと何かを思いだしたようだ。

「最近、この家に黒の平凡なトランクに入った物が何か届きませんでしたか。忘れていたが、去年の事件で犯人は赤いバッグを前もって被害者の家に届けてるんです」

だが、父にも真樹さんにも、使用人にも、もちろん私にも心当たりがなかった。

「また一つ、去年の事件と『違い』が出てきたわけだ」

父は皮肉な声になった。

「警部さん、本当に去年の事件と同じ犯人がやっているんですかね。私には誰かが去年の事件を真似て、去年の犯人の仕業だと思わせようとしているとしか思えない。警察は……警部さんは、まんまと犯人に騙されてるんじゃないんですか。犯人が『蘭』じゃなければ、三億円は一円も戻ってこないかもしれない……それなら、そう簡単には出せませんよ、三億もの大金を」

この場におよんで父は三億円の大金にまた未練が出てきたらしい、さげすむような目で橋場警部を見ると、「いや、もしかして警部さん自身の作演出じゃないんですか、今度の誘拐事件は」と途方もないことを言い出した。

警部は顔色一つ変えず、ただ相手と距離をおくように視線を引き、自分を侮辱した男を静かに見守った。

「何のために？」

一言そう訊いた。

「金のためというより、去年の事件で失った名誉を挽回するためじゃないですかね。今もまだ犯人グループの誰一人捕まっていないと聞いたが」

「そう」

警部は素直にうなずいた。「私はそのために仙台に来た。でも、私が名誉を挽回できるのは、誘拐犯を一人でも逮捕した時です。私が犯人なら、犯人を逮捕できないから名誉挽回にはならないでしょう？」

「だったら、お金のためか……」

父の言葉を、真樹さんのカン高い声が引き裂いた。

「つまらない議論なんかしてないで。お金を用意してちょうだい。もう時間がないわ」

言うと同時に、その禿《は》げ鷹《たか》そっくりの目を獲物でも見つけたようにぎらつかせた。

「そのトランクじゃダメ？　そこのテーブルの下にある黒い……」

電話機の乗ったテーブルの下から、刑事の一人が黒い平凡なトランクを引っ張りだした。録音機などの機械類が入っていたトランクだ。

「これでいいんじゃないですか。キャスターもついているから、運ぶのには便利だろうし」

刑事は警部に目で尋ねた。

「充分だ。後は中身を詰めるだけだが」

警部は突っ立った父に、冷たい視線を投げた。

「お願い、早くして。一秒も早く光輝が戻ってくるように」

真樹さんが父の両腕をつかんで、その体を揺さぶった。父はやっと決心がついたようだ……いや、諦めがついたと言うべきか、真樹さんの手を大きく振り払うと、秘書を呼び、居間を出ていった。

廊下で待機していた若い刑事が同行しようとするのを「私たちだけでやるから」と断り、父は秘書と二人で二階に上がった。十五分後には三億円を幾つもの紙袋に詰め分けて戻ってくると、やはり秘書と二人だけで、百万円の束を白い布地の張られた空っぽのトランクの中に詰めていった。急ぎながらも一束ずつそっと丁寧に紙袋からとりだし、トランクへと移していく。

私は少し離れてその様子を眺めていたのだが、ほぼ全員が黒っぽい服装をしているのと開けられたトランクが黒い石の墓のように見えるせいで、埋葬の場に立ち会っているような錯覚があった。私の部屋を埋め尽くしていたそのお金は、この家の生命でもあったのだから、事実それは、この家そのものの葬儀だった。みんなで三億円を埋葬し、死の世界へと送りだそうとしていたのだ……。

百万円三百束は、黒いトランクにぴったり収まった。居間にいた全員が見守る中、トランクはしっかりと錠をおろされ、父と秘書、それに刑事一人が手伝って玄関へ、さらに玄関前に停められた車へと運ばれた。三台用意された車のうち、一番前のベンツにトランクと父、真樹さん、それに県警の警部が乗り、橋場警部と私は二台目の普通車に乗った。

私が警部に連れて行って欲しいと頼んだのだし、警部の方でももともと私を連れて行く気だったようだ。三台目は県警の車のようで、他の刑事たちが乗った……その一人が、乗りこむ前に橋場警部に向けて「すでに私服三十人が駅に送りこまれ、新幹線改札口を見張っています」と報告した。

雪が小止《こや》みになった中、一台目が出発しようとした時……前方からタクシーが来て停まった。中から黄色いコートの女性が一人、傘もささずに降りてくると、ベンツに近づいた。ベンツの後部座席にいた真樹さんが窓を開けた。二台目にいた私にもそれが誰かわかったから、バッグからペンをとりだし、上着のポケットに入れておいたメモに『幼稚園の先生』と書いた。

橋場警部は窓を開けて、真樹さんと先生の会話を聞いた。先生は、光輝が園に忘れていった帽子を届けに来たようだ。

「これをかぶって、また明日元気に園に来てくれるように言ってください。もう寝てます？　もし起きてたらちょっと顔を見ていきたいんですが」

「誰のこと？　光輝ならまだ戻ってないわ。今から無事かどうか確かめにいくんだから、これ以上迷惑をかけないで。もとはと言えば、あなたのせいなのよ、全部」

母親のヒステリックな声に「そんな。光輝君は親戚が連れて行っただけで無事だって……誘拐なんてご両親の勘違いだったから忘れてくれって……夕方、警察から園に電話があって、そう……」と先生は泣きそうな声になった。

「責任逃れのため？　そんなひどい嘘を……」

真樹さんのかん高い声を断つように、橋場警部が「先生」と呼んだ。

「それは本当に警察からの電話だったんですか」そう質問しながら、相手の返事も待たず「いや、また後で警察から連絡させます。ともかく今は急いでいるので」と言った。

雪は一休みしていただけである。三台が駅に向けて走りだすと同時に、ふたたび降りが激しくなった……白い嵐がフロントガラスに襲いかかってくる。警部は「警察じゃなく犯人がかけたんだ。だが、なぜそんな電話を幼稚園に……」ひとり言のようにつぶやいてから、やっと雪が激しくなっているのに気づき、

「大丈夫か？　八時半までに着けるだろうか……道路はこの雪で渋滞しているだろう」

運転している若い刑事に、心配そうに訊いた。

この時、私が一つ気づいたことがある。

警部は犯人が最終的な電話をかけてきてから、いっさい腕時計を見なくなっていた。あれほど腕時計で時間経過を気にしていた警部が、一刻一秒を争う今になって、時計を気にしなくなったというのが不自然に思えた。これまで去年の事件をなぞって事が起こっていたのに、ここへ来て突如、犯人が去年の事件を離れ、予想もつかない動きを始めたので動転しているのかもしれない……。

私自身も、警部のことを心配している自分に気づいて、少し動転した。私はランの味方だし、あのファンクラブ掲示板への私の書きこみが事件の発端になったのだから、絶対にランには成功してもらいたいのだが……ランの成功は、警部の失敗を意味するのだ。反対に今度こそ警部に手柄をたててもらいたいと望めば、それはランの失敗を望むことになる。

去年『蘭』という華麗な犯罪者の存在を知った時、私は金庫に閉ざされたあの日以来初めて、他人を自分の中に受け入れた。去年、受験のために一緒に上京した男友達にも結局私は心のドアを一センチも開かなかった……だから、私が自分の暗い部屋へ招き入れた相手は、本当にラン一人だけだった。それは私にとっては大事件で、自分ながら驚いてしまったのだが……今度は、そのランの敵とも言える一人の男のために、もっと大きくドアを開いてしまった自分がいる。しかも、この衝撃的な事件は

私が彼に会ってから、わずか数時間のうちに起こったのだ。

おそらく彼は、私が本当の父を見失ってからずっと夢の中で追い続けていた理想の父親像に限りなく近かったのだろう。私の夢の中から抜け出たように、今日の午後、突然その人は私の前に現れ、私を見つめ、私の目の中にすべてを読み取り、そのすべてを受け入れてくれた。

だから私は、ごく自然に部屋の錠をはずし、ドアを開け、その人の方も私の部屋に満ち満ちた暗闇を恐れることなく静かに足を踏み入れた。

唯一の問題は、私の部屋にはすでに女の先住者がいて、その女性が彼の敵だったことだ……気がつくと、二匹の美しい野獣は私の部屋の闇の中で死闘を始めてしまい、両者が同時に勝つ方法がない以上、どちらを応援したらいいのか、わからなくなっていた。

降りしきる雪が私を混乱させた。

混乱したあげく、私は、今度の事件を起こしたのが本物のランでなければいいのにと考えもした。ランを装った誰か別の人物の犯行なら、私は橋場警部を応援するだけでいいのだから。

だが、その考えは私にまた新たな不安を与えてきただけだ。

犯人がランでないのなら、去年の事件どおりにはしないだろうし、子供の命は……光輝の命は保証してもらえないのかもしれない。現にもう去年の事件どおりでなくなってきている。

身代金受け渡しの時刻が刻々と迫る中、私には二人のどちらを応援するかより、その問題の方が大きな意味をもってきた。

砂時計の砂の流れが速くなり、私の胸にそれは不安の粒となって暗く重く溜まっていった。

本当に光輝の命は大丈夫なのだろうか。

『去年の事件と違う方向へ動いているけど、光輝は無事に帰してもらえるかしら』

私の走り書きを読み、警部は、

「心配要らない。去年の事件と違ってきたわけじゃない……去年同時進行していた二つの誘拐事件が一つになっているだけだ……ランは君のお父さんが汚れた金を隠しているという確証をもったから、もう一つの誘拐事件を同時進行させる必要はなくなった。七時の電話までは、圭太誘拐事件と同じように進行していたのが、今は長野の県議会議員の息子、沼田実誘拐事件に変わっただけだと思う。そう言えば沼田実が父親に返されたのも、大雪の高崎駅だった」

焦りに似た早口で一気にそう言い、すぐに今度は運転している県警の刑事に向けて、

「今度も新幹線ホームを使う可能性がある。光輝君は仙台駅に到着する新幹線から降りてくるかも知れない。その点を考慮して、警備態勢を整えるように本部に連絡してくれ」

と言った。

だが、この予想は当たらず、それから二十分間、警察は犯人の手に操られ、右往左往する破目になった……少なくとも私の目にはそう映っていた。

私は警部に代わってしきりに時刻を気にし始めた。持っていた携帯電話に自分でちょっとした文字を送信し、その時刻を残すことにした。

たとえば『渋滞　8：21』とあるのは、八時二十一分、駅まで後百メートルというところで、渋滞に巻き込まれたという意味だ。運転していた者以外は全員、車を降り、雪嵐にもみくちゃにされながら駅に向かって駆け出した。トランクにはキャスターがついているが、父は指定された改札口に着くまで、かなり悪戦苦闘を強いられたようだ。父はなりふり構わず、不格好に腰を曲げ、舌切り雀のお婆さんのように強欲さから醜く顔をゆがめ歩き続けた。

やっと改札口に着いたが、ひと息つく間もなく、真樹さんの携帯が鳴った。

駅の時計はきっかり八時半をさしていた。

「駅前に最近建った『リュミエール仙台』というビルがある。わかるね、あんたがよく買物に行くビルだ。エスカレーターで二階に上がるとビルの売り物になった花のタワーがある。その下に今、子供がいる……あんたの子だ。すぐに子供を連れて下りのエスカレーターで一階に下りればいい。後は自由だ。ああ、もちろん、下りのエスカレーターに乗る直前にトランクを子供がいた場所に置いてくれ。それだけだが、子供を見つけても涙の再会なんかしてないですぐ一階に下りるように」

ランではなく最初に電話をかけてきた男がそう言った……と言ってもみんながその電話の内容を知ったのは後になってからだ。

雪で新幹線が麻痺しているらしく、改札口はかなりの人だかりだったが、その騒音の中、

「はい、はい……わかります、はい……はい」

耳を手でかばいながら短い言葉で答え続けた真樹さんは、電話を切ると同時にビルの名を叫び、一人で走りだしていた。

その後を父がまた必死に追いかけた……トランクを飼い犬のように引っ張りながら。その後を少し距離を置いて、橋場警部や刑事たち数人が追いかけた……数十人？

同じ方向にかなりの通行人の流れがあって、そのうちの誰が私服の刑事なのかはわからない。ただ、駅のコンコースからふたたび雪の中へ走りだし、交差点を渡ろうとした時、橋場警部と県警の警部がサラリーマン風の男に声をかけた……男は大きくうなずき、サッと別人の厳《いかめ》しい顔になると、携帯電話をとりだした。他の刑事たちに指令を与えたようだ。風とともに雪がつぶてのように襲いかかってくる、どうしても私の足が遅れてしまうのだが、橋場警部は先を急ぎながら何度も背後をふり返って気づかってくれた。

八時三十九分。やっと私もそのビルに到着した。

入ってすぐにホールが広がり、正面に上りと下りのエスカレーターが並んで長く伸びていた。

真樹さんと父は、ちょうど上りのエスカレーターに足をかけたところで、離れていても全身が緊張で硬くなっているのがわかる。父は一段上にトランクを置き、腰をかがめてその取っ手をしっかりとつかんでいる……真樹さんは上方を見上げているが、父は心配そうにきょろきょろと周囲を見回している。

二階から上がレストラン街になっているせいか、その時刻なのに、エスカレーターにはかなりの人がいる……私も二階に上がっていいかどうか迷っていると、橋場警部がそっと肩に手をまわして、エスカレーターに導いてくれた。

私はその時になって、警部が白い手袋をしていることに気づいた。雪よりも白い、高級そうなシルク生地の手袋は、昔読んだ絵本の中の王子様を思いださせた……お城の夜会でシンデレラに向けてさしだされた王子様の手。私はシンデレラと同じように長い間、その純白な、優しい、やわらかい手がいつか自分に向けてさしだされる日が訪れるのを待ち続けていたのだった……それなのに、事件の結末が数メートル先に、数秒先に迫ったその瞬間、やっと現実になった王子様の手さえ、私を本当に不安から解き放ってはくれなかった。

光輝は、私の大事な弟は、本当にこのエスカレーターの上に生きて戻ってくるのか。

犯人グループはもちろん警部がついてきていることを承知しているはずだが、警部や他の刑事たちは父やトランクとの間に充分距離をおき、客のふりをしている。

警部は、私と親子か歳の離れたカップルを装っているようだった。エスカレーターはゆっくりと動き、その上昇感が奇妙な体の浮遊感になり、私は吐き気を覚えた……顔が蒼ざめたのがわかったらしく、警部は微笑して「心配ないよ」と慰めてくれた。

そして不意に自分の腕時計をはずすと、

「これをポケットに入れて持っているといい。お守りなんだよ、私の。今度みたいな心臓に悪い事件では、ひっきりなしに見てしまうから、『秒針男』などと陰口を叩かれているが……」

そんなことを言い、私が着ていたチェックのオーバーコートのポケットに、それを入れてくれた。超高級品なのだろう、重さが体に伝わってきた。

重みで足もとが安定した。だが、それは凝縮された時間の重みでもあった。

父たちはすでに二階に着いている。

「光輝！」

真樹さんの悲鳴に近い声が聞こえた。その声を、

「ママっ！」

光輝の声がはね返した。

元気な声だった。直後に私たちがエスカレーターを降りると、光輝は母親に抱きしめられニコニコしている。しゃがみこんだ母親は髪を乱し半泣きになっているが、光輝はすぐに私を見つけると手をふった。大きな安堵で崩れそうになった体を何とか気力で支えながら、私も小さく手をふり返した。
五、六メートルはある花の塔が、抱き合う母子を見下ろしていた。薔薇《ばら》や百合《ゆり》、カトレア……トルコ桔梗《ききょう》、ラッパ水仙、ありとあらゆる花が円柱状に密生している。すべて造花だが、花のすきまから無数の光線がこぼれだし、この世ならぬ巨大な生命がそこに誕生したかのようだ。
神が無数の花の形を借りて姿を現し、事件を見守っている……そんな気さえした。と言っても、それはほんの数秒だ。

八時四十四分。

こうして光輝は無事にまた母親のもとへ、私のもとへ戻ってきたわけだが、数秒後には、母の方が犯人の電話を思いだしたようだ。しっかりと光輝の手首を握って立ちあがり、下りのエスカレーターに乗った。その直前、光輝はまた少し離れた所にいた私に手をふり、

「たのしかったよ。いろんなゲームをやって」

母親にとも私にともなく言い、一階へと運ばれていった。手すりから私は二人が一階に着き、刑事の一人に連れられてビルの外へ出ていくのを見た。駅近くまで乗ってきた車に戻ったのか、警察の車に保護されたのか……頼りない足どりで刑事と母親に連れられていく光輝が、自由になったというより今度こそ本当に誘拐されていくように見え、私の不安は消えなかった。

私と警部、三人の男（のうち二人は家にいた刑事だが）、それに父とトランクが残った。そこは広いバルコニーのようになっており、花のタワーは待ち合わせ場所になっているのだろうが、その時刻にはもう今の六人しかいなかった……。

「その場に置いてください」

橋場警部が数メートル離れた位置から、小声で父にそう声を掛けたが、父は激しく首をふった。

「子供は無事に帰ったんだ。もうこれを犯人に渡す必要はない」

その場にしゃがみこみ、必死にトランクを抱きしめようとしている。

「大丈夫です。人はいないし、誰も近づけない……光輝君がいた所に置いてください。犯人は無事に光輝君を帰してくれた……だったら犯人の言うとおりに」

橋場警部は最後まで言えなかった。その瞬間ブーンと空気がうなるような音が響きわたったのだ。

「蜂？」

警部は思わずそう呟き、私もそう思った。去年の渋谷と同じようにまた蜂が飛ぶのだと……だが、それもほんの一瞬だ。花の塔から放射状に出ていた光線がいっせいに消え、火薬の爆《は》ぜるような音が聞こえた。大きな音ではない。爆弾といってもかんしゃく玉程度だ。暗くなった塔の一点から流れだしたのは蜂の群れではなく、ひと筋の白煙だった……煙は、細く、薄くたなびき、その後、二、三秒、静かな、ただ静かな空白に似た時間があり、花びらがぱらぱらと散り始めた。

「危ないっ」刑事の一人が低く叫んだ。

呆然と立ち尽くしている私の腕を引っ張り、橋場警部は花の搭から数歩離れた。父も、一瞬トランクを引っ張って逃げようとしたのだが、重すぎたのだろう、すぐにトランクをあきらめ、自分一人だけエスカレーターの近くまで逃げた。

誰もが爆弾と考えたようだった。だが、一分経っても何も起こらない。その間、下りのエスカレーターに乗ろうとしていた十数人の客が刑事の手で堰《せ》きとめられていて、関係者をふくむ二十人近くが、トランクを遠巻きに見守っていた……。

「大丈夫です。通ってください」

と言われ、動きだした客たちは「何だったんだ、今のは」とか「大げさだな、警察なのかな」とか苦笑いで階下へと下りていった。少し奥まったところに並ぶレストラン街には何の変化もない。

八時四十七分。

刑事たちは警戒しながら、ゆっくりとトランクに近づいた。父も、それから警部と私もそれに続いた。

父は長いため息をはきだした。

「もう帰りましょう。ただのいたずらだったんだ……警部さんの言うランとかいう女は関係なくて、ただの世間を騒がせるのが好きな異常者ですよ」

「いや」

と警部。

「まだ世間は騒いでいない。騒いでいるのは我々だけだ。去年の事件を見ても、ランは派手な騒ぎが大好きだ。これで終わりにするはずがない。もう少しだけ待ってみましょう」

「警部さんは去年の事件にこだわりすぎですよ」

父は小馬鹿にしたように目の端っこに警部を引っかけ、トランクをとろうとして、だが、次の瞬間、奇妙にキョトンとし、そのまた次の瞬間、

「変だ、重さがさっきまでと違う」

とつぶやいた。同時にしゃがみこんでトランクの錠を開けようとした。だが、手が焦るのか、二度三度としくじり……橋場警部がその手を払いのけ、自分で錠を開けた。

開きかけた瞬間、甘い匂いがした。一瞬のうちに鼻がとけ落ちそうな強烈な花の香り……。

トランクにはあふれ返るほど花が詰められていた。マジックショーの客のように、父が「あっ」と叫び、中に手を突っこんだ。中から百万円の束をつかみだし、ホッとした顔になり……だが、ほとんど同時に「痛っ」とうなり声をあげた。

何かが、花の中から飛びだしてきたのだ。蜂だ……蜂が一匹、父の頭上を旋回して造花の塔にまぎれこむように消えた。

「ランだな」

警部の呟きが、トランクを埋めた花のことか、犯人の『ラン』のことかわからなかった。

トランクはカトレアや胡蝶蘭、シンビジウム、色とりどりの蘭で埋めつくされている……と言って

も、それは表面だけだ。橋場警部が花を払いのけると、札束がきれいに並んでいる。だが、花が詰められたぶんの札束が消えているのだ。

「一億円がなくなっている……」

手を入れて探っていた警部は、五千万ずつ六段になっていたのが四段に減っていると言った。

「そんな馬鹿な……」

父は悲痛な声を発し、トランクの中を必死に漁った。「犯人が痕跡を残しているかもしれないので、そのままに」県警の警部はそう言って、トランクを閉じ、すぐに携帯で本部に「鑑識とそれから応援を頼む。異変が起きて……トランクから一億円が奪われた」と連絡を入れている。小声だが、橋場警部の失錯を喜んでいるのか、声が生き生きしている。

人だかりができ始めたので、その場所の保存を刑事三人に任せ、二人の警部と父、それに私はトランクと共にエスカレーターで一階に下りた。

エスカレーター上でも、

「私は車に乗った後、一度もトランクから手を離していない」

父は、声を抑えながら小声でしきりにそう言った。ついさっき一分近く離れたが、その間トランクに近づいた者は誰一人いない。

「それだと家を出る前だ。札束を詰めてからほんの数分間のうちに一体誰が?」

そんなことを言う県警の警部に「いや、札束を詰める前に花はもう……」橋場警部はそう言いかけて、首を横にふり、

「あの温室にはランの花がたくさん栽培されていたのではないですか。犯人はそれを切りとったんですよ」

と言った。父が何か反論しようとしたが、

「ともかく家に戻って鑑識を呼び、トランクに指紋が残っているかどうか調べた方がいい」

と橋場警部が言い、もう一人の警部が、

「いや、県警本部へ来てもらった方がいい。光輝君の体も一度医師に見せたいし……報道規制も解きたいし」

と唇をかすかに震わせて言った。すでにビルの外に出ていたが、唇の震えは襲いかかってきた寒さのせいだけではなかった。

結局、県警本部に向かうことに決まり、ビルの前に待機していた三台の車のうちの二台に分かれて乗りこんだ。警部二人は先頭の警察の車にトランクと共に乗り、私と父は、真樹さんと光輝が乗っているわが家のベンツに乗りこんだ。

先頭の車は走りだしてすぐに停まった。橋場警部が降りてきて、私の坐っていたベンツの後部座席の窓ガラスを叩いた。ガラスを下ろすと、

「さっきの腕時計を返してください」

と警部は言った。時計のことはすっかり忘れていた。私はコートのポケットをまさぐって、それを返した。警部はいったん受けとったが、すぐにまた気が変わったらしく、

「いや、やはり康美さんが持っていた方がいい」

と言って、少し強引に私の手に握らせ、その手を自分の両手でしっかりと握った。寒さから、私の手をかばうように……。雪は絶え間なく降り、彼の背後で街は光だけを残し宝石箱のように輝いていた。私たちは雪の流れに邪魔されながらも、見つめあっていた。と言っても、ほんの一、二秒のことだ……警部はまた車へと戻っていき、すぐに車は動きだし、ベンツもそれに続いた。

私は手の中の腕時計をしばらく見ていたが、

「どうしたの」

横に坐った光輝の声で我に返り、光輝の肩を抱くために時計をポケットに入れた。入れたというより隠したのだ。なぜなら、その腕時計は二時五十一分という意味のない時刻をさしたまま、止まっていたからだ……それはまた、わが家で警部がしきりに腕時計を見て時刻を気にしていたのが、何の意味もなかったことを暴露していた。

「たのしかったよ。おねえちゃんと遊んでる時よりたのしかったよ」

と光輝ははしゃぎ、その右に坐った真樹さんと助手席の父とは消えた一億円のことで醜く責任をなすりつけあい言い争っていた。もっとも若い刑事が車を運転しているので、争うといっても声はいつもより抑えられていた。

「それにしてもお金はいつ消えたのよ。家を出る前じゃないわ。錠をかけてからトランクが家を出るまで、私は目を離さなかったわ」

「だったらいつ……」

父は、お金の三分の一が消えたことより、残った二億円が警察に運ばれていくことの方を気にしている様子だった。汚れた金を、警察が簡単に返してくれるはずがないと心配しているのだ。

私は、元気にしゃべりまくる光輝の肩を撫でながら、胸の中で『いいえ』とつぶやいた。

『いいえ、まだお金は消えていない。それはまだあの前の車の中にある。しかも五億に増えて』

私は車のワイパーが振れるたびに、束の間浮かびあがる前の車を見つめつづけていた。

それは幼稚な……幼稚すぎる手品だったのだ。

黒いトランクは、犯人の指定どおり、平凡などこにでもありそうなものだったが、それは犯人が事前にそっくり同じものをもう一つ用意しておきたかったからだ。同一のトランクを用意し、事前に去年の事件で儲けた二億円を詰めておき、事件当日、その中に家族の目を盗んで温室の花を切って詰め……家から運び出された三億円のトランクとすり替えた。

いや、『運び出された』のではなく犯人が『運び出した』のだ。私は三億円のトランクを運び出したのが誰だったかを知っている……。

父は、車に乗って出発した時から、すでに札束が三分の二に減ったトランクをもっていたのだ。造花の塔での一騒動で一度手から離したトランクを、再び持ち上げようとした時、重さが違うと感じたのは、それまでトランクの蓋《ふた》に当たる側を内側にもっていたのに、初めて外側にして持ち上げようとしたからだろう。トランクは三分の一が花で埋められてバランスの悪い状態にあったから、花の側を内側にして持つか、外側にして持つかで手が感じとる重みには違いが生じる……。

それに万が一、父がトランクの中の異変に気づかなくとも、あの時、犯人は『念のために中を改めた方がいい』とでも言い、父にトランクを開けさせることはできたのだ。

県警本部までは一キロもないはずだが、雪で渋滞気味の『あおばどおり』を車はまだ百メートルも進んでいない……ワイパーの刻むリズムに合わせ点滅するように前の車は浮かびあがる……曇ったガラスにうっすらとにじんだその人影を見つめながら、私は考え続けた。

去年の事件を起こした後、ランたち犯人グループは、次の事件に着手し、被害者をさがし始めた。そこへ被害者サイドから、自分の家を被害者にしてくれと名乗り出てきたのだ……私はその意味で、最初から彼らの共犯者だった。彼ら……特に彼にとって私が扱いやすい相手だったのは、どこかに共犯者という意識があったからだろう。私の家族や私のことを徹底的に調べあげ、計画のしあげとして私の家だけでなく私の心にまで足を踏み入れ、汚れた金の隠し場所をさぐろうとしたのだが、彼は私を傷つけることなく巧みに、完璧にそれをやりとげたのだった。

『彼』とか『犯人』とかでなく、私はその人の名前をここに書きたい。だが、それができない。

彼が教えてくれた『橋場有一』という名前は偽名以外の何物でもなかったのだから……。

そう、私は彼が我が家に登場して間もなくから、この『橋場警部』はニセモノではないかと疑っていたが、私の直感だけで確証は何もなかったから、彼が警部のふりをし続ける以上、そう呼び続けようと考えたのだ。

だが、最後に腕時計を私に握らせ、彼は自分が橋場警部でないことを告白した……あの有名ブランドの腕時計は、子供のお小遣いでも買えそうな金メッキのニセモノだった。しかも針が止まった何の意味もない時計を、彼が頻繁に見ていた理由は、ただ一つ。

私をだますためだ。

彼ら犯人グループは、私が去年の事件や週刊誌で騒がれた『H警部』に詳しいことを知っていた……そして、去年の事件で大成功を収め、怖いものなしの彼らは、ただ一人、私の存在を怖れていた。

私をだますことができれば、後のことは簡単だったにちがいない。橋場警部がニセモノなら、特別捜査本部が置かれたと言って絶えず本部と携帯で連絡をとっていた県警の刑事たちもすべてニセモノだ……電話の相手はランで、彼ら働き蜂は女王蜂が書いたシナリオどおりにしゃべっていただけなのだ。ランは当然、狂いが生じにくい完璧なシナリオを用意しようとした……その意味で去年の事件をそっくりコピーすれば、セリフが狂う心配はないし、働き蜂たちも刑事役を難なく演じつづけられる。

しかも、去年の事件は結果的に今度の事件のリハーサルになった。

圭太事件では、従業員の川田という青年が絶えず警部や刑事たちの動きを観察し、フィギュアの中に録音機を仕込んで音声を録音していたというが、それは今度の事件のシナリオ作りに大きな参考となっただろう。誘拐事件が起こった時、警察は、本物の刑事たちはどう対応し、どう動くか……去年の事件は、その絶好の教科書となった。

もう一つ、橋場警部、正確にはそのニセモノを今度の事件に自然に登場させるためにも、これがラン一味の第二の犯行だと早いうちに明かしておいた方がよかったのだ。今度の事件は、誘拐事件というより詐欺事件だ。去年の事件もそうだが、誘拐事件はただの入口であり、そこから入って子供の親をだまし、隠し金を吐き出させるというのが一番の目的だった。そうして、前回に負けない大掛かりな詐欺を犯人一味は、巧みにやってのけたのだった……このノートに私が書いたとおりに。

彼らの心配は唯一、被害者が本物の警察に連絡することだったが、事件発生と同時に警察の方から電話がかかってくるという状況を作り、簡単にそれを回避した。幼稚園に事件発生後『何でもなかった』と連絡を入れたのも、園から事件のことで警察に電話がいくのを避けたかったからだ。

何よりランの計画が巧妙なのは、被害者である父がだまされたと気づいた段階でも、奪われた三億円が汚れた金である以上、本物の警察に連絡できず泣き寝入りするしかない点だ。犯人たちの面は割れていても、それを警察に教えることもできない。

ランや働き蜂たちは、今度もうまくやったのだ……もっとも、降りしきる雪の中、前を走る車の窓に浮かぶ人影を見つめながら、私はまだ自分の推理を確信できずにいた。雪に邪魔されながらも、車が着実に県警本部に向かっていたからだ。

県警のビルがもう見えそうだという所まで来て、だが、ベンツを運転している男の携帯が鳴った。

「はい……はい、はい……わかりました」

本当の刑事としか思えない真面目くさった声で答えると、助手席の父に向けて「前の車からの連絡で、本部にはマスコミが押し寄せているので、ひとまずご自宅に落ち着いてもらった方がいいと言っています」と報告した。いや、報告ではない。シナリオどおりのセリフを口にしただけだ……その時、私は自分が間違っていなかったことを確信したのだった。

「警部たちは？」と父が訊いた。

「そのまま県警本部に行きます。後で家の方に連絡が入ります」

その言葉に、私は胸の中だけで『いいえ、連絡は入らないわ』と答えた。この働き蜂の一匹だって、家に我々を送り届けると何らかの口実で速やかにどこかへ消えてしまうだろう。

父も何かを感じとったかのように不満そうに何か呟いたが、それを無視し、若い男は信号で大きくハンドルを右に切った。信号をまっすぐ進んだ車とは、その交差点で別れた。車の人影が橋場警部のニセモノであり、働き蜂の一匹だと確信した以上、それは永遠の別れを意味していた。私はそれに気づき、慌てて背後をふり返ったが、そこにはもう雪の潔癖すぎる白さしかなかった。

「いっしょにゲームをやってくれた女の人、すごくきれいで、おねえちゃんよりやさしかったよ」

光輝の言葉に、私は、

「そう」

と答えた。

光輝は「うん」と答えてから、ハッと私を見た。

私もあまりに自然だったその声が自分の口からこぼれだしたものとは、すぐにわからなかった。

わずか二字ぶんだったが、私の耳が初めて聞く私らしい声だった。それが私には蜜のように思えた……ニセモノばかりの華やかな造花に似た事件からこぼれ落ちた、ひとしずくの本物の蜜。

著者略歴

連城三紀彦〈れんじょう・みきひこ〉1948年愛知県生まれ。78年『変調二人羽織』で幻影城新人賞を受賞。81年『戻り川心中』で日本推理作家協会賞（短編部門）を受賞。84年には『宵待草夜情』で吉川英治文学新人賞を、『恋文』で直木賞を受賞した。96年『隠れ菊』で柴田錬三郎賞を受賞。ミステリー、恋愛、ホラー小説など多彩な作品を発表している。

初出

この作品は2007年１月から2008年10月にかけて、南日本新聞、河北新報、苫小牧民報、佐賀新聞、神奈川新聞、新潟日報、宇部日報、信州日報、福井新聞、名古屋タイムズ、北日本新聞、下野新聞、日高新報、十勝毎日新聞、奈良新聞に順次連載されたものを、単行本化にあたり加筆修正したものです。

Kadokawa Haruki Corporation

連城三紀彦
造《ぞう》花《か》の蜜《みつ》

*

2008年10月31日第一刷発行
2009年 3 月 8 日第五刷発行

発行者 大杉明彦
発行所 株式会社 角川春樹事務所
〒101-0051 東京都千代田区神田神保町3-27 二葉第 1 ビル
電話03-3263-5881(営業) 03-3263-5247(編集)
印刷・製本 中央精版印刷株式会社

定価はカバーおよび帯に表示してあります
落丁・乱丁はお取り替えいたします
ISBN978-4-7584-1124-0 C0093
http://www.kadokawaharuki.co.jp